Te vas sin decir adiós

Sarah Dessen

Te vas sin decir adiós

Traducción:
ELENA ABÓS

Título original:
WHAT HAPPENED TO GOODBYE
Diseño de cubierta:
OPALWORKS sobre imagen de GETTY IMAGES

© Publicado por el acuerdo con Viking Children's Books, un sello de
Penguin Young Readers Group, perteneciente a Penguin Group (USA)
Inc.
© de la traducción: ELENA ABÓS, 2014
© MAEVA EDICIONES, 2014
Benito Castro, 6
28028 MADRID
emaeva@maeva.es
www.maevayoung.es

ISBN: 978-84-15893-25-7
Depósito legal: M-7.045-2014

Fotomecánica: Gráficas 4, S.A.
Impresión y encuadernación: Industria Gráfica CAYFOSA, S.A.
Impreso en España / Printed in Spain

Para Gretchen Alva, con cariño y admiración

WITHDRAWN
WORN, SOILED, OBSOLETE

La mesa estaba pegajosa, en mi vaso de agua había un manchurrón y llevábamos diez minutos sentados sin ni siquiera haber visto a la camarera. Aun así, yo ya sabía lo que iba a decir mi padre. A estas alturas, formaba parte de la rutina.

–Bueno, la verdad es que le veo un gran potencial.

Estaba mirando alrededor mientras hablaba, admirando la decoración. En el menú describían al restaurante Luna Blu como «Un italiano moderno para chuparte los dedos, como antiguamente». Sin embargo, por lo que pude apreciar en el rato que llevábamos allí, lo dudaba mucho. En primer lugar, eran las doce y media de un día laborable y nuestra mesa era una de las únicas dos que estaban ocupadas. En segundo lugar, la planta de plástico tenía medio dedo de polvo. Pero mi padre era un optimista. Era su trabajo.

Lo observé mientras estudiaba el menú con el ceño fruncido. Necesitaba gafas, pero había dejado de llevarlas después de perder tres pares en un corto espacio de tiempo, así que entrecerraba mucho los ojos. En cualquier otra persona habría quedado raro, pero a mi padre le daba un aire aún más encantador.

–Tienen calamares y guacamole –dijo mientras se apartaba el pelo de los ojos–. La primera vez que me encuentro los dos platos en el mismo menú. Deberíamos pedir las dos cosas.

–Ñam, ñam –dije mientras una camarera, con minifalda y botas de piel de borrego, pasaba de largo sin ni siquiera mirarnos.

Mi padre la siguió con la mirada y luego posó la vista sobre mí. Noté que estaba preguntándose, como hacía después de cada una de nuestras escapadas, si estaba enfadada con él. Pero no lo estaba. Bueno, siempre era una lata dejarlo todo y marcharnos de nuevo. Pero también depende de cómo se mire. Si lo consideras un cambio demoledor que te va a arruinar la vida, estás perdida. Pero si lo tomas como una repetición, como una oportunidad de reinventarte y comenzar de nuevo, entonces está muy bien. Estábamos en Lakeview a principios de enero. A partir de ahora, podría ser quien yo quisiera.

Se oyó un golpe y miramos hacia el bar, donde una chica con pelo largo y negro y los brazos tatuados acababa de dejar caer una gran caja de cartón. Soltó un suspiro, claramente molesta, y se arrodilló para recoger los vasos de papel que rodaban a su alrededor. Cuando había completado la mitad de su tarea, levantó la vista y nos vio.

–Oh, no –dijo–. ¿Llevan mucho tiempo esperando?

Mi padre dejó la carta sobre la mesa.

–No mucho.

Ella puso cara de no creérselo, se levantó y recorrió el restaurante con la mirada.

–¡Tracey! –gritó, y nos señaló–. Tienes una mesa que atender. ¿Podrías hacer el favor de ir a saludar y ofrecerles algo de beber?

Se oyeron unas pisadas fuertes y, al cabo de un momento, la camarera con botas dobló la esquina y apareció ante nosotros. Por su cara, parecía que iba a darnos una mala noticia cuando sacó la libreta de la comanda.

–Bienvenidos al Luna Blu –recitó sin expresión–. ¿Desean beber algo?

–¿Cómo están los calamares? –le preguntó mi padre.

Ella lo miró como si fuera una pregunta trampa, hasta que finalmente dijo:

–No están mal.

Mi padre sonrió.

–Estupendo. Pues una ración de calamares y otra de guacamole. Ah, y también una ensalada pequeña de la casa.

–Hoy solo tenemos vinagreta –le informó Tracey.

–Perfecto –dijo mi padre–. Es justo lo que queríamos.

Ella lo miró con escepticismo por encima del bloc de notas. Luego suspiró, se metió el lápiz detrás de la oreja y se marchó. Estuve a punto de llamarla de nuevo para pedir una coca-cola, cuando el teléfono de mi padre zumbó y saltó sobre la mesa, chocándose contra el cuchillo y el tenedor. Lo tomó, miró la pantalla con los ojos entrecerrados y volvió a dejarlo en su sitio sin hacer caso al mensaje, tal y como había hecho con los que había recibido desde que salimos de Westcott aquella mañana. Cuando me miró, hice un esfuerzo por sonreír.

–Tengo buenas sensaciones –anuncié–. Este sitio tiene mucho potencial.

Me miró un momento y luego me puso la mano sobre el hombro y me dio un apretón.

–¿Sabes qué? –me dijo–. Eres una chica genial.

Su teléfono volvió a zumbar, pero en esta ocasión ninguno de los dos lo miramos. Mientras tanto, en Westcott, otra chica genial llamaba o enviaba mensajes preguntándose por qué su novio, ese hombre tan encantador pero incapaz de comprometerse, no le devolvía las llamadas ni los mensajes. Tal vez estaba en la ducha. O se le había vuelto a olvidar el teléfono. O tal vez se encontraba en un restaurante de otra ciudad a cientos de kilómetros de distancia, con su hija a punto de comenzar de nuevo su vida.

Unos minutos más tarde regresó Tracey con el guacamole y la ensalada y los dejó con estrépito entre los dos.

–Les traigo los calamares en un momento –nos informó–. ¿Necesitan algo más?

Mi padre me miró y, sin poderlo evitar, sentí una punzada de fatiga al pensar en volver a pasar por todo aquello. Pero dos años atrás había tomado la decisión: quedarme o irme, ser una cosa o muchas diferentes. De mi padre se podría decir mucho, pero la vida con él nunca es aburrida.

–No –respondió a Tracey, aunque sin apartar de mí sus ojos azules y vivos, igual que los míos–. Estamos bien así.

Cada vez que mi padre y yo nos trasladábamos a una nueva ciudad, lo primero que hacíamos era dirigirnos a comer al restaurante que le habían encargado reflotar. Siempre pedíamos lo mismo: guacamole si era mexicano,

calamares en los italianos y, en todos los casos, una ensalada sencilla. Según él, estos eran los platos básicos que
deberían ofrecer en todos los sitios decentes, y tenían
que hacerlos bien. Eran como la base, el punto de partida
para lo que vendría después. Con el tiempo, llegaron a ser
la medida que me permitía calcular cuántos meses nos
quedaríamos en un lugar. Si el guacamole estaba bueno y
la ensalada más o menos fresca, más me valía no hacer
muchos amigos. Pero si los calamares estaban correosos
o la lechuga mustia con rebordes oscuros, podía apuntarme a algún deporte en el colegio, o incluso a alguna
actividad extraescolar o dos, porque seguro que nos quedaríamos una temporada.

Después de comer, pagábamos la cuenta, dejábamos
una buena propina, pero sin exagerar, y nos dirigíamos a
nuestra casa alquilada. En cuanto desenganchábamos el
remolque, mi padre regresaba al restaurante para presen-
tarse oficialmente y yo me ponía manos a la obra para
adecentar nuestro hogar.

EAT INC., la compañía de restaurantes para la que mi
padre trabajaba como consultor, siempre nos buscaba el
alojamiento. En Westcott, la ciudad costera de Florida
que acabábamos de abandonar, nos habían alquilado un
bungaló precioso a una manzana de la playa, pintado de
verde y rosa. Había flamencos de plástico por todas partes: en el césped, en el baño, e incluso formando una
cadenita de luces sobre la repisa de la chimenea. Cursi,
pero adorable. Antes de eso, en Petree, un barrio residencial de Atlanta, teníamos un *loft* en un edificio alto habi-
tado en su mayoría por solteros y ejecutivos. Todo era de
madera de teca en tonos oscuros, con muebles modernos

y angulosos, silencioso y muy frío. Tal vez me llamó especialmente la atención al compararlo con nuestra primera casa, en Montford Falls, un chalet en una calle sin salida en la que únicamente residían familias. En todos los jardines había bicicletas y en todos los porches banderolas: orondos papás noeles en Navidad, corazoncitos para San Valentín, arco iris en primavera. La pandilla de madres que empujaban los carritos a toda velocidad hacia la parada del autobús escolar por la mañana, y que por la tarde iban enfundadas en sus pantalones de yoga, no dejó de observarnos descaradamente desde que llegamos. Veían que mi padre iba y venía a horas extrañas y me lanzaban miradas compasivas cuando yo llegaba con la compra y el correo. Yo ya sabía perfectamente que había dejado de formar parte de lo que se considera una familia tradicional. Pero, por si no me había enterado, sus miradas me lo confirmaban cada día.

En aquel primer traslado todo fue tan distinto que no sentí la necesidad de cambiar yo también. Lo único que alteré fue mi nombre y para ello corregí educada pero firmemente a mi tutor en el primer día de clase.

–Eliza –le dije.

Él miró la lista, hizo un tachón y escribió mi nuevo nombre. Así de fácil. En el barullo de los primeros momentos de clase, dejé atrás los primeros quince años de mi vida y volví a nacer. Y todo eso incluso antes de empezar la primera hora.

No estaba segura de qué pensaba mi padre de todo esto. Unos días más tarde, cuando alguien llamó por teléfono preguntando por Eliza, pareció desconcertado pero no dijo nada. Yo alargué el brazo para pedirle el teléfono y él simplemente me lo dio. Yo sabía que a su manera lo entendía. Los dos habíamos abandonado la misma ciudad en las mismas circunstancias. Él tenía que seguir siendo el mismo, pero yo no dudaba ni por un momento de que también habría cambiado si hubiera podido.

Como Eliza, tampoco cambié tanto. Había heredado lo que mi madre denominaba «aspecto de haberme criado comiendo maíz»: alta, con el pelo de color rubio tostado y los ojos azules. Por mi aspecto, era similar al grupo de las chicas más populares del colegio. Y si añadimos el hecho de que no tenía nada que perder, lo cual me daba confianza, pues encajé fácilmente con los deportistas y las animadoras e hice amigos con facilidad. También me ayudó el hecho de que en Montford Falls se conocieran todos desde siempre y ser forastera, aunque por tu aspecto no llamaras la atención, te convertía en alguien exótico, diferente. Esa sensación me gustó tanto que cuando nos trasladamos a Petree, nuestro siguiente destino, lo llevé un poco más lejos: me hice llamar Lizbet y me junté con las del grupo de teatro y de baile. Llevaba medias desgarradas, jerseys negros de cuello vuelto, los labios pintados de rojo, el pelo recogido en un moño supertirante, controlaba las calorías, empecé a fumar y convertí mi vida en pura actuación. Era diferente, eso seguro, pero también agotador. Por eso en Westcott, Florida, la siguiente etapa, me alegré de convertirme en Beth, secretaria de la asociación de alumnos y la más sociable del instituto. Escribía en el periódico escolar, participé en el anuario y daba clases particulares a chicos más pequeños. Organizaba lavados de coches y venta de pasteles para recaudar fondos para la revista literaria, el equipo de debate y los niños de Honduras para los que el club de español esperaba construir un centro recreativo. Yo era esa chica a la que todo el mundo conoce, la que sale en todas las fotos del anuario escolar. Lo cual haría mucho más evidente mi desaparición al curso siguiente.

Lo más extraño de todo esto era que, antes, en mi antigua vida, no había sido ninguna de esas cosas: ni líder de los estudiantes ni actriz ni deportista. Entonces era simplemente una del montón, normal, común y corriente. Solo Mclean.

Ese era mi nombre auténtico, mi nombre de pila. También se llamaba así el entrenador de baloncesto con más victorias en la historia de la Universidad de Defriese, donde estudiaron mis padres. Ese era el equipo de baloncesto favorito de mi padre, de toda la vida. Si dijera que mi padre era un fanático del equipo de baloncesto de Defriese, me quedaría corta; como si dijera que el sol es una estrella cualquiera. Desde niño, cuando vivía a unos ocho kilómetros del campus universitario, no existía más que para el BD, como lo llamaban los forofos del equipo. En verano iba a los campamentos de baloncesto, se sabía de memoria las estadísticas de todos los equipos y jugadores, y en todas las fotos del colegio, desde preescolar hasta el último año de bachillerato, sale con una camiseta del equipo. El tiempo que pasó sobre la cancha, después de estar dos años calentando banquillo, fueron los mejores catorce minutos de su vida... Marcaron la diferencia. Sin contar el día en que nací, como solía añadir apresuradamente cada vez. Eso también fue genial. Tan genial, que no hubo duda de que elegirían mi nombre en honor a Mclean Rich, su antiguo entrenador y el hombre que más

14

admiraba y respetaba en este mundo. Mi madre sabía que era inútil oponerse, así que accedió con la condición de que me pusieran un segundo nombre más normal, Elizabeth, que me permitiera elegir entre los dos en el futuro si se diera el caso. Yo pensaba que ese día nunca llegaría, pero nunca se sabe.

Hace tres años mis padres, que habían sido novios desde la universidad, estaban felizmente casados y me criaban a mí, su única hija. Vivíamos en Tyler, la ciudad universitaria cuyo epicentro era la Universidad de Defriese. Allí teníamos un restaurante, el Grill Mariposa. Mi padre era el chef, mi madre llevaba el negocio y la barra y yo crecí en un despacho abarrotado de cosas, coloreando hojas de facturas, o sentada sobre una mesa en la cocina mientras miraba a los pinches echar cosas en la freidora. Teníamos abonos para la temporada del BD. Nos sentábamos arriba del todo, donde mi padre y yo nos dejábamos los pulmones de tanto gritar mientras los jugadores se movían como hormiguitas a lo lejos. Yo me sabía las estadísticas del equipo igual que las otras niñas lo sabían todo sobre las princesas de Disney: jugadores de hoy y de ayer, promedio de puntos por partido de titulares y suplentes, cuántas victorias necesitó Mclean Rich para batir su récord de triunfos. El día que lo hizo, mi padre y yo nos abrazamos, brindamos con cerveza, él, y *ginger ale,* yo, tan orgullosos como si fuésemos de su familia.

Cuando Mclean Rich se retiró, estuvimos de luto y luego nos preocupamos sobre los candidatos para sustituirlo. De ellos estudiamos sus trayectorias y sus estrategias ofensivas. Estuvimos de acuerdo en que Peter

Hamilton, joven, entusiasta y con un buen historial, era la mejor opción y asistimos a la fiesta de bienvenida en su honor con enormes esperanzas depositadas en él. Y esas esperanzas parecían bien fundadas, la verdad, pues el mismo Peter Hamilton se pasó una noche por el Mariposa y le gustó tanto la comida que quiso usar nuestro reservado para celebrar una cena de equipo. Mi padre estaba en la gloria con sus dos grandes pasiones, el baloncesto y el restaurante, por fin juntas. Fue genial. Luego mi madre se enamoró de Peter Hamilton. Y eso ya no fue tan genial.

Ya habría sido bastante malo si hubiera dejado a mi padre por cualquier otro. Pero para mi padre y para mí, como buenos forofos del BD, Peter Hamilton era un dios. Y los ídolos caen, y a veces aterrizan justo encima de ti y te aplastan. Destruyen tu familia, te avergüenzan ante los ojos de tu querida ciudad y te amargan para siempre el deporte del baloncesto.

Incluso después de todo este tiempo, me sigue pareciendo imposible que mi madre hiciera eso, lo cual todavía me deja atontada en el momento más inesperado. Cuando mis padres me explicaron que se iban a separar, pasé las primeras semanas como si fueran extrañas e irreales; no dejaba de repasar lo sucedido el año anterior e intentaba descubrir cómo podía haber ocurrido. Y sí, vale, el restaurante tenía problemas y eso había causado tensiones entre mis padres. Yo sabía que mi madre no dejaba de repetirle a mi padre que no pasaba el tiempo suficiente con nosotras, a lo que él replicaba que no se preocupara, que tendría mucho más tiempo libre cuando viviéramos debajo de un puente. Pero ese tipo de discusiones ocurrían en todas las familias, ¿no? Eso no significaba que fuese correcto largarse con otro hombre. Especialmente con el entrenador del equipo favorito de tu marido y tu hija. La única persona que tenía la respuesta a todas estas preguntas no decía nada. Al menos, no tanto como yo hubiese querido. Tal vez era de esperar, pues mi madre nunca había sido del tipo supercariñoso, ni dada a las confidencias. Las pocas veces que intenté abordar la pregunta del millón –¿por qué?– en aquellos primeros días tras la separación, y los siguientes, ella no me contaba lo que yo quería oír. En lugar de eso, me soltaba su frasecita: «Lo que ocurre dentro de un matrimonio es algo entre las dos personas que lo forman. Tu padre y yo te queremos muchísimo. Y eso no cambiará nunca». Las primeras veces me lo decía con tristeza. Luego fue adquiriendo un tono de irritación. Y cuando pasó al enfado dejé de hacer preguntas.

«¡HAMILTON ES UN DESTROZAHOGARES!» exclamaban los blogs deportivos. «DE PRIMERO, TOMARÉ A TU ESPOSA, POR FAVOR.» Es extraño cómo los titulares podían ser tan graciosos cuando la realidad no tenía ninguna gracia. Y para mí todavía era más raro, ya que algo que siempre había formado parte de mi vida, de donde venía incluso mi nombre, ahora estaba, literalmente, en mi vida. Como si te encantara una película y te supieras cada secuencia de memoria, y de repente te encontraras viviendo dentro de ella. Pero no es una película de amor, ni una comedia, sino tu peor pesadilla.

Y todo el mundo hablaba de ello, por supuesto. Los vecinos, los periodistas deportivos, los chicos de mi instituto. Probablemente todavía seguirán cotilleando, tres años y dos gemelitos Hamilton después, pero afortunadamente yo ya no estaba allí para oírlo. Los abandoné, junto a Mclean, cuando mi padre y yo enganchamos un remolque a nuestro viejo Land Rover y pusimos rumbo a Montford Falls. Y a Petree. Y a Westcott. Y, ahora, aquí.

Fue lo primero que vi cuando tomamos el camino de entrada de nuestra nueva casa de alquiler. No la pintura blanca reluciente, con los alegres remates en verde, ni el porche amplio y acogedor. Al principio ni siquiera reparé en las casas que había a ambos lados, similares en tamaño y estilo, una con un césped impecable y el sendero flanqueado por bonitos arbustos, la otra con coches aparcados en el jardín, lleno de vasos de plástico rojo. Vi otra cosa, justo al final del camino, que esperaba para darnos la bienvenida personalmente.

Nos acercamos sin decir ni una palabra y mi padre apagó el motor. Nos inclinamos hacia delante y miramos hacia arriba a través del parabrisas.

Sobre nosotros se alzaba una canasta de baloncesto. Claro. A veces la vida es una broma.

Nos quedamos mirándola un momento. Luego mi padre dejó caer la mano sobre el muslo.

—Vamos a descargar —dijo, y abrió la puerta.

Yo hice lo mismo y lo seguí hacia el remolque. Juro que sentí cómo la canasta me observaba mientras sacaba mi maleta y la llevaba escaleras arriba.

La casa era bonita, pequeña pero muy acogedora, y se notaba que la habían reformado recientemente. Los electrodomésticos de la cocina parecían nuevos y en las paredes

18

no había marcas de chinchetas ni de clavos. Mi padre volvió a salir para seguir descargando, mientras yo daba una vuelta rápida para recuperarme. La televisión por cable ya estaba conectada, y había wifi: muy bien. Un cuarto de baño solo para mí: todavía mejor. Y al parecer se podía ir andando fácilmente al centro, lo que me evitaría los problemas de transporte que tuvimos en el sitio anterior. Aparte de los recuerdos baloncestísticos, estaba contenta con la casa; al menos hasta que salí al patio trasero y me encontré a una persona tumbada sobre un montón de cojines de los sillones de jardín.

Solté un chillido, agudo y de niña, que me habría avergonzado si no me hubiera dado un susto tan grande. La persona sobre los cojines también se asustó, al menos a juzgar por cómo se encogió y se dio la vuelta para mirarme mientras yo atravesaba a toda prisa la puerta de la casa, agarrándola por el picaporte para poder cerrarla inmediatamente. Mientras echaba el cerrojo, con el corazón todavía desbocado, vi que se trataba de un chico con vaqueros y pelo largo, con una camisa de franela descolorida y zapatillas Adidas desgastadas. Cuando lo interrumpí, estaba leyendo un libro grueso.

Sin dejar de mirarme, se sentó y lo dejó a un lado. Se echó hacia atrás el pelo negro, alborotado y algo rizado, alcanzó una chaqueta que había usado de almohada y la estiró. Era de pana gastada, con algún tipo de insignia en la pechera. Se la puso tan tranquilo antes de levantarse y recoger lo que había estado leyendo, que ahora vi que se trataba de un libro de texto. Luego se echó el pelo hacia atrás con una mano, se volvió y me miró directamente a través del cristal de la puerta. «Perdona», vocalizó en silencio. Perdona.

–¡Mclean! –gritó mi padre desde la entrada. Su voz me llegó como un eco por el pasillo vacío–, tengo tu portátil. ¿Quieres que lo ponga en tu cuarto?

Yo me quedé allí, paralizada, mientras miraba al chico. Tenía los ojos de color azul intenso y la cara pálida, de invierno, con las mejillas sonrosadas. Todavía estaba intentando decidir si ponerme a gritar pidiendo ayuda cuando me sonrió y me hizo una especie de saludo militar, llevándose los dedos a la sien. Luego dio media vuelta y salió al patio a través de la puerta mosquitera. Pasó por el porche, bajo la canasta, y saltó la valla que nos separaba de la casa de al lado con un movimiento que me pareció muy elegante. Cuando subía los escalones, se abrió la puerta de la cocina. Lo último que vi fue que se ponía muy derecho, como si estuviera preparándose para algo, antes de desaparecer en el interior.

–¿Mclean? –repitió mi padre. Ahora se acercaba y sus pasos resonaban por el pasillo. Cuando me vio, levantó la funda de mi portátil–. ¿Dónde te dejo esto?

Me volví a mirar hacia la puerta por la que había entrado el chico, y me pregunté cuál sería su historia. Uno no se mete en una casa que cree abandonada cuando vive en la casa de al lado, a menos que no tenga ganas de estar en la suya. Y era su casa, eso estaba claro. Se nota cuando alguien es de algún sitio. Eso no se puede fingir, por mucho que quieras.

–Gracias –le dije a mi padre, volviéndome hacia él–. Ponlo por ahí.

2

Si tu padre es chef, todo el mundo supone que es él quien cocina en casa. Pero en nuestra familia no era así. De hecho, después de pasarse horas en la cocina de un restaurante, cocinando o supervisando a los cocineros, lo que menos le apetecía hacer al llegar a casa era ponerse frente al fogón.

Por este motivo era mi madre quien cocinaba, aunque decididamente no era su fuerte. Mi padre hacía una besamel perfecta, mientras que mi madre era la reina de las cremas: un sobre de crema de pollo sobre las pechugas de pollo; crema de brécol por encima de las patatas asadas; crema de champiñones para, bueno, para todo. Y si tenía el día creativo, desmenuzaba unas cuantas patatas fritas por encima del plato y lo llamaba guarnición. Comíamos verduras de lata, queso parmesano rallado y pechugas de pollo descongeladas en el microondas. Y nos parecía bien. En las raras ocasiones en que mi padre estaba en casa por la noche y lo convencíamos para que cocinara, siempre hacía cosas a la parrilla: filetes de salmón o gruesos chuletones. Mientras se preparaban, lanzábamos unos tiros a nuestra machacada canasta de baloncesto, cuyo tablero estaba cubierto de pegatinas del Defriese, de forma que apenas se veía el color blanco. Por su parte, mi madre abría una bolsa de ensalada ya cortada, añadía un saquito de picatostes y completaba la faena con vinagreta de bote. El contraste podría parecer extraño, pero, de alguna forma, funcionaba.

Cuando el matrimonio de mis padres se derrumbó, yo quedé conmocionada. Tal vez pecara de inocente, pero siempre había pensado que la suya era la «gran historia de amor americana». Ella provenía de una adinerada familia sureña en la que abundaban las reinas de la belleza, mientras él era el hijo único y tardío de un mecánico de coches y una profesora de tercero de primaria. No podían haber sido más distintos. Mi madre había tenido una puesta de largo y había ido a una escuela de protocolo, de verdad; mi padre se limpiaba la boca con la manga de la camiseta y no tenía ningún traje. Y la cosa funcionó hasta que mi madre se cansó. Y así, por las buenas, todo cambió.

Cuando dejó a mi padre por Peter no me podía creer que fuera verdad, aunque viera los destrozos por todas partes: muecas burlonas por los pasillos del instituto, su marcha de casa, el repentino cansancio en el rostro de mi padre. Estaba tan aturdida que ni siquiera se me ocurrió protestar cuando se decidió que pasara los días laborables con mi madre en casa de Peter Hamilton y los fines de semana en nuestra antigua casa con mi padre. Me limité a seguir instrucciones como una sonámbula, en esto y en todo lo demás.

Peter Hamilton vivía en La Cordillera, una urbanización exclusiva de acceso restringido junto al lago. Para entrar había que pasar junto a la caseta del guarda y había una entrada separada para los jardineros y obreros, de esta manera los residentes no tendrían que cruzarse con las clases bajas. Todas las casas eran enormes. La entrada de la mansión de Peter era tan grande que, si decías algo, tus palabras se elevaban hasta el techo y te dejaban sin habla. Había una sala de juegos con un *flipper* del Defriese, regalo de bienvenida del club de fans, y una mesa de billar con la insignia del equipo pintada en un extremo, cortesía del vendedor, un aficionado al BD. Cada vez que la veía, pensaba que la única persona capaz de apreciar verdaderamente estas cosas era la única que nunca podría hacerlo: mi padre. Ni siquiera podía contárselo, pues parecería un insulto más.

En cuanto a la cocina, Peter Hamilton no cocinaba. Ni mi madre tampoco. Tenían una gobernanta, la señorita Jane, que casi siempre estaba allí para preparar lo que uno deseara, incluso lo que no. Todos los días, después del instituto, me esperaba sobre la mesa una merienda sana y bien presentada y una cena equilibrada –carne, verdura, pasta, pan–, a las seis en punto, si es que no había partido. Pero yo echaba de menos las diversas cremas y las patatas fritas, igual que echaba de menos todo lo demás de mi vida anterior. Quería recuperarla. Pero hasta que mi madre no me dijo que estaba embarazada de los mellizos, no comprendí que eso no ocurriría nunca. Como si me hubieran derramado un cubo de agua fría sobre la cabeza, la noticia de su inminente llegada me sacó de mi estupor.

Mi madre no me lo había dicho cuando se separó de mi padre, pero al hacer cuentas –y cómo odié tener que hacer cuentas– fue evidente que no solo ya lo sabía entonces, sino que esa fue la razón que la obligó a confesar. Yo solo sabía que había tantas novedades –nos separamos, vas a vivir en otra casa la mitad de la semana, oh, y el restaurante va a cerrar– que ya no creía posible que nada me sorprendiera. Me equivoqué. De repente, no solo tenía un padrastro y una nueva casa, sino también una nueva familia. A mi madre no le bastaba con destruir la familia que yo amaba: la estaba sustituyendo por otra.

Mis padres se separaron en abril. Ese verano, cuando me enteré de que mis hermanastros estaban en camino, mi padre decidió vender Mariposa y aceptar un trabajo como consultor. El dueño de EAT INC., un viejo compañero de universidad, quería contratarlo desde hacía tiempo y ahora la oferta parecía justo lo que necesitaba. Un cambio de dirección, un cambio de escenario. Un cambio, punto. Así que aceptó, con intención de empezar en otoño, y me prometió que regresaría siempre que pudiera para visitarme, y me llevaría con él durante los veranos y las vacaciones. Ni por un momento se le ocurrió que yo quisiera irme con él, como tampoco se le ocurrió a mi madre que yo no fuera a trasladarme permanentemente con Peter y con ella. Pero ya estaba harta de que ellos, o ella, tomaran las decisiones por mí. Ella podía quedarse con su nueva vida resplandeciente y maravillosa, con un marido e hijos nuevos, pero conmigo no se iba a quedar. Decidí marcharme con mi padre.

La cosa tuvo sus momentos dramáticos. Llamaron a los abogados, hubo reuniones. La partida de mi padre se retrasó, primero semanas, luego meses; yo pasaba horas sentada en la mesa de reunión de un despacho u otro mientras mi madre, con los ojos enrojecidos y embarazada, me lanzaba miradas que me acusaban de haberla traicionado, lo cual era tan irónico que parecía casi gracioso. Casi. Mi padre guardaba silencio mientras su abogado y el de ella me hacían aclarar de nuevo que había sido una decisión mía, no de él. La secretaria del juzgado, ruborizada, intentaba disimular que no hacía más que mirar a Peter Hamilton. Este, sentado junto a mi madre, le daba la mano y adoptaba una expresión seria que reconocí de las prórrogas de los partidos, cuando solo quedan unos segundos por jugar y se han acabado los tiempos muertos. Después de unos cuatro meses de negociaciones se decidió que, sorpresa, yo podía tomar esa decisión por mí misma. Mi madre se quedó lívida; como si ella no supiera nada sobre hacer lo que uno quisiera, y solo lo que uno quisiera, y que se fastidiaran los sentimientos de los demás.

Desde entonces, nuestra relación ha sido, como mucho, tibia. Según el acuerdo de custodia, tenía que visitarla durante las vacaciones, lo que cumplí con el entusiasmo propio de alguien obligado a acatar una orden judicial. Y en todas mis visitas me quedaba claro lo mismo: mi madre solo quería volver a empezar de cero. No tenía ningún interés en hablar de nuestra vida anterior ni del papel que ella había desempeñado en el hecho de que esa vida ya no existiera. No: se suponía que yo tenía que adaptarme perfectamente a su nueva vida y no volver la vista atrás. Una cosa era reinventarme a mí misma por gusto. Pero cuando me obligan, me resisto.

En los dos años de vida itinerante, he echado de menos a mi madre. En esos primeros días en que llegábamos a un sitio nuevo, donde me sentía sola y tenía que resolver dificultades, no añoraba mi casa ni mis amigos, ni nada específico, sino el consuelo que mi madre representaba. Eran las cosas pequeñas: su olor, cómo me apretaba demasiado al abrazarme, cómo se parecía lo suficiente a mí para hacerme sentir segura con tan solo una mirada. Pero luego me daba cuenta de que no la echaba de menos a ella, sino a un espejismo, a quien yo creía que era ella. La persona a quien nuestra familia le importaba lo suficiente para no querer rompernos en mil pedazos. A la que le gustaba tanto la playa que no le importaba hacer la maleta para un viaje improvisado hacia el Este, daba igual el tiempo que hiciera, la estación, o si podíamos permitirnos alojarnos en el Poseidón, nuestro motel barato preferido con vistas al mar. La mujer que se sentaba al final de la barra del Mariposa, con las gafas en la punta de la nariz, mientras revisaba las facturas en las horas tranquilas entre la comida y la cena, la que cosía retales frente a la chimenea, y usaba todos los pedacitos de nuestra ropa vieja para hacer colchas de *patchwork* que eran como dormir bajo nuestros recuerdos. Yo no era la única que se había ido. Ella también.

Cuando más me acordaba de mi madre no era en el primer día en un instituto nuevo, o en unas vacaciones que no pasábamos juntas; ni siquiera cuando la vislumbraba de pasada en la televisión en un partido del Defriese antes de cambiar de canal. No; lo más raro era que cuando más la echaba de menos era cuando preparaba la cena en una cocina desconocida, mientras freía la carne en la sartén. O al añadir pedazos de pimiento verde a un bote de salsa comprada en la tienda. O mientras abría una lata de sopa, una bandeja de pollo y una bolsa de patatas fritas al atardecer, esperando hacer algo de la nada.

Siempre que mi padre llegaba para hacerse cargo de un nuevo restaurante, había una persona que encarnaba la resistencia. Alguien que se tomaba cada crítica personalmente, que luchaba contra todos los cambios y que siempre lideraba la brigada de los quejicas y criticones. En el Luna Blu, esa persona era Opal.

Era la encargada, la chica alta de los tatuajes que por fin nos había conseguido una camarera. Al día siguiente, cuando llegué temprano para cenar, iba vestida como una antigua chica *pin-up:* el pelo oscuro recogido muy alto, labios muy rojos y vaqueros con un jersey rosa de pelito con botones de perlas. Se mostró agradable al traerme la coca-cola y sonrió simpática al tomarme nota. Pero cuando me senté a cenar y ellos se pusieron a hablar, quedó claro que sería un hueso duro de roer para mi padre.

—Es una mala idea —le decía a mi padre desde la otra punta de la barra—. A la gente le va a sentar fatal. Cuentan con los panecillos de romero.

—Los clientes habituales sí —replicó mi padre—. Pero no son tantos. Y el hecho es que, como aperitivo gratis, no son económicos ni prácticos. El objetivo es que haya más gente que pida más comida y más bebida, no que unos pocos se atiborren de comida gratis.

—Pero sirven para algo —protestó Opal, molesta—: después de probarlos, les entra hambre y piden más de lo normal.

–Entonces la gente que vi aquí anoche, bebiendo cerveza barata y sin comer más que panecillos –replicó mi padre–, ¿eran una excepción?

–¡Pero si solo había dos personas!

Mi padre la señaló con el dedo.

–Precisamente.

Opal se lo quedó mirando, poniéndose colorada. La verdad es que a nadie le hacía gracia que sus jefes trajeran a alguien de fuera para decirles que no desempeñaban bien su trabajo. Incluso si el local estaba perdiendo dinero o si tenía la peor fama, comida o los peores aseos de la ciudad y cualquier mejora fuese a ir en su beneficio. Al principio siempre protestaban y normalmente los encargados eran los más problemáticos, por eso EAT INC. solía despedirlos incluso antes de que llegáramos. Pero esta vez, por la razón que fuese, no lo habían hecho así, lo cual complicaba aún más las cosas.

–Vale –concedió, controlándose–, y si eliminamos los panecillos, ¿qué ofreceríamos a la gente? ¿Galletitas? ¿Cacahuetes? Así podrían tirar las cáscaras al suelo para añadir algo de ese ambiente que, según usted, nos falta.

–No. –Mi padre sonrió–. Estaba pensando en los pepinillos, a decir verdad.

Opal se lo quedó mirando.

–Pepinillos –repitió.

Mi padre tomó la carta. Era la misma que había visto aquella mañana sobre la mesa de nuestra cocina, llena de notas y tachones con rotulador negro, tan corregida que parecía uno de mis trabajos de clase de literatura inglesa avanzada del señor Reid-Barbour, el profesor más duro de mi último colegio. De un solo vistazo, la cosa no pintaba bien para la mayoría de los primeros ni de los postres.

Mi padre la deslizó hacia ella sobre la barra y Opal pareció sorprendida. Quedó tan desolada que preferí no mirarla, y volví a concentrarme en el sudoku del periódico que alguien había dejado sobre la barra.

–¡Dios mío! –exclamó en voz baja–. Vas a cambiarlo todo, ¿verdad?

–No –respondió mi padre.

–¡Has eliminado todos nuestros platos de carne! ¡Y los aperitivos! No has dejado nada.

–Sí que queda algo –dijo mi padre tranquilamente–. Quedan los pepinillos fritos.

Opal se inclinó sobre la carta.

–Nadie pide pepinillos.

–Lo cual es una pena –dijo mi padre–, porque están muy buenos. Son especiales. Y muy económicos. El perfecto aperitivo de la casa.

–¿Quieres ofrecer pepinillos fritos como aperitivo? –se escandalizó Opal–. ¡Somos un restaurante italiano!

–Lo que me lleva al siguiente punto –dijo mi padre, dándole la vuelta a la carta–. Si eso es cierto, ¿por qué tenemos guacamole, tacos y fajitas? ¿O pepinillos fritos, ya puestos?

Ella lo miró con mala cara.

–Seguro que ya sabes que los anteriores propietarios dirigían un restaurante mexicano de mucho éxito. Cuando llegaron los nuevos dueños y cambiaron la carta, decidieron que era una buena idea conservar algunos de los platos más populares.

–Ya lo sé –dijo mi padre–. Pero los mortales no lo saben.

–¿Los mortales?

–El común de los mortales. El cliente normal y corriente, la persona que va paseando en busca de un restaurante para cenar. –Carraspeó–. A lo que voy es que este restaurante tiene una crisis de identidad. No sabe qué tipo de restaurante es y mi trabajo es ayudaros a averiguarlo.

Opal se lo quedó mirando.

–Cambiándolo todo –dijo.

–Todo no –respondió, dándole la vuelta a la carta–. Acuérdate de los pepinillos.

No fue fácil. De hecho, cuando terminaron y mi padre vino por fin a sentarse a mi lado, estaba agotado, y eso que no era la primera vez que pasaba por una cosa así. En cuanto a Opal, desapareció en la cocina dando un portazo. Poco después algo cayó al suelo con estrépito, seguido de una palabrota.

–Bueno –dijo mi padre, que arrastró una banqueta junto a la mía y se sentó–, la cosa ha ido bien.

Sonreí, y deslicé el plato hacia él para que pudiera alcanzar los nachos y la salsa que no me había comido.

–Supongo que le gustan los panecillos.

–No se trata de los panecillos. –Tomó un nacho, lo olisqueó y volvió a dejarlo en su sitio–. Me está lanzando un señuelo.

Puse cara de sorpresa. Desde lo de Peter Hamilton, la pasión de mi padre por el baloncesto del Defriese se había desvanecido, lo cual era comprensible. Pero llevaba tanto tiempo como aficionado, la leyenda y los términos del equipo eran una parte tan importante de su vida, que ciertos hábitos eran imposibles de eliminar. Por ejemplo, en este caso, se refería al movimiento ofensivo más famoso de Mclean Rich, que consistía en distraer al equipo contrario con el pase de una jugada para que no se dieran cuenta de otra jugada más peligrosa que estaba ocurriendo al mismo tiempo. No se dio cuenta de su desliz o prefirió no decir nada al respecto, así que yo también lo dejé pasar.

–Colaborará –le dije–. Ya sabes que la primera reunión siempre es la más difícil.

–Es cierto.

Se pasó la mano por el pelo y dejó que volviera a caerle sobre la frente. Siempre lo llevaba largo y un tanto descuidado, lo que lo hacía parecer más joven, aunque el divorcio le había añadido unas cuantas patas de gallo. Aun así, era atractivo con su estilo informal, lo que le garantizaba prácticamente una novia nueva, o una candidata a madrastra, en cada ciudad.

–Bueno, ¿listo para las últimas novedades?

Se echó hacia atrás y respiró hondo. Dio una palmada y sacudió las manos, el gesto típico que hacía para cambiar de tema, antes de decir:

–Listo. Ataca.

Saqué la lista del bolsillo y la desdoblé sobre la barra entre los dos.

–Bueno, la luz y el agua ya están, aunque la televisión por cable no recibe la mitad de los canales, pero estará arreglada para mañana. El jueves recogen los residuos para reciclar, la recogida de basura normal es el martes. El lunes por la mañana puedo matricularme en el instituto, solo tengo que llevar mis notas por la mañana temprano.

–¿Y dónde está?

–A unos diez kilómetros. Pero hay una parada de autobús a una manzana de casa.

–Genial –dijo–. ¿Y el avituallamiento?

–He encontrado un supermercado y he hecho la compra esta mañana. El tostador está roto, así que he comprado uno nuevo. Ah, también he hecho un duplicado de la llave.

–¿Ya conoces a los vecinos?

Me acordé del chico que estaba en el porche mientras daba un sorbo de la coca-cola. No podía decirse que lo hubiera conocido, así que negué con la cabeza.

–Pero me imagino que a la derecha vive una familia, profesores universitarios. Y a la izquierda, estudiantes. Anoche oí música muy fuerte.

–Yo también la oí –dijo masajeándose la cara–. De todas maneras aún no estaba dormido.

Miré hacia la carta llena de tachones.

–Así que pepinillos, ¿eh?

–Los comiste ayer –dijo–. Estaban buenos, ¿no?

–Mejor que estos tacos. Se han deshecho nada más tocarlos. –Agarró mi tenedor y tomó un bocado de mi plato. Masticó impasible antes de dejar el cubierto y dictaminar:

–No han escurrido bien la carne. Ese es el secreto de unos buenos tacos. Además, la salsa tiene demasiado cilantro.

–Pero tienen muchos clientes fijos –le recordé.

Negó con la cabeza.

–Bueno, supongo que se lanzarán a las barricadas.

–*Vive la révolution!* –exclamé, para hacerle reír. Funcionó, más o menos.

Se oyó otro golpe en la cocina, seguido de un gran estruendo. Mi padre suspiró, y se apartó de la barra.

–Es hora de conocer al personal de la cocina –dijo con poco entusiasmo–. ¿Estarás bien esta noche tú sola?

–Sí, claro –respondí–. Todavía tengo que desembalar muchas cosas.

–Bueno, llámame o pásate por aquí si te sientes sola. Intentaré terminar a una hora aceptable.

Asentí y cerré los ojos cuando me dio un beso en la mejilla y me acarició el pelo al pasar detrás de mí. Noté que andaba despacio, envarado, y sentí un impulso protector que, desde el divorcio, se había vuelto habitual. Seguramente había un término para ello, algún tipo de codependencia, en el que la hija actúa demasiado como una esposa cuando la esposa se marcha. Pero, ¿qué otra cosa podría hacer? Nos teníamos el uno al otro. Nada más.

Mi padre podía cuidarse solo, eso ya lo sabía. Como también sabía que había muchas cosas en su vida que yo nunca podría arreglar, por mucho que lo intentara. Por eso me esforzaba tanto en arreglar las que sí estaban a mi alcance: acomodarnos en la nueva casa, encargarme de los detalles, mantener al mínimo el caos de la vida que habíamos elegido. No podía arreglar su corazón roto ni devolverle el amor por su equipo de baloncesto. En cuanto a un nuevo tostador, servilletas de papel, jabón y estar de acuerdo en lo de los pepinillos..., eso era fácil.

Además, no sabía cuánto tiempo podría seguir desempeñando ese papel. Estaba en mi segundo semestre del último curso del instituto, ya había enviado las solicitudes de ingreso a la universidad, lo que no había sido nada fácil con tantos cambios de residencia. Sabía que al llegar el otoño viviría en otro lugar, como había ocurrido en los dos últimos cursos, y que esta vez estaría sola. Esa idea me ponía tan triste que quería hacer todo lo posible por mi padre, como si pudiera acumular estos momentos para cuando llegara mi ausencia.

Pagué la cuenta, pues mi padre seguía la regla de no gorronear, y me dirigí andando hacia casa. Era un día fresco, de principios de enero, con esa luz menguante de la tarde en la que siempre parece que la oscuridad está acechando. Tomé el callejón a la izquierda del Luna Blu, porque pensé que sería un buen atajo, y me topé con Opal. Estaba sentada sobre un cajón de leche junto a la puerta lateral del restaurante; me daba la espalda y hablaba con un chico con vaqueros y un delantal, que estaba fumando un cigarrillo.

–Hay que tener cara para entrar aquí como si fuera un experto en todo –estaba diciendo–. Y además, se nota que está acostumbrado a que las mujeres se rindan a sus pies y le den siempre la razón, aunque sus ideas sean estupideces al filo del insulto. Y se nota que está encantado de conocerse. ¿No te has fijado en su pelo? ¿Qué clase de adulto no es capaz de llevar el pelo con un corte apropiado a su edad?

El chico del cigarrillo, que era alto y delgado, con una nuez muy prominente, soltó una carcajada y me saludó con la cabeza. Opal se dio la vuelta, riéndose también. Después me miró con cara de susto y se puso en pie de un salto.

–Hola –me saludó apresuradamente–. Mmm, no te había visto... ¿Qué tal la cena? ¿Rica?

34

Asentí en silencio y deslicé las manos en los bolsillos al pasar entre los dos. Un momento después, oí pasos detrás de mí que corrían para alcanzarme.

—Espera, por favor —llamó Opal.

Me di la vuelta para mirarla. De cerca me di cuenta de que era mayor de lo que pensaba, probablemente tendría treinta y pocos. Sus mejillas estaban sonrojadas por el frío o la vergüenza.

—Mira, solo me estaba desahogando, ¿de acuerdo? No es nada personal.

—No pasa nada —le dije—. Esto no tiene nada que ver conmigo.

Se me quedó mirando y luego se cruzó de brazos.

—Es solo que... —empezó a decir, y se detuvo un momento—, es muy duro sentirte examinada de esta manera. Sé que no es excusa, pero te agradecería que no..., ya sabes...

—No te preocupes —la tranquilicé.

Opal asintió lentamente.

—Gracias.

Di media vuelta y eché a andar de nuevo, agachando la cabeza contra el frío. Solo había dado unos pasos cuando la oí decir:

—Oye, antes no me quedé con tu nombre. ¿Cómo te llamas?

Yo no escogía nunca el momento. El momento me escogía a mí. De alguna forma sabía que funcionaría justo cuando me hiciera falta.

—Me llamo Liz —respondí, volviéndome hacia ella.

Me gustaba cómo sonaba. Fácil, tres letras.

—Liz —repitió—. Encantada de conocerte.

De nuevo en casa, deshice la maleta, terminé de colocar la compra y cambié el sofá de sitio cuatro veces antes de decidir que estaba mejor en el lugar donde mi padre y yo lo habíamos dejado caer sin ningún tipo de ceremonia el día anterior, cuando lo sacamos del remolque. Pero para asegurarme, me senté en él con un vaso de leche y encendí el portátil.

Mi página de inicio todavía era la última del portal tuiyo.com, con el nombre de Beth Sweet. Arriba había una foto mía, tomada en la playa, con el contorno borroso de un bungaló verde y rosa de fondo. Allí estaba mi lista de actividades –anuario, trabajos de voluntariado, consejo escolar– e intereses –viajar, leer, quedar con mis amigos–. Y estos amigos estaban justo debajo, los ciento cuarenta y dos, una cara diminuta detrás de la otra, a las cuales seguramente nunca volvería a ver. Bajé hacia la sección de comentarios y vi que había varios nuevos: «¡Eh, te echamos de menos! La última reunión fue una patata sin ti». «Beth, me he enterado por Misty de que te has marchado. Ha sido muy repentino, espero que estés bien. ¡Llámame!» «¿Por qué te vas sin decir adiós?»

Me acerqué un poco más a la pantalla y volví a leer estas últimas palabras, varias veces. Después, aunque sabía que sería mejor no hacerlo, hice clic en la cara que aparecía junto a ellas, para entrar en la página de Michael.

Y ahí estaba, sentado en el rompeolas, con su traje de neopreno y el pelo mojado que se le rizaba en la nuca. Miraba hacia la derecha, hacia el mar, no a la cámara, y al verlo sentí un pinchazo nervioso en el estómago. Solo hacía unos meses que nos conocíamos; nos habíamos encontrado una mañana en la playa; yo estaba dando un paseo y él había salido a pillar unas cuantas olas. Durante las últimas semanas, entre las 6:45 y las 7:15 me encontraba con él para..., bueno, para nada, al final.

Pero tenía razón. No le había dicho adiós, no me había despedido. Como siempre, me había resultado más fácil desaparecer para no tener que enfrentarme a los feos detalles de otra despedida. Moví los dedos hacia el ratón y acerqué el cursor a la sección de comentarios. Pero me detuve. ¿Para qué? Cualquier cosa que dijera ahora sería solo una excusa.

La verdad es que, desde la separación de mis padres, no había tenido mucha fe en las relaciones, ni mucho menos ninguna intención de meterme en una. Tenía varias amigas a las que conocía desde la primaria, chicas con las que había jugado al fútbol de pequeña y cuya amistad había conservado en la secundaria. Había salido con un par de chicos, y me habían roto el corazón más de una vez. Era una chica normal en una ciudad normal, hasta que llegó el divorcio.

Entonces, de repente, dejé de ser una más del grupo: era la única con un entrenador como padrastro, un escándalo en casa y dos hermanitos en camino. Había sido todo tan público y horrible que, aunque mis amigas intentaban apoyarme, me resultaba demasiado difícil explicarles lo que estaba pasando. Así que me alejé de todo y de todos los que conocía. Hasta que no llegamos a Petree no me di cuenta de que había empezado a cambiar incluso antes del traslado, de que mi reinvención comenzó cuando todavía estaba en casa. Pero solo cuando el escenario se volvió completamente nuevo, pude ser otra yo también.

Gracias a los continuos traslados había aprendido a desenvolverme con la gente. Sabía que no me iba a quedar mucho tiempo en ningún lugar, así que mis sentimientos también tenían fecha de caducidad. O sea, que hacía amigos con facilidad, pero nunca tomaba partido por nadie, y salía con chicos que sabía que no me durarían mucho, o nada. De hecho, mis mejores relaciones solían empezar cuando me enteraba que íbamos a trasladarnos de nuevo. Entonces me relajaba sabiendo que, pasara lo que pasase, podría cortar y echar a correr. Por eso había empezado a salir con Michael, un chico mayor que ya había terminado el instituto, con quien nunca podría tener ningún futuro. Así, cuando mi predicción se cumpliera, no sería ninguna sorpresa.

Volví a la página de Beth Sweet y me desconecté. «¡Ponle el tú al tuyo!», decía la siguiente pantalla. «¡Regístrate ahora!» Me puse a escribir mi dirección de correo y el nuevo nombre de usuario, Liz Sweet, cuando mi ordenador emitió un sonido alegre y mi cámara se activó por sí sola.

¡Oh, no!, pensé; dejé el portátil sobre la mesita de café y salí corriendo hacia la cocina. *¡Hola!,* así se llamaba la aplicación de videochat, venía ya cargada en el ordenador y no había sido capaz de desactivarla. En realidad no importaba, porque ninguno de mis amigos la utilizaba. Desgraciadamente, había alguien que sí la usaba.

–¿Mclean? –Una pausa, ruido de fondo–. Cariño, ¿estás ahí?

Me apoyé contra la nevera y cerré los ojos mientras la voz suplicante de mi madre rebotaba en la casa vacía. Era su último recurso, después de que yo ignorara sus mensajes

y sus correos; la única forma que le quedaba para locali-
zarme.

–Bueno –dijo, y yo sabía que, si miraba la pantalla, la
vería allí, estirando el cuello, buscándome en otra habitación que no reconocía–. Supongo que no estás en casa.
Es solo que tenía un rato libre y quería saludarte. Te echo
de menos, mi niña. Y estaba pensando en las solicitudes
para la universidad, si sabrías ya algo y, si estudiaras en
Defriese, podríamos...

Sus pensamientos fueron interrumpidos por un grito
y luego otro. Después se oyeron unos balbuceos y lo que
parecía una pelea antes de que volviera a hablar.

–Vale, puedes sentarte en mis rodillas, pero cuidado
con el ordenador. ¡Connor! ¿Qué te he dicho? –Más ruidos de fondo–. Madison, cariño, mira a la cámara.
¡Mira! ¿Ves? ¿Le dices hola a Mclean? Di, ¡hola, Mclean!
Hola... ¡Connor! Dame el lápiz. De verdad, vosotros
dos...

Me separé de la nevera y salí por la puerta de la cocina
hacia el porche. Fuera, el aire era frío y el cielo claro. Me
quedé allí mirando la canasta de baloncesto; su voz era
un murmullo apagado de fondo.

Desde allí se veía el salón de la casa vecina, donde una
mujer con el pelo corto y rizado, gafas y un jersey escocés,
estaba sentada a la cabecera de la mesa. Tenía un plato
vacío delante, con el tenedor y el cuchillo cruzados orde-
nadamente en el centro. A la izquierda había un hombre
que supuse que sería su marido, alto y delgado, también con
gafas, bebiendo un vaso de leche. Los dos miraban con expresión seria a la persona que estaba sentada en el otro
extremo de la mesa. Yo solo veía una sombra.

Volví a entrar e hice una pausa en la cocina para escuchar. Únicamente oí el silencio y el rumor de la nevera, pero de todas maneras me acerqué al portátil con precaución; lo rodeé y me asomé, pero solo había un salvapantallas. Me senté y, como sospechaba, encontré un mensaje del programa de vídeo, saltando alegremente de un lado a otro, esperándome: «Quería decirte hola, es una pena que no estuvieras. Vamos a estar en casa toda la noche, llámanos y cuéntanos cómo es la casa nueva. Te quiero mucho. Mamá».

Mi madre era como el teflón, lo juro. Por mucho que le dijera un millón de veces que no quería hablar con ella y que necesitaba mi espacio, no le afectaba lo más mínimo. Prefería creer que no es que yo estuviera furiosa e intentara evitarla, sino que estaba muy ocupada.

Cerré el portátil, pues se me habían pasado las ganas de entrar de nuevo en tuiyo.com. Me recosté y miré al techo. Un momento después, empezó a retumbar el bajo desde el otro lado de la casa.

Me levanté y avancé por el pasillo hacia mi cuarto. Desde la cama tenía una vista perfecta de la casita blanca a mi derecha. Todavía había varios coches aparcados en el jardín, y ahora vi que llegaba una furgoneta, que se chocó contra el bordillo y estuvo a punto de derribar el buzón. Al cabo de un segundo, se abrió el maletero y de la puerta del conductor salió un chico corpulento con un chaquetón marinero. Lanzó un silbido con los dedos, una habilidad que siempre he admirado, y fue hacia el maletero, donde empezó a tirar de algo. Un par de chicos salieron de la casa para ayudarle. Entre los tres subieron un barril de cerveza por los escalones de la puerta principal. Cuando atravesaron la puerta, se oyeron gritos de júbilo del interior. Cuando la puerta se cerró detrás de ellos, el bajo sonó más fuerte aún.

Miré hacia el otro lado, en dirección al Luna Blu, considerando aceptar la oferta de mi padre y pasar un rato allí. Pero hacía frío, estaba cansada, y tampoco es que conociera a la gente del restaurante. En vez de eso, regresé a la cocina.

En la otra casa vecina, la pareja había pasado de la mesa a la cocina. La mujer estaba junto al fregadero mientras su marido dejaba correr el agua e introducía en él un par de platos. Ella hablaba mientras lanzaba miradas hacia la puerta trasera, meneando la cabeza, y al cabo de un rato él levantó una mano chorreante y la agarró del hombro. Ella se inclinó hacia él, con la cabeza contra su pecho, y permanecieron el uno junto al otro mientras el hombre seguía lavando los platos.

Era un estudio de contrastes, estaba claro. Como una elección que yo tendría que hacer, una historia u otra: los universitarios gamberros que acababan de empezar la noche, o la pareja de mediana edad que terminaba el día. Volví al sofá y me tumbé, pero esta vez coloqué el portátil hacia el otro lado. Me quedé un rato mirando al techo, sintiendo el bajo, que vibraba suavemente. Bum. Bum. Drip. Drip. En cierta forma, aquellos sonidos de la vida cotidiana me tranquilizaban. Y allí estaba yo, en medio de todo aquello, recién nacida de nuevo y esperando que comenzara mi vida.

Me desperté sobresaltada al oír un estruendo.

Me senté mirando a mi alrededor, sin saber dónde estaba. Solía pasarme en los primeros días en una casa nueva, así que ya no me asustaba. De todas maneras, tardé un momento en orientarme y tranquilizar a mi corazón desbocado, antes de sentirme lista para salir del sofá a investigar.

No tardé mucho en descubrir el origen del ruido. En la esquina de nuestro porche principal había una maceta rota, con la tierra desparramada a su alrededor. El presunto culpable, un tipo corpulento con camiseta de una universidad y unos collares de cuentas típicos del carnaval, regresaba dando tumbos a la fiesta de al lado, mientras un grupo de gente aplaudía y se reía.

–¡Uy, uy, uy! –exclamó un chico delgaducho con una parca, señalando en mi dirección–. Cuidado, Grass. ¡Te han pillado!

El grandullón se volvió torpemente y me miró.

–Perdón –soltó alegremente–. Tú eres guay, ¿no?

No sabía exactamente qué quería decir con eso, probablemente que iba a necesitar una escoba y una bolsa de basura. Pero antes de que pudiera contestar, una chica pelirroja con un plumífero salió por el lateral entre las dos casas, con una lata de cerveza en la mano. La abrió, se la pasó, y le susurró algo al oído. Un momento después, el chico se dirigió hacia mí ofreciéndomela en son de paz.

–Para ti. –Se agachó en una especie de reverencia extraña que estuvo a punto de hacerlo caer. Alguien se rio a su espalda y él dijo–: *milady*.

Más risas. Alargué la mano y agarré la cerveza, pero no respondí.

–¿Veis? –dijo señalándome–. Lo sabía. Guay.

Así que era guay. Al parecer. Vi cómo se dirigía hacia sus amigos, se abría paso entre ellos, y regresaba al interior de la casa. Estaba a punto de verter la cerveza entre los arbustos para ir a recoger una bolsa de basura, cuando me vino a la cabeza la casa del otro lado, con la pareja mayor y triste, y me lo pensé mejor. Mis nombres siempre me elegían, y lo que venía a continuación eran siempre los detalles de la chica que llevaría ese nombre, fuera la que fuese. Ni a Beth ni a Lizbet ni a Eliza se les habría ocurrido apuntarse a una fiesta con desconocidos. Pero puede que Liz Sweet fuera justo ese tipo de chica. Así que entré en casa, alcancé la chaqueta y fui a averiguarlo.

–¿Instituto Jackson? –La rubia junto al barril puso cara de desesperación y soltó un suspiro dramático–. Pobrecita, lo vas a odiar.

–Es una cárcel –añadió su novio, vestido con una camiseta y una gabardina negras, y un aro en la nariz–. Como un gulag, pero con libros.

–¿En serio? –pregunté, y di un sorbito a la cerveza.

–Totalmente. –La chica, que era pequeña y rellenita, y llevaba un vestido de tirantes nada apropiado para la temporada con unas botas de piel de borrego y una cazadora gruesa, se ajustó el generoso escote–. La única manera de sobrevivir es con buenos amigos y mucha ironía. Si te falta alguna de esas dos cosas, la has cagado.

Asentí en silencio. Estábamos en la cocina de la casita blanca, donde había terminado después de abrirme paso entre la gente que se acumulaba en el porche y el salón.

A juzgar por la decoración –pegatinas de baloncesto pegadas en la nevera y carteles con nombres de calles robados en las paredes–, los habitantes eran universitarios, aunque muchos invitados eran de mi edad. En la cocina no había mucho más aparte del barril de cerveza, rodeado de vasos de plástico aplastados, una mesa desvencijada y unas cuantas sillas. Más allá de eso, solo había una fila de bolsas de papel de supermercado de las que sobresalían latas de cerveza y cajas de pizza, y una figura de cartón de un culturista con una bebida energética en la mano. Alguien le había pintado barba, pezones y algo que no quise examinar muy de cerca en sus partes bajas. Muy bonito.

–Yo que tú –me aconsejó la rubia mientras otro grupo de gente entraba por la puerta lateral, acompañado de una ráfaga de frío y ruido–, les suplicaría a mis padres que me inscribieran en el Colegio Fontana.

–¿Colegio Fontana? –pregunté.

–Es un colegio totalmente alternativo –explicó el chico de la gabardina–. Puedes elegir meditación en la hora de deporte. Y los profesores son todos antiguos *hippies*. Y nada de timbres, tío. Para recomendarte que cambies de clase, tocan la flauta.

No supe qué decir.

–A mí me encantaba ese colegio –suspiró la rubia, y le dio un trago a la cerveza.

–¿Estudiaste allí? –le pregunté.

–Allí nos conocimos –respondió el chico, mientras le pasaba el brazo por la cintura. Ella se pegó más a él, y se acurrucó cerrando el abrigo sobre su vestidito–. Pero luego hubo una operación, tipo Gran Hermano, y la expulsaron.

–Todo ese rollo sobre respetar a los demás y sus opciones en la vida –dijo la chica–, y luego tienen el morro de registrarme el bolso en busca de drogas. ¿Dónde se ha visto eso?

–Te desmayaste en el Círculo de confianza –señaló el chico.

–«El Círculo de confianza» –replicó ella–. ¿Y dónde está ahí la confianza?

Eché un vistazo alrededor, pensando que ya era hora de buscar otro tipo de conversación. Pero en la cocina solo había dos chicos bebiendo chupitos de tequila y una chica, llorosa y borracha, apoyada contra la nevera y hablando por el móvil. Si no quería salir a la calle, estaba atrapada.

La puerta se volvió a abrir a mi espalda, y sentí otra ráfaga de aire frío. Un momento después, la chica del plumas que me había conseguido la cerveza se encontraba a mi lado sacando una botella de agua del bolsillo y desenroscando el tapón.

–Hola, Riley –la saludó la rubia, que me señaló inclinando el pulgar–. Es nueva. El lunes empieza en el instituto.

Riley era delgada, con los ojos azules, y llevaba el pelo recogido en una coleta baja. Tenía anillos de plata en casi todos los dedos. Me sonrió compasivamente y dijo:

–No es tan malo como te habrán contado, te lo prometo.

–No le hagas caso, es una optimista sin remedio –dijo el chico. Y a ella le preguntó–: ¿Has visto a Dave?

Ella negó con la cabeza.

–Esta noche ha tenido una buena charla con sus padres. Seguramente no le han dejado salir después.

–¿Otra charla? –preguntó la rubia–. Anda que no les gusta charlar, ¿no?

Riley se encogió de hombros y bebió un sorbo de agua. Su lápiz de labios, rosa fuerte, dejó una medialuna perfecta en el cuello de la botella.

–Creo que él esperaba que se relajaran un poco –dijo–. Al fin y al cabo ya han pasado dos meses. Pero el hecho de que no esté aquí no es buena señal.

–Sus padres son tan superprotectores –me explicó la rubia–. Es de locos.

–Es como el gulag –añadió el novio–. Pero en tu propia casa.

–De verdad. Al pobre lo tienen controlado toda su vida, y resulta que una noche tiene la mala suerte de que lo pillan en una fiesta con una cerveza. –La rubia se ajustó el escote mientras levantaba los ojos al cielo de forma poco espontánea–. ¡Fue solo una cerveza! El juez lo condenó únicamente a servicios comunitarios. Pero para sus padres fue como si hubiera matado a una viejecita o algo así.

–Muy fuerte –añadió su novio.

Riley dio otro sorbito y miró el reloj. Entonces me di cuenta de que tenía un tatuaje en la cara interna de la muñeca, un simple círculo del tamaño de una moneda de diez centavos.

–A ver –dijo–. Son las nueve y media. Nos vamos a las diez y media, como muy tarde; si no, no llegamos a tiempo. Sin excepciones, ni desapariciones. *Capisci?*

–Es como una madre –se quejó la rubia. Riley se la quedó mirando–. *Capisco* –respondió por fin.

–A las diez y media –dijo el chico, que le hizo un saludo militar–. Entendido.

Riley me sonrió y se dirigió al salón, hacia el sofá. Allí, gesticulando mucho, un chico moreno con una chaqueta militar contaba una historia a dos chicas con vasos de plástico en la mano, que parecían estar pendientes de cada palabra. Vi cómo Riley se sentaba al otro lado del chico, pasándose el pelo detrás de la oreja para escucharlos.

Cuando me volví, al chico del gulag y a la rubia del vestidito me los encontré enrollados apasionadamente, las manos de él bajo la chaqueta de ella. La chica de la nevera seguía llorando, así que decidí salir a tomar el aire.

En el porche lateral había gente fumando y moviéndose para mantenerse calientes. Era una noche fría y clara; las estrellas se veían tan brillantes que parecían al alcance de la mano. Inconscientemente, empecé a buscar. Una, pensé al encontrar Casiopea. La dos era Orión. La tres, la Osa Mayor. Algunas personas evitan pisar las grietas del suelo, otras tocan madera, o se tiran sal por encima del hombro. Yo nunca miraba al cielo nocturno sin buscar al menos tres constelaciones. Me hacía sentirme más segura, más centrada. No importa dónde estuviera, siempre podía encontrar algo conocido.

Había sido mi madre la que me había enseñado a mirar las estrellas. Había estudiado astronomía en la universidad y mi padre le regaló un telescopio en su quinto aniversario de bodas. Lo tenía en la pequeña terraza de su dormitorio y, en las noches despejadas, nos arremolinábamos todos a su alrededor; ella encontraba las constelaciones y luego me las enseñaba. «Una», decía, señalando la

Osa Menor. «Dos», anunciaba yo cuando encontraba otra. Luego buscábamos y la que encontraba la tercera y sabía cómo se llamaba era la ganadora. Por eso, cada vez que veía el cielo por la noche, estuviera donde estuviese, me acordaba de mi madre. A veces me preguntaba si ella también se acordaría de mí al levantar la vista hacia las estrellas.

Uf, pensé al sentir un nudo en la garganta. ¿Y ahora a qué viene esto? Solo había dado cuatro sorbitos de cerveza pero era evidente que eso bastaba para desatar la nostalgia. Estaba dejando la lata en el suelo cuando vi las luces azules. «¡La poli!», gritó una voz a mi espalda y, de repente, todos los menores de veintiún años se pusieron en movimiento. Los que estaban dentro salieron en tromba, mientras que los del porche saltaron por encima de la barandilla hacia las escaleras y huyeron por el césped en la oscuridad. Vi a un par de personas cruzar mi porche a toda velocidad hacia el otro lado del camino, mientras que otros corrían calle abajo con los abrigos y los bolsos en la mano. Una niña delgada con trenzas y orejeras no tuvo tanta suerte y se vio acorralada por un policía que venía por el camino. Vi cómo se la llevaba del brazo hacia el coche y la metía en el asiento trasero. Allí se derrumbó contra la ventanilla, con la cabeza entre las manos.

–¡Tú! –Me iluminó una luz que me cegó–. ¡Quieta ahí!

El corazón se me aceleró y, a pesar del frío, me puse colorada. A medida que la luz se hacía más brillante, se acercaba, temblando ligeramente con cada paso que daba el policía; tenía que tomar una decisión. Mclean, Eliza, Lizbet y Beth se hubieran quedado quietas, obedeciendo las órdenes. Pero Liz Sweet no. Ella salió corriendo.

Sin pensar, bajé las escaleras corriendo, salté a la hierba y atravesé el patio trasero embarrado y congelado. El policía y la luz de la linterna me siguieron, alumbrando un brazo por aquí y un pie por allá. Cuando llegué a la tupida hilera de arbustos que señalaban la frontera con mi propio jardín, me gritó que me quedara quieta. En vez de hacerle caso, me lancé de cabeza y caí al otro lado.

Aterricé sobre la hierba, me puse de pie de un salto y seguí corriendo.

–¡Eh! –gritó el policía, mientras los arbustos se movían y la luz bailaba sobre ellos–. Más vale que te quedes quieta ahora mismo.

Yo sabía que tenía que obedecerle, me perseguía de cerca y nunca llegaría a mi casa antes de que me volviera a iluminar con la linterna. Pero, presa del pánico, continué avanzando mientras lo oía atravesar el seto. Di un paso, después otro, y de repente sentí que una mano se cerraba sobre mi brazo izquierdo y me daba un tirón. Antes de saber lo que estaba pasando, me había tropezado con un parapeto a mi izquierda y volví a caerme. Aunque esta vez no me caí sobre algo, sino sobre alguien.

–¡Ay! –exclamó quienquiera que fuese, mientras los dos juntos rodábamos por un tramo de escaleras, aunque estaba demasiado oscuro para saberlo con seguridad. Un segundo más tarde oí pasos rápidos y luego dos golpes, como de puertas que se cerraban. No sabía dónde había aterrizado, pero el suelo era plano y olía a tierra. Además, estaba oscuro. Muy oscuro.

–¿Qué narices...? –empecé a decir, cuando alguien me hizo callar.

–Un momento –dijo una voz–. Espera a que se vaya.

Al instante oí unos pasos sobre nuestras cabezas que se acercaban cada vez más. Entonces apareció una luz amarilla. Levanté la vista y la vi penetrar entre las grietas de lo que eran, de hecho, dos puertas cerradas sobre nosotros. «Mierda», oí decir a alguien que resoplaba. De repente las puertas tabletearon y se levantaron un poco, antes de caer con un golpe seco. Después la luz se retiró por el camino que había venido.

En el silencio que siguió, me quedé callada intentando comprender todo lo que había pasado. Me había quedado dormida, la maceta rota, los tragos de cerveza, el gulag, las luces azules, y ahora... ¿qué? Se me ocurrió que probablemente tendría que estar nerviosa, pues no solo me hallaba en un sótano, sino que no estaba sola. Sin embargo, por algún motivo, sentía que me rodeaba una extraña calma, una especie de familiaridad, incluso en medio de todas aquellas rarezas. Era una sensación de lo más peculiar. Nunca había sentido nada igual.

–Voy a encender la luz –dijo la voz–. No te pongas histérica.

De todas las cosas que uno puede decirle a alguien a quien acaba de arrastrar a un sitio oscuro, esa era probablemente la peor. Y sin embargo, un segundo después, cuando oí un clic y se encendió la linterna, no me sorprendió en absoluto encontrarme frente a mi vecino, el okupa de mi porche, sentado a mi lado con vaqueros y una camisa gruesa a cuadros y un gorro de lana sobre el pelo largo. Estábamos en la base de un tramo corto de escaleras que conducía a unas puertas cerradas con un gancho.

–Hola –dijo con toda la tranquilidad, como si nos hubiéramos encontrado en circunstancias totalmente normales–. Soy Dave.

Durante los últimos años, en los viajes con mi padre, había tenido un montón de nuevas experiencias: colegios diferentes, culturas distintas, nuevos amigos. Pero en estos cinco minutos me quedó claro que nunca había conocido a nadie como Dave Wade.

–Perdona si te he asustado –me dijo al verme observándolo con la boca abierta–. Pero he pensado que sería mejor un susto que un arresto.

Al principio no pude responder, estaba demasiado distraída por lo que veía. Estábamos en lo que parecía un sótano, un lugar pequeño con paredes de tablas de madera y suelo de tierra. Una única silla de jardín ocupaba casi todo el espacio; sobre una pila de libros, a su lado, había otra linterna.

–¿Qué es esto? –pregunté.

–Un refugio subterráneo –me respondió, como si esa fuera la pregunta más normal cuando alguien te arrastra a un sótano–. Para cuando hay tornados y esas cosas.

–¿Es tuyo?

Negó con la cabeza y puso la linterna en el suelo entre los dos. Una polilla revoloteó proyectando extrañas sombras.

–Pertenece a la casa que está detrás de la mía. Hace años que nadie vive aquí.

–¿Y cómo sabías que existía?

–Lo encontré cuando era pequeño. Explorando, ya sabes.

—Explorando —repetí.

Se encogió de hombros.

—Yo era un niño raro.

Eso me lo creí. Y, sin embargo, me sorprendió que durante el incidente yo no hubiera sentido ningún miedo. Al menos no de él, incluso antes de saber quién era.

—¿Y entonces te gusta estar aquí?

—A veces. —Se levantó, se sacudió la tierra y se sentó en la silla, que crujió—. Cuando no estoy tumbado en tu porche.

—Sí —dije mientras él se acomodaba y estiraba las piernas—. ¿Qué pasa? ¿Es que no te gusta estar en tu casa?

Me miró un segundo, como sopesando su respuesta.

—Algo así —respondió.

Asentí. Lo de excavar y esconderse bajo tierra puede que fuese un poco raro, pero eso lo entendía.

—Mira —dijo—, no tenía intención de asustarte. Justo cuando salía vi las luces y luego te oí llegar corriendo. La verdad es que agarrarte fue un impulso.

Volví a mirar hacia las puertas.

—Menudo instinto.

—Sí. Pero, ¿sabes lo más raro? Que el gancho lo puse justo la semana pasada. Qué suerte. —Levantó la vista hacia las puertas y luego me miró—. Lo más importante es evitar que te detengan por beber alcohol siendo menor de edad. No tiene ninguna gracia. Te lo digo por experiencia.

—¿Y cómo sabes que no me han detenido nunca por eso? —le pregunté.

Me examinó todo serio.

—No pareces ese tipo de chica.

—Tú tampoco —señalé.

–Es verdad. –Se quedó un momento pensando–. Retiro lo que he dicho antes. Podrías muy bien ser una delincuente, igual que yo.

Contemplé aquel espacio pequeño y ordenado.

–Esto no parece una guarida de delincuentes.

–¿No? –Meneó la cabeza–. ¿Qué impresión te da? ¿La de un deportista?

Hice una mueca y señalé los libros con un movimiento de cabeza: a la luz de la linterna apenas pude distinguir uno de los lomos que decía algo de geometría abstracta y física.

–Es un material de lectura bastante sesudo.

–No te fíes –dijo–. Necesitaba algo para apoyar la linterna.

La música volvió a sonar por encima de nuestras cabezas. Al parecer, la poli se había marchado y la fiesta volvía a empezar con los mayores de edad que quedaban. Dave se levantó, subió las escaleras, quitó el gancho, abrió despacio una de las puertas y asomó la cabeza. Visto desde abajo, parecía más joven: podía imaginármelo fácilmente con ocho o nueve años, cavando túneles en ese mismo jardín.

–Se han pirado –me informó, y dejó que la puerta se abriera de golpe–. Ahora podrás llegar a casa sin problemas.

–Eso espero –dije–. Ya que son solo...

–... cuatro metros y treinta y siete centímetros hasta tu porche trasero –terminó por mí. Arqueé las cejas y él suspiró–. Ya te lo he dicho, de pequeño era muy raro.

–¿Solo de pequeño? –Entonces sonrió.

–Cuidado con los escalones.

Subió por las escaleras hasta la hierba, luego volvió la linterna hacia mí y me ofreció la mano al llegar arriba. La tomé, sin sentirme rara en absoluto, y sus dedos se cerraron alrededor de los míos, sujetándome mientras volvía a salir al mundo.

—Tus amigos estaban en la fiesta —le dije—. Te buscaban.

—Sí. Pero la verdad es que ha sido una noche larga.

—Y que lo digas. —Me metí las manos en los bolsillos—. Bueno..., gracias por el rescate.

—No ha sido nada —replicó.

—Me has salvado el pellejo, más o menos.

—Solo me he comportado como un buen vecino.

Sonreí y me volví para cruzar aquellos cuatro metros y treinta y siete centímetros. Tras haber dado dos pasos me dijo:

—Oye, si te he salvado el pellejo, deberías decirme cómo te llamas.

En los últimos dos años me había encontrado muchas veces en esa situación, incluso hoy mismo. Tenía en la punta de la lengua el nombre que había elegido, el de la chica que había decidido ser aquí. Pero en ese instante ocurrió algo. Como si aquel breve viaje subterráneo no solo hubiera cambiado la trayectoria de mi vida en esta ciudad, sino que quizás me hubiera cambiado a mí también.

—Mclean —dije.

Asintió.

—Encantado de conocerte.

—Igualmente.

Mientras me acercaba al porche, oía la música de la fiesta, el mismo bajo de antes. Al abrir la puerta lateral de mi casa, lancé una mirada hacia atrás justo a tiempo de verlo bajando de nuevo las escaleras, con el resplandor de la linterna a su alrededor.

Entré en casa, me quité los zapatos y avancé por el pasillo hacia el cuarto de baño. Cuando encendí la luz, la claridad me sobresaltó, así como el polvo que me cubría la cara. Como si yo también hubiera estado haciendo un túnel, cavando, y acabara de salir a tomar aire.

3

Jackson High no era el gulag. Tampoco era el Colegio Fontana. Más bien, era como todos los institutos públicos a los que había asistido: grande, anónimo y apestaba a desinfectante. Después de rellenar el típico montón de papeles y haberme reunido con el consejero escolar, claramente agobiado de trabajo, me entregaron un horario y me indicaron el camino hacia mi clase.

–A ver, callaos –estaba diciendo el profesor, un veinteañero muy alto con zapatillas de cuero y camisa de vestir, cuando me acerqué a la puerta–. Tenemos que resolver un montón de cosas en cinco minutos, así que echadme una mano.

Nadie parecía estar haciéndole caso, aunque el volumen se redujo mínimamente mientras los chicos se dirigían a un semicírculo de mesas y sillas; algunos sacaron las sillas, otros se sentaron sobre las mesas, y otros se dejaron caer en el suelo. Sonó un móvil; alguien por atrás tenía una tos persistente. Cerca de la puerta había un monitor de televisión en el que se veía a dos estudiantes, una chica rubia y un chico con el pelo corto con rastas, sentados ante un escritorio como de telediario; detrás de ellos había un cartel que ponía ¡INFO JACKSON! El profesor seguía hablando.

–... hoy es el último día para reservar los anuarios –decía, según iba leyendo varios papeles que tenía en la mesa, mientras entraban algunos rezagados–. Durante la hora de la comida habrá una mesa en el patio. Además, esta tarde las puertas del pabellón se abrirán pronto, antes del partido de baloncesto; así que, cuanto antes lleguéis, mejores sitios tendréis ¿Y dónde está Mclean?

Me sobresalté al oírlo y levanté la mano.

–Aquí –contesté, aunque me salió con un tono de pregunta.

–Bienvenida –me saludó, mientras todos se giraban en bloque para mirarme. En la pantalla de televisión los alumnos reporteros se estaban despidiendo, saludando con la mano mientras la pantalla pasaba a negro–. Si tienes alguna pregunta, puedes acudir a mí o a cualquiera de tus compañeros. Somos gente maja.

–Bueno –dije, a punto de corregirle por reflejo–, me llamo...

–Siguiente punto –continuó sin oírme–: me han dicho que os vuelva a informar de que no toquéis la pintura húmeda en la entrada de la cafetería. La mayoría de la gente sabe esto sin que nadie se lo diga, pero parece ser que algunos de vosotros no sois como la mayoría. Así pues: no toquéis la pintura con vuestras sucias zarpas. Gracias.

Sonó la campana, lo que impidió oír las distintas respuestas a este mensaje. El profesor suspiró, miró hacia los papeles que todavía no había leído y los colocó en un montón mientras todos se levantaban.

–¡Que tengáis un buen día! –exclamó con pocas ganas mientras los alumnos salían hacia el pasillo. Yo me quedé atrás, junto a su mesa, hasta que levantó la vista y me vio–. ¿Sí? ¿Qué puedo hacer por ti?

–Solo... –empecé, cuando un grupo de chicas con uniforme de animadoras entró en el aula charlando– quería decir que mi nombre no es...

–¡Wendy! –exclamó de repente. Parecía molesto–. ¿No habíamos hablado de cómo había que vestir de forma apropiada para las clases?

–Señor Roberts, no me dé la lata –se lamentó una chica detrás de mí–, ¿vale? Hoy tengo un mal día.

–Seguramente porque es enero y vas medio desnuda. Ve a cambiarte –replicó. Volvió a mirarme, pero solo durante un segundo antes de que un estruendo al fondo de la sala volviera a distraerlo–. ¡Eh! ¡Roderick, te he dicho que no te apoyes en esa estantería! De verdad...

Era evidente que no tenía sentido intentar hablar con él en ese momento, así que salí al pasillo con mi horario en la mano. Wendy, una chica grandota con una falda minúscula para cualquier estación, pasó resoplando a mi lado. Volví sobre mis pasos a la secretaría para intentar orientarme desde allí. Cuando la encontré, giré a la derecha hacia lo que esperaba que fuera el ala B, y pasé junto a un grupo reunido delante del despacho del director.

–... seguro que entiende usted nuestra postura –decía un hombre mayor de pelo rizado, con camisa y chaqueta, que me daba la espalda–. La educación de nuestro hijo ha sido nuestra prioridad desde que nos dimos cuenta de su potencial cuando era pequeño. Por eso lo llevamos a Kiffney-Brown. Allí las oportunidades...

–... eran excepcionales –terminó por él una mujer bajita y delgada.

–Y, como usted sabe, cuando se trasladó aquí fue cuando empezaron todos sus problemas.

–Por supuesto –replicó la mujer que tenían enfrente. Iba vestida con un traje pantalón y tenía un corte de pelo formal que la delataba como la directora, incluso sin la tarjeta de identificación que llevaba colgada al cuello–. Pero estamos convencidos de que aquí puede tener todo lo que necesita, tanto académica como socialmente. Creo que, si colaboramos todos, lo conseguirá.

El hombre asintió con la cabeza. Su esposa, aferrando el bolso con expresión desconfiada, me lanzó una mirada al pasar. Me sonó su cara, pero no la reconocí, al menos al principio. Seguí andando, giré a la izquierda y volví a consultar mi horario.

Estaba mirando los números sobre las puertas cuando vi a Riley sentada en un banco, inclinada hacia adelante y estirando el cuello para mirar hacia el pasillo; en el suelo tenía una mochila. La reconocí al instante por los anillos de los dedos y el anorak de plumas, que ahora llevaba anudado a la cintura. Estaba tan concentrada observando al grupo del pasillo que no me vio.

Mi clase de matemáticas era en el aula 215, pero solo encontré la 214 y la 216 y un aseo averiado. Por fin se me ocurrió que estaría en el pasillo siguiente, así que di media vuelta. Al llegar cerca de Riley, se levantó de un salto, atrapó la mochila y salió a toda velocidad hacia el pasillo principal delante de mí. El grupo ahora estaba más lejos, cerca de las escaleras. En el pasillo solo había un chico de pelo corto con una camisa blanca y unos pantalones caqui.

–¿Qué han dicho? –dijo Riley mientras corría hacia él.

Él miró hacia el grupo y luego hacia ella.

–Dejan que me quede si sigo con los cursos para preparar la universidad. Y otras miles de condiciones más.

–Pero puedes quedarte –repitió ella para aclararlo.

–Sí, eso parece.

Ella le lanzó los brazos al cuello y le dio un abrazo. El chico le sonrió y luego miró hacia el grupo.

–Oye, ¿no deberías estar en clase?

–No pasa nada –dijo Riley, con un gesto de la mano–. Tengo teatro, ni siquiera se darán cuenta.

–No te juegues una falta por esto –dijo–. No merece la pena.

–Solo quería asegurarme de que no te iban a sacar del instituto. Estaba agobiada.

–No es para tanto –respondió–. No te pongas histérica.

«No te pongas histérica.» Al oír esa frase fue cuando me di cuenta. Volví a mirar al chico: pelo corto, formalito. El típico chico de instituto. Excepto que no lo era: era Dave Wade, vecino y habitante del sótano. La ropa era distinta, el pelo corto, pero reconocí su cara. Eso era lo único que nunca se puede cambiar.

Riley se separó de él.

–Vale. Pero te veo a la hora de comer, ¿no?

–¿David? –Su madre estaba delante de la puerta de la oficina, que mantenía abierta. Al otro lado vi a su padre y a la directora, que desaparecían por un pasillo–. Tenemos que pasar.

Dave asintió.

–El deber me llama –dijo, y le dedicó una sonrisa tristona antes de alejarse. Ella lo siguió con la mirada, mordiéndose el labio, antes de dar media vuelta y bajar las escaleras. Poco después oí que se cerraba una puerta y la vi salir corriendo hacia el edificio contiguo, con la mochila saltando en su espalda.

Volví a consultar mi horario, respiré hondo y me dirigí al siguiente pasillo, donde encontré la puerta 215. No me apetecía nada interrumpir la clase justo al principio, ni mucho menos tener que sentarme mientras todos me miraban. Pero era mejor que otras cosas, por ejemplo, de las que Dave me había librado la otra noche. Tenía suerte de estar aquí. Agarré el picaporte, respiré hondo y entré.

Dos horas más tarde, me atreví a entrar en la cafetería y pedí un burrito de pollo que parecía comestible. Me lo llevé afuera, con unas servilletas de papel y una botella de agua, y me senté en el muro que rodeaba el edificio principal. Un poco más allá había un grupo de chicos jugando con las consolas; al otro lado, un chico muy alto y ancho de hombros compartía con una rubia muy guapa un iPod y unos auriculares, y discutían animadamente sobre las canciones que escuchaban.

Saqué mi móvil, lo encendí, y escribí un mensaje: «He sobrevivido hasta la hora de comer. ¿Y tú?».

Apreté el botón de «Enviar» y observé los diferentes grupitos que me rodeaban. Los colgados estaban jugando con una pelotita de malabares; las chicas de teatro hablaban demasiado fuerte; y los que querían salvar el mundo estaban sentados en distintas mesas recolectando dinero y vendiendo galletas para varias causas. Empecé a quitar el papel de aluminio de mi burrito, preguntándome dónde encajaba Liz Sweet entre todos ellos, cuando vi a la rubia pechugona que había conocido en la fiesta del viernes por la noche. Estaba atravesando el césped, con vaqueros ajustados, botas altas y una chaqueta de cuero rojo diseñada para presumir y no para mantenerse caliente. Pasó a mi lado con expresión irritada y se dirigió a unas mesas de picnic junto al aparcamiento. Se sentó, cruzó las piernas, sacó el móvil y levantó la vista al cielo mientras se lo llevaba la oreja.

Mi teléfono zumbó, lo atendí y miré la pantalla.

«A duras penas», respondió mi padre. «Los nativos andan revueltos.»

Siempre que llegaba a un restaurante, mi padre esperaba encontrar resistencia, pero al parecer esta vez era un caso extremo. Había varios veteranos, como los llamaba él, gente que había trabajado durante años para los anteriores dueños del negocio, una pareja mayor que se había trasladado a Florida el año anterior. Pensaron que podrían llevar el restaurante a distancia, pero enseguida se dieron cuenta de lo contrario y decidieron vendérselo a EAT INC. para disfrutar de un retiro dorado. Según lo que mi padre me había contado el día anterior durante el desayuno, Luna Blu había sobrevivido gracias a la buena voluntad de los clientes habituales, y ni siquiera ellos venían ya tanto como antes. Pero de nada serviría contarles eso a los nativos –empleados–. Como tantas otras veces, no les importaba que mi padre fuera solo el mensajero: aun así querían matarlo.

Le di un bocado a mi burrito para ver qué tal estaba. Después de abrir el agua, dar un sorbo y atreverme a morder otra vez, vi que Riley se acercaba a la rubia de la mesa. Dejó su mochila en el suelo y se sentó en el banco a su lado, apoyando la cabeza sobre su hombro. Al cabo de un momento, su amiga le dio unas palmaditas en la espalda.

–¡Hola!

Me sobresalté y se me cayeron unas cuantas judías del burrito, que me mancharon la camisa. Luego levanté la vista. Una chica con un jersey verde manzana, pantalones caqui y zapatillas de deporte blancas, con una banda verde en el pelo, me sonreía.

–Hola –respondí, con bastante menos entusiasmo que ella.

–Eres nueva, ¿verdad?

–Mmm –respondí, lanzando una mirada a Riley y a su amiga–. Sí, eso parece.

–¡Genial! –Me tendió la mano–. Me llamo Deb, y soy del Comité de bienvenida de los estudiantes. Mi trabajo es darte la bienvenida y asegurarme de que te orientas por aquí.

¿Comité de bienvenida? Eso sí que era nuevo.

–Vaya –dije–. Gracias.

–¡De nada! –Deb limpió el polvo con una mano y se sentó a mi lado; colocó su bolso, también verde y acolchado, sobre el muro–. El año pasado era yo la nueva. Y este instituto es tan grande, y es tan difícil orientarse, que me pareció que hacía falta organizar un programa para ayudar a integrarse a los nuevos alumnos. Así que fundé el Club de los embajadores de Jackson. Ah, un momento, ¡se me ha olvidado darte tu regalo de bienvenida!

–No hace falta...

Pero ella ya había abierto su gran bolso verde y había sacado una bolsita de papel atada con un lazo azul y amarillo.

Tenía una pegatina que decía: «¡Espíritu de los tigres de Jackson!», también en azul y amarillo. Me la entregó muy orgullosa y sentí que no tenía más remedio que aceptarla.

—Dentro encontrarás un lápiz, un bolígrafo y el calendario de todos los deportes para el invierno. Ah, y una lista de números que podrías necesitar, como el de secretaría o el consejero o la biblioteca.

—¡Vaya! —exclamé. Al otro lado del patio, Riley y su amiga compartían una bolsa de *pretzels* que se iban pasando una a otra.

—Además —continuó Deb—, hay algunos regalos de promoción de tiendas de la zona, como un cupón para una bebida gratuita en la pastelería Frazier, y si compras un pastel en Jump Java, te dan el segundo a mitad de precio.

De repente me di cuenta de que podían pasar dos cosas: odiar a Deb o terminar siendo su mejor amiga, y Liz Sweet sería igualita que ella.

—Qué detalle —le dije mientras ella sonreía orgullosa—. Muchas gracias.

—No hay de qué —respondió—. Solo intento que a la gente le sea más fácil integrarse de lo que me resultó a mí.

—¿Lo pasaste mal?

Por un momento, mínimo, su sonrisa dejó de ser tan resplandeciente.

—Pues sí —confesó. Luego volvió a alegrarse—. Pero ahora va todo fenomenal. Me encanta estar aquí.

—Bueno, yo me he mudado muchas veces. Así que espero que no sea tan malo.

—Seguro que no —me dijo—. Pero si tienes algún problema, mi tarjeta también está en la bolsa. No dudes en llamarme o enviarme un mensaje, ¿vale? De verdad.

Asentí.

–Gracias, Deb.

–¡Gracias a ti! –Me sonrió y luego se tapó la boca con la mano.– ¡Uy! ¡Soy una maleducada! Ni siquiera sé tu nombre. ¿O me lo has dicho...?

–¡Mclean!

No estaba segura de haberlo oído bien. Pero lo repitieron. Alguien me estaba llamando. Por mi nombre verdadero. Volví la cabeza y, allí, en la mesa de picnic, estaba la chica rubia haciendo bocina con las manos en la boca. Gritándome.

–¡Mclean! –exclamó y me hizo señas con la mano–. ¡Eh! ¡Estamos aquí!

–¡Oh! –dijo Deb–. Igual no necesitabas el paquete. Yo solo pensé...

–No –le dije, sintiéndome mal por alguna razón–. Me viene muy bien, de verdad.

Ella me sonrió.

–Me alegro. Encantada de conocerte, Mclean.

–Igualmente.

Se levantó, giró sobre una de sus bonitas zapatillas y echó a andar por el sendero, ajustándose la banda del pelo por el camino. Miré hacia la rubia, que volvió a hacerme señas con la mano para que me acercara. Pensé que ahí estaba el momento: me elegía, aunque no exactamente como yo había esperado. En cualquier caso, me puse de pie, tiré el burrito en un cubo de basura cercano y me dispuse a atravesar el césped para ver qué ocurriría a continuación. Antes de llegar, volví la vista en dirección a Deb, y la vi cerca del aparcamiento de autobuses. Estaba sentada bajo un árbol, con el bolso verde al lado, bebiendo su refresco. Sola.

La rubia se llamaba Heather. Pero yo no sabía todavía de qué conocía mi nombre.

—Tenía que salvarte —me explicó cuando me acerqué a su mesa—. Esa chica, Deb, es una plasta total. Llamarte me pareció una obra de caridad.

Volví a mirar a Deb, sentada bajo el árbol.

—A mí no me ha caído mal.

—¿Estás de coña? —preguntó Heather con cara de incredulidad—. El año pasado se sentaba conmigo en biología. Se pasó todo el semestre intentando reclutarme para sus grupitos, de los que ella es la única integrante. Era como compartir un banco de laboratorio con un miembro de una secta.

—¿Qué hay en la bolsa? —preguntó Riley, señalando el paquete que yo tenía en la mano.

—Un regalo de bienvenida —respondí—. Del grupo de embajadores.

—Querrás decir de la embajadora —me corrigió Heather, recolocándose el escote—. ¡Ella es la única del grupo!

No sabía qué pintaba yo allí, ahora que me habían salvado de Deb. Pero antes de que me diera tiempo a descubrirlo, había que aclarar un asunto más.

—¿Cómo sabías mi nombre? —le pregunté a Heather.

Ella levantó la vista del teléfono, entrecerrando los ojos por el sol.

—Me lo dijiste tú en la fiesta, antes de que llegara la poli.

–No –repliqué–. Yo no te lo dije.

Se miraron. Ahora era yo la que parecía de una secta. Heather dijo:

–Entonces, supongo que lo habrá mencionado Dave.

–¿Dave?

–Dave Wade, tu vecino. Lo conociste el sábado, ¿no? No es de los que se olvidan fácilmente.

–No es tan raro como parece –me dijo Riley.

–No, qué va –añadió Heather. Cuando Riley le lanzó una mirada asesina, ella replicó–: ¿Qué? El tío se pasa el día en el sótano de una casa abandonada. Eso no es normal.

–Es un refugio para las tormentas. Y tampoco es que lo construyera él.

–¿Te das cuenta de lo que estás diciendo? –Heather suspiró–. Mira, ya sabes que adoro a Dave. Pero es más bien rarito.

–Como todo el mundo –replicó Riley, y tomó otro *pretzel*.

–No. –Heather se ajustó de nuevo el escote–. Yo, por ejemplo, soy completamente normal.

Riley resopló, alcanzó otro *pretzel* y las dos se callaron un momento. Ahora, pensé yo. Ahora es cuando me presento como Liz Sweet y aclaro todo esto. Hago lo mismo mañana a primera hora en clase y ya está, todo perfecto, todo en su sitio para que las cosas salgan como las tenía planeadas. Pero, por algún motivo, no pude hacerlo. Porque, a pesar de mis intenciones, Mclean ya tenía una historia aquí. Era la chica que había descubierto a Dave en el porche y se había refugiado en su escondite. La chica de la fiesta, la chica a la que Deb había dado la bienvenida, a su manera particular. No era la misma Mclean de los últimos diecisiete años de mi vida. Pero era Mclean. Y ni siquiera un nombre nuevo podría cambiar eso ahora.

Heather miró a Riley.

–Y hablando del empollón, ¿qué ha pasado? ¿Sus padres lo han sacado del instituto para siempre o qué?

Riley negó con la cabeza.

–Lo he visto esta mañana. Me ha dicho que le dejarán quedarse, pero con un montón de condiciones. Han estado toda la mañana reunidos con la señora Moriarity.

–Uf, suena horrible –dijo Heather. Y me explicó–: La señora Moriarity es la directora. Y me odia.

–No te odia –dijo Riley.

–Sí que me odia. Desde aquella vez que..., ya sabes, el incidente, cuando me choqué con la caseta del guardia. ¿Te acuerdas?

Riley pensó un momento.

–Ah, sí. Menuda se montó –dijo. Luego me miró y añadió–: Conduce fatal. Nunca mira cuando cambia de carril.

–¿Y por qué tengo que ser yo siempre la que mira? –preguntó Heather–. ¿Por qué no están pendientes los demás de por dónde voy yo?

–La caseta del guardia es un objeto. Es inocente.

–Cuéntaselo a mi guardabarros. Todavía le estoy pagando a mi padre la factura del maldito taller.

Riley hizo una mueca.

–Yo creía que estábamos hablando de Dave.

–Ah, sí. Dave. –Heather se volvió hacia mí–. Dave es como un sueño para cualquier director de instituto. Un genio que se saltó no sé cuántos cursos y que estaba recibiendo unas clases para preparar la universidad, y vino a este agujero por voluntad propia. Es algo que no entenderé nunca.

—Quería ser normal —dijo Riley en voz baja. Luego me miró—. Dave no había estado nunca en un colegio público. Iba a entrar en la universidad antes de tiempo, porque es muy inteligente e iba varios cursos adelantado. Pero luego decidió que quería vivir la vida de un adolescente normal. Así que se buscó un trabajo en la pastelería Frazier, donde trabajaba mi novio de entonces.

—Nicolas. —Heather suspiró—. Ay, ese sí que sabía agitar la coctelera. ¡Menudos bíceps!

Riley ignoró su comentario y continuó:

—Dave y yo nos conocemos desde pequeños, pero habíamos perdido el contacto. Cuando empezó a trabajar con Nic, recuperamos la amistad y comenzamos a quedar.

—Y él se enamoró perdidamente de ella —dijo Heather. Riley meneó la cabeza—. ¿Qué pasa? Es la verdad. Bueno, se supone que ya se le ha pasado, pero hubo una época...

—Para mí es como un hermano —dijo Riley—. Nunca podrá ser otra cosa.

—Además, Riley solo sale con cabrones —añadió Heather. Riley suspiró.

—Cierto. Es una enfermedad.

Heather la miró con compasión y le dio una palmadita en la espalda, igual que había hecho hace un rato. Luego me miró.

—Oye, ¿te sientas o no? Me estás poniendo nerviosa, ahí de pie.

Volví a la vista hacia Deb, sentada bajo su árbol, y luego contemplé los distintos grupos desperdigados por el césped, separados cuidadosamente como las distintas especies del reino animal.

–Claro –respondí, mientras metía mi bolsa de bienvenida en la mochila–. ¿Por qué no?

Después de las clases, tomé un autobús al Luna Blu y atajé por el callejón hasta la entrada de la cocina. Encontré a mi padre en el pequeño despacho abarrotado que parecía una despensa, sentado ante un escritorio. Estaba rodeado de papeles y hablaba por teléfono.

–Hola, Risitas. Soy Gus. Mira, la cosa no está tan mal como nos temíamos. Eso sí, buena pinta no tiene.

Charles Dover era el dueño de EAT INC. Había jugado en el Defriese y en la NBA, medía más de dos metros y tenía la envergadura de un camión. A nadie en su sano juicio se le ocurriría llamarlo Risitas. Pero mi padre era uno de sus mejores amigos desde sus días de gloria en el banquillo del Defriese. Ahora Risitas era comentarista de televisión y multimillonario. Viajaba por todo el país debido a su trabajo en la tele y le encantaba comer; así fue como terminó siendo el dueño de una compañía que compraba y relanzaba restaurantes antes de venderlos a nuevos propietarios. Siempre que iba a la ciudad para los partidos del Defriese, le encantaba ir al restaurante Mariposa. Después animó a mi padre a marcharse de allí y ahora mi padre trabajaba para él. A cambio, él le pagaba un buen sueldo y cuidaba muy bien de nosotros.

Dejé la mochila en el suelo para no molestar, y me dirigí al restaurante. Estaba vacío excepto por Opal, que se encontraba junto a la puerta principal rodeada por un montón de cajas de cartón. El repartidor de UPS, que había aparcado fuera, traía otras cuantas más.

—¿Estás seguro de que no se trata de un error? —preguntó Opal mientras él colocaba las cajas a su lado—. No esperaba tantas.

Él comprobó el albarán, que estaba sobre una caja.

—Son treinta —respondió y se lo entregó—. Y están todas.

Opal firmó y le devolvió la copia. Vestía una camiseta de manga larga de algodón con vaqueros y caballos, una minifalda negra y botas rojas que le llegaban por encima de la rodilla. Me costaba decidir si su *look* era *punk* o *retro*. Tal vez *petro*.

—De verdad —le dijo al tipo de UPS—, es alucinante lo que hay que hacer para poder aparcar en esta ciudad. Alucinante.

—Contra el ayuntamiento no hay nada que hacer —replicó él, mientras arrancaba una hoja de papel y se la entregaba—. Oye, ¿tienes por ahí unos pepinillos de esos? Los probé el otro día y están de muerte.

Opal suspiró.

—*Et toi, Jonathan?* —preguntó abatida—. Creía que te encantaban nuestros panecillos.

Él se encogió de hombros.

—Estaban buenos, claro. Pero los pepinillos... Ricos y crujientes, y un poco picantes. Tía, son lo más.

—Lo más —repitió Opal sin expresión—. Vale. Pasa y dile a Leo que te dé unos cuantos.

—Gracias, guapa.

Pasó a mi lado, me saludó con la cabeza, y yo le devolví el saludo. Opal contempló las cajas con los brazos en jarras y añadió por encima del hombro:

–Y dile que mande a alguien a ayudarme a subir estas cajas, ¿quieres?

–Ahora mismo –respondió mientras empujaba la puerta de la cocina. Opal se agachó para examinar una caja y volvió a incorporarse frotándose la espalda.

–Si quieres, te ayudo –le dije.

Ella se volvió sobresaltada, pero su expresión se suavizó un poco al verme.

–Oh, gracias. Lo último que me faltaba es que salga Gus y se ponga a hacer preguntas. Ya me tiene bastante manía.

Me quedé un momento callada, para que se diera cuenta de lo que acababa de decir. Uno. Dos. Y...

–Uy. –Se puso colorada–. No lo decía en serio. Es solo que...

–No te preocupes –la tranquilicé, mientras me acercaba para tomar una de las cajas más pequeñas–. Tus cajas de secretos están seguras conmigo.

–Ojalá fueran cajas de secretos –dijo con un suspiro–. Sería mucho menos humillante.

–¿Entonces qué son?

Respiró hondo y dijo:

–Edificios, árboles, construcciones de plástico.

Me fijé en que el remitente era Maquetas Urbanas.

–Es una historia muy larga –continuó Opal, colocándose una caja en la cadera. La seguí hacia el comedor–. Pero la versión corta es que le vendí mi alma a una concejala.

–¿En serio?

–No me siento orgullosa de ello. –Avanzó por un pasillo, pasando por delante de los servicios, y abrió una puerta empujándola con la cadera. Al otro lado había un tramo estrecho de escaleras. Mientras empezábamos a subirlas, continuó–: Estaban a punto de cerrar el aparcamiento de aquí al lado, lo que hubiera sido un desastre para el negocio. Yo sabía que estaban buscando a alguien que ensamblara esta maqueta de la ciudad para la celebración del centenario este verano, y que nadie quería hacerlo. Así que me ofrecí voluntaria, con una condición.

–¿El aparcamiento?

–Exacto.

Llegamos arriba y entramos en una sala alargada con ventanales polvorientos. A lo largo de una pared había varias mesas apiladas, cubos de basura e, inexplicablemente, dos tumbonas de jardín en el centro, con una caja vacía de leche entre ellas. Sobre la caja había un paquete de cigarrillos, una botella de cerveza vacía y un extintor.

–Vaya –dije, mientras dejaba mi caja–. ¿Esto qué es?

–Ahora es una especie de almacén –contestó–. Pero, como puedes ver, el personal lo usa de vez en cuando.

–¿Para encender hogueras?

–En principio, no. –Se acercó, alcanzó el extintor y lo examinó–. ¡Jo! Lo he estado buscando por todas partes. Los tíos de la cocina son unos mangantes, te lo juro.

Me acerqué a una de las ventanas y miré hacia fuera. Había un balcón estrecho, de hierro forjado, desde el que se veía perfectamente la calle.

–Bonita vista –dije–. Qué pena que esta sala no se pueda usar de comedor.

–Antes sí se hacía. Hace mucho tiempo –dijo, mientras alcanzaba la botella de cerveza y los cigarrillos y los arrojaba al cubo de basura.

–¿Cuánto llevas aquí?

–Empecé cuando estaba en el instituto. Fue mi primer trabajo de verdad. –Agarró la caja de leche y la colocó contra la pared; luego cerró las tumbonas–. Después fui a la universidad, pero en los veranos volvía a trabajar de camarera. Tras graduarme busqué trabajo con mi doble licenciatura en Danza e Historia del Arte, pero no me salió nada. –Me miró e hizo una mueca–. Sí, ya lo sé. Qué sorpresa, ¿no?

Sonreí y miré de nuevo por la ventana.

–Al menos estudiaste lo que te gustaba.

–Esa ha sido siempre mi defensa, incluso cuando no tenía ni blanca –dijo, limpiando la caja de leche con la mano–. El caso es que aquí estaba yo, sin trabajo, cuando los Melman decidieron que necesitaban a alguien para llevar el negocio en su lugar. Así que acepté, de forma temporal. Y, no sé cómo, aquí sigo.

–Es difícil salir de este negocio. A veces, imposible –respondí. Me miró–. Al menos, eso es lo que dice mi padre.

Guardó silencio un momento, mientras colocaba las tumbonas plegadas contra la pared.

–¿Sabes? –dijo por fin–. Ya sé que solo ha venido a hacer su trabajo, y que tenemos que cambiar algunas cosas. Seguro que es un buen tío. Pero parece como si..., como si nos hubieran invadido. Ocupado.

–Lo dices como si fuera una guerra.

–Así es como lo siento –contestó. Se sentó sobre la caja de leche y apoyó la cabeza en las manos–. Ahora que ha eliminado la mitad de la carta y se ha cargado el *brunch*, creo que hubiera sido mejor marcharme con los panecillos. Fuera lo viejo, bienvenido lo nuevo, y bla, bla, bla.

De repente pareció cansada y sentí que debía decir algo para apoyarla, aunque apenas nos conocíamos. Pero antes de que pudiera hablar, se oyó un gran golpe en las escaleras, y el cocinero delgaducho, que reconocí de haberlo visto unos días antes en el callejón, apareció cargado con una caja. Mi padre, con otra caja en brazos, venía justo detrás de él.

–Opal, tía, ¿dónde quieres que dejemos esto? –preguntó el cocinero.

Opal se puso en pie de un salto.

–Leo –dijo, acudiendo rápidamente a tomar la caja que llevaba mi padre–, no me puedo creer que le hayas pedido ayuda a Gus.

–¡Tú has dicho que me ayudara alguien!

–Alguien –murmuró entre dientes–. No el jefe, hombre.

–No pasa nada –dijo mi padre relajado–. ¡Mclean! No sabía que estabas aquí. ¿Qué tal tu día?

Opal se volvió hacia mí desconcertada, y recordé que le había dicho que me llamaba Liz. Tragué saliva.

–Bien, más o menos.

–Gus, lo siento, de verdad –le dijo Opal–. Solo tardaré un momento en subir el resto de las cajas, te lo prometo. –Le lanzó a Leo una mirada siniestra, pero él se quedó allí quieto, jugueteando con el cordón del delantal.

–¿Qué? –preguntó mientras ella seguía mirándolo con mala cara–. Ah. ¿Te refieres a mí?

–Sí –respondió, más cansada que nunca–. Me refería a ti.

Él se encogió de hombros y bajó las escaleras a todo correr. Opal seguía avergonzada, pero mi padre no pareció darse cuenta cuando se acercó a mi lado, junto a la ventana, para mirar hacia la calle.

–Esta sala es genial –dijo, echando un vistazo alrededor–. ¿Se usaba de comedor?

–Hace unos diez años –respondió Opal.

–¿Y por qué dejaron de utilizarla?

–El señor Melman pensaba que se tardaba mucho en subir y bajar las escaleras. La comida llegaba fría porque la cocina estaba demasiado lejos.

–Mmm –murmuró mi padre, que se acercó a una pared y dio unos golpecitos–. En un edificio tan viejo como este, me sorprende que no haya un montaplatos.

–Había uno –le dijo Opal–. Pero no funcionaba bien. Metías la comida y no volvías a verla.

–¿Dónde estaba?

Ella se acercó a la pared, junto a las escaleras, y apartó una de las mesas. Detrás se distinguía una marca cuadrada que sobresalía ligeramente.

–Lo tapamos porque la gente se montaba en él después de cerrar. Podría haber ocurrido un accidente.

–Y tanto. –Mi padre se acercó y lo examinó. Opal volvió a mirarme y me pregunté qué estaría pensando–. Bueno, ¿y estas cajas? No sabía que tuviéramos un pedido tan grande hoy.

–Es que... –dijo Opal mientras Leo volvió a aparecer cargado con tres cajas apiladas peligrosamente–. No es un pedido. Esto es... otra cosa.

Mi padre la miró.

–¿Otra cosa?

–Le estaba contando a Liz –dijo Opal mirándome, y sentí que mi padre también me miraba, aunque yo evité su mirada– que es una maqueta para el ayuntamiento. Necesitaban a alguien que llevara a cabo el proyecto y un lugar para colocarlo. Y estaban a punto de cerrar nuestro aparcamiento, así que me presenté voluntaria, más o menos.

Se interrumpió y contempló desanimada las cajas que Leo seguía subiendo.

–¿Y de qué es la maqueta? –preguntó mi padre.

–De la ciudad. Es para el centenario, este verano –contestó. Sacó un papel del bolsillo y lo leyó en voz alta–: «Como proyecto comunitario y de arte público, este mapa viviente permitirá a los ciudadanos contemplar la ciudad de una forma totalmente nueva».

–Parece que va a ocupar mucho espacio –dijo mi padre.

–Sí, no sabía que fuese a ser tan grande. Enseguida encontraré otro sitio para ponerlo, solo tengo que hacer algunas llamadas.

–¡Eh, Opal! –gritó una voz por el hueco de la escalera–. Ha venido el tío de la lavandería y faltan trapos. Y esa señora sigue esperándote al teléfono.

–¿Qué señora?

–¿No te lo ha dicho Leo antes? –contestó la voz.

Opal se volvió hacia Leo, que estaba junto a la ventana.

–Uy –dijo él–. Esto... Tienes una llamada.

Ella no dijo nada, solo le lanzó una mirada antes de bajar las escaleras sin hacer comentarios. Mi padre le dijo a Leo:

–Cuando hayas terminado de subir las cajas, ponte a cortar los pimientos. Y asegúrate de que la zona de la entrada está despejada a la hora de abrir. No quiero mugre por ninguna parte, y limpia el cristal de la puerta.

–Sin problema, jefe –asintió Leo con poco entusiasmo.

Con expresión inescrutable, mi padre observó a Leo cruzar la sala despacio y bajar las escaleras. Cuando se oyó el ruido de la puerta al cerrarse abajo, comentó:

–No sé si esto es un restaurante o una fundación benéfica. Hay que ver, el tío parece incapaz hasta de abrir una lata.

–Parece un poco inútil, es verdad –dije.

–Es una epidemia. –Volvió a acercarse a los ventanales–. Desgraciadamente, no puedo despedirlos a todos. Al menos, por ahora.

Me puse a su lado para contemplar la calle. Era una vista preciosa, enmarcada por árboles altos, que se inclinaban hacia nosotros.

–Opal parece simpática.

–No necesito que sea simpática, sino que controle a sus empleados y haga los cambios que le pido que haga. En vez de eso, discute cada detalle y me hace perder muchísimo tiempo.

Nos quedamos un momento callados.

–¿Sabes que lleva trabajando aquí desde que salió del instituto? –le pregunté.

–¿Ah sí? –No parecía muy interesado.

–Fue su primer trabajo. Le encanta este restaurante.

–Muy bien –dijo él–. Pero todo el amor del mundo no salvaría un barco que se hunde. Tienes que achicar agua o tirarte por la borda.

Pensé en Opal, sentada en la caja de leche, con aspecto agotado. Tal vez estuviera lista para encontrar una isla en alguna parte donde necesitaran una bailarina o una historiadora de arte, y mi padre le estuviera haciendo un favor al dejarla en el puerto. Así quería creerlo. También eso formaba parte del trabajo.

–Mira, lamento quejarme tanto. Es que estoy de muy mal humor –me dijo, pasándome una mano por el hombro–. ¿Te apetece comer con el personal? Vamos a probar la nueva carta y me vendría bien tener a alguien de mi parte.

–Esa soy yo.

Me sonrió y lo seguí hacia las escaleras. Cuando estábamos a medio camino hizo una pausa y me miró.

–Te ha llamado Liz –me dijo. No era exactamente una pregunta, pero yo sabía qué me estaba preguntando.

–Un malentendido –le dije–. Luego se lo aclaro.

Él asintió y nos dirigimos hasta el bar y el comedor principal. Allí estaban todos los empleados para la reunión obligatoria de cada tarde, cena incluida, que mi padre instauraba siempre que asumía el mando de un restaurante. Con expresión desconfiada, Opal iba tomando los platos alineados en el extremo de la barra, todos con diferentes contenidos.

–A ver, ¿podemos empezar? –preguntó mi padre.

El grupo se calmó y se hizo el silencio. Noté que todos se ponían firmes y respiraban hondo.

–Hoy comienza la primera fase de la reencarnación del Luna Blu. La carta se ha reducido, los platos son menos complicados y los ingredientes son más frescos, de proveedores locales. Algunos platos los reconoceréis, pero otros son totalmente nuevos. Ahora, por favor, tomad una carta, vamos a leerla desde el principio.

Opal distribuyó las cartas plastificadas, de una página, que estaban sobre una banqueta de la barra. Se oyeron algunas protestas cuando empezaron a leerlas. Algunos gruñidos. Y un abucheo, aunque no supe de dónde venía. No iba a ser fácil, ni este momento ni esta noche. Pero mi padre había estado en peores situaciones. Y mientras él continuaba hablando, me senté detrás de él, para que supiera que estaba de su parte.

—Un desastre.

Esta fue la respuesta que recibí a la mañana siguiente cuando encontré a mi padre despierto, preparando huevos revueltos en la cocina y le pregunté cómo había ido la noche anterior. Había intentado esperarlo despierta, pero me quedé dormida alrededor de medianoche y él todavía no había llegado. Ahora sabía por qué.

—La primera vez que se prueba una carta nueva siempre resulta difícil —le recordé mientras sacaba dos platos del armario.

—No es que fuera difícil —contestó mientras revolvía los huevos—, fue ridículo. Fuimos renqueantes desde el primer momento y no nos recuperamos en toda la noche; y eso que solo estaban ocupadas la mitad de las mesas. En mi vida había visto una desorganización semejante. ¡Y su actitud! Es alucinante.

Coloqué los platos sobre la pequeña mesa de la cocina, saqué tenedores y servilletas y me senté.

–Qué horror.

–Y lo peor –continuó– es que ahora tengo que volver e intentar arreglarlo todo antes de empezar con las cenas de esta noche.

Guardé silencio mientras él se giraba y servía en mi plato una porción generosa de huevos revueltos. Pero lo que yo había dicho era cierto: la noche del estreno de una carta nueva siempre salía fatal, los empleados explotaban o se venían abajo, los clientes salían insatisfechos o indignados, y mi padre decía que aquello no tenía solución. Era una etapa casi obligatoria, parte del proceso. Pero parecía que a mi padre se le olvidaba de una vez a otra, y no serviría de nada recordárselo.

–La cuestión es que un restaurante es tan bueno como sus cocineros. Y en este no hay cocinero –afirmó mientras servía los huevos en el otro plato y se sentaba.

–¿Y Leo?

–Es el jefe de cocina, aunque no sé a quién se le ocurrió pensar que servía para ese puesto. El cocinero se marchó hace una semana, cuando Risitas empezó a hacer preguntas sobre unas operaciones raras que detectaron sus contables en las cuentas. Al parecer, no le apetecía dar explicaciones.

–Entonces, ¿tienes que contratar a alguien?

–Me encantaría, pero ningún cocinero decente aceptaría el puesto tal y como está el restaurante ahora mismo. Tengo que poner en marcha la nueva carta, mejorar la organización y hacer una limpia, literal y figuradamente, antes de pensar en contratar a nadie más.

–Parece una cosa fácil –le dije.

–Sería más fácil cerrar y olvidarse del tema –replicó–. Me parece que sería lo mejor.

–¿En serio?

–Sí.

Suspiró y miró por la ventana, mientras se llevaba otro bocado a la boca. Aunque se ganaba la vida gracias a su amor por la comida, mi padre no sabía comer. Comía deprisa, sin saborear las cosas; engullía todo lo que había en el plato como si le estuvieran cronometrando. Casi había terminado cuando me levanté para servirme un vaso de leche; yo solo había dado un par de bocados.

–Bueno –tanteé–, supongo que tenía que pasar tarde o temprano.

Mi padre tragó y luego me miró.

–¿El qué?

–La falta de potencial –contesté. Me miró sin comprender y añadí–: Pues eso, un sitio que nadie puede arreglar, ni siquiera tú. Una situación sin solución.

–Puede ser –contestó, y se limpió con una servilleta–. Hay cosas irreparables.

Esto era un hecho que los dos conocíamos bien. Mientras abría la nevera pensé que tal vez no sería mala cosa dejar que este barco se hundiera. Claro, tendríamos que volver a trasladarnos, otro cambio, otro instituto. Pero al menos podría empezar con buen pie, no como aquí, donde me había quedado con Mclean, a pesar de todos mis...

–La cuestión –dijo de repente, interrumpiendo mis pensamientos, que avanzaban cada vez a mayor velocidad– es que en la cocina sí que hay buena gente.

Si hubiera prestado más atención, probablemente habría oído que su ánimo tocaba fondo y comenzaba lentamente a remontar.

–No me refiero a Leo, claro –continuó mirándome–, sino a uno de los pinches y a un par de los ayudantes de cocina. Y también hay posibilidades con el personal de sala, si consigo deshacerme de los pesimistas y agobiados.

Volví a sentarme y puse el vaso de leche delante de mí.

–¿Y qué les pareció a los clientes la nueva carta?

–A los pocos a los que les servimos la cena completa y caliente –suspiró– les encantó.

–¿Y los pepinillos?

–Genial. Opal estaba furiosa. –Sonrió y meneó la cabeza–. Pero la nueva carta es buena: sencilla, sabrosa y realza todas nuestras virtudes. Bueno, las pocas que tenemos.

Me quedó claro que iba a quedarse. Había pasado del «sus» al «nuestras», lo cual era otra señal. Ya no era un forastero, sino uno de ellos. Entonces sonó su móvil, junto al fregadero. Estiró el brazo, lo agarró y lo abrió.

–Gus Sweet. Ah, sí. Quería hablar contigo...

Mientras una voz hablaba al otro lado de la línea, miré hacia la casa vecina justo a tiempo para ver salir a la madre de Dave Wade por la puerta lateral. Llevaba vaqueros, un jersey de lana blanco de ochos y zapatos cómodos; un bolso grande colgado del hombro y sostenía una bandeja cubierta de papel de aluminio. Bajó las escaleras con cuidado para no tropezarse.

–... Sí, eso es justo lo que he dicho –decía mi padre mientras ella cruzaba el sendero y subía los escalones de nuestro porche con el mismo cuidado–. ¿Por qué? Pues porque no me gustó la pinta de la cena que me sirvieron ayer.

La señora Wade estaba casi frente a nuestra puerta. Me levanté para recibirla justo cuando ella se inclinaba sobre la mosquitera, haciendo pantalla con la mano para ver mejor. Al verme, se sobresaltó.

–Hola –saludó, mientras yo abría la puerta–. Soy Anne Dobson-Wade, vivo en la casa de al lado. Quería daros la bienvenida al vecindario, así que os he preparado unos *brownies*.

–Oh –dije. Me pasó la bandeja y yo la tomé–. Muchas gracias.

–No contienen frutos secos ni gluten ni azúcar y todos los ingredientes son orgánicos. No sabía si tendríais alguna alergia.

–No tenemos –respondí–. Pero, mmm, gracias por su consideración.

–¡De nada! –Me sonrió, con un mechón de pelo revoloteando por el aire que llegaba desde atrás–. Bueno, lo dicho, que estamos ahí al lado. Si necesitas algo o tienes alguna pregunta sobre el barrio, estamos a tu disposición. Vivimos aquí desde siempre.

Asentí con la cabeza como respuesta, justo cuando Dave salió de su casa, con una camiseta verde y vaqueros, y arrastró el cubo de basura hacia la acera. Su madre se volvió y le dijo algo, pero con el ruido de las ruedas sobre la gravilla no la oyó y siguió andando. Y fue entonces cuando mi padre se puso a gritar.

–Me importa un bledo que lleve cien años siendo su proveedor. No me cuente rollos. Sé distinguir muy bien cuándo me timan en los pedidos. –Hizo una pausa, para que la otra persona, que ahora hablaba más rápidamente aún, dijera algo–. Mire, no pienso discutirlo con usted, ¿de acuerdo?

La señora Dobson-Wade miró a mi padre alarmada por su tono.

–Es una llamada de trabajo –le expliqué. Mientras, detrás de ella, Dave regresaba por el sendero. Al verme hablando con su madre, redujo la velocidad hasta detenerse por completo.

–¿Que quién soy yo? –preguntaba mi padre mientras Dave Wade y yo, desconocidos pero no del todo, nos quedamos mirándonos el uno al otro sobre los hombros delgados y huesudos de su madre–. Soy el nuevo jefe del Luna Blu. Y usted acaba de dejar de ser mi proveedor. Adiós.

Colgó y dejó con una palmada el teléfono sobre la mesa. El ruido me sobresaltó. Solo entonces levantó la vista y me vio con la madre de Dave en la puerta.

–Esta es la señora Dobson-Wade –le dije, en tono tranquilo, para demostrar que no estábamos los dos desquiciados–. Nos ha traído unos *brownies*.

–Oh. –Se frotó las manos y se acercó–. Muchas... gracias.

–¡No hay de qué! –Se produjo un silencio incómodo y después añadió–: Le estaba diciendo a su hija que llevamos viviendo aquí más de veinte años, así que, si necesita cualquier información sobre el barrio o los colegios, no tiene más que decirlo.

–Muchas gracias –dijo mi padre–. Aunque, por lo que parece, mi hija ya se ha instalado bastante bien.

–¿Estás en el instituto Jackson? –me preguntó la señora Dobson-Wade. Asentí–. Es un buen centro público. Pero hay otras opciones en el sector privado, si le interesan. Excelentes, la verdad.

–Seguro –respondió mi padre.

–Nuestro hijo asistía a uno de esos colegios, el Kiffney-Brown, hasta el año pasado. Después decidió cambiarse, cosa que no nos hizo ninguna gracia. –Suspiró y meneó la cabeza–. Ya sabe cómo son los adolescentes cuando les da por tener ideas propias.

Sentí que mi padre me miraba, pero esta vez mantuve la vista al frente. No estaba dispuesta a responder.

–Bueno –dijo él al fin–, supongo que tiene razón.

La señora Dobson-Wade sonrió, como si mi padre le hubiera ofrecido un apoyo más claro.

–¿Ha dicho usted que era el nuevo jefe del Luna Blu?

–Solo temporalmente –respondió mi padre.

–Oh, nos encanta el Luna Blu. ¡Los panecillos son deliciosos!

Mi padre sonrió.

–Pues la próxima vez que vayan, pregunten por mí. Me encargaré de que los traten bien. Me llamo Gus.

–Anne –dijo ella. Miró hacia atrás y vio a Dave, que estaba ahí parado mirándome sin acercarse–. Mi esposo, Brian, está a punto de salir y este es mi hijo, David. David, estos son Gus y...

Todos me miraron.

–Mclean –dije.

Dave levantó la mano como saludo. Fue un gesto amistoso, pero mantuvo la distancia. Pensé en lo que me habían dicho Heather y Riley: un cerebrito, experto en batidos, habitante del sótano. Ahora mismo, no me parecía ninguna de las tres personas que habían descrito, lo que me resultaba inquietante, a pesar de ser algo familiar para mí.

La puerta lateral se abrió de nuevo y apareció el señor Wade. Era alto y fibroso, con barba, y llevaba un una bolsa de mensajero que se estaba colocando mientras bajaba las escaleras. En la otra mano sujetaba un casco de bicicleta cubierto de pegatinas reflectoras.

–¡Brian! –lo llamó la señora Wade–. Ven a saludar a nuestros nuevos vecinos.

Su marido se acercó sonriente a nuestro grupito del porche. Él y Anne, juntos, parecían los típicos profesores universitarios despistados, con sus gafas de pasta, él con el casco de la bici, ella con la bolsa con el logotipo de la radio pública.

–Encantado de conocerlos –dijo, estrechando la mano de mi padre–. Bienvenidos al barrio.

–Gracias –dijo mi padre.

–Gus es el jefe del restaurante Luna Blu –le informó Anne.

–Uy, nos encanta –respondió Brian–. ¡Esos panecillos! Son perfectos para las noches frías.

Me mordí el labio y evité mirar a mi padre mientras nos sonreímos unos a otros. Entretanto, detrás, Dave me lanzó una mirada difícil de interpretar, casi una disculpa, y se volvió hacia su casa. Cuando la puerta golpeó al cerrarse tras él, fue como si un silbato hubiera anunciado el final del tiempo muerto. Nos dispersamos.

—Me tengo que marchar al laboratorio —dijo la madre de Dave, iniciando la retirada. Brian sonrió y la siguió poniéndose el casco—. Si podemos ayudar en algo, aquí estamos.

—Muchas gracias —respondió mi padre—. Y también por los *brownies*.

Se despidieron con la mano y nosotros también. Después nos quedamos allí un momento, en silencio, observándolos bajar las escaleras hacia el sendero de su casa. Se detuvieron bajo la canasta de baloncesto y Brian se inclinó para que Anne pudiera darle un beso en la mejilla. Luego ella se dirigió hacia su coche y él hacia la bicicleta encadenada al porche. La empujó hacia la calle y ella salió marcha atrás; él giró hacia la izquierda, ella, hacia la derecha.

—Pues sí que les gustan los panecillos —dijo mi padre al cabo de un momento.

—Sí. —Levanté la bandeja y la olisqueé con desconfianza—. ¿Es posible que los *brownies* no tengan ni azúcar ni gluten ni frutos secos y estén buenos?

—Vamos a ver —dijo mi padre. Levantó el papel de aluminio, tomó uno y se lo metió entero en la boca. Después de masticar un buen rato, por fin tragó—. Pues no.

Demostrado. Dejé la bandeja sobre la mesa.

—¿Cómo va la cosa en el frente de proveedores? La conversación ha sido intensa.

—El tío era un idiota —protestó mi padre, y se levantó para dejar el plato en el fregadero—. Además de un ladrón. A ver si ahora conseguimos verdura decente. Uy, eso me recuerda que tengo una cita en el mercado dentro de diez minutos. ¿Estarás bien?

Mientras él atendía su teléfono y salía de la cocina, miré hacia la casa de Dave. Sus padres parecían agradables, para nada esos ogros estrictos que había descrito Heather. Pero, por otra parte, como había dicho Riley, nadie era realmente normal, y por las apariencias es imposible saberlo. Aunque una cosa estaba clara: lo de Mclean no tenía solución. Yo era ella, estaba aquí, y parecía que iba a quedarme. No quedaba más remedio que ponerse la camiseta y jugar el partido.

4

–¿Sí?

–Soy yo –dijo mi madre–. No cuelgues.

Sabía que había sido una mala idea atender el teléfono sin mirar quién llamaba. Normalmente lo comprobaba antes, pero con el jaleo del pasillo a la hora de entrar a clase había bajado la guardia.

–Mamá, ahora no puedo hablar –dije, mientras alguien con una enorme mochila me daba un empujón desde atrás.

–Siempre dices lo mismo, te llame a la hora que te llame –me respondió–. Seguro que tienes un momentito o dos.

–Estoy en el instituto –repliqué–. Mi próxima clase empieza dentro de cinco minutos.

–Pues dame cuatro. –Puse cara de mártir, molesta, y como si pudiera verme, añadió–: Por favor, Mclean, te echo de menos.

Y allí estaba, ese tironcillo, ese picor en la garganta que precede al llanto. Me resultaba increíble que siempre encontrara mi punto débil, ese que ni siquiera yo sabía identificar. Era como si me lo hubiera implantado ella, como hacían los científicos en las películas de ciencia ficción, que incluyen un botón secreto para desactivar los robots si se vuelven locos y atacan. Porque nunca se sabe.

–Mamá –dije, y salí del pasillo principal hacia uno lateral donde creía que estaba mi taquilla–, ya te he dicho que necesito tiempo.

–¡Ya hace dos semanas! –protestó–. ¿Cuánto tiempo piensas estar enfadada conmigo?

–No pienso nada. Es solo que... –Suspiré, harta de intentar explicarle por qué necesitaba mi espacio. Era una negociación constante: ella intentaba tenerme más cerca y yo luchaba por alejarme. Incluso a cientos de kilómetros de distancia, seguía sintiéndome bajo su control–. Necesito un descanso.

–De mí –dijo ella, aclarándolo.

–De todo esto. Estoy en un sitio nuevo, en un instituto nuevo...

–Solo porque tú quieres –me recordó–. Si por mí fuera, todavía estarías aquí, disfrutando del último año de instituto con amigos que conoces de toda la vida.

–Sí, pero no depende de ti.

Exhaló con fuerza, y fue como si una ola me rompiera en el oído. Aquello era el fondo de la cuestión, el tema principal al que siempre volvíamos, por muchas vueltas que le diéramos, antes o después. Mi madre quería controlarme y yo no se lo permitía. Eso la ponía frenética y ella, a su vez, me ponía frenética a mí. Una y otra vez.

Me recordaba a cuando era pequeña; mis abuelos tenían un gato llamado Louis Armstrong. Mis padres estaban demasiado ocupados en el restaurante como para tener una mascota, y yo me moría por estar con cualquier tipo de animal. Pero Louis era viejo y antipático y no tenía ningún interés en los niños. En cuanto me oía venir, se escondía debajo del sofá. A mí no me afectaba, y me sentaba en la alfombra, bajo una mesita, para intentar hacerlo salir: lo llamaba por su nombre, le ofrecía golosinas, una vez incluso metí la mano para sacarlo a tirones y lo único que conseguí fue que me llenara el brazo de arañazos.

Después de aquello me rendí y el tiempo que pasaba en casa de mis abuelos lo dedicaba a ver la tele en su viejo televisor, que solo tenía dos canales. Entonces, un día, pasó una cosa rarísima. Allí estaba yo, viendo una película antigua mientras los adultos hablaban en la otra habitación, cuando sentí que algo me rozaba la pierna. Miré hacia abajo y descubrí sorprendida que era Louis Armstrong, que ya no me huía, y al pasar me había rozado con la cola. Tampoco es que fuera la adoración que yo esperaba, pero algo es algo. Y eso nunca habría ocurrido, ni tampoco el lento progreso hacia algo parecido al cariño que se desarrolló entre nosotros en los meses siguientes, si no lo hubiera dejado en paz.

Había intentado explicarle esto a mi madre. Incluso le había contado lo del gato. Pero ella no lo entendía, o no quería entenderlo. Qué le importaban los gatos bajo el sofá. Yo era su hija, le pertenecía. Se suponía que tenía que cooperar.

La última pelea, de hacía dos semanas, fue típica. Había llamado un día o dos antes de que nos marchásemos de Westcott, cuando yo estaba atareada preparando la mudanza. Cometí el error de decírselo y se puso hecha una fiera.

–¿Otra vez? –me preguntó–. ¿En qué está pensando tu padre? ¿Cómo se le ocurre que esto puede ser bueno para ti?

–Mamá, trabaja de consultor –le dije por enésima vez–. El trabajo no viene a ti: tú vas al trabajo.

–Es él quien va al trabajo –replicó–. Tú deberías estar aquí, en el mismo instituto, hasta que terminases. Es tan ridículo que te hayamos permitido hacer esto...

–Ha sido decisión mía –dije, repitiendo lo que consideraba mi mantra.

–Eres una adolescente –me dijo–. Lo siento, Mclean, pero, por definición, ¡eres incapaz de tomar la decisión correcta!

–Pero si me hubiera quedado contigo –le dije, intentando mantener la calma–, ¿entonces sí habría sido la decisión correcta?

–¡Sí! –Al darse cuenta de que había caído en la trampa, exhaló enfadada–. Cariño, todo el mundo te diría que vivir en un hogar estable con dos padres responsables y un buen sistema de apoyo es infinitamente mejor que...

–Mamá –dije. Ella siguió hablando, así que repetí más fuerte–: ¡Mamá!

Por fin, silencio. Luego dijo:

–No entiendo por qué quieres hacerme daño de esta manera.

No se trata de ti, pensé, pero entonces se echó a llorar, lo que siempre me quitaba las ganas de pelear.

Si lo hubiéramos dejado ahí, probablemente se nos habría terminado pasando. Pero en lugar de eso, ella había recurrido a su abogado, que llamó a mi padre lanzándole todo tipo de amenazas veladas sobre «presentar papeles» y «revisar nuestro acuerdo actual a la luz de los acontecimientos recientes». Al final no ocurrió nada, pero aquello me había llevado a la decisión de no hablar con ella hasta que volviera a sentirme lo bastante tranquila. Y todavía no lo estaba.

Y todo este asunto, nuestro asunto, había empeorado en los últimos meses debido a las solicitudes de admisión a la universidad. Al principio del año pasado me había mandado un paquete por mensajero con un montón de libros que tenían capítulos como: «Ideas brillantes: cómo escribir una redacción espectacular», «El factor definitivo: cómo impresionar para entrar en la universidad» o «Aprovecha tus puntos fuertes: preséntate para ganar». Hasta que no la llamé para darle las gracias –por aquel entonces todavía nos hablábamos– no comprendí su repentino interés por mi futuro universitario.

–Bueno, me figuré que te vendrían bien –me dijo. Al fondo oí protestar a uno de los mellizos–. Porque ya no queda nada para las admisiones previas en Defriese.

–¿Cómo? –dije.

–He estado leyendo y creo que realmente sería lo mejor –continuó–. Así tu solicitud estará en la oficina el mayor tiempo posible, incluso si no te aceptan en el primer grupo.

–Mmm –dije, cerrando el libro despacio–, es que todavía no he decidido dónde voy a estudiar.

–Claro, ya me imagino que no has tomado una decisión definitiva. Pero seguro que Defriese está entre las finalistas. –Movió de posición al bebé que llevaba en brazos, fuera el que fuese, y el llanto cesó–. Incluso podrías vivir en casa, y así te libras de alojarte en una residencia.

Me quedé paralizada en mi cocina de Petree, con la mirada fija en la nevera de acero inoxidable.

–Mamá –le dije con mucha calma–. No creo que me apetezca vivir en casa.

–Bueno, ¿cómo lo sabes? –me preguntó, levantando la voz–. Todavía te quedan dos años.

–¿Entonces por qué me mandas ahora estos libros?

–¡Porque quiero ayudarte! Y no veo por qué no querrías regresar y vivir conmigo, Peter y los niños.

–No voy a decidir en qué universidad voy a estudiar basándome en lo que tú quieres, mamá.

–¡Claro que no! –exclamó ella. Ahora estaba llorando–. ¿Desde cuándo te importa lo que yo quiero?

Al final, metí los libros debajo de la cama e intenté olvidarme de todo aquello. Cuando llegó la hora de pensar en universidades, volví a sacarlos y aquellos consejos me resultaron bastante útiles. Al final, sí solicité plaza en Defriese, aunque en el plazo normal y solo como gesto de paz. No tenía intención de estudiar allí, a menos que no me admitieran en ninguna otra. Como ultimísimo recurso.

–Mamá –dije ahora mientras miraba la hilera de taquillas, hasta encontrar por fin la 1899–. De verdad, me tengo que ir a clase.

–Solo hemos hablado dos minutos.

No dije nada. ¿Qué se puede responder a eso?

–Lo que quería decirte –continuó ella, recobrándose rápidamente–, es que no he tenido ocasión de mencionarte lo de la playa. Esa era precisamente la razón de mi llamada. ¡Tengo noticias espectaculares!

–¿Qué?

Mi madre suspiró. De nuevo, no había mostrado el entusiasmo necesario.

–Bueno –comenzó, ignorando mi falta de alegría–, nos acaban de informar de que las reformas han pasado todas las inspecciones. El decorador está trabajando con los pintores ahora mismo. Y ya sabes lo que eso significa.

Esperé.

–¡Ya puedes venir con nosotros! –Se notaba que era su gran final–. Sé cómo te gusta, y hemos pasado tantos buenos momentos juntas en la playa. ¡Me parece increíble que Peter y yo tengamos esa casa desde hace dos años y ni siquiera la hayas visto! Vamos a echarle un vistazo el fin de semana que viene, pensamos pasar temporadas allí. He estado mirando tu calendario y he visto que...

–Mamá –la interrumpí–, de verdad que tengo que entrar en clase.

Silencio. Y luego:

–Vale. ¿Pero me prometes que me llamarás luego? Quiero hablar de esto contigo.

No, pensé. Pero en voz alta dije:

–Haré lo que pueda. Ahora tengo que irme.

–¡Te quiero! –exclamó rápidamente, para colarme esas dos palabras–. ¡Va a ser maravilloso! Igual que...

Clic.

Tomé el picaporte de la taquilla y di un tirón demasiado fuerte. Se abrió de golpe con un destello rosa y a punto estuvo de darme en la cara. La sujeté y vi que en la cara interior colgaba un espejo de color frambuesa y decorado con plumas rosadas. En la parte inferior del marco ponía SEXXY. Me quedé mirando mi reflejo, abobada, cuando Riley apareció detrás de mí.

–¿Decorando? –me preguntó, mirando las plumas.

–No es mío –le dije. Después de la conversación con mi madre, me había quedado sin fuerzas para explicar nada más.

–Ya, seguro. –Me sonrió amistosamente. Abrí la mochila, saqué un par de libros y los coloqué en las estanterías vacías–. Oye, tengo que preguntarte una cosa.

Tuve que admitir que me había sorprendido. Nos habíamos visto tan solo dos veces, y la segunda había sido por la intervención de Heather, o acto de caridad, como se quiera llamarlo. Cerré la taquilla, con un revoloteo de plumas, y eché a andar hacia mi clase.

–Dime.

Riley se pasó un mechón de pelo detrás de la oreja y volví a fijarme en su tatuaje, un simple círculo. Siguió caminando a mi lado por los pasillos llenos de gente y de alboroto, de toda esa energía de un día que todavía no ha comenzado.

–Se trata de Dave –me dijo Riley mientas rodeábamos a dos chicas que cargaban con fundas de guitarra–. ¿Ha venido esta mañana en el autobús?

–¿Qué autobús?

–El de la ruta –dijo–. Venís en el mismo, ¿no?

–Yo vengo en transporte público –le dije.

–Ah, vale.

Aquello parecía que iba a ser el final de nuestra conversación: pregunta hecha y respondida. Pero siguió caminando conmigo, aunque mi clase de español estaba en la única aula que había en ese pasillo.

—Pero lo he visto esta mañana, su madre nos ha traído unos *brownies*.

—Oh, cielos. —Levantó una ceja—. A ver si lo adivino: sin nueces, ni gluten, ni azúcar, ni sabor.

—Exactamente —respondí—. ¿Cómo lo sabes?

Se encogió de hombros.

—Por experiencia. La casa de Dave no es el mejor sitio para ir a comer. A menos que te gusten la mojama verde y el germen de trigo.

—¿Mojama verde?

—Verdura seca —explicó.

Hice una mueca de asco.

—Sí. Sabe igual de mal que suena.

—Pobre Dave —dije.

—Creo que por eso le gustaba tanto trabajar en la pastelería Frazier —me dijo mientras un chico con auriculares me daba un empujón—. Es un paraíso de azúcar y productos químicos, y tenía que recuperarse después de tantos años de escasez.

Habíamos llegado a mi clase y dentro se oía al señor Mitchell saludando animadamente a todos en su clase de inmersión de español.

—Sus padres parecían majos. Me sorprendió, la verdad.

—¿Te sorprendió? —preguntó—. ¿Por qué?

—No lo sé. —Me cambié la mochila de hombro—. Heather y tú los habíais pintado como superestrictos.

—Ah, bueno —dijo ella, asintiendo—. La verdad es que Dave ha cambiado mucho desde que llegó a este instituto. Y creo que eso es bueno, porque ahora es una persona de verdad. Pero eso saca de quicio a sus padres. Creo que les gustaba más cuando era igual que ellos, y lo tenían totalmente controlado.

–Sí, eso lo entiendo. –Estaba pensando en mi madre cuando dije eso, en el tono suplicante y desesperado de sus últimas palabras antes de colgarle. Deja de llorar, me daban ganas de decirle y de hacerle comprender. Deja de forzar las cosas y puede que ocurran. Era posible–. Pero el cambio no se puede evitar. Simplemente sucede.

–Pues sí –dijo con una sonrisa–. Bueno, te veo luego, ¿vale?

Asentí y ella se dio la vuelta, con las manos en los bolsillos de la chaqueta. La recordé sentada en aquel banco hacía unos días, inclinada hacia adelante para escuchar lo que decían Dave, sus padres y la directora. No quería ni imaginarme lo que podía significar entregarse tanto en una amistad. Ya me parecía lo bastante difícil cuidar de mí misma.

Sonó la campana y el señor Mitchell se volvió y me vio.

–¡Hola, Mclean!*

Hizo un gesto para que entrara, como si no acabáramos de conocernos el día anterior. Me pareció raro cómo un desconocido puede comportarse con tanta familiaridad. Especialmente cuando los que debían conocerte mejor no te conocen en absoluto.

Mi teléfono, dentro de la mochila, zumbó dos veces durante la clase de español. Cuando miré la pantalla de camino a mi segunda clase, vi el mismo nombre dos

---

* En español en el original. *(N. de la T.)*

veces: Hamilton, Peter. Volví a guardarlo, esta vez más al fondo, y me imaginé a mi madre intentando interpretar qué había querido decir yo con «más tarde». ¿Minutos? ¿Horas? Tal vez llamaba para preguntármelo. No me extrañaría.

Era increíble que volviera a hablarme de la playa. Desde que Peter le había comprado aquella casa como regalo de bodas –un regalo totalmente normal, ¿no?– había estado dándome la lata para que fuera a visitarlos. Antes era más difícil, había que tomar un vuelo, incluso dos; quedaba lo bastante lejos como para servir como disculpa cada vez que rechazaba una invitación. Pero ahora vivía a tan solo cuatro horas de Colby, la ciudad donde se hallaba la casa de la playa, y además justo en la ruta por la que tenían que pasar para llegar a ella. Qué suerte la mía.

No tenía nada en contra de la playa. De hecho, hubo una época en que era lo que más me gustaba del mundo. Como mi padre pasaba tanto tiempo en el restaurante, las vacaciones en familia no eran frecuentes: parecía que cada vez que se arriesgaba a salir de los límites de la ciudad fuese a ocurrir una catástrofe. Pero mi madre había crecido en la costa, en Carolina del Sur, y no había nada que le gustase más que montarse en el coche y conducir hacia el Este hasta llegar al mar. Daba igual que fuese el día más caluroso de julio, o un febrero mortal. A veces, al volver un viernes del colegio, o un sábado por la mañana, ella tenía esa expresión en la cara.

–¿Un viajecito? –me preguntaba, pero ella sabía que yo nunca me negaba. El coche ya estaba cargado con nuestras almohadas, una nevera, ropa abrigada en invierno, sillas de playa en verano. Nunca nos gastábamos dinero en hoteles caros, ni siquiera en temporada baja; así habíamos encontrado el Poseidón, un motel de la década de 1960 en North Reddemane, un pueblito minúsculo al sur de Colby. La piscina estaba agrietada, las habitaciones olían ligeramente a humedad, y todo, desde el timbre remendado con cinta aislante en la recepción hasta las colchas, había conocido días mucho mejores. Pero tenía unas vistas increíbles, las habitaciones daban directamente a la playa y se podía ir andando a los dos únicos establecimientos del pueblo, donde vendían todo lo que necesitábamos. Después de aquella primera vez, nunca nos alojamos en ningún otro sitio.

Pasábamos el día caminando por la arena o tomando el sol, parando para comer en Shrimpboats, que al ser el único restaurante en North Reddemane, servía desayuno, comida y cena. Además estaba la tienda Gert Surf, una cabaña de madera con surtidor de gasolina que vendía cebo, recuerdos baratos y productos básicos de alimentación. A mi madre y a mí nos encantaban las pulseras de cuerda hechas a mano y decoradas con conchas y cuentas de colores de formas extrañas, con la marca GS escrita con rotulador en el interior. No sabíamos quién las hacía, pero siempre estaban visibles junto a la caja y parecía que éramos las únicas que las comprábamos, una en cada uno de nuestros viajes. Mi madre las llamaba las *gerts,* y hubo un tiempo en que siempre llevaba un mínimo de dos o tres en la muñeca, en varios estados de uso y desgaste.

Así me gustaba recordar a mi madre, con el pelo recogido en una cola de caballo desmañada, con gafas de sol baratas, y oliendo a crema solar y sal. Por el día leía horribles novelas rosas –su vicio secreto– y por la noche se sentaba conmigo en las sillas desvencijadas delante de nuestra habitación y me señalaba las constelaciones. Comíamos gambas fritas, veíamos programas malos en la tele y dábamos largos paseos, ya hiciera un frío terrible o fuera el perfecto día de verano. Al terminar el fin de semana, volvíamos lo más tarde que podíamos y encontrábamos la casa tal y como la habíamos dejado, pues mi padre pasaba solo para dormir, ducharse y comer algo de vez en cuando. No recuerdo que viniera nunca con nosotras al Poseidón, pero no importaba: aquellas escapadas eran solo nuestras.

Pero ahora, como todo lo demás desde el divorcio, la playa sería distinta. Y la verdad es que aquellos fines de semana, espontáneos y algo cutres, eran de lo mejor que había vivido con mi madre antes de que todo se viniera abajo. Había muchas cosas que estaban divididas entre un Antes y un Después: mi casa, mi nombre, incluso mi aspecto. No quería tener que rehacer todos mis recuerdos, remodelarlos, como su preciosa casa de la playa. A mí me gustaban tal y como eran.

Pero mi madre no pensaba igual que yo, era evidente: para la hora de comer tenía cuatro mensajes. Tomé un sándwich de queso chicloso y salí al muro. Di un bocado antes de oírlos. «Cariño, soy yo. Solo quería saber cuándo tendrías un hueco entre las clases. ¡Quiero hablar contigo sobre la casa! Llámame.»

Biip. «Mclean, soy yo. Voy a salir con los niños a la compra, así que llámame al móvil. Si no respondo, será que estoy en esa zona sin cobertura antes de entrar a la ciudad, déjame un mensaje y te llamaré en cuanto vuelva. ¡Estoy deseando hacer planes! ¡Te quiero mucho!»

Biip. «¿Mclean? Mmm, hola. Soy Opal, del restaurante. Estoy aquí con tu padre... Ha tenido un pequeño accidente.» Una pausa, en el peor momento. Oí el intercomunicador y un zumbido. «Está bien, pero estamos en el hospital y dice que se ha dejado la tarjeta del seguro médico en casa y que tú sabes dónde está. ¿Puedes llamarme a este número cuando oigas mi mensaje?»

Biip. «Hola, cariño, soy yo otra vez. He vuelto de la compra y he visto que no has llamado, así que llámame al número de casa...»

Toqueteé el teléfono y le di al botón rojo una y dos veces para intentar liberar la pantalla y poder llamar. El corazón me latía desbocado, en la cabeza me rebotaban las palabras: «accidente», «hospital». Y detrás de ellas, más difíciles de ver: «Está bien. Bien. Bien».

El teléfono tardó en marcar y cada pitido parecía una eternidad mientras yo daba vueltas sin ver nada. Por fin, una respuesta:

–¿Sí?

–Opal –dije–, soy Mclean. Acabo de oír tu mensaje, ¿cómo está mi padre? ¿Qué ha pasado? ¿Cuándo...?

–Eh, un momento –dijo–. Relájate, Mclean. No pasa nada. Tu padre está bien. Te lo paso.

Me di cuenta de que respiraba agitadamente, casi jadeando. Aquel sonido primitivo llenó el teléfono durante los siguientes segundos y luego, como en un sueño, me llegó la voz de mi padre.

–Le advertí que no te llamara –dijo. Sonaba aburrido, como si estuviera esperando en la cola de Correos–. Ya sabía yo que te ibas a poner histérica.

103

–No estoy histérica –protesté, aunque los dos sabíamos que era mentira–. ¿Qué ha pasado?

–Un descuido con el cuchillo.

–¿De verdad? –me sorprendí.

–No un descuido mío –dijo, ofendido–. Uno de los pinches. Le estaba enseñando a filetear... y la cosa se le fue de las manos.

Mi corazón por fin respiraba con normalidad cuando pregunté:

–¿Cuánto?

–Solo un par de puntos –contestó–. Y un pinchazo.

–Me sorprende que incluso hayas ido al hospital –le dije, y era verdad. Mi padre tenía las manos cubiertas de cicatrices de varios accidentes y quemaduras y, normalmente, a menos que estuviera afectada una vena o algo así, esperaba a terminar el turno de trabajo antes de curarse, si es que hacía algo.

–No ha sido idea mía, créeme –gruñó.

–¡Tienes que ir al hospital si te cortas la mano! –le oí decir a Opal de fondo–. Es norma de la empresa, además de sentido común.

–La cuestión –continuó mi padre sin hacerle caso –es que necesito la tarjeta del seguro, que creo que está en casa...

–Sí, está allí. Voy a buscarla.

–Pero tú tienes clase. Mandaré a Leo.

Pensé en Leo, grande y torpe, rebuscando en la caja donde guardaba todos nuestros papeles importantes.

–No, será mejor que vaya yo. Enseguida estoy ahí.

–Un momento –me dijo cuando estaba a punto de colgar–, ¿necesitas que alguien te lleve?

En eso no había pensado. Estaba a punto de decírselo cuando miré hacia un banco apartado junto a la entrada del gimnasio, donde una chica solitaria bebía una cola *light* con una pajita. Llevaba una gabardina verde y orejeras a juego, y tenía un bolso con flores verdes a su lado.

–Creo que lo tengo solucionado –le dije, mientras me levantaba y alcanzaba la mochila–. Ahora mismo estoy ahí.

–Una vez –dijo Deb mientras se pasaba con su coche pequeño al carril de la derecha– mi madre se echó encima una taza de agua hirviendo entera. De esas que te dan en las cafeterías para hacer el té que están ardiendo, ¿sabes? Tuvimos que llevarla a Urgencias.

Asentí con una sonrisa forzada.

–¿En serio?

–¡Pero no fue nada! –añadió rápidamente, lanzándome una mirada–. Ni siquiera le quedó cicatriz, fíjate.

–Guay –dije.

–¡Sí! –Meneó la cabeza y aceleró ligeramente cuando empezaron a aparecer carteles que indicaban la dirección del hospital–. La medicina moderna es alucinante.

Mantuve la vista al frente y vi el gran cartel rojo de urgencias en cuanto apareció. Pese a las palabras tranquilizadoras de mi padre, me sentí extrañamente nerviosa, con el estómago encogido desde que habíamos colgado. A lo mejor Deb se había dado cuenta y por eso no había dejado de hablar desde que me acerqué a ella para pedirle que me llevara en coche. Apenas tuve tiempo de explicarle la situación antes de que se lanzara a contarme un montón de historias para demostrar que pasan cosas, pero al final todo sale bien.

—Es solo un corte —dije por décima vez. No estaba segura de si intentaba calmarla a ella o a mí misma—. Le pasa todo el rato. Es parte del trabajo.

—¡No me puedo creer que tu padre sea chef! —dijo, mientras se preparaba para tomar el carril de salida—. Qué emocionante. He oído que el Luna Blu es estupendo.

—¿No has estado nunca?

—No solemos comer fuera.

—Ah. —No supe qué decir—. Pues un día de estos te invito. Para devolverte el favor.

—¿De verdad? —Pareció tan sorprendida que me dio un poco de pena, aunque no supe por qué—. Tía, sería genial. Pero de verdad que no hace falta. Me alegro de poder ayudarte.

Al acercarnos a la entrada de Urgencias vi a dos médicos vestidos con los pijamas verdes. A la izquierda, había un hombre con una máscara de oxígeno sentado al sol en una silla de ruedas. Aquello no contribuyó a calmarme, así que me distraje diciendo:

—Pero supongo que estarás harta de que todo el mundo te pida favores, siendo embajadora de los estudiantes.

Deb se inclinó aún más sobre el volante en busca de sitio para aparcar. Era tan precisa y responsable, con su perfecta banda verde en el pelo, el coche limpio y el cuaderno de notas en el salpicadero, con un bolígrafo prendido en el lateral. Parecía mayor de lo que era, mayor de lo que debería ser.

–Pues no –dijo, mientras entrábamos en un aparcamiento.

–¿No?

Negó con la cabeza.

–En realidad, eres la primera persona que me pide algo.

–¿En serio? –No era mi intención mostrarme tan sorprendida: se puso roja, tragó nerviosamente y me di cuenta de que su confianza se había resentido. Rápidamente, añadí–: Bueno, me alegro. Así resultará más memorable.

Deb apagó el motor, y se volvió para mirarme. Se la notaba contenta, agradecida. Me parecía mentira que fuese tan auténtica, tan frágil: todos sus pensamientos se le leían en la cara con suma facilidad. No podía imaginarme ser así.

–¡Me alegro! ¡No se me había ocurrido mirarlo así!

A nuestra espalda resonó una sirena y una ambulancia llegó a toda velocidad a la entrada de Urgencias. Mi padre está bien, me dije; pero me dio un vuelco el corazón.

–Vamos –dijo Deb, mientras abría la puerta y recogía su bolso del asiento trasero–. Cuando lo veas te sentirás mejor.

Mientras caminábamos por el aparcamiento, metió la mano en el bolso, sacó un paquete de chicles y me ofreció uno. Negué con la cabeza y ella volvió a guardarlo sin tomar uno. Me pregunté si le gustaría el chicle o si lo llevaba a modo de cortesía. Estaba casi segura de saber la respuesta.

Antes, cuando pasamos por mi casa, no me sorprendió que se mostrara educada y agradable. «Qué casa tan bonita», había dicho al entrar en nuestro sobrio salón. «Esa colcha de *patchwork* es maravillosa.»

Miré hacia el sofá. Sobre uno de los brazos colgaba una de las colchas de mi madre, de las primeras que había hecho. La verdad es que se le daba muy bien, y sabía hacer todo tipo de patrones intrincados. En nuestra antigua casa teníamos muchísimas, las usábamos para decorar y para arroparnos cuando hacía frío. Al marcharnos, las metí casi todas en cajas y se quedaron en el almacén con el resto de nuestras pertenencias, pero mi madre me regaló una nueva cuando se despidió de mí a la puerta de la casa de Peter.

—He estado trabajando en ella sin parar —me dijo cuando me la entregó. Tenía los ojos enrojecidos: había estado llorando toda la mañana.

Bajé la vista a los cuadrados cosidos primorosamente. La tela era rosada, amarilla, azul; de distintos materiales: vaquera, pana, lana, algodón.

—Es preciosa.

—Para que te acuerdes de mí.

La acepté y le di las gracias. Luego la metí en una caja del remolque, donde se había quedado hasta que un verano decidí sacarla y guardarla en casa de mi madre. Sabía que debía quedarme con ella pero, como tantas otras cosas de mi madre, me parecía una pesadez. Como si fuera a asfixiarme si me la echaba por encima.

—Gracias —le había dicho a Deb en mi casa—. Acabamos de mudarnos, así que está todo revuelto.

—Me encantaría vivir aquí —dijo—. Es un barrio estupendo.

–¿Ah, sí? –pregunté mientras rebuscaba en la caja de los documentos la tarjeta del seguro médico de mi padre.

–Claro. Está en el barrio histórico. –Se acercó a la puerta y examinó las molduras–. Hace un par de semanas mi madre y yo estuvimos viendo una casa en esta misma calle.

–¿De verdad? ¿Os vais a cambiar de casa?

–No –respondió. Se quedó un momento en silencio, y luego dijo–: Es que... a veces, los fines de semana, vamos a ver casas como si fuéramos a comprarlas. Lo hacemos para divertirnos. Decidimos dónde pondríamos los muebles, qué haríamos en el jardín... –se interrumpió, avergonzada–. Ya sé que parece una tontería.

–Pues no. –Encontré la tarjeta en un álbum de sellos y me la metí en el bolsillo–. Yo también hago cosas así de vez en cuando.

–¿De verdad? ¿Como qué?

Me había pillado. Tragué saliva y luego dije:

–Bueno, por ejemplo, cada vez que empiezo en un colegio nuevo suelo cambiar un poco. Finjo ser distinta de como era en el colegio anterior.

Se me quedó mirando y me pregunté qué tendría Deb que me obligaba a ser tan sincera. Como si ella padeciera la enfermedad de la verdad, y fuera supercontagiosa.

–Vaya. Me imagino que será muy difícil.

–¿Difícil? –pregunté; me dirigí a la puerta y la abrí para que saliera. Ella la atravesó colocándose el bolso, y cerré con llave.

–Bueno, eso de tener que cambiar cada vez. Es como empezar de cero. Pero yo, no sé...

Miré hacia la casa de David Wade, y recordé que Riley había preguntado por él. No había ningún coche aparcado ni señales de vida. No sé dónde estaría, pero en casa, no.

–... echaría de menos mi personalidad anterior –terminó Deb–. Supongo.

No dije nada: no sabía cómo responder a eso. Me limité a seguirla hasta el coche y luego vinimos aquí. Pero ahora, de camino a la sala de Urgencias, volví a mirarla y envidié su confianza, incluso sabiendo lo que otros pensaban de ella. Tal vez cambiar fuera más fácil para unas personas que para otras. Prácticamente yo no la conocía, pero no podía imaginármela como otra Deb distinta.

Al entrar al hospital percibimos inmediatamente esa oleada de desinfectante y nerviosismo típica de todos los hospitales. Di el nombre de mi padre a un hombre que estaba detrás de una ventanilla, él tecleó algo en su ordenador y me pasó un papel donde ponía «A1196». Aquellos cuatro números me recordaron a mi taquilla aquella mañana, cuando mi mayor preocupación había sido librarme de mi madre por teléfono.

–Creo que es por aquí –dijo Deb, más tranquila que yo, avanzando por un pasillo antes de girar a la derecha. De alguna forma parecía saber cuándo yo necesitaba que ella se hiciera cargo, como si mi miedo fuera tan palpable.

No eran habitaciones, sino cubículos con cortinas, algunos abiertos y otros cerrados. Intenté no mirar, pero de todas formas vi a un hombre en camiseta tendido sobre la cama, con la mano sobre los ojos, otra mujer con una bata de hospital, dormida con la boca abierta.

–A1194 –iba diciendo Deb–. A1195... ¡Aquí es!

La cortina estaba echada, y por un momento me quedé pensando cómo llamar antes de entrar. Luego me pareció oír algo.

–En serio, olvida de una vez los panecillos. Esa decisión está tomada.

Se oyó un fuerte suspiro.

–Vale, entiendo que los pepinillos han sido bien recibidos, pero eso no quiere decir...

Abrí la cortina, y allí estaban: mi padre sentado en la cama, con la mano y la muñeca vendadas con gasa, y Opal en una silla, cruzada de piernas, con expresión irritada.

–Aquí está –dijo mi padre. Me sonrió, lo cual fue la imagen más tranquilizadora que había visto en toda mi vida–. ¿Qué tal?

–¿Qué tal tú? –pregunté, mientras me acercaba.

–Perfectamente –contestó con calma, dando una palmadita en un hueco de la cama. Me senté, y él me pasó el brazo sano por los hombros. Sentí ganas de llorar, lo cual era una tontería, pues era evidente que estaba bien–. Es un corte nada más.

Sonreí, tragué saliva, y miré a Opal. Me estaba observando con expresión amable, tan amable que tuve que apartar la vista.

–Esta es Deb –la presenté, y señalé hacia la cortina, donde se encontraba con el bolso colgado del hombro–. Me ha traído en coche... Es amiga mía.

Al oír esto, Deb sonrió contenta. Luego dio un paso al frente y extendió la mano.

–Hola. Encantada de conocerlo. Siento mucho lo de su accidente. ¡Mclean estaba tan preocupada!

Mi padre me miró sorprendido y sentí que me ponía colorada.

–Seguramente porque fui yo la que llamó –dijo Opal–. No me distingo precisamente por mantener la calma en situaciones de emergencia.

–No era ninguna emergencia –dijo mi padre, apretándome el hombro. Me apoyé contra él y sentí su aroma familiar: loción para después del afeitado, detergente de lavadora, humo de la cocina–. Si hubiera sido por mí, me lo habría vendado y habría seguido cortando.

–¡Oh, no! –exclamó Deb, horrorizada–. En caso de corte siempre hay que ir al médico. ¡Podría haber una infección por estafilococos!

–¿Ves? –dijo Opal, y señaló a Deb–. ¡Infección por estafilococos!

–Toc, Toc –dijo una voz desde el otro lado de la cortina. Un momento después entró una enfermera pelirroja y rellenita, con una bata estampada con corazones. Miró a mi padre y después al historial que llevaba en la mano–. Bueno, señor Sweet, si me da su tarjeta y rellena estos papeles, podrá librarse de nosotros.

–Estupendo –dijo mi padre, que tomó el portapapeles que ella le ofrecía.

–¡No diga eso, que me voy a ofender! –dijo la enfermera demasiado alto, con una gran sonrisa. Opal arqueó las cejas sorprendida, pero a mí no me llamó la atención. Hacía mucho que me había acostumbrado al efecto que causaba mi padre sobre las mujeres. Tal vez fuera su melena, o sus ojos azules, o su forma de vestir y de moverse, pero fuéramos donde fuéramos, las mujeres se sentían atraídas por él como si fuera un imán. Y cuanto menos caso les hacía él, peor. Era extrañísimo.

Le pasé a la enfermera la tarjeta de mi padre y luego le sujeté el portapapeles mientras él le quitaba el capuchón a un bolígrafo con la mano buena y leía los documentos. Mientras firmaba, miré a la enfermera, que me sonrió.

—Mira que eres buena, cuidando a tu padre. ¿Es que tu madre no está en la ciudad?

Ya se habría dado cuenta de que no llevaba alianza, pero estaba comprobando por si acaso: aquel truco también lo había visto antes, la misma pregunta la habían hecho camareras y recepcionistas de hotel, incluso una de mis profesoras. Descarado total.

—Disculpe —dijo Opal de repente, antes de que yo pudiera responder—, pero debemos asegurarnos de que las facturas se envían a nuestra empresa. ¿Se encarga usted de eso o debo dirigirme a otra persona?

La enfermera la miró, como si acabara de notar su presencia, aunque no había manera de no ver a Opal, con sus vaqueros desgastados, botas vaqueras de color rojo y un jersey naranja fuerte.

—Puedo indicarle dónde está el departamento que se encarga de esas cosas —respondió con frialdad.

—Muchas gracias —respondió Opal en el mismo tono.

Deb no podía dejar de mirarlas. Pero mi padre, como siempre, no se enteró de nada. Devolvió el portapapeles y bajó de la cama de un salto.

—Muy bien —dijo—. Salgamos pitando de aquí.

—¡Señor Sweet! —protestó la enfermera—. Todavía tiene que rellenar estos impresos. Necesita...

–Lo que necesito –la interrumpió mi padre mientras alcanzaba el abrigo de la almohada– es volver a mi cocina antes de que todo se venga abajo. Como ha dicho Opal, envíe la factura a EAT INC. Esa información la tienes, ¿no?

Opal asintió y sacó la tarjeta de su bolso, que estaba a sus pies.

–Claro.

–Perfecto. Pues dásela y vámonos. –Opal le entregó la tarjeta a la enfermera, que no pareció muy contenta de aceptarla. De nuevo, mi padre no lo notó, se puso el abrigo y me dijo–: Tienes que volver a tus clases, ¿no?

Consulté el reloj.

–Para cuando llegue, prácticamente habrán terminado.

Suspiró, la noticia no le hizo gracia.

–Pues a casa entonces. Te dejaremos allí de camino al restaurante.

–Yo puedo llevarla –se ofreció Deb. Cuando mi padre la miró, ella sonrió, como si necesitara su aprobación para llevarme en coche–. No es ninguna molestia.

–Genial. Vámonos –dijo, y descorrió la cortina. Antes de que pudiéramos seguirlo, ya avanzaba por el pasillo.

Todas me miraron, pero yo me limité a encogerme de hombros. Así era mi padre en su faceta como dictador, una parte de su personalidad que emergía durante los momentos de agobio en el restaurante y siempre que nos trasladábamos. No siempre era tan mandón, pero en ciertas circunstancias se comportaba como un general en el campo de batalla, tanto si las tropas colaboraban como si no.

La enfermera arrancó un par de hojas y le entregó una a Opal, que la asió y echó a andar detrás de mi padre. La otra me la entregó a mí junto a la tarjeta, tomándose su tiempo.

–Si tu padre tiene algún problema con esa herida –me dijo cuando finalmente soltó el papel–, aquí está mi número directo. Me llamo Sandy.

–De acuerdo –respondí. Sentí la sorpresa de Deb a mi espalda, como una oleada de calor. Y cuando me di la vuelta la vi con la boca abierta–. Gracias.

Eché a andar por el pasillo y ella me alcanzó a toda prisa, todavía conmocionada.

–¡Pero bueno! –exclamó al pasar junto al hombre en camiseta, que ahora estaba sentado mientras un médico lo examinaba–. ¡Eso ha estado totalmente fuera de lugar!

–Cosas que pasan –respondí, y vi a mi padre y a Opal junto a la entrada principal.

–¿Mclean? –me llamó él, impaciente–. Vámonos.

Deb aceleró el paso inmediatamente, obedeciendo las órdenes como una buena soldado. Yo la seguí mientras echaba una ojeada a los papeles: el trazo ondulado con el que Sandy había escrito su nombre y un número con tinta roja. Parecía una corrección, como si hubieran subsanado un error. Lo doblé y me lo metí en el bolsillo mientras atravesaba las puertas para dejar atrás también aquel sitio.

5

Aquel ruido me resultaba familiar, pero no fui capaz de reconocerlo.

Bam. Bam. Bam. Clonc.

Abrí los ojos, parpadeé, y luego miré el techo inclinado y seguí la línea hasta el marco de la ventana. Más allá solo estaba el cristal, algo de cielo y el tejado medio derruido de la casa en la que Dave tenía su escondite. Era tan grande que no parecía una vivienda. Decidí que probablemente era algún tipo de negocio que había cerrado hacía mucho: las ventanas estaban tapiadas y las malas hierbas crecían a su alrededor. De camino a la parada del autobús había visto un cartel de SE VENDE igualmente desgastado en el otro lado. Ahora, desde este ángulo extraño, descubrí una cosa más: unas cuantas letras pintadas en el tejado, que en sus tiempos había sido rojo, y ahora rosa claro. No pude leerlas todas, pero la primera parecía ser una «Q».

Bam. Bam. Fiuuu.

Me senté en la cama y miré a través de la ventana. El coche de mi padre ya no estaba. Eran las nueve de la mañana y la noche anterior había sido terrible: se había encargado del turno de cena prácticamente él solo. Pero el sábado por la mañana era día de mercado, y siempre le gustaba llegar pronto para poder elegir los mejores productos.

Bam. Bam. Risas. Y luego un golpe.

Sentí temblar ligeramente la casa, y todo volvió a quedar en silencio. Me quedé un momento esperando, sin saber qué, antes de salir de la cama y recoger los vaqueros de la silla, donde los había tirado la noche anterior. No llegaba ningún ruido del exterior, lo único que oía era el ruido de mis pasos mientras avanzaba por el pasillo.

Cuando entré en la cocina, pensé que todavía estaba soñando al ver una pelota de baloncesto rodando hacia mí. Detrás, la puerta del porche estaba abierta, dejando entrar el aire frío. Me quedé paralizada, viendo la pelota rodar hacia mí, cada vez más cerca y cada vez más despacio. Qué raro, pensé. Seguro que estaba despierta, pero...

–¡Uy! Perdona.

Di un respingo, sorprendida, y al levantar la vista vi a un chico en el porche, justo al otro lado de la puerta abierta. Era más o menos de mi edad, con vaqueros y una camiseta roja de manga larga, y llevaba pequeñas rastas; sus rizos salían disparados en todas direcciones. Me sonaba su cara, pero todavía estaba demasiado dormida como para acordarme. Miré primero a la pelota y luego a él.

–¿Qué...?

–Mi colega le ha echado mucho entusiasmo al tiro; lo cual no es nada malo, el problema es que no tiene puntería –dijo mientras entraba en la cocina y agarró la pelota. Cuando me miró con una sonrisa de disculpa, mi memoria me devolvió su imagen en una pantalla de televisión con unos papeles en la mano. Es verdad: era el chico que leía los anuncios matutinos en la televisión del instituto.

–Ah –dije–. Vale. Es solo que... no sabía qué pasaba.

–No volverá a ocurrir –me aseguró. Luego dio media vuelta, levantó la pelota con las dos manos sobre la cabeza, y la lanzó hacia el sendero–. ¡Cuidado, que va!

Se oyó un golpe, seguido de una serie de rebotes, cada vez más lejanos. Al momento, alguien dijo:

–¿Qué clase de tiro ha sido ese?

–Tío, ni siquiera has intentado atraparlo.

–Porque ni siquiera me ha pasado cerca –replicó su amigo–. ¿Es que querías lanzar la bola a la calle?

El chico me miró y luego se rio, como si yo también participara en la broma.

–Perdona otra vez –dijo, y se marchó trotando fuera de mi vista.

Me quedé allí quieta, intentando procesar la escena todavía medio dormida, cuando noté que el teléfono vibraba en el bolsillo de atrás del pantalón. Así que ahí es donde estaba, pensé, al recordar que lo había estado buscando por mi cuarto la noche anterior. Lo saqué y miré la pantalla. En cuanto vi el número de mi madre, me di cuenta de que con el caos del día anterior se me había olvidado llamarla. Uy, uy, uy.

Respiré hondo y apreté el botón.

–Hola, mamá –la saludé–. Ayer...

–¡Mclean! –Mala señal, ya estaba gritando–. ¡Me tienes preocupadísima! Tenías que haberme llamado hace veinticuatro horas. ¡Me lo prometiste! Vale, comprendo que últimamente tenemos nuestros problemas...

–Mamá –dije.

–... pero nunca vamos a resolverlos si no me respetas lo suficiente para...

–Mamá –repetí–. Lo siento.

Aquellas dos palabras, como una pared de ladrillos, la detuvieron en seco. Podía imaginarme la ristra de cosas que tenía listas en la punta de la lengua chocándose unas con otras, como en un accidente en cadena en la autopista. Crash. Crash. Crash.

–Bueno –dijo tras un silencio–. Está bien. Todavía estoy molesta, pero gracias por disculparte.

Miré por la ventana, con el teléfono en la oreja, justo a tiempo para ver al chico de antes lanzar una canasta. Fue demasiado alta y se chocó contra un árbol cercano, antes de rebotar hacia el sendero, donde Dave Wade, con vaqueros y chubasquero azul, la agarró. Movió la cabeza como respuesta a algo que había dicho su amigo y se levantó para tirar a canasta. Yo estaba mirando su cara, no el tablero, cuando la pelota rebotó en el borde. No pareció sorprendido.

–Pero tengo que decirte una cosa –dijo mi madre, sobre el silencio todavía vacilante que se extendía entre las dos–, me molestó mucho que no me llamaras. Mclean, creo que no te das cuenta de lo duro que es para mí estar siempre tendiéndote la mano y que me rechaces constantemente.

El amigo de Dave hizo una entrada a canasta, tropezó, y el balón salió rodando hacia el jardín.

–Lo de ayer no fue mi intención –le dije, mientras contemplaba la escena–. Pero papá se hizo daño y tuve que salir del instituto para ir al hospital.

–¿Qué? –exclamó–. ¡Dios mío! ¿Qué ha pasado? ¿Cómo está? ¿Y tú estás bien?

Suspiré, y me aparté el teléfono de la oreja.

–Está bien, solo le dieron unos cuantos puntos.

–¿Entonces para qué tuviste tú que ir al hospital?

–No sabía dónde tenía la tarjeta sanitaria, por eso...

Antes de que pudiera terminar esa frase, la oí exhalar ruidosamente, un sonido siseante, como cuando se escapa el aire de una llanta, y me imaginé que la tregua que habíamos alcanzado se desinflaba a la vez que ella.

–¿Tuviste que perder clases porque tu padre no encontraba la tarjeta? –Sabía que era mejor no contestar, no era una pregunta real–. ¡De verdad! No eres su madre, eres su hija. Debería ser él quien se encargara de tus documentos y no al revés.

–No hubo ningún problema, ¿sabes? –repliqué–. Todo va bien.

Ella resopló y guardó un segundo de silencio antes de decir:

–Ayer me había puesto tan contenta al pensar que ibas a venir a la playa con nosotros. Desde que me enteré de que la casa estaba lista no he dejado de pensar en ti.

–Mamá –dije.

–Pero incluso eso resulta complicado –continuó–. Fíjate, ni siquiera querías que te lo contara, con lo mucho que te gustaba antes la playa. Me da pena que, en lugar de llevar una vida normal...

–Mamá.

–... tu padre te arrastra de un sitio a otro y encima tienes que cuidar de él. En serio, me cuesta muchísimo entender por qué no...

Se oyó otro golpe a mi espalda y al darme la vuelta vi que la puerta se abría de un pelotazo. La pelota rebotó sobre el suelo de linóleo hacia mí. Cuando la agarré, con el teléfono entre el hombro y la oreja, me sentí furiosa de repente. Mi madre seguía hablando –Dios mío, no se callaba jamás–, y entonces salí a grandes zancadas al porche.

–¡Lo siento! –gritó el amigo de Dave cuando me vio–. Ha sido mi...

Pero yo no lo estaba escuchando. Con toda la rabia y el estrés que llevaba acumulando los últimos minutos, arrojé el balón por encima de mi cabeza tan fuerte como pude. Salió volando, rebotó contra el tablero, entró por el aro sin red a toda velocidad e hizo blanco en plena frente de Dave Wade. Se desplomó.

–Mierda –dije, a la vez que él caía al suelo–. Mamá, tengo que cortar.

Solté el teléfono sobre una silla y bajé corriendo los escalones. Dave estaba en el suelo, atontado, mientras su amigo me miraba fijamente con cara de susto. La pelota había rodado hasta la calle y se detuvo junto a un cubo de basura.

–¡Me cago en la leche! –exclamó el amigo–. ¿Qué clase de tiro ha sido ese?

–¿Te has hecho daño? –le pregunté a Dave, arrodillándome a su lado–. Lo siento mucho. Yo solo...

Dave pestañeaba mirando al cielo.

–Vaya –dijo lentamente y deslizó su mirada hacia mí–. Juegas mucho mejor que nosotros.

No supe qué responder. Abrí la boca para decir algo, al menos una disculpa, pero no logré emitir ningún sonido. Nos quedamos los dos mirándonos y recordé la otra noche, sentados en los escalones de madera, con el cielo sobre nuestras cabezas. Nos encontrábamos en circunstancias extrañas, bajo tierra y sobre ella; como pelotas que chocaban descontroladamente, rebotábamos y volvíamos a atraernos de nuevo.

–Tío, ha sido increíble –dijo su amigo, lo que me sacó del trance–. ¡Te has desplomado como un roble cortado en el bosque!

Me senté sobre los talones mientras Dave se incorporaba lentamente sobre los codos. Luego sacudió la cabeza con fuerza, como hacen en los dibujos animados para poner el cerebro en su sitio. Habría tenido gracia, tal vez, si no hubiera sido yo la responsable del accidente.

–De verdad que no ha sido mi intención...

–Tranquila. –Volvió a sacudir la cabeza y se levantó–. No hay daño irreparable.

–Menos mal –dijo su amigo, que había ido a buscar la pelota y volvía botándola–. Ya sé que no parece gran cosa, pero el cerebro de este chico es como un tesoro nacional.

Dave se lo quedó mirando y me dijo:

–Estoy bien.

–Y yo soy Ellis –se presentó su amigo, ofreciéndome la mano. Se la estreché despacio–. Y ahora que nos conocemos tienes que enseñarme cómo se hace ese tiro. De verdad.

–No –respondí, y mi negativa sonó más seca de lo que había sido mi intención. Los dos me miraron sorprendidos–. Bueno..., en realidad no sé cómo se hace.

–El bulbo raquídeo de Dave no está de acuerdo –replicó Ellis, poniéndome la pelota en las manos–. Venga, por favor.

Sentí que me ponía colorada. No quería hacerlo. Es más, no podía creerme que hubiese lanzado la pelota, ni mucho menos que hubiera entrado. Era fruto de las enseñanzas de mi padre, impartidas desde que empecé a andar, en los parques y en la canasta de nuestra casa. Llevaba años sin tocar una pelota de baloncesto, pero todavía era capaz de lanzar su tiro más famoso.

Aunque mi padre adoraba el baloncesto, y durante su juventud se consagró a él, no era un gran jugador: justito de altura, aceptable en el tiro y bueno en las entradas. Sin embargo era rápido e intenso, lo que normalmente le daba minutos en la cancha, aunque no fueran muchos. Sus compañeros de equipo y sus amigos apreciaban sobre todo varios tiros especiales que se había inventado y desarrollado durante los ratos libres y en los partidillos del barrio. Tenía un montón: el Resbaladizo –una especie de bandeja con un giro hacia atrás–, el Ascot –una finta a la altura del cuello, y luego una entrada rapidísima a canasta–, el Repollo –bueno, ese había que verlo para entenderlo–. Pero, de todos ellos, el búmeran era el más famoso. Más que un lanzamiento era un ataque; para meterlo hacían falta tres cosas: saber tirar de gancho, mucha práctica de tiro y bastante suerte. Estaba claro que a mí me había bastado con dos.

Y ahora, con aquellos dos chicos mirándome expectantes, oí el traqueteo de la furgoneta de mi padre. Cuando levanté la vista, estaba reduciendo la marcha para entrar en el sendero. Al ver su cara de sorpresa, me di cuenta de que todavía tenía el balón en la mano. Enfiló el sendero, me miró y apagó el motor.

–Mira –le dije a Ellis–. Esto..., no puedo. Lo siento.

Me miró confundido, pues mi disculpa había sonado demasiado sentida, dadas las circunstancias. Pero claro, no estaba dirigida a él. Ni siquiera a Dave, que se la merecía por el golpe que había recibido. Cuando estaba pronunciando las palabras, supe que eran en realidad para mi padre, cuya mirada sentí sobre mí mientras devolvía el balón, y me alejaba de la canasta hacia mi casa. Se acabó el partido.

–A ver, prueba con esta. Palabra de cuatro letras, contiene una «a». La definición es: «país de Micronesia».

Oí los golpes de un cuchillo sobre la tabla de cortar y luego correr el agua.

–Guam.

Una pausa.

–Oye, ¡encaja!

–Ah, ¿sí?

Me quedé en la puerta de la cocina del Luna Blu y desde allí vi que Tracey, la camarera de Opal, se encaramaba a una mesita y cruzaba las piernas. Enfrente, en una mesita idéntica, un chico rubio y delgado con un delantal estaba triturando tomates.

–A ver –dijo ella, mirando el periódico que tenía doblado sobre las rodillas–. ¿Qué te parece esta? «Personaje de Shakespeare que nació por cesárea.»

El chico siguió cortando y apartó con el cuchillo otro montón de pulpa hacia el centro de la mesa.

–Bueno...

–¡Espera! –Tracey sacó el bolígrafo que tenía enganchado en la oreja, y le quitó el capuchón–. ¡Esta la sé! Es César. Pero... –Frunció el ceño–. No encaja.

El chico enjuagó el cuchillo y lo secó con un trapo de cocina.

–Prueba con Macduff.

Ella miró un momento la página.

–Tío, ¡has vuelto a acertar! Eres demasiado listo para ser un pinche de cocina. ¿A qué universidad fuiste?

–Dejé la carrera – respondió el chico. Luego levantó la vista y me vio–. Hola, ¿en qué puedo ayudarte?

–Más vale que te pongas firme –dijo Tracey, aunque me fijé en que ella no se bajaba de la mesa ni soltaba el periódico–. Es la hija del jefe.

El chico se limpió las manos y se acercó.

–Hola, te llamas Mclean, ¿no? Soy Jason. Encantado de conocerte.

–Nosotros lo llamamos «el Profesor» –dijo Tracey, doblando el crucigrama–. Porque lo sabe todo.

–Ya será menos –dijo Jason, y añadió–: ¿estás buscando a tu padre?

–Habíamos quedado aquí, pero no está en el despacho ni ahí fuera.

–Creo que está arriba –respondió, y señaló al techo–. Con el... proyecto comunitario de Opal.

Tracey soltó una risita. Era una chica bajita, pero con la constitución de un toro, ancha de hombros y con brazos musculosos. Llevaba las mismas botas de piel de borrego del primer día, esta vez con un vestido vaquero.

–Se refiere a su grupo de delincuentes juveniles.

–Venga, venga –dijo Jason, que volvió a tomar el cuchillo–. No podemos juzgarlos.

–Yo sí –replicó Tracey–. ¿No los has visto antes ahí fuera? Todos fumando, con mala cara y miles de *piercings*. Dios santo. La angustia adolescente era tan densa que casi se veía.

Aquello explicaba el montón de gente, la mayoría chicos de mi edad, que había visto al entrar, arremolinados en la puerta principal del restaurante. Era lunes por la tarde y todavía no habíamos abierto, pero estaba claro que no habían venido por la comida: se notaba que estaban allí por obligación, no por elección. Y Tracey tenía razón, había mucho humo.

–Pregúntame otra –pidió Jason, y señaló el periódico con un gesto de la cabeza.

Ella bajó la vista y pasó el dedo por la página.

–Vale, a ver... Palabra de cuatro letras que empieza con «a» y es uno de los colores del arco iris. Yo había puesto azul, pero no encaja con lo demás.

–Añil –dijo Jason, que se había puesto a cortar tomates de nuevo.

–Ay, la leche. ¡Correcto! –Tracey meneó la cabeza impresionada–. No sé qué haces aquí, qué desperdicio. Deberías estar dando clase o algo.

Él se encogió de hombros sin decir nada y yo aproveché esa pausa para salir. En el restaurante, una chica alta y rubia, con un aro en la nariz, limpiaba la barra, mientras otra pareja de camareros charlaba mientras enrollaban los cubiertos en las servilletas sentados a una mesa junto a la ventana. Me dirigí hacia las escaleras y cuando empezaba a subirlas oí la voz de mi padre. Levanté la vista y lo vi con Opal hablando en mitad de la escalera.

–... para ayudar a la comunidad. Pero esto es ridículo. No podemos organizar un programa de rehabilitación encima del restaurante –estaba diciendo mi padre.

–Ya lo sé –replicó Opal. Parecía cansada–. Eso es exactamente lo que le he dicho a Lindsey esta mañana, cuando he ido a su oficina.

–¿Qué Lindsay?

–Lindsay Baker, la concejala encargada de todo esto. Pero ella ha insistido en que están renovando sus oficinas y el centro comunitario está todo ocupado. No hay ningún sitio para un proyecto tan grande como este.

–¿Me estás diciendo que en toda la ciudad no hay otro sitio para hacer esto? –protestó mi padre.

–No –replicó Opal incómoda–. Pero eso ha sido lo que ha dicho ella.

Mi padre suspiró. Arriba, en la sala del ático, se oían golpes, pisadas y voces.

–¿Y cómo es que te presentaste voluntaria a este proyecto?

–¡Por el aparcamiento! Ya te lo he contado –respondió Opal–. Pero cuando se lo dije a ella, me cerró la zona: empezó a hablar de la responsabilidad comunitaria y el honor cívico y yo...

–Un momento –la interrumpió mi padre–, ¿qué has dicho?

Yo también lo había oído. No era algo que pudiéramos ignorar ninguno de los dos.

Opal lo miró confundida.

–¿Responsabilidad comunitaria?

–Antes de eso.

Ella recordó. En el piso de arriba se oyeron más golpes.

–Ah, lo de cerrar la zona –dijo por fin–. Lo siento, es un término de baloncesto. Significa...

–Ya sé lo que significa –la interrumpió mi padre–. Es que me... sorprende oírtelo decir.

–¿Por qué?

Ahora fue mi padre el que hizo una pausa.

–Bueno –dijo después de un silencio–, no sabía que te... gustase el básquet.

–Uf, cómo no. Mi padre era un fanático del Defriese –le dijo–. Estudió allí, igual que mis hermanos. No me quedó más remedio que estudiar allí a mí también, o manchar el honor de la familia.

–¡Vaya!

–Sí. Aunque el nuevo entrenador no le cae bien. No lo sigo mucho, pero al parecer ha habido algún tipo de escándalo, algo relacionado con su vida personal...

–Bueno –dijo mi padre, interrumpiéndola de nuevo. Noté que me ponía colorada–. Volvamos a la crisis actual. ¿Cuáles son nuestras opciones?

–Pues creo que, por el momento –respondió Opal lentamente–, lo mejor sería que la concejala se apiadara de nosotros y encontrara otra sala. No es imposible. Pero... no creo que sea hoy.

–Ya. Hoy tenemos una sala llena de delincuentes.

–No son delincuentes –protestó Opal–. Solo tienen que hacer servicios comunitarios.

–¿Y no es lo mismo?

–Pues no.

Se oyó otro golpe arriba, seguido de unas carcajadas.

–Será mejor que suba. Se supone que tengo que supervisarlos.

Mi padre suspiró y meneó la cabeza.

–¿Cómo has dicho que se llamaba la concejala?

–Baker. Lindsay Baker.

–Vale –dijo mi padre mientras bajaba las escaleras–. Voy a llamarla a ver si así se da más prisa.

–Bueno, no..., no me parece una buena idea.

–¿Por qué no?

Opal tragó saliva.

–Es que... es bastante...

Mi padre esperó.

–... una fuerza –terminó–. Una fuerza de la naturaleza. Suele impresionar bastante a la gente.

–Me las arreglaré –dijo mi padre cuando yo me alejaba del pie de las escaleras para esperarlo en el comedor–. Tú encárgate de los delincuentes.

–No son delincuentes –replicó Opal–. Son...

Mi padre cerró la puerta para no oírla, al parecer no estaba interesado en definiciones alternativas. Entonces me vio y me sonrió débilmente.

–Hola, ¿qué tal tu día?

–Nada de particular –respondí, rodeando la barra del bar–. ¿Y el tuyo?

–El caos de siempre. ¿Tienes hambre?

Pensé en el sándwich de pavo blandengue que había comido a mediodía, hacía siglos.

–Sí.

–Muy bien. Pues vamos a la cocina y te preparo algo.

Estaba a punto de responder cuando doblamos la esquina y nos quedamos cara a cara con un chico alto vestido con una chaqueta militar y una gorra de béisbol puesta al revés. En el cuello lucía un gran tatuaje de un águila. Nos miró y preguntó:

—Hola, ¿dónde está lo del servicio social? Me tienen que firmar el papel.

Mi padre suspiró y le indicó la puerta.

—Por esas escaleras. Cierra la puerta al salir, por favor.

El chico soltó un gruñido y pasó a nuestro lado con las manos en los bolsillos. En la mesa junto a la ventana, los dos camareros se rieron por lo bajo. Mi padre les lanzó una mirada y se callaron al instante, justo cuando sonaba el teléfono. Sacó el móvil del bolsillo, miró la pantalla y frunció el ceño.

—Es Risitas —me dijo antes de responder—. ¿Sí? Sí, eso ya está. El técnico de la máquina de hielo acaba de estar aquí. Bueno... ¿quieres la noticia mala o la mala?

Parecía que iba a tardar unos minutos, así que volví al comedor. El chico había dejado la puerta abierta, a pesar de las instrucciones. Cuando fui a cerrarla oí a Opal hablando, y me dirigí hacia su voz.

—En realidad, es una oportunidad para vosotros, como ciudadanos de este pueblo, para conocer el centro de una manera única. Calle a calle, esquina a esquina, casa a casa. Es como si estuvierais diseñando vuestro propio mundo. Y eso está genial, ¿no?

La única respuesta fueron toses y algunos movimientos. Al llegar al descansillo, vi a un grupo de unos veinte adolescentes, los cuales parecían tan entusiasmados como si les fueran a sacar una muela. Frente a ellos estaba Opal con un vestido negro y sus botas vaqueras, llevaba pelo recogido. Se notaba que estaba nerviosa.

—Y lo mejor —continuó, hablando demasiado rápido—, es que como somos muchos, con unas pocas horas a la semana avanzaremos muy deprisa. Al menos, según las instrucciones. —Agitó unos papeles grapados que llevaba en la mano—. Por lo que parece, es bastante sencillo. Cuando coloquemos la base, es solo cuestión de encajar las piezas en el número correspondiente.

Se oyeron los grillos afuera. Silencio.

—Así que, bueno —añadió—, me alegro de que seáis tantos. Ya sé que algunos no teníais elección. Pero si os quedáis, creo que descubriréis que lo vamos a pasar bien y que vamos a hacer algo valioso para la comunidad.

Vacío. Los hombros de Opal descendieron cuando suspiró, y añadió:

—Bueno, creo que hoy no tenemos tiempo para nada más. Volveremos a vernos aquí el miércoles a las cuatro. Si queréis que os firme la asistencia...

De repente, la sala entera se puso en movimiento, todos a la vez. Al instante, Opal quedó rodeada por manos que agitaban hojas de papel.

—A ver, un momento —dijo—, de uno en uno.

Rodeé a los chicos al entrar. Habían vaciado y barrido la sala; las cajas estaban apiladas contra la pared. Las más grandes tenían grandes números negros; las demás estaban marcadas con letras, todas desordenadas. Pensé en el crucigrama de Tracey, las palabras que encajaban y no encajaban, otro rompecabezas por resolver.

Ya llevaba tres semanas en esta ciudad. En los últimos dos años, nunca había permanecido tanto tiempo siendo

Mclean, o al menos llamándome así a mí misma, y todavía no estaba acostumbrada del todo. Incluso al oírselo decir a Jason hacía un momento me había sobresaltado. Probablemente era significativo que mi propio nombre me sonara más raro que los que había elegido estos últimos años. Pero la verdad es que todavía no estaba segura de quién era la actual Mclean. Seguía esperando que se presentara, que encajara en su lugar con tanta facilidad como habían encajado Eliza y Lizbet y Beth antes que ella, pero hasta ahora no había ocurrido. En vez de eso, la sentía informe, como un pastel a medio hornear, crujiente por los bordes pero todavía crudo en el centro.

En parte, esto se debía a que en las últimas tres ciudades me había decidido rápidamente por una identidad fija: chica animadora siempre contenta, teatrera vestida de negro, líder de la asamblea de estudiantes. Había sido fácil fingir en esos papeles, porque había podido planearlos, elegir sus amigas y las actividades que mejor le iban a cada una. Pero ahora, en Jackson, no estaba tan claro. Yo no había elegido los amigos de Mclean. De algún modo, eran ellos los que me elegían a mí.

Aquel día, en la comida, había salido al patio con la idea de sentarme junto al muro. Quería repasar los apuntes de historia porque habían dejado caer que habría un control sorpresa. Y yo odio las sorpresas. Acababa de sentarme y empezar a leer cuando una sombra cayó sobre el cuaderno. Una sombra que mascaba chicle.

–¿Tienes un minuto? –me preguntó Heather cuando levanté la vista. Llevaba su abrigo de piel sintética y vaqueros, con un gran gorro de lana sobre la melena rubia.

Antes de que me diera tiempo a contestar, añadió–: Muy bien. Vamos.

Dio media vuelta, convencida de que seguiría sus órdenes, y se dirigió hacia la mesa de picnic donde todos los días almorzaban Riley y ella. Yo no me moví del sitio, pero vi a Riley sentada en la mesa retorciéndose un mechón de pelo. Enfrente estaba sentado Dave Wade. Era la primera vez que lo veía desde que lo había tumbado con el balón. Tal vez esa fuera la explicación de la vergüenza que sentí.

–Oye –me llamó Heather, a unos pasos de distancia. Parecía impaciente, como si yo le hubiera dicho que la acompañaba–. ¿Vienes o qué?

La miré sin saber qué responder. Por fin dije:

–Es que esta tarde tengo un examen.

–Venga ya –replicó. Y antes de que pudiera detenerla, regresó, me agarró la mano y me puso de pie de un tirón. Apenas me dio tiempo a agarrar la mochila. Me arrastró hasta la mesa, donde me sentó, con el cuaderno todavía abierto, en el banco junto a Dave Wade. Cuando levantó la vista para mirarme, le recordé desplomándose contra el suelo y me puse colorada.

–Ya conoces a Mclean, ¿no? –dijo Heather, dejándose caer frente a mí, junto a Riley.

–Nos conocemos –respondió él, mirándome. Mientras yo organizaba mis apuntes, me di cuenta de que ese era el encuentro más normal que habíamos tenido: nada de secretos, ni de persecución policial, ni de balones de baloncesto asesinos. Al menos, hasta ahora.

–Ha accedido amablemente a romper el empate –le informó Heather.

–Joder. –Riley se pasó una mano por la cara, y me di cuenta de que tenía los ojos rojos. Había estado llorando–. Ahora que creía que no se podía pasar más vergüenza.

–Estás entre amigos –le dijo Heather–. Además, hasta ahora solamente te hemos dado consejos contradictorios. El mío, que es realmente el que tienes que seguir. Y el suyo. –Señaló a Dave con el pulgar.– Que es el que no tienes que seguir.

–¿Crees que eres objetiva? –me preguntó Dave.

–Bueno, la situación es la siguiente –dijo Heather, sin hacerle caso–. Riley sale con un chico y se acaba de enterar de que le ha puesto los cuernos. Él dice que lo siente mucho. ¿Debería hablar con él o darle la patada?

Miré a Riley, que estaba concentrada en arañar un punto de la mesa.

–Bueno, pues... –dije yo.

–Yo digo que le dé la patada. Literal y figuradamente –explicó Heather–. Pero aquí el empollón le aconseja convertirse en codependiente.

–Eh, oye –protestó Dave, levantando la mano–. Lo que le he dicho es que primero escuche sus razones, por qué hizo lo que hizo, y decida después.

–Le puso los cuernos –dijo Heather firmemente. Riley se estremeció y siguió arañando la mesa –. ¿Acaso hay alguna razón que lo justifique?

–Todos cometemos errores –señaló Dave.

–Mirad –dijo Riley, agitando la mano entre los dos–. Os agradezco este tratamiento democrático de mi problema. Pero ya me las apaño sola, ¿de acuerdo?

–Lo mismo dijiste la última vez –apuntó Heather.

Dave pareció sorprendido.

–¿La última vez? Un momento, ¿ya lo había hecho antes?

–Bueno... sí. Hace un par de meses hubo otra historia –admitió Riley.

–Eso no me lo habías contado –dijo él.

–Es que en aquella época estabas... ocupado –Riley me lanzó una mirada.

–Ah –dijo Dave.

–Lo arrestaron –me explicó Heather. Ahora fue Dave quien se estremeció–. ¿Qué pasa? Fue solo una cerveza. A mí me arrestaron por eso mucho antes, es una tontería.

–Heather. –El tono de Riley se tornó severo–. ¿Te acuerdas de que me dijiste que te avisara cuando te pasaras de la raya?

–Sí.

En lugar de contestar, Riley le lanzó una mirada dura. Fue tan evidente, que casi sentí bajar la temperatura a nuestro alrededor.

–Vale –dijo Heather al cabo de un momento, sacando su móvil–. Tú misma. Tú sabrás lo que haces con tu vida.

Nos quedamos un segundo en silencio y yo miré con nostalgia el muro donde momentos antes había estado sentada tan tranquila, preocupada por cosas pequeñas y sencillas, como la civilización occidental. Estaba pensando en una manera de escaparme cuando Dave me preguntó:

–Bueno, Mclean, ¿cómo ha sido tu entrada?

–¿Qué entrada? –repetí.

–Aquí. A nuestro excelente centro educativo –respondió, señalando el patio con un gesto de la mano. Entonces noté por primera vez el tatuaje en su muñeca. Era un círculo negro, en el mismo lugar y con la misma forma que el de Riley. Interesante.

–Pues... ha sido... buena, creo.

–Me alegro –dijo.

–Lo de hacerse amiga de un grupito guay también ayuda –dijo Heather.

–¿Como por ejemplo? –preguntó Dave. Ella hizo una mueca.

–¿Sabes que hay gente a quien le encantaría ser amiga mía?

–Sí, claro. ¿Y qué hay de Rob? –preguntó él.

–Ya es historia, pero tampoco es asunto tuyo. –Y a mí me dijo–: Podrá decir lo que quiera, pero sabe que es verdad. Riley y yo somos lo mejor que le ha pasado.

–Si le quitas la segunda y la tercera palabra a la frase, estaré de acuerdo contigo –dijo Dave. Heather hizo una mueca, pero Riley levantó la vista y le sonrió levemente.

–Por favor, qué pasteleo –protestó Heather–. Me gustaría que vosotros dos os liarais, fracasarais miserablemente como pareja y os dejarais de tonterías de una vez.

–Bueno, me alegra saber que nos das tu bendición –bromeó Dave.

Justo entonces noté que alguien pasaba a mi izquierda. Levanté la vista a tiempo de ver a Deb con el bolso bien agarrado. Cuando nuestras miradas se cruzaron, se alegró; pero al darse cuenta de que no estaba sola, se mordió el labio y siguió andando.

No sé por qué hice lo que ocurrió a continuación. Fue un impulso. En cualquier caso, antes de darme cuenta ya lo había hecho.

–¡Eh, Deb! –la llamé.

Heather me dio una patada por debajo de la mesa, pero no le hice caso. En cuanto a Deb, era evidente que no estaba acostumbrada a que la saludaran en el instituto: se sobresaltó al oír su nombre y se giró para mirarme con la boca abierta. Llevaba vaqueros, rebeca rosa de angorina y chaqueta azul marino. La cinta del pelo hacía juego con el brillo de labios, que a su vez era del mismo color que el bolso.

–¿Sí?

–Esto... –empecé, dándome cuenta de que no tenía nada pensado más allá de saludarla–. ¿Qué tal?

Deb me miró, y luego al resto del grupo, como si estuviera pensando que podría ser algún truco.

–Bien –respondió lentamente. Luego, un poco más animada, añadió–: ¿Y tú?

–¿Quieres sentarte con nosotros? –le pregunté. Sentí que Heather y Riley me miraban, pero yo mantuve la vista en Deb, que puso tal cara de sorpresa que parecía que le hubiera pedido que me donara un riñón. Dave también me observaba–. Bueno... aquí hay sitio, si quieres.

Deb, que no era tonta, vio la mirada de incredulidad que me lanzó Heather. Por su expresión, parecía que lo de donar un riñón se quedaba corto: era como si le hubiera ofrecido directamente comerme uno.

–Es que... –dijo lentamente, aferrada a su bolso–. Esto...

–Oye –intervino Dave de repente, haciendo sitio en el banco–, cuantos más, mejor. Siéntate.

Riley puso mala cara y abrió su botella de agua. Deb me miraba, así que intenté transmitirle tranquilidad y seguridad. De alguna manera funcionó, porque se acercó despacio y se sentó a mi lado, con el bolso sobre las rodillas y las manos encima de él.

Esta vez me tocaba a mí decir algo. Había metido a Deb en esto, así que lo mínimo que podía hacer era que se sintiera cómoda. Pero me quedé en blanco mientras buscaba desesperadamente algún tema de conversación. Justo cuando iba a decir algo sobre el tiempo, ella carraspeó educadamente.

–Me gusta tu tatuaje –le dijo a Dave, señalando con la cabeza el círculo en su muñeca–. ¿Tiene algún significado especial?

Yo no fui la única sorprendida por el tema elegido para romper el hielo: Heather y Riley también se la quedaron mirando. Pero Deb estaba concentrada en Dave, que bajó la vista a su muñeca.

–Pues sí. Simboliza a alguien con quien tenía una relación muy íntima.

Al oír esto, Riley cerró los ojos y recordé el círculo idéntico de su muñeca. Uno no se hace el mismo tatuaje que otra persona si no es por algo.

–¿Y tú? –le preguntó Heather a Deb de repente–. ¿Tienes algún tatuaje?

–No.

–¿De verdad? –preguntó Heather–. ¡Qué sorpresa!

–Heather –le advertí.

–Pero me encantaría tener uno –continuó Deb, mirándome–. Lo que pasa es que todavía no he encontrado nada que me guste lo suficiente–. Dave la miraba atentamente y ella le dijo–: Creo que es importante que signifique algo de verdad, si va a formar parte de ti para siempre.

Heather puso cara de susto y me dieron ganas de pegarle una patada en la espinilla, pero me contuve.

–Tienes razón, la verdad –dijo Dave.

Deb sonrió como si le hubiera hecho un cumplido.

–El tuyo me parece de estilo tribal, por las líneas gruesas y el color negro.

–¿Sabes algo de tatuajes tribales? –le preguntó Dave.

–Un poco –respondió Deb–. Aunque a mí, personalmente, los que más me gustan son los japoneses. El pez y el león de Fu. El diseño es clásico e imperial.

–¿Me estás tomando el pelo? –interrumpió Heather, incrédula–. ¿Cómo sabes tanto de estas cosas?

–Un amigo de mi madre tiene un estudio de tatuajes –continuó Deb, que no notó su tono, o decidió no hacerle caso–. A veces me pasaba por allí después de clase, hasta que mi madre salía de trabajar.

–¿Ibas a un estudio de tatuajes? –preguntó alucinada.

–Hace ya bastante. Era muy interesante, aprendí mucho –respondió Deb.

Me sorprendió ver que Dave, al otro lado de Deb, me sonreía, como si fuera una broma privada entre los dos. Todavía más sorprendente: le devolví la sonrisa.

–Bueno, Deb –le dije–. En la hipotética situación de que tu novio te pusiera los cuernos, ¿le darías otra oportunidad o cortarías con él?

Heather hizo una mueca, pero Riley nos observaba.

–Bueno, la verdad es que necesito más detalles antes de contestar –respondió Deb al cabo de un momento.

–¿Como qué? –le preguntó Dave. Ella se quedó pensando un momento.

–Lo primero: cuánto tiempo llevan juntos. Si llevan poco, no tiene buena pinta. Mejor dejarlo.

–Eso es verdad –dijo Riley en voz baja. Heather la miró arqueando una ceja.

–Además, habría que considerar las circunstancias. ¿Fue un rollo con alguien que apenas conocía o una persona que le importaba de verdad? En el primer caso, podría explicarse como un error..., pero si se trata de emociones auténticas, es más complicado.

–Cierto –dije yo.

–Por último, depende mucho de su comportamiento. ¿Lo confesó o se descubrió de otra manera? ¿Lo siente de verdad o solo está enfadado porque lo han pillado? –Suspiró–. Pero lo más importante es esto: teniendo en cuenta todo lo que he vivido con esta persona, lo bueno y lo malo, ¿estoy mejor o peor sin ella? Si la respuesta es mejor..., pues ya está resuelta la cuestión.

Nos quedamos todos mirándola. Nadie dijo nada y entonces sonó el timbre.

–Oye –dijo Riley, parpadeando un par de veces–, tu explicación ha sido... muy convincente. Gracias.

–De nada –respondió Deb, tan amable como siempre.

Riley y Heather se levantaron y recogieron las mochilas y la basura, mientras que en nuestro lado del banco Deb y yo hicimos lo mismo. Dave se quedó donde estaba, cerrando el tapón de su botella de agua. Cuando por fin se levantó, me miró.

–Tú no has contestado –me dijo mientras Deb abría el bolso en busca de algo.

–¿Cómo?

–La pregunta. Seguir o cortar. No has contestado.

Miré hacia Riley, que se estaba poniendo la mochila sonriendo ante algo que había dicho Heather.

—No se me dan muy bien los consejos —respondí.

—Anda ya —protestó—. Estás escurriendo el bulto. Y además, es hipotético.

Nos dirigíamos hacia la puerta principal, Heather y Riley delante y Dave, Deb y yo en la retaguardia. Me encogí de hombros.

—No me gustan las complicaciones. Si algo no funciona... mejor tirar para otro lado.

Dave asintió con la cabeza, pensando sobre esto. Pensé que insistiría, o tal vez me llevaría la contraria, pero en lugar de eso se volvió hacia Deb.

—Ha sido un placer charlar contigo.

—¡Lo mismo digo! —respondió Deb—. Gracias por invitarme a sentarme con vosotros.

—Oye, que la de la invitación fui yo —protesté.

Dave se rio, lanzándome una mirada, y yo volví a sonreír.

—Hasta luego, Mclean.

Le saludé con la cabeza y él se volvió, se unió a Riley y se metió las manos en los bolsillos. A nuestro alrededor todo el mundo estaba en movimiento, de camino a los distintos edificios. Deb y yo nos quedamos allí las dos juntas.

—Es muy majo —dijo ella.

—Tiene un punto especial —contesté.

Se quedó un momento pensando y cerró el bolso. Entonces añadió:

—Todo el mundo tiene un punto especial.

Todo el mundo tiene un punto especial, pensé ahora, al mirar todas esas cajas en el piso superior del Luna Blu. Por algún motivo, esta frase no se me iba de la cabeza desde que la había pronunciado Deb. Era una idea sencilla, pero a la vez tenía su miga. Como un rompecabezas de dos palabras que se podían combinar con distintos sentidos.

Al fijarme mejor vi que una de las cajas estaba abierta y había objetos desparramados a su alrededor. La caja contenía montones de láminas de plástico, piezas de casas y edificios. Algunas tenían puertas y ventanas, otras estaban coloreadas imitando ladrillos o tablones de madera. Había paredes de casas, tiendas, y otros edificios con muchas ventanas que seguramente serían escuelas u oficinas. En cada caja venían varias docenas de láminas, con las piezas para dos o tres estructuras en cada una. Muchísimas piezas.

–Sé lo que estás pensando –oí decir a mi espalda. Cuando me di la vuelta, vi a Opal firmando el último documento para un chico alto y grueso apoyado contra la pared. Él agarró la hoja sin dar las gracias y se marchó arrastrando los pies hacia las escaleras.

–¿Y qué es? –pregunté.

Se puso el bolígrafo detrás de la oreja y se acercó a mí.

–Que esto es muchísimo trabajo, una misión imposible que, probablemente, no terminaremos ni en un millón de años.

No dije nada, porque en realidad tenía razón.

–O, tal vez –continuó, mientras se agachaba para sacar una lámina de plástico que imitaba el ladrillo–, eso es lo que estoy pensando yo.

–Al menos tienes mucha ayuda.

–Tengo mucha gente. No es lo mismo –me dijo toda seria.

La observé girar la pieza, estudiándola. Desde abajo llegaban los ruidos del restaurante, que se preparaba para abrir: sillas que se arrastran contra el suelo para barrer debajo, las voces de los camareros riéndose y charlando, el tintineo de vasos que se colocan bajo la barra. Para mí, era una música tan familiar como una canción que hubiera estado escuchando toda mi vida, cantada por gente distinta, pero siempre con la misma melodía.

–¿Te puedes imaginar lo difícil que va a ser montar todas estas casitas y luego encontrar el lugar correcto donde va cada una, por no hablar de los árboles, las farolas y las tomas de agua?

–Hombre...

–Son cientos de edificios, y todos tienen un montón de piezas. Y se supone que tenemos que terminarlo para junio. ¿Cómo demonios lo vamos a conseguir?

No sabía si era una pregunta retórica, pero como había dejado de hablar, dije:

–Bueno, como tú has dicho antes: se empieza por la base y se sigue por lo demás. Es ingeniería básica.

–Ingeniería básica –repitió. Luego me miró–. ¿De verdad lo he hecho parecer tan fácil?

–Pues sí.

–Vaya, miento mejor de lo que pensaba.

–¡Oye, Opal! –llamaron por las escaleras–. ¿Estás ahí?

–Depende –contestó por encima del hombro–. ¿Qué necesitas?

–La fotocopiadora se ha vuelto estropear y solo tenemos dos hojas con los platos del día.

Suspiró y levantó la vista al techo.

–¿Has probado con el truco del clip?

Silencio.

–¿El qué?

–¿Has probado a meter un clip debajo del cartucho del tóner? Ahora bajo –terminó, pensando que era demasiado complicado para dar las instrucciones desde lejos.

–Vale –respondió la voz–. Ah, y Gus quiere hablar contigo también. Y ha venido el tío de las toallas y dice que quiere cobrar en efectivo, nada de cheques...

–Que ahora bajo –repitió, esta vez más alto.

–De acuerdo. Cambio y corto.

Opal se masajeó las sienes, y el bolígrafo oscilaba con cada movimiento.

–Conque ingeniería básica –dijo–. Espero que tengas razón.

–Yo también –respondí–. Porque son un montón de cajas.

–Ya te digo. –Sonrió, estiró la espalda y se dirigió a la escalera–. Apaga la luz cuando termines, ¿vale?

–Claro.

La oí bajar las escaleras y me giré para seguirla. Pero entonces, sobre la mesa que estaba junto a la pared, vi las hojas de instrucciones que ella había tenido entre las manos cuando soltó su charla. Las sostuve, impresionada por su peso: no eran un par de folios grapados, como me había parecido antes, sino un librito de buen tamaño y grosor. Pasé las primeras páginas, el índice, la introducción, los datos de contacto de la compañía, hasta llegar a la página ocho, donde empezaban las instrucciones. «Paso uno», decía en la parte de arriba. Después venían cuatro párrafos con letra diminuta, junto a varios diagramas marcados con letras y números. Madre mía, pensé, y al avanzar un poco vi que era todo igual. Entonces, al recordar lo que acababa de decirle a Opal, retrocedí hasta llegar al paso uno: «Encuentre las cuatro esquinas de la base (A, B, C, D), y dispóngalas sobre una superficie estable tal y como se indica en el dibujo», decía.

Abajo sonaba el teléfono y alguien gritaba que necesitaban limones. Fui hacia la caja marcada con una «A», la abrí y rebusqué un momento hasta encontrar la esquina superior izquierda, rotulada «A» (base). La llevé al otro lado de la sala y la coloqué en el suelo, como indicaba el dibujo. Era como un cursor en la pantalla vacía: el primer paso. El principio del principio. Pero al menos, estaba hecho.

Después de cenar temprano con mi padre en la barra, interrumpidos por dos llamadas de teléfono y una crisis en la cocina, salí del restaurante y atajé por el callejón. Cuando entré en nuestra calle era casi de noche; me dirigí a mi casa, la única a oscuras. Estaba buscando las llaves en el bolso cuando oí un coche a mi espalda. Apenas le lancé una mirada –había dos personas dentro– y seguí buscando las llaves. Cuando por fin las encontré un minuto después, volví la vista y me di cuenta de que eran Dave y Riley.

Ella estaba sentada al volante y él en el asiento del copiloto; con la luz del porche distinguía sus caras. Riley estaba apoyada en el respaldo del asiento, mirando hacia arriba, mientras Dave hablaba gesticulando con una mano. Al cabo de un momento, ella asintió con la cabeza.

Dentro hacía bastante frío, así que subí la calefacción, dejé mi bolso en el sofá y me dirigí a la cocina, encendiendo las luces a mi paso. Me serví un vaso de agua, me quité los zapatos y me senté en el sofá con el portátil. Acababa de arrancar, con los iconos alineados en el fondo de la pantalla, cuando lo oí: el alegre ping del ¡Hola! anunciando una llamada. Al parecer, mi madre se había cansado de estar enfadada.

Unos días antes, cuando por fin la llamé después de colgarle el teléfono la vez que le di a Dave el golpe con la pelota, no me atendió ella la llamada, sino Peter.

—Tu madre no se puede poner —me dijo. Se le notaba tenso, protector—. Está dolida y necesita espacio para recuperarse.

Al oír esto, estuve a punto de echarme reír. ¿Así que ahora era ella la que necesitaba espacio? Y, claro, se suponía que yo tendría que respetarlo inmediatamente, aunque ella nunca había querido hacer lo mismo conmigo. Me dieron ganas de decirle eso a Peter, de explicarle mis razones, pero sabía que no serviría de nada.

—De acuerdo —le dije—. Lo entiendo.

Pasaron dos días, luego tres, y mi contestador automático siguió vacío, en mi móvil solo aparecían los números de mi padre y del restaurante. Nada de mensajes de buenos días o buenas noches ni contactos con el ¡Hola! ni siquiera un correo electrónico. Otras veces habíamos pasado más días sin hablarnos, pero era la primera vez que la falta de contacto era decisión suya, no mía. Y, la verdad, me sentía rara. Durante todo este tiempo yo creía que lo único que quería era que mi madre me dejara en paz. Hasta que lo hizo.

Pero ahora parecía que estaba dispuesta a hablar. O a pelearse. Así que hice clic en la burbujita y en mi pantalla apareció la cara de... Peter. Decir que me quedé sorprendida se queda corto.

–¿Mclean? –Tenía que estar en su despacho: había un logotipo gigante de Defriese, y una gran repisa de madera a su espalda con fotografías enmarcadas de gente muy alta, junto a las que él parecía muy bajito–. ¿Me ves bien?

–Mmm... –De repente me puse nerviosa. A pesar del impacto que había tenido en mi vida, no conocía muy bien a mi padrastro. No solíamos chatear por Internet–. Sí. Hola.

–Hola. –Carraspeó y se acercó un poco más a la cámara–. Perdona si te he sorprendido. No tenía el número de teléfono, pero encontré esta información de contacto en el portátil de tu madre. Quería hablarte de una cosa.

–Vale –dije.

Estaba acostumbrada a ver a Peter desde más lejos, al otro lado de la mesa, al otro lado del pasillo, en la televisión. De cerca parecía mayor y algo cansado. Llevaba una camisa de vestir, con el botón de arriba desabrochado y sin corbata. A su lado había una lata de refresco *light*.

–Mira, ya sé que tu madre y tú no os lleváis muy bien últimamente, y no tengo intención de entrometerme. Pero...

Siempre había un pero. Daba igual si eras de la familia auténtica o prestada. Siempre.

–... quiero mucho a tu madre y ella también te quiere a ti. Ahora está muy triste y yo quiero que sea feliz. Y te pido un poco de ayuda para lograrlo.

Tragué saliva y de repente me di cuenta de que me estaba viendo, y me dio vergüenza.

–No sé qué quieres que haga.

–Pues mira... –Se echó un poco hacia atrás–. Este fin de semana tenemos un partido ahí, contra el equipo de vuestra ciudad. Katherine y los mellizos van a venir conmigo, y sé que a ella le encantaría verte.

Siempre me chocaba que la llamara por su nombre completo. Hasta que se casó con el, mi madre era Katie Sweet. Ahora era Katherine Hamilton. Sonaban como dos personas completamente diferentes, aunque yo no era quién para decir nada.

–Tenía pensado invitarte esta semana, pero luego, al parecer, tuvisteis vuestras diferencias. O lo que fuese.

Asentí con la cabeza. O lo que fuese.

–Pensé que estaría demasiado molesta para hablar conmigo.

–Está dolida, Mclean –me corrigió–. No te estoy pidiendo que vengas aquí, ni siquiera que vayas a la playa. Eso es algo entre tu madre y tú. Pero espero que al menos nos dejes verte a mitad de camino.

Lo hacía parecer tan razonable, que rechazarlo me haría quedar como una niña insoportable.

–¿Sabe ella que me has llamado?

–Esto ha sido idea mía –respondió–. Así que, si aceptas el plan, pienso apuntarme el tanto.

Tardé un momento en darme cuenta de que era una broma. Ja. Así que Peter Hamilton tenía sentido del humor. ¿Quién lo hubiera dicho?

–Puede que no quiera verme, ¿sabes? Parecía bastante enfadada.

–Claro que quiere verte –dijo–. Tú ven el sábado a la una de la tarde, a la taquilla para entradas de última hora. Yo me encargaré de los detalles. ¿De acuerdo?

–De acuerdo.

–Gracias, Mclean. Te debo una.

Y tanto. Pero me mordí la lengua y me limité a asentir mientras él decía que nos veríamos el fin de semana. Los dos nos inclinamos al mismo tiempo para cortar la llamada y, al darnos cuenta, nos detuvimos para no ser el primero. Por fin, después de un segundo incómodo, tomé la iniciativa y apreté el botón de colgar. Y de repente desapareció de la pantalla. Adiós.

Media hora más tarde, recordé que al día siguiente pasaba el camión de la basura, así que me puse la chaqueta y salí a llevar el cubo hasta la acera. Acababa de darme la vuelta para volver a casa cuando vi el coche de Riley todavía aparcado un poco más allá. Tenía las luces apagadas y la vi sentada detrás del volante, secándose las lágrimas con un pañuelo de papel. Me acerqué un poco, ella levantó la vista y me vio.

–Te prometo que no te estoy espiando –me dijo por la ventanilla abierta. Luego bajó la vista al pañuelo y lo dobló meticulosamente–. Es que... todavía no tenía ganas de ir a casa.

–Te entiendo. ¿Estás bien?

Ella asintió.

–El típico drama por un chico cabrón. En otros apartados de mi vida no soy tan tonta, de verdad... –se interrumpió, carraspeó y añadió–: Estoy bien.

En la calle principal, al otro lado de la señal de *stop*, pasó un camión traqueteando. Me di la vuelta para regresar a mi casa, pues imaginé que no nos conocíamos lo suficiente como para decirle nada más.

–Le gustas, ¿sabes? –me soltó de repente.

Me detuve y la miré.

–¿Qué?

–A Dave. Que le gustas. Todavía no me lo ha confesado, pero le gustas.

–Si ni siquiera me conoce –dije.

–¿Estás diciendo que no le gustarías si te conociera? –Arqueó las cejas–. Cuidado con lo que respondes. Estamos hablando de mi mejor amigo, y es un chico muy majo.

–No estoy diciendo nada –aclaré. Ella seguía mirándome, así que añadí–: No estoy segura de que sea mi tipo.

–No me digas que a ti también te gustan los cabrones.

–No exactamente. Más bien... –me interrumpí, y por alguna extraña razón pensé en la cara de Peter, parpadeando en la pantalla de mi ordenador–... es que ahora mismo no busco nada. Ni siquiera con un chico muy majo.

Ella puso las manos sobre el volante, estiró la espalda, y volví a ver el tatuaje del círculo en su muñeca, idéntico al de Dave. Ahí tenía que haber una buena historia, aunque no pensaba preguntar.

–Lo entiendo. Y te agradezco tu sinceridad.

Asentí, y me metí las manos en el bolsillo.

–Buenas noches, Riley.

–Buenas noches –respondió–. Y, ¿Mclean?

–¿Sí?

–Gracias.

No estaba segura de a qué venía la gratitud: por venir a ver cómo estaba, por lo que le había dicho o, tal vez, por lo que no había dicho. Había elegido no preguntar. En vez de eso, regresé a mi casa para que ella pudiera marcharse en el momento que quisiera, sin público. Si no puedes salvarte a ti misma ni a tu corazón, por lo menos salva la dignidad.

6

El día del partido mi padre y yo íbamos a desayunar juntos, los dos solos. Entre las clases y el restaurante, en la última semana habíamos estado muy liados y apenas nos habíamos visto. Nos comunicábamos mediante notas que dejábamos en la mesa de la cocina o nos cruzábamos dos palabras las pocas veces que nos encontrábamos. Esto era normal, especialmente durante las primeras semanas en un sitio nuevo. Un restaurante es como una novia exigente, que requería toda su atención, y yo ya estaba acostumbrada a sus períodos ausentes hasta que la situación se calmaba un poco. Aún así, tenía muchas ganas de sentarme un rato con él. Por eso, cuando mi teléfono empezó a sonar una hora antes de nuestra cita, tuve un mal presentimiento.

«CTYA. LO SIENTO», decía su mensaje.

CTYA era el código de nuestra familia que significaba «Caos Total Y Absoluto». Era lo que le decía mi padre a mi madre por teléfono cuando la llamaba desde su restaurante, el Mariposa, para decir que no llegaría a cenar o a la película a la que íbamos a ir esa tarde, o a las reuniones y actuaciones del colegio. Básicamente, era siempre la razón para cancelar lo que fuera. Mi padre estaba convencido de que el pánico era contagioso, especialmente en un restaurante. Bastaba con que una persona se pusiera histérica –porque hubiera quemado un entrante que ya servía tarde, o se le hubieran acumulado los pedidos, o porque no pudiera acomodar a todos los clientes en la lista de espera– para que cundiera el pánico en todos los demás, con un efecto dominó. Por este motivo, no podía llamar a mi madre diciéndole que había un problema, aunque lo hubiera. Pero aquellas cuatro letras transmitían la emergencia sin histeria.

El código había pasado del restaurante a la vida cotidiana. Fue lo que me vino a la cabeza la noche en que entré en la cocina en plena hora punta de la cena y encontré allí a mi padre y a mi madre, esperándome con cara de preocupación. También fue lo que escribí en una libreta de páginas amarillas durante innumerables reuniones con los abogados, en la batalla legal por mi custodia. Y lo que siempre pensaba en esos segundos de silencio después de que le dijera a mi madre algo que sabía que no le gustaría, antes de que ella se pusiera histérica.

Aunque habían pasado tres días desde mi charla con Peter, todavía no le había contado a mi padre que iba a ver a mi madre ese fin de semana. Era tan incómodo y tan raro que decidí apartarlo de mi cabeza hasta que no tuviera más remedio que decírselo. Lo cual no era fácil, pues a nuestro alrededor toda la ciudad se preparaba para el partido. Se me había olvidado lo que era vivir en una ciudad de forofos del baloncesto. Casi todo el mundo llevaba sudaderas o camisetas del equipo de la universidad, las emisoras de radio locales comentaban cada detalle como si fuera una noticia de interés nacional y las banderas azul claro ondeaban en los porches y en las antenas de los coches. El único lugar donde no se hablaba del partido era nuestra casa, donde tanto mi padre como yo evitábamos el tema como si fuera una mina a punto de explotar. Hasta ahora, que mi teléfono volvió a vibrar.

«¿Comemos luego?», había escrito mi padre. «Aquí no. Te lo prometo.»

Me mordí el labio, con los dedos listos para responder. Pero lo que tenía que decirle me parecía demasiado delicado para un mensaje, así que, después de ducharme y desayunar, me acerqué al restaurante para decírselo en persona.

Estaba a punto de cruzar la calle cuando vi que se cerraba una puerta. Miré hacia atrás y vi a Dave Wade, con vaqueros y una camisa de franela, metiéndose las manos en los bolsillos mientras echaba a andar unos pasos detrás de mí. Pensé en lo que había dicho Riley, que creía que yo le gustaba, y me dio corte. Hoy ya era un día lo bastante complicado, y ni siquiera era mediodía. Lo saludé con la cabeza y seguí andando.

Pero cuando crucé la calle, él hizo lo mismo. Y cuando tomé el callejón hacia el Luna Blu, él me imitó. Al acercarme a la entrada de la cocina reduje el paso, esperando que me adelantara y continuara hacia la calle. Pero no lo hizo. Es más, se puso justo a mi lado y se detuvo. Por fin me di la vuelta.

–¿Me estás siguiendo?

–¿Qué?

–Vienes andando dos pasos por detrás de mí durante todo el camino.

–Sí, pero no te estoy siguiendo –dijo. Me lo quedé mirando.

–¿Entonces cómo lo llamarías?

–Coincidencia –respondió–. Simplemente vamos al mismo sitio.

–¿Adónde vas?

–Aquí –dijo señalando la puerta de la cocina.

–No me lo creo.

–¿No?

De repente se abrió la puerta y apareció Opal, con vaqueros, un jersey blanco, zapatos negros relucientes y una taza de café en la mano.

–Por favor, dime que estás aquí para el proyecto comunitario –le dijo a Dave sin saludar.

–Sí –respondió. Luego me miró muy alegre–. A eso venía.

–Menos mal. –Opal abrió la puerta y Dave entró. Luego me dijo a mí–: Ya viste la cantidad de gente que había aquí el otro día. ¡Un montón! Y ahora que en veinte minutos va a venir gente del periódico y la plasta de Lindsay Baker, no hay nadie. ¡Ni uno!

Todavía sujetaba la puerta abierta, así que entré detrás de Dave, que esperaba instrucciones. Opal dejó que la puerta se cerrara de un portazo, lo rodeó y echó a andar por el pasillo hacia el restaurante sin dejar de hablar.

–Además el refrigerador se estropeó ayer por la noche, y hemos perdido la mitad de la carne y todo el pescado. ¡El día del partido contra el Defriese! No pueden venir a arreglarlo hasta esta tarde y nos cobrarán horas extras y además los proveedores se han quedado sin existencias porque todo el mundo ha hecho pedidos enormes por ser el día del partido.

Eso explicaba el mensaje de mi padre. Cuando pasamos frente a la puerta de la cocina, lo vi frente al refrigerador, con un destornillador en la mano. Jason, el pinche, estaba detrás de él con una caja de herramientas, como una enfermera pasando los instrumentos al cirujano durante una operación. No era momento de interrumpirlos, nunca es buena idea molestar a alguien que está reparando un electrodoméstico viejo en la cocina, así que seguí a Opal y a Dave a través del restaurante hasta las escaleras del ático.

—Lo que me faltaba –decía Opal mientras subía las escaleras– era no tener delincuentes suficientes para esta entrevista idiota. –De repente dejó de andar y de hablar y se volvió para mirar a Dave–. Uy, perdona. No era mi intención llamarte...

–No pasa nada –respondió él–. Es lo que te llaman cuando tienes que hacer servicio comunitario.

Ella sonrió aliviada y siguió subiendo.

–Pero sigo sin entenderlo. El miércoles había tantísima gente y hoy no ha aparecido nadie. ¿Qué ha pasado?

–¿Les firmaste las hojas de asistencia? –le preguntó Dave.

–Sí, claro.

–Ah.

–¿Por qué? –preguntó Opal.

–Bueno, es que he oído por ahí que cuando tienen una firma es muy fácil copiarla. El encargado suele estar tan ocupado que solo mira si coincide el nombre.

Opal parecía triste.

–¡Pero eso está fatal!

–Son delincuentes –dijo Dave encogiéndose de hombros.

–Un momento. ¿Quiere eso decir que tú también vas a venir solo un día, solo para la firma?

–No –respondió. Luego me lanzó una mirada, como si yo fuera a responder por él, antes de añadir–: Yo no soy un delincuente de verdad. Una vez cometí una estupidez.

–Bueno, como todos –dijo Opal con un suspiro.

–¡Opal! –gritó alguien por las escaleras–. En la puerta hay una reportera que pregunta por ti.

–¡Mierda! –exclamó, mirando a su alrededor con cara de pánico. Detrás de ella se veían todas las cajas abiertas, y alguien había construido el resto de la base alrededor de la pieza que yo había colocado. Todo parecía listo para empezar, excepto que solo había un delincuente. O un medio delincuente–. Ha llegado antes de tiempo. ¿Y ahora qué hago? ¡Se supone que tengo todo un equipo!

–¿Y dos no son un equipo? –preguntó Dave.

–Yo no tengo nada que ver –intervine–. Yo he venido a ver a mi padre.

–Sí, claro, pero puedes fingir un rato, ¿no? –preguntó Opal desesperada–. Solo unos minutos. Y te debo una muy grande.

–¿Fingir ser una delincuente? –pregunté para aclarar las cosas.

–Es fácil –me informó Dave–. No sonrías y pon cara de que vas a robar algo.

Con esfuerzo, logré evitar sonreír.

–¿Tan fácil es?

–Eso espero, porque estoy a punto de reclutar a todo el que pille. ¿Podéis empezar a sacar las cosas para que parezca que ya estamos en marcha? –preguntó Opal.

–Claro –respondió Dave.

–Muchas gracias –dijo Opal, que dejó la taza de café sobre una mesa y echó a correr gritando escaleras abajo–: ¡Todo el que tenga menos de treinta años que suba ahora mismo! ¡Ahora mismo!

Dave la vio marcharse y luego me miró.

–A ver, ¿qué estamos haciendo aquí exactamente?

–Es una maqueta de la ciudad –le dije, acercándome a la caja A para abrirla del todo–. A Opal le han encargado el marrón de montarla para el ayuntamiento.

–Y esa es Opal –dijo Dave, señalando con un movimiento de cabeza hacia las escaleras, donde se la oía llamar a todo el personal.

–Sí.

Se acercó a la maqueta, se inclinó sobre ella, tomó el manual de instrucciones que estaba a un lado y la abrió.

–Mira –comentó, pasando una página–, aquí están nuestras casas.

–Ah, ¿sí? –dije, mientras sacaba un montón de piezas de plástico de la caja.

–Aquí, en tu jardín –indicó, pasando otra página–, deberíamos colocar a alguien en el suelo, derribado por una pelota de baloncesto.

–Solo si ponemos una chica llorando dentro de un coche delante de tu casa –repliqué.

–Ah, sí. Riley me dijo que te había visto anoche –dijo, mirándome.

–Lo siento por ella –añadí mientras continuaba sacando piezas–. Por lo de los cuernos y eso. Parece una chica maja.

–Es muy maja, pero tiene un gusto terrible eligiendo novios.

–Parece que sois íntimos –dije.

–Hubo un tiempo en el que era mi única amiga, literalmente. Sin contar a Gervi el Pervi.

Puse cara de sorpresa mientras abajo sonaba un portazo.

–¿Gervi el qué?

–Un chico de mi antiguo colegio. –Cuando levantó la vista y vio que le seguía mirando, añadió–: Te dije que yo era raro. Pues mis amigos también.

–Amigo.

–Amigo –repitió. Luego suspiró–. Cuando tienes catorce años y la mayoría de tus cursos son preuniversitarios, no tienes mucho en común con tus compañeros de clase. Menos con el otro raro y listo de la clase.

–Que era Gervi –añadí.

–Gervais –me corrigió–. Sí. El apodo se lo puso Riley, porque estaba siempre mirándole el pecho.

–Un tipo con mucho estilo, ya veo.

–Yo solo me junto con los mejores –dijo burlón.

Me senté, alcancé un paquete de piezas de plástico y lo abrí.

–Entonces Riley y tú... ¿erais pareja?

–No. Al parecer, no soy lo bastante mala persona para ella –dijo sentándose también.

–Pero tenéis el mismo tatuaje –señalé–. A mí me parece una cosa bastante seria.

Giró la mano y el círculo de trazo grueso quedó hacia arriba.

–Bueno, sí. Pero no es como una relación de pareja, sino de amigos. O de niños. O... de verrugas.

–¿Cómo?

–Es una historia muy larga –dijo, agitando una de las piezas en la mano–. Bueno, ¿por dónde empezamos?

–Ni idea. Esto parece totalmente imposible.

Coloqué todas las piezas a mi alrededor. Primero pensé intentarlo sin las instrucciones, pero enseguida me di cuenta de que no sería posible. Había muchas piezas, cada una de ellas con un rótulo, formando una colcha de *patchwork* demencial de letras y números.

–Qué va –dijo.

Entonces escogió cuatro segmentos planos de su montón, los ensambló, añadió otros dos curvos y al final tomó uno más grueso y corto y lo colocó en la base empujándolo con la mano. Uno, dos, tres y tenía una casita. Así de fácil.

–Oye, eso ha sido impresionante –le dije.

–Una de las ventajas de ser un delincuente es tener buena capacidad espacial –replicó.

–¿De verdad?

–No –dijo. Me puse colorada, sintiéndome como una idiota. Pero él eligió una casa, miró el número que tenía por debajo y la llevó a la base–. Cuando era niño, me encantaba hacer maquetas.

–¿De trenes? –pregunté, mientras sostenía una pieza en la que ponía «A 7». No tenía ni idea de qué hacer con ella. Ni idea.

–¿Maquetas de trenes? ¿Estás intentando insultarme o algo?

Me lo quedé mirando sin saber si iba en serio.

–¿Qué tienen de malo las maquetas de trenes?

–En principio, nada –respondió, agachado en una de las esquinas de la base–. Pero yo hacía maquetas de guerra: batallas, tanques, soldados, portaaviones. Esas cosas.

–Ah, claro, eso es algo totalmente distinto.

Me miró sin decir nada y colocó la casa sobre la base, fijándola en su lugar con el dorso de la mano. Cuando hizo clic, se levantó y dio un paso atrás.

–Bueno –dijo pasados unos instantes. Oí que varias personas subían por las escaleras, a juzgar por el jaleo–. ¿Qué te parece?

Me acerqué a su lado y los dos juntos contemplamos la casita diminuta, la única cosa en aquella enorme superficie plana. Como la única persona viviendo en la luna. Podría parecer solitario o tranquilo, según se mirase.

–Es un comienzo –dije.

Veinte minutos más tarde, entre Dave, yo y los empleados del restaurante fingiendo ser delincuentes, la maqueta se iba viendo mejor. Tras los primeros momentos de caos y quejas, habíamos establecido un sistema. Dave ensamblaba las piezas con Jason, el pinche, al que conocía de algún campamento para superinteligentes. El resto de nosotros las colocábamos en el lugar correspondiente. Hasta ahora, teníamos unas diez estructuras en la esquina superior derecha: unas cuantas casas, un par de edificios y un parque de bomberos.

–Oye, creo que este es mi antiguo barrio –me dijo Tracey mientras colocábamos un edificio largo y cuadrado donde indicaba el diagrama–. Esto es una tienda de alimentación, ¿no?

Miré al edificio mientras lo presionaba, esperando oír el clic.

–No lo sé, no pone lo que es.

–No lo pone en ninguno –dijo Leo, el cocinero, que estaba sentado junto a una caja con la que no había hecho nada más que explotar burbujas del papel de plástico mientras los demás trabajábamos–. Lo cual me parece una tontería. ¿Qué clase de mapa es este si no puedes identificar dónde te encuentras?

–Leo –dijo Jason, mientras colocaba el tejado de otra casa–, lo que acabas de decir es superprofundo.

–Pero qué dices, por favor –saltó Tracey, mientras se levantaba y atravesaba la sala–. Jason está convencido de que Leo es un genio que finge ser idiota.

–¿Como un sabio idiota? –preguntó Dave, concentrado en un edificio de oficinas.

–En lo de idiota has acertado –replicó Tracey. Suspiró y miró por encima del hombro de Jason, que estaba ensamblando algo–. ¿Dónde va eso? ¿Junto al que acabamos de colocar?

Jason echó un vistazo a las instrucciones, abiertas a su lado.

–Eso creo.

–¡Lo sabía! –Dio una palmada–. Sí que es mi antiguo barrio. Porque ese edificio era mi banco, y esa tienda de comestibles es a la que me prohibieron volver.

–¿Te prohibieron entrar en una tienda? –pregunté.

–Uy, tengo prohibida la entrada en muchos sitios –respondió tan tranquila, agitando la mano.

–Lo que quiere decir –nos informó Leo– es que es famosa en la ciudad por firmar cheques sin fondos.

–No eran sin fondos –protestó Tracey, que agarró el edificio de manos de Jason–. Es que no tenía dinero.

–Me parece que es lo mismo –dijo Jason, amablemente. Tracey se inclinó sobre la base.

–Pues si esa era mi tienda y ese era mi banco, entonces mi apartamento... –Recorrió una calle estrecha con el dedo hasta llegar al borde–. Parece que no existe. Supongo que estaba fuera del mapa.

–*Finis terrae* –dijo Leo, que seguía explotando las bolsas de aire del envoltorio. Nos lo quedamos mirando.

–Leo, tío, ¿estás colocado? Porque ya sabes lo que dijo Gus, si te vuelve a pillar...

–¿Qué? –exclamó Leo–. No, no estoy colocado. ¿A qué viene esto?

–Estás hablando raro –señaló ella.

–He dicho *Finis terrae,* es latín –explicó. Como todos seguíamos mirándolo, añadió–: Es lo que se solía escribir en los mapas, cuando llegaban al final de la tierra conocida. Y ahí se acaba la tierra, *Finis terrae.*

Jason movió la cabeza sonriendo, mientras colocaba otro tejado.

–Tío, eso sí que es profundo.

–¿Quieres dejar de repetir esa tontería? ¡No es ningún genio! Apenas usa la mitad de sus neuronas.

–Al menos tiene la mitad –le dijo Dave.

–Qué optimista –dije yo. Él levantó la vista y me sonrió. Volví a sentir unas ganas tremendas de devolverle la sonrisa. Y yo no soy de esas personas que no paran de sonreír. Sobre todo en los últimos tiempos.

–¡Hola! –exclamó Opal subiendo las escaleras, con alegría exagerada–. ¿Todos listos para los *paparazzi?*

Tracey hizo una mueca y murmuró:

–Cuando se pone nerviosa, pone voz de tontita.

Jason la mandó callar y le lanzó la casa que tenía en la mano. Mientras Tracey se inclinaba de nuevo sobre la maqueta, apareció Opal y, detrás de ella, una mujer vestida con vaqueros y zuecos. Al final entró un chico con rizos y una cámara colgada del cuello, que parecía medio dormido.

–Aquí tenemos trabajando a un grupo de jóvenes voluntarios –dijo Opal–. Acabamos de empezar el proyecto, pero creo que ya se puede ver cómo será el resultado final. Es una maqueta del centro de la ciudad...

La reportera había sacado una libreta en la que tomaba notas mientras el fotógrafo caminaba alrededor de la maqueta. Le quitó la funda al objetivo, se agachó junto a Dave, que estaba colocando el tejado de una casa, y tomó un par de fotos.

–Me gustaría hablar con ellos –dijo la reportera, pasando la página del cuaderno–. Por qué están aquí, qué les interesa de este proyecto...

–Claro, por supuesto –dijo Opal–. A ver... –Todos la observamos mientras ella fingía mirar alrededor, como si hubiera alguna opción, antes de centrarse en Dave–. Tal vez...

–Dave –le soplé por lo bajo.

–Dave –continuó– podría contarte algo.

La reportera asintió y se acercó a Dave con el bolígrafo listo.

–Bueno, Dave, ¿cómo te metiste en esto?

Dios mío, pensé. Pero Dave le siguió el juego y dijo:

–Estaba buscando algún tipo de voluntariado. Tenía la necesidad de devolverle algo a la comunidad.

164

–¿En serio? –le preguntó la reportera.

–¿En serio? –me preguntó Tracey.

–Condena a servicios comunitarios –le respondí en voz baja. Ella asintió comprensiva.

–Lo conozco.

–Bueno –dijo Opal demasiado alto–, creo que todos estamos entusiasmados por tener esta oportunidad de mostrar nuestra ciudad desde una óptica totalmente nueva.

–¿Pequeña y de plástico? –preguntó Tracey.

–Y además –continuó Opal lanzándole una mirada asesina–, esto será una representación interactiva de la que podrán disfrutar varias generaciones.

Se oía el ruido de la cámara mientras el fotógrafo se movía a nuestro alrededor, haciendo tomas de Tracey, de mí, de Jason y otra vez de Dave.

–Hola. ¿Hay alguien por ahí?

Opal, de pie junto a las escaleras, se estremeció. Se puso colorada mientras decía por encima del hombro:

–Hola, Lindsay –dijo–. Estamos aquí arriba.

Se oyeron unas pisadas de tacones y apareció una mujer. Era alta y delgada, con cara de muñeca de porcelana y una melena rubia con un corte perfecto hasta los hombros, con traje negro y tacones. Nos sonrió, con unos dientes increíblemente rectos y blancos, y recorrió la sala como una modelo en la pasarela. Desprendía confianza, como un aroma intenso.

–Ahí está –susurró Tracey mientras yo me recuperaba de la impresión–. La enemiga de Opal.

–¿Qué? –exclamé.

–Desde que iban al instituto –respondió–. Compiten en todo.

–Maureen –saludó la concejala, y le ofreció la mano a la reportera, que retrocedió un poco antes de aceptarla–. ¡Me alegro muchísimo de verte! Le he comentado al alcalde lo de tu artículo sobre el centro procesador de basura. Muy interesante, aunque no sé de dónde habrás sacado las estadísticas.

–Ah. Bueno, gracias –dijo la reportera, un tanto nerviosa.

–Y muchas gracias por venir –dijo Opal–. Creo que también es muy bueno que nuestros voluntarios vean que este proyecto es de toda la comunidad, también de nuestros representantes.

–¡Por supuesto! Estoy encantada por la invitación. ¿Y cómo estás tú, Opal? –La concejala le dio un abrazo fugaz que Opal le devolvió de la misma manera–. El restaurante está genial. ¡He oído que últimamente va muy bien!

Opal sonrió sin ganas, con los labios apretados.

–Sí, gracias.

La concejala se volvió y nos examinó a todos. A la izquierda oí que Leo estallaba otra burbuja. Fue el único sonido hasta que ella dijo:

–¿Este es el grupo completo?

–No –se apresuró a responder Opal–. Es que hoy hemos tenido un conflicto de horarios, pero hemos querido empezar de todas formas.

–¡Genial! –La concejala rodeó la maqueta despacio, taconeando. El fotógrafo le hizo unas cuantas fotos, y luego se volvió hacia Dave, que era el único que seguía trabajando–. Bueno, desde fuera es difícil decirlo, pero estoy segura de que vais muy bien.

–¡Pues sí! Cuando contemos con todo el mundo seguro que avanzaremos muy rápido.

–¿Y para cuándo tenéis pensado terminarlo? –preguntó la reportera.

–Para mayo –respondió la concejala.

–¡Cómo! –exclamó Opal–. ¿Mayo? Yo pensaba que el centenario era en junio.

–Y lo es, pero las celebraciones comienzan el 6 de mayo, y vamos a colocar la maqueta en la oficina de Correos para la inauguración –explicó la concejala. Miró a Opal–. ¡Dios mío! Te lo había dicho, ¿verdad? Estoy segura de que te lo dije.

Vimos cómo Opal tragaba saliva.

–Bueno..., la verdad...

–¿Dónde demonios os habéis metido? –La voz de mi padre retumbó desde abajo. Ahora fui yo la que se estremeció, como un acto reflejo–. ¿Es que no vamos a abrir para comer el día del partido?

–¡Gus! –exclamó Opal, casi gritando. A mi lado, Tracey cerró los ojos–. Estamos todos aquí arriba enseñándole la maqueta a la concejala.

–¿La qué?

–La maqueta –repitió Opal. Luego carraspeó, colorada, y le dijo a la concejala–: Es Gus, el...

Pero sus palabras se perdieron por el ruido de mi padre subiendo las escaleras enfadado. ¿Quién teme al lobo feroz?, pensé, y apareció en el descansillo, todo colorado y enfadado.

–¡Leo! –exclamó–. ¿No te dije hace quince minutos que necesitaba las verduras listas inmediatamente? Es hora de abrir y no estamos ni mucho menos preparados. ¿A quién le tocaba poner las mesas en el comedor?

–A mí –respondió Tracey alegremente. Mi padre le lanzó una mirada asesina y ella volvió a concentrarse en la maqueta.

–Yo creía que eran voluntarios –le dijo la concejala a Opal.

–Gus –dijo Opal agobiada–, esta es la concejala Baker. ¿Recuerdas que te conté que nos estaba ayudando con lo del aparcamiento...?

Mi padre la miró un momento y luego se dirigió de nuevo a nosotros.

–Jason, baja ahora mismo y termina de preparar las verduras. Leo, quiero el agua hirviendo y los carritos listos para el servicio, ahora mismo. Y Tracey, si el comedor no está listo y reluciente en quince minutos, tendrás tiempo más que suficiente para hacer voluntariado, puedes estar segura.

–¡No es justo! –protestó Tracey–. ¿Por qué solo me amenazas con el despido a mí?

–¡En marcha! –gritó mi padre, y ella salió disparada, dejando caer la casa que tenía en la mano. Nunca la había visto moverse tan rápido. Leo y Jason la siguieron, con la misma velocidad, dejándonos solos a Dave y a mí. Con la casa en la mano, regresé a la maqueta, mientras él se concentraba en ensamblar otro edificio con la cabeza gacha.

Opal miró desamparada a la concejala.

–Hoy hay partido –dijo, intentando explicarse–, se nos ha roto el refrigerador y...

La concejala no le prestó atención y volvió a sonreír ampliamente al dirigirse a mi padre.

—Soy Lindsay Baker —se presentó ofreciéndole la mano—. ¿Es usted Gus Sweet?

Mi padre, distraído, le estrechó la mano.

—Sí, soy yo.

—Creo que ayer me dejó un mensaje en el que mencionaba que no tenían espacio para este proyecto.

—En realidad, decía que era una molestia total y absoluta y que quería verlo desaparecer —replicó. Luego me miró—: ¿Y tú qué haces aquí?

—Tenía que hablar contigo un momento, pero como estabas arreglando la nevera, no he querido interrumpir —respondí.

—Chica lista. —Suspiró y luego se pasó la mano por el pelo—. Tengo que volver abajo. ¿Nos vemos en unos cinco minutos?

Asentí. Mientras él se dirigía a las escaleras, la concejala dijo:

—¿Señor Sweet?

—¿Sí? —Mi padre se giró hacia ella.

La concejala seguía sonriendo, sin importarle que él la ignorara. Era evidente que se trataba del tipo de mujer acostumbrada a llamar la atención no solo de los hombres, sino de las mujeres, los niños e incluso los animales. Conocía bien a las mujeres de ese tipo. Me había criado una de ellas, que provenía de una familia así.

—Sobre la maqueta, me encantaría seguir hablando de ello con usted. En un momento más conveniente, claro. ¿Tal vez podamos acordar una reunión en mi oficina esta semana?

Opal la miró y luego a mi padre.

–Sería estupendo –intervino Opal rápidamente–. Nos encantaría.

Mi padre se limitó a gruñir y bajó las escaleras sin decir nada. Unos momentos después lo oímos dar voces de nuevo. Pero la concejala Baker seguía mirando embobada el espacio donde había estado mi padre, como si alguien le hubiera puesto una adivinanza difícil y estuviera disfrutando pensando en la respuesta. Uy, uy, uy.

–Mira, Lindsay, te agradezco que hayas venido –estaba diciendo Opal–. Si me dices cuándo te vendría bien que nos reuniésemos, me aseguraré de que...

–Oh, cielos, me tengo que ir –dijo la concejala tras mirar el reloj–, pero volveré dentro de una semana o así. Espero que para entonces tengas más voluntarios y hayáis hecho algún progreso, ¿no?

Opal volvió a tragar saliva.

–Claro... Sí, claro.

–La cosa es que, por ahora, el proyecto tiene que quedarse aquí –continuó, taconeando. Se acercaba hacia mí y me dieron ganas de apartarme de un salto, lo cual era una locura. Esta mujer no tenía nada que ver conmigo–. Es un buen sitio y tú te ofreciste, si no recuerdo mal. Tal vez puedas explicárselo a Gus. No creo que lo supiera cuando me llamó.

La reportera soltó una risa nerviosa, mientras que el fotógrafo, por alguna razón, eligió este momento para hacerle una foto a Opal. Me la imaginé con el pie de foto correspondiente: «Pringada».

–Bueno, ya sé que va a tener un aspecto genial la próxima vez, lo sé –continuó la concejala. Luego se detuvo, justo frente a mí y me ofreció la mano–. Creo que no nos conocemos. Soy Lindsay Baker.

Me quedé de piedra cuando se dirigió a mí. Y no fui la única: detrás de ella, Dave puso cara de sorpresa.

–Mclean Sweet –dije.

–Hazme un favor. –Su mano se cerró sobre la mía con un fuerte apretón–. Dile a tu padre que ha sido un auténtico placer conocerlo, ¿de acuerdo?

Asentí y ella sonrió. Dios mío, sus dientes relucían. Era como si llevara un foco puesto.

–¿Maureen? –llamó por encima del hombro. La reportera dio un respingo–. Ven conmigo, quiero comentarte un par de cosas para ese artículo. ¡Adiós, Opal! ¡Nos vemos en clase de *spinning!*

Y echó a andar sin mirar atrás, segura de que la reportera la seguiría. Como así fue: pasó a toda prisa a mi lado, con el fotógrafo a la zaga.

Los miramos marcharse sin decir ni una palabra hasta que oímos las puerta cerrarse abajo. Entonces Opal exhaló y se dejó caer contra una mesa.

–Oh, Dios mío –dijo–. ¿Soy yo o vosotros también os sentís como si hubierais sufrido un derrame cerebral?

–Es una tía intensa, sí –respondí yo, mientras recogía las instrucciones que Jason había dejado en el suelo.

–¿Intensa? ¿Has visto eso? –preguntó indignada–. Ha entrado aquí arrasando... Era exactamente igual en el instituto. Y es tan, pero tan simpática, al menos en apariencia. Es todo una estrategia para ocultar su alma oscura y malvada.

Dave la miró asombrado.

–Vaya...

–¿Verdad que sí? –Opal ocultó la cara entre las manos–. Me pone de los nervios. ¡Además, es una lianta tremenda! Ni siquiera sé cómo me he metido en esto. Yo solo quería arreglar lo del aparcamiento.

Nos la quedamos mirando. Abajo, mi padre estaba gritando de nuevo.

–Bueno –dije, al ver que Opal llevaba en esa posición de avestruz unos quince segundos–, el aparcamiento es importante.

–¡Ay! Por mucho que me prepare la charla –dijo Opal, dejando caer los brazos–, y tenga intención de comportarme de forma profesional y preparada, luego, cuando llega el momento... no es tan fácil. ¿Me explico?

Entonces se abrió de golpe la puerta de abajo.

–¿Mclean? –dijo mi padre–. ¿No querías hablar conmigo?

Al oírlo, me dio un vuelco el corazón, pues recordé la razón de mi presencia allí. Miré a Opal y contesté a la vez su pregunta y la de mi padre:

–Sí.

Desde el divorcio, y desde el momento en que me di cuenta de que tenía opinión y opciones al respecto, había justificado toda mi ira contra mi madre por lo que le había hecho mi padre. Lo había engañado con alguien a quien él admiraba muchísimo, un personaje público, y luego lo había dejado viendo cómo su vida se hacía pedazos. Incluso ahora, solo con pensarlo, volvía a indignarme.

No podía evitar que la gente hablara de mi madre y de Peter Hamilton por la calle o en nuestro restaurante, no podía retroceder en el tiempo y cambiar lo que ella había hecho. Pero podía ser la primera en escudriñar el periódico por las mañanas para sacar la sección de deportes y tirarla a la basura antes de que él se despertara. Podía negarme a hablar con mi madre por teléfono en su presencia, y no colgar ninguna de las fotos enmarcadas de ella con Peter y los mellizos que no dejaba de regalarme para mi habitación. Podía hablar del pasado, de nuestro pasado, lo menos posible; era capaz de evitar el tema de mis primeros quince años en cualquier conversación. Mi padre no miraba hacia el pasado, así que yo intentaba hacer lo mismo.

Pero, a veces, era imposible. Por ejemplo, hoy: dentro de dos horas estaría sentada detrás del entrenador del equipo clasificado en tercera posición de la liga universitaria de baloncesto, y saldría en la televisión. Después de dos años de evitarle cualquier contacto con cualquier cosa que pudiera hacerle daño, estaba a punto de lanzarle una granada. Por eso, no es de extrañar que diez minutos después, cuando me acercaba a la mesa junto a la ventana para hablar con él, me sintiera mareada.

–Bueno –dijo cuando me senté. Al otro lado del restaurante, Opal estaba en la barra lavando vasos y hablando con Tracey, que limpiaba el polvo de aquella planta tan sucia en la que me había fijado en la primera visita. Desde entonces parecía que habían pasado siglos–. ¿Qué me dices de comer juntos? Seguramente puedo escaparme una hora entera. Podemos hacer algo grande.

Sonreí y me sentí aún peor. La verdad era que en un día tan ocupado como hoy, mi padre debía quedarse en la cocina, y los dos lo sabíamos. Pero se sentía mal por no haber podido desayunar conmigo y estaba intentando compensarlo. Ya éramos dos.

—Esto... —empecé, mirando hacia Opal, que estaba limpiando la barra con un trapo trazando grandes círculos—. La verdad es que ya tengo planes para esta tarde.

—Ah. Bueno, a lo mejor podemos mañana para desayunar o...

—Con mamá —le solté—. Va a venir con Peter para el partido y quiere verme.

No había sido una escena bonita, aquellas palabras habían caído de mi boca como un peso muerto entre los dos.

—Ah —dijo mi padre otra vez, y fue increíble cómo la misma palabra, una sílaba, dos letras, podía sonar tan distinta—. Sí, claro.

En la barra, Opal estaba colocando los vasos y el alegre tintineo llegaba hasta nosotros. Todos estaban muy ocupados, se sentía la energía en el ambiente. Abríamos dentro de diez minutos.

—Lo siento —dije—. No quiero ir, pero desde que nos mudamos las cosas están un poco tensas y Peter me lo pidió. Me pareció que no podía escaparme.

—Mclean —dijo.

—Bueno, todavía podría cancelarlo, claro, pero seguramente ya están de camino hacia aquí y se pondrían histéricos, y es lo único que te faltaba...

—Mclean —repitió, interrumpiéndome, aunque yo no tenía ni idea de lo que iba a decir. Seguramente alguna tontería—. Es normal que quieras ver a tu madre.

—Ya lo sé, pero...

—No tienes que disculparte por eso —continuó—. Nunca. ¿De acuerdo?

–Pero me siento fatal –le dije.

–¿Por qué?

Me estaba observando, de verdad quería saberlo. Qué horror, pensé, agobiada. Aquella era precisamente la conversación que no quería tener.

–Lo que te hizo –empecé, temblorosa–. Fue horrible, de verdad. Y me parece desleal actuar como si tal cosa.

Era horrible hablar de eso. Más que horrible. Me sentía como si estuviera masticando chinchetas, una cucharada llena con cada palabra. Ahora comprendía por qué lo había estado evitando.

Se oyó un golpe en la cocina, seguido de una sarta de palabrotas. Pero mi padre no apartó la vista de mí ni un momento.

–Lo que ocurrió entre tu madre y yo –dijo despacio, tomándose su tiempo– fue precisamente eso: algo entre nosotros. Nuestra relación contigo es otra cosa, totalmente independiente. Estar con tu madre no es un insulto hacia mí, ni viceversa. Eso lo sabes, ¿verdad?

Asentí y bajé la vista a la mesa. Claro que lo sabía: era lo que siempre repetía mi madre. Pero en el mundo real no se puede partir a una familia por la mitad, la madre a un lado, el padre al otro, y la hija dividida a partes iguales entre los dos. Era como cuando se rasga una hoja de papel en dos: por mucho que se intente, los bordes nunca vuelven a encajar exactamente. Lo que no se ve, esas piezas minúsculas que se pierden al romperlo, son las que impiden que se pueda recomponer.

–Odio que las cosas sean así –dije en voz baja. Lo miré–. No quiero hacerte daño.

–No me haces daño. No podrías hacerme daño aunque quisieras. ¿Lo entiendes?

Asentí y él me tomó la mano y la apretó. Esta simple conexión, que me recordaba la que existía entre nosotros dos, me hizo sentir mejor que sus palabras.

–¿Gus? –Me di la vuelta y vi a Jason en la puerta de la cocina–. El pescadero al teléfono, sobre ese pedido urgente.

–Dile que ahora lo llamo –dijo mi padre.

–Dice que se va a casa –respondió Jason–, ¿quieres que...?

–Ve –le dije, dándole una palmadita en la mano–, atiende la llamada, no pasa nada.

Inclinó la cabeza hacia un lado y me observó.

–¿Estás segura?

–Sí –le dije–. De todas formas tengo que ir a casa y arreglarme para..., ya sabes.

–El partido –dijo él, pronunciando la palabra por mí.

–Exacto.

Se levantó.

–Bueno –dijo–, seguro que va a estar bien. Y tengo el presentimiento de que las entradas serán excelentes.

–Más les vale –repliqué–. Si no me siento en el mismo banquillo, me voy.

–Claro –siguió él–. ¿Cómo vas a meterte con los árbitros desde otro sitio que no sea el banquillo?

–Olvídate de los árbitros –repliqué–. Tengo intención de soltarle a Peter lo que pienso de su ataque.

Sonrió melancólico. Me sentí rara hablando con él de baloncesto, después de tanto tiempo. Como si estuviéramos hablando un idioma que antes dominábamos, pero ahora nos tropezábamos con los verbos y los tiempos.

–Pásalo bien –me dijo–. Lo digo en serio.

–Tú también –respondí.

Volvió a sonreír y se dirigió a la cocina. Jason, que estaba esperando, empujó la puerta para que mi padre entrara y le pasó el teléfono. Recordé cómo los había visto antes arreglando el refrigerador, trabajando en equipo, ejecutando una intrincada danza para lograr que ese lugar funcionara. A través de la puerta abierta vi al personal de la cocina preparando los carritos, cortando y limpiando, como un torbellino alrededor de mi padre, que estaba en el centro con el teléfono en la oreja. Era siempre el más tranquilo, incluso cuando el caos era total y absoluto.

Cuando iba hacia la puerta para dirigirme a casa, me di cuenta de que me había dejado la chaqueta arriba. Di media vuelta y, al pasar delante de la oficina de mi padre, lo vi sentado en su escritorio, aún hablando por teléfono. Opal estaba detrás de él usando la fotocopiadora de la esquina, que zumbaba con la luz encendida y soltaba páginas una tras otra.

–Claro –le decía mi padre–. Una evaluación del personal no tiene por qué ser nada malo. Solo digo que la situación aquí no se presta necesariamente a las fórmulas de recursos humanos.

La fotocopiadora empezó a chirriar, cada vez más fuerte. Opal apretó un par de botones. Lo único que ocurrió fue que el ruido subió de volumen.

–Sí, estoy seguro –continuó mi padre, lanzándole una mirada por encima del hombro–, seguro que resulta clarificador.

Opal probó otro botón, suspiró, y dio un paso atrás examinando la máquina mientras el ruido continuaba. Mi padre la observó fruncir el ceño, cerrar el puño y dar un fuerte puñetazo en el centro de la máquina. PUMBA. PUMBA. Mi padre hizo una mueca. La máquina traqueteó, volvió a ronronear y soltó otra copia en manos de Opal. Ella sonrió satisfecha y me sorprendió ver que mi padre también sonreía.

Arriba, el equipo de voluntarios de Opal, o sea, Dave, seguía sentado con las piernas cruzadas junto a la maqueta, trabajando en un edificio cercano al viejo apartamento de Tracey. Lo observé desde el descansillo un momento: se inclinó con expresión seria para colocarlo en el lugar adecuado. Yo creía que no me había oído hasta que dijo, sin levantar la vista:

–Ya sé que mi destreza es fascinante, pero no te cortes y colabora.

–Ojalá pudiera, pero tengo que ir al partido.

–¿El partido contra Defriese? –preguntó mirándome–. ¿De verdad?

–Sí.

–Oye, ¿es que no quieres ir o qué?

–Pues no.

Se me quedó mirando descaradamente mientras yo me acercaba a recoger la chaqueta.

–Sabes que hay gente que vendería su alma por unas entradas para el partido.

–¿Lo harías tú?

–Me lo pensaría. –Suspiró y sacudió la cabeza–. De verdad que no entiendo a los que no os gusta el baloncesto. Es como si fuerais de otro planeta.

–No es que no me guste, pero...

–Pero preferirías trabajar en esta maqueta que asistir en persona al mejor partido de la temporada. –Levantó la mano–. Déjalo, no intentes explicarlo. Sería como si estuvieras hablando en romulano.

–¿En qué?

–Olvídalo –dijo con cara de incredulidad. Agarré la chaqueta y saqué el móvil del bolsillo. Tenía una llamada perdida y un mensaje de mi madre en la pantalla: «Estoy deseando verte. Nos vemos en la taquilla».

De repente me puse nerviosa, al darme cuenta de que iba a ocurrir. Iba a estar con mi madre y con Peter en el partido dentro de menos de dos horas. A pesar de que mi padre estaba seguro de que era una buena idea, en ese momento no me lo pareció. Por eso me entró el pánico e hice la cosa más inesperada posible.

–¿Quieres..., te quieres venir? –le pregunté a Dave.

–¿Al partido? –me preguntó–. ¿Te sobra una entrada?

–No exactamente –respondí–. Pero creo que te podré colar.

7

Vi a mi madre antes de que ella me viera a mí. Y, aunque llegábamos tarde y ella escudriñaba nerviosa a la multitud, me paré un momento para observarla sin que se diera cuenta.

Mi madre siempre había sido guapa. Yo me parecía mucho a ella cuando tenía mi edad: el mismo pelo rubio, ojos azules, alta y delgada, con rodillas y codos angulosos. Pero, al contrario que yo, mi madre nunca se había apartado del buen camino en el instituto, y había cumplido con todo lo que se esperaba de ella como buena chica sureña: capitana del equipo de animadoras, reina del baile y debutante en sociedad. Había salido varios años con el hijo de un senador, había llevado colgado de una cadena su anillo de compromiso, había trabajado de voluntaria y cantado en el coro de la iglesia todos los domingos. En el anuario del instituto aparece casi en cada página: fotos de grupo, de varios clubes, todas espontáneas. Era esa chica de la clase a la que todos creen conocer bien aunque ella ni siquiera sepa el nombre de los demás.

Sin embargo, en la universidad no lo pasó bien. En su segunda semana en Defriese el señorito del anillo de compromiso la dejó plantada por teléfono, alegando que la relación a distancia no funcionaba. Ella quedó destrozada, y se pasó todo un mes llorando encerrada en su cuarto de la residencia. Solo salía para ir a clase y para comer. Precisamente fue en la cafetería, esperando en la cola con la bandeja en la mano y los ojos llorosos, donde conoció a mi padre, que estaba trabajando allí para costearse la matrícula. Él se fijó en ella, y siempre que la veía le ponía una porción extra de macarrones con queso o carne en salsa. Un día le preguntó si estaba bien y ella rompió a llorar. Él le pasó una servilleta; ella se secó las lágrimas. Cinco años después, se casaron.

Me encantaba esa historia y de niña pedía que me la contaran una y otra vez. Me imaginaba a mi padre con un gorro de cocina –mi madre decía que estaba muy mono–, oía la música cursi que ponían siempre en la cafetería, sentía ascender el vapor de las verduras hervidas entre los dos. Adoraba cada una de las imágenes, cada detalle, así como el hecho de que mis padres fueran tan diferentes, pero perfectos el uno para el otro. Una chica rica y popular conoce a un chico de clase trabajadora que estudia con beca, la conquista y se la lleva a vivir una vida caótica y encantadora en el mundo de los restaurantes. Era la mejor historia de amor..., hasta que terminó.

Con mi padre, mi madre era diferente. Antes de salir con él era de las de manicura y peluquería, tacones todo el día, siempre arreglada. Pero cuando yo era niña ella se llamaba Katie Sweet, vestía vaqueros y zuecos, llevaba el pelo recogido en una coleta y su único maquillaje era el brillo de labios transparente. En el restaurante podía estar metida hasta los codos en agua con lejía para limpiar la entrada, o sentada en el despacho rastreando cada centavo que entraba o salía. Alguna vez, cuando asistía a alguna boda o una función benéfica, se veía el rastro de esa persona que aparecía en los anuarios o en las fotos antiguas –maquillaje, peinado, diamantes– pero era como si llevara puesto un disfraz. En la vida real calzaba botas de agua y se paseaba por el barro del jardín quitándole los bichos a las tomateras.

Ahora, mi madre tenía el aspecto inconfundible de Katherine Hamilton, esposa de un entrenador famoso. Llevaba el pelo largo a capas, se ponía reflejos rubios cada dos meses y vestía ropa perfecta para la televisión que le seleccionaba su *personal shopper* en Esther Prine, los grandes almacenes más pijos. Hoy llevaba una falda negra, botas relucientes y una chaqueta de cuero sobre una camisa blanca. Estaba guapísima, aunque no se parecía nada a mi madre ni a Katie Sweet. Pero entonces me llamó por mi nombre.

–¡Mclean!

A pesar de todo, me dio un vuelco el corazón al oír su voz. Hay cosas que son básicas, inmutables. Hacía mucho tiempo que me había dado cuenta de que mi madre tenía poder sobre mí, y yo sobre ella. Y eso no podían cambiarlo ni todas las discusiones del mundo, aunque a veces me gustaría.

–Hola –la saludé mientras se acercaba, con los brazos abiertos, y me daba un abrazo.

–Gracias por venir a verme –me dijo–. Significa muchísimo para mí. No tienes ni idea.

Asentí mientras ella me abrazaba con fuerza durante demasiado tiempo, lo que no era nada nuevo, pero me sentí más incómoda de lo normal porque teníamos público.

—Mamá —conseguí decir por encima del hombro—. Este es Dave.

Dejó de abrazarme, pero me tomó de la mano como si tuviera miedo de que me fuera a escapar.

—Ah, hola —dijo mirándonos a los dos—. Encantada de conocerte.

—Igualmente —respondió Dave. Luego miró alrededor; los aficionados se arremolinaban frente a la ventanilla y en las puertas de entrada. Me señaló con la cabeza la gente que intentaba comprar entradas en vano—. Mira —me susurró—. De verdad que te agradezco la invitación, pero creo que no te das cuenta...

—Relájate —repetí. Él se había pasado todo el camino explicándome que seguramente, como era nueva, no sabía lo difícil que era conseguir entradas para un partido como ese. No se compraban así como así. No iba a poder entrar. Yo sabía que debía habérselo explicado todo, pero fui incapaz de hacerlo. Ya estaba bastante nerviosa por ver a mi madre; contarle a él los detalles del divorcio no mejoraría la situación.

—¿Te ha costado mucho encontrarnos? —me preguntó mi madre, dándome un apretón en la mano—. Este sitio es una locura.

—No, Dave conoce el pabellón.

—Y por eso estaba diciéndole a Mclean —dijo Dave a la vez que miraba a un hombre con un cartel que decía: ¡¡¡¡NECESITO DOS ENTRADAS, POR FAVOR!!!!— que es imposible conseguir entradas en el último minuto.

Mi madre nos miró confundida.

–¿Cómo dices?

Tragué saliva y respiré hondo.

–Dave está un poco preocupado porque cree que no podremos pasarlo.

–¿Pasarlo? –repitió mi madre.

–Al partido.

–No creo que haya problema –dijo ella, y echó un vistazo a su alrededor–. Déjame ver cómo está la cosa.

–Va a ser imposible –le dijo Dave–. Pero no pasa nada, de verdad.

–¿Robert? –llamó mi madre, haciendo señas a un tipo trajeado, alto y ancho de hombros. Tenía varios pases plastificados colgados del cuello y un *walkie-talkie* en una mano. Se acercó hacia nosotros–. Ya podemos entrar.

–Muy bien –contestó el hombre, asintiendo–. Por aquí.

Echó a andar y mi madre, todavía agarrándome la mano, lo siguió. Cuando miré hacia atrás vi a Dave desconcertado.

–¿Pero qué...?

–Luego te lo explico –le dije.

Robert nos condujo hacia una puerta lateral, pasando por delante de las colas de la entrada principal. Enseñó uno de los pases a una mujer uniformada, que nos abrió y nos hizo pasar.

–¿Le gustaría dirigirse primero a la suite o bajar directamente a la pista? –le preguntó Robert a mi madre.

–No sé –dijo ella, mirándome–. ¿Qué te parece, Mclean? Faltan unos veinte minutos para el comienzo.

–Por mí podemos sentarnos ya –respondí.

–Perfecto. Los mellizos ya están allí con las chicas. ¡Se alegrarán muchísimo de verte!

Por el rabillo del ojo vi que Dave me lanzaba otra mirada de asombro, pero mantuve la vista al frente mientras avanzábamos por el pasillo y después bajábamos en dirección a la pista. El pabellón estaba medio lleno, tocaba la banda de música y en las pantallas de vídeo se veía un águila bailando, la mascota del equipo. Nos sumergimos en el ruido. Pensé en mi padre, en todos los partidos que había visto de niña con él desde nuestros asientos arriba del todo, gritando con todas nuestras fuerzas.

Sentí un golpecito en el hombro y vi que Dave, incrédulo, no dejaba de mirar a su alrededor. Seguíamos bajando las escaleras, cada vez más cerca de la cancha.

—¿Hay algo que se te haya olvidado contarme? —me preguntó.

—Eh, más o menos —respondí mientras dejábamos atrás una fila de reporteros y cámaras.

—¿Más o menos?

—¡Aquí está! —exclamó mi madre cuando llegamos a la tercera fila, que tenía un cartel de reservado. Levantó mi mano como prueba y saludó a los mellizos, que estaban sentados en las rodillas de dos chicas jóvenes, una pelirroja con un montón de pendientes y otra morena más alta—. ¡Maddie, Connor, mirad! ¡Vuestra hermana mayor!

Los mellizos, regordetes y con camisas iguales de Defriese, se alegraron al ver a mi madre y no me hicieron ni caso. Y no les culpo. Pese a los intentos de mi madre, no tenían ni idea de quién era yo.

—Estas son Virginia y Krysta —continuó mi madre haciendo un gesto hacia las dos chicas, que sonrieron como saludo cuando pasamos a su lado para sentarnos—. Esta es mi hija, Mclean, y su amigo David.

–Dave –corregí.

–Perdona. –Mi madre se volvió y le puso la mano en el hombro a Dave, que estaba parado en medio del pasillo, mirando atónito hacia la pista–. Dave. Este es Dave. Bueno, vamos a sentarnos.

Mi madre se sentó al lado de Krysta y sostuvo a Maddie en brazos. Yo me senté a su lado y luego esperé a Dave, que vino atontado hacia nosotras y se sentó a mi lado.

–¡Qué divertido! –exclamó mi madre, haciendo saltar a Maddie sobre las rodillas. Se inclinó sobre mi hombro, apretándose contra mí–. Es maravilloso que estemos todos juntos.

–Señoras y señores –anunció una voz por los altavoces. La multitud gritó y el sonido se extendió como una ola por las gradas, de arriba a abajo y otra vez hacia arriba–, ¡demos la bienvenida al equipo de las Águilas!

Dave seguía mirando a su alrededor impactado cuando el equipo empezó a salir trotando por el túnel a nuestra derecha. La banda tocaba y el suelo temblaba, pues todo el estadio golpeaba con los pies. A pesar de la confusión que sentía, me invadió el mismo entusiasmo que llevaba dentro desde la niñez: la pasión por el baloncesto. Era como la conexión que tenía con mi madre; a pesar de todo, era innegable.

–Oye –me dijo Dave al oído, a gritos, mientras la multitud rugía aplaudiendo y vitoreando a nuestro alrededor–, ¿quién eres exactamente?

No era la primera vez que no sabía cómo responder a esta pregunta. De hecho, en los últimos años me había dedicado a inventar distintas respuestas. Eliza, Lizbet,

Beth..., tantas chicas diferentes. Pero ahora, en medio de la gente, con mi madre a un lado y este chico que apenas conocía al otro, era todas ellas y ninguna. Afortunadamente, antes de que tuviera que contestar, todos se pusieron de pie de un salto cuando los jugadores pasaron corriendo delante de nosotros. Sabía que mis palabras se perderían, porque nadie sería capaz de oírlas.

–No lo sé –respondí–. No lo sé.

Defriese perdió 79 a 68, aunque la verdad es que no presté mucha atención. Estaba demasiado ocupada montando mi propia defensa.

–Bueno –me dijo mi madre y me agarró la mano–, háblame de Dave.

Ya había terminado el partido y estábamos en el reservado de un restaurante donde ella y Peter habían decidido cenar. Se llamaba Boeuf y era un lugar enorme y muy oscuro, con pesadas cortinas de terciopelo y una chimenea de piedra que estaba encendida. Decoraban las paredes varios objetos que podían usarse como instrumentos de tortura: guadañas relucientes, espadas de distintos tamaños, incluso lo que parecía un ariete. Me ponía nerviosa, como si en cualquier momento fuesen a atacarnos y tuviéramos que defendernos con ayuda de la decoración.

–Somos vecinos –le dije a mi madre mientras el camarero nos entregaba la carta, encuadernada elegantemente en piel. Dave, a quien habían invitado a acompañarnos, había ido al servicio; Peter estaba al teléfono, atendiendo a la prensa. Los mellizos estaban en el otro extremo de la mesa, sentados en sus tronas idénticas, riéndose mientras las dos canguros les daban de comer. No los veía muy bien, porque el restaurante era muy oscuro. Más que crear ambiente, parecía que habían decidido reproducir las condiciones de un apagón.

–¿Solo vecinos? –me preguntó.

Su manera de resaltar las palabras me estaba poniendo nerviosa, pero me mordí la lengua. Ya había decidido aguantar lo mejor que pudiera en algún momento de la primera parte del partido, cuando ella todavía no me había soltado la mano y, sin dejarme respirar, no dejaba de hacerme preguntas sobre el instituto y mis amigos. La otra opción que me quedaba era darle un corte, pero teniendo en cuenta que estábamos dos filas por detrás de Peter y el resto del banquillo, o sea, saliendo en televisión en directo, cualquier tensión se hubiera transmitido a todos los aficionados al baloncesto del país. Y ya habíamos tenido bastante publicidad. No me pasaría nada por mantener la calma durante dos horas. Eso esperaba.

Y lo de la televisión tal vez se me hubiera olvidado si no fuera por el móvil de Dave, que zumbaba cada diez segundos, cuando uno de sus amigos lo veía por la tele. Él no se daba ni cuenta, pues estaba concentrado en el partido con la boca entreabierta, todavía pasmado por los sitios tan increíbles que teníamos.

Mientras mantenía la vista fija en la acción, yo miré su pantalla. «¡Pero tío!», decía el primer mensaje, de Ellis; seguido de «¡colega!», y otros tantos del mismo estilo, de gente que no reconocí. Entonces entró uno nuevo: «Eres un conquistador». Era de Riley.

–Está sonando tu móvil –le dije.

Me miró un momento, luego al teléfono y de nuevo a la cancha.

–Pues que espere –respondió–. No me puedo creer que no estés atenta al partido.

–Estoy atenta –protesté–. Es un buen partido.

–Es un partido alucinante, y estamos en el mejor sitio para verlo –me corrigió–. Me parece increíble que te hayas tenido tan calladito que perteneces a la aristocracia del baloncesto.

–Yo no pertenezco a ninguna aristocracia –respondí–. ¿Se puede saber qué es eso de la aristocracia del baloncesto?

–Peter Hamilton es tu padrastro.

–Padrastro –repetí, un poco más fuerte de lo debido. Carraspeé–. Padrastro –repetí.

Eso le llamó la atención. Me miró a mí, y luego a mi madre y a los mellizos.

–Vale –dijo despacio. Su mirada me hizo sentir rara, vulnerable. Como si hubiera revelado más de la cuenta–. Bueno, gracias por la invitación. De verdad.

–De nada. –Todavía seguía mirándome, así que le señalé la pista–. Eh, no me puedo creer que no estés atento.

Dave sonrió y se volvió hacia la cancha justo cuando su teléfono sonaba de nuevo. Esta vez no lo miré; me concentré en los jugadores que corrían de un lado a otro, con la pelota volando entre ellos.

Ahora, en Boeuf, intentaba no perder la paciencia. Había venido con un chico, era normal que mi madre tuviera sus sospechas.

–Solo somos vecinos –respondí–, vive en la casa de al lado.

–Parece muy majo –dijo–. Y listo también.

–Pero si solo te ha dirigido como dos palabras –señalé mientras uno de los mellizos soltaba un alarido, protestado sobre algo.

–¿Qué? –preguntó, llevándose una mano a la oreja para oír mejor.

–Nada.

Dave volvió a la mesa, se chocó contra el respaldo de mi silla, y me dio un empujón.

–Perdona –se disculpó mientras tanteaba en busca de su silla y se sentaba–. No se ve nada. Antes me he equivocado de comedor y me he sentado en otra mesa.

–Vaya.

–Ya ves. Pero creo que no me han visto –dijo. Tomó la carta y mi madre lo observó y me sonrió, como si hubiera confesado algo en su ausencia. Dave le dijo–: Gracias de nuevo por la entrada. El partido ha sido increíble.

–Me alegro de que te gustara –respondió. Miró hacia Peter, que seguía hablando por el móvil, y luego me dijo–: Enseguida habrá terminado con la prensa. Así podrás contarnos qué tal te va.

–No hay mucho que contar, aparte del instituto –respondí, mientras pasaba las páginas de los vinos en busca de la comida. En mi cabeza oía la voz de mi padre criticando el orden de la carta. Si pasas suficiente tiempo con un experto en reflotar restaurantes, empiezas a pensar como él.

–¿Tu padre está bien? –preguntó educadamente.

Yo asentí, con la misma cortesía.

–Sí, está bien.

Mi madre sonrió a Dave y dio un sorbito de vino.

–¿Y qué más? No me digas que no haces nada más que ir a clase.

Se hizo el silencio entre las dos; solo se oía a Peter, hablando de estrategias de ataque. Noté que mi madre me observaba, buscando algo a lo que agarrarse. Pero yo no tenía nada más que contarle, nada que decirle. Me parecía que ya le había ofrecido mi tiempo y a mi amigo. Y con eso bastaba.

Pero mientras yo pensaba eso, Dave carraspeó y dijo:

–Bueno, está lo de la maqueta que montamos en nuestros ratos libres.

Mi madre parpadeó y me miró.

–¿Una maqueta? ¿De qué?

Me dieron ganas de darle una patada a Dave, pero no estaba segura de acertar en la oscuridad. En vez de eso, lancé una mirada asesina en su dirección, aunque él no se dio cuenta.

–Del centro de la ciudad –le contó a mi madre, mientras el camarero pasaba y llenaba los vasos de agua–. Para el centenario. Lo estamos construyendo en el Luna Blu.

Mi madre me miró.

–Es el restaurante del que se ocupa papá.

–Ah, ¿sí? –me dijo mi madre. Seguía mirándome a mí, como si esperara que fuese yo quien le contara esa historia. Como no lo hice, continuó–: Parece interesante. ¿Cómo se os ocurrió participar?

Estaba segura de que su pregunta iba dirigida a mí pero no respondí. Dave se sirvió un panecillo y un taquito de mantequilla y dijo:

–Bueno, la verdad es que en mi caso era obligatorio.

191

–Obligatorio –repitió mi madre.

–Servicio comunitario –le dijo–. Hace unos meses me metí en un lío. Y ahora, pues le debo unas horas a..., ya sabe..., la comunidad.

Mi madre se sobresaltó ligeramente al oír esto.

–Oh –exclamó, lanzándole a Peter una mirada de soslayo–. Ya.

–Lo pillaron bebiendo en una fiesta –le conté.

–Fue una estupidez –admitió Dave–. Cuando llegó la policía todos echaron a correr, pero dijeron que nos quedáramos quietos y normalmente suelo obedecer órdenes. Qué ironía, ¿no?

–Pues sí –dijo mi madre, mirándome de nuevo–. Eso parece.

–Pero la verdad es que el trabajo voluntario no está nada mal –continuó Dave–. Resulta que mis padres son mucho más estrictos que el juez. Desde aquel día, prácticamente no me dejan salir.

–Bueno, estoy segura de que se llevaron un buen susto –dijo mi madre–. A veces es muy difícil ser padres.

–Y también ser hija –añadí.

Todos me miraron y mi madre mantuvo la vista al frente mientras sostenía un vaso de agua y bebía un sorbito. Típico. Dave acababa de confesar un arresto, pero la mala de la película era yo.

–El caso –dijo Dave, mirándome– es que cumplí la mitad de las horas en un refugio de animales, limpiando jaulas. Pero con los recortes de presupuesto cada vez cerraban antes por las tardes. Y así fue como terminé trabajando en la maqueta con Mclean.

—La maqueta –dijo Peter, que se incorporó a la conversación justo cuando el camarero le traía el vino–. ¿Maqueta de qué?

A mi derecha, Dave estaba a punto de contestar y, al lado de mi madre, Peter esperaba. Sentada entre los dos, mi madre tenía esa expresión en la cara, como si yo fuera la peor hija del mundo, y yo sentía toda esta historia dando vueltas a nuestro alrededor mientras intentaba recordar cómo eran las cosas antes, cuando estábamos solo las dos y todo era más sencillo. Pero no fui capaz. Lo único que sabía es que de nuevo estaba dolida, y era culpa mía. Así que hice lo que hacía siempre: fingir.

—Es una maqueta de la ciudad –respondí; las palabras salieron sin darme tiempo a pensar–. No tenía nada que ver conmigo, la verdad. Pero Opal, la chica que trabaja en el restaurante, necesitaba ayuda, así que el otro día le eché una mano.

—Oh –dijo mi madre–. Bueno, parece que puede ser una buena manera de pasar el rato.

—Pero es un proyecto gigantesco –continué–, tiene muchísimas piezas. No sé cómo va a lograr terminarlo a tiempo, tiene que estar para mayo.

—Es importante tener objetivos –dijo Peter–. Incluso un objetivo descabellado puede ser una buena motivación.

Ahí quedaba retratado mi padrastro. Si alguna vez dejaba de entrenar, estoy segura de que en algún lugar habría un grupo que necesitaba mejorar su confianza deseando contratar sus servicios.

—Bueno, en este caso –dijo Dave– mi objetivo es terminar el instituto sin cometer más delitos.

–Te has puesto el listón muy alto –dije yo.

–Y tanto.

Sonrió y le devolví la sonrisa, sintiendo cómo mi madre me observaba. Me di cuenta de que debí parecerle una extraña al verme así, en una ciudad nueva con gente desconocida. Nos encontrábamos en el limbo, entre lo que había sido y lo que podía llegar a ser. Igual que antes, al observarla desde lejos, este pensamiento me hizo sentirme inesperadamente triste. Pero cuando me volví hacia ella estaba hablando con una de las canguros.

–Ha sido un partido duro –le dije entonces a Peter–. Habéis jugado bien.

–No lo bastante –respondió. Luego bajó la voz y añadió–: Gracias por venir. Se ha alegrado mucho, de verdad.

–¿Qué has dicho? –preguntó mi madre, volviéndose hacia nosotros.

–Le estaba diciendo a Mclean lo contentos que estamos de que la casa de la playa esté lista por fin –contestó tranquilamente–. Y que tiene que venir a visitarnos en algún momento. En esta época del año Colby está genial.

–No conozco bien Colby. Siempre íbamos a North Reddemane.

–Bueno, en North Reddemane ya no hay nada decente –me dijo Peter–. Solo quedan un par de tiendas que tienen los días contados y unas cuantas casuchas sueltas.

Pensé en el Poseidón, con su olor a humedad y las colchas descoloridas, y miré a mi madre preguntándome si se acordaría también. Pero ella estaba sonriendo hacia Peter, sin prestar atención.

–Solía ser muy agradable –dije.

–Las cosas cambian –siguió Peter, mientras abría la carta. Se inclinó sobre ella para leerla–. Dios mío, no veo nada. ¿Por qué no hay luz en este sitio?

No contestamos y nos dedicamos a mirar nuestras cartas con la escasa claridad procedente de una vela en el centro de la mesa. Me pregunté qué pensaría de nosotros alguien que nos viera en ese momento. Qué opinión tendrían de este grupo de gente, que podrían ser una familia pero probablemente no lo eran, moviéndose con torpeza en la oscuridad.

–Jo, qué fuerte –dijo Dave.

Me volví para mirarlo mientras las luces traseras del coche de Peter se alejaban de nosotros.

–¿El qué?

–El suspiro que acabas de soltar –respondió–. De verdad, casi me dejas sordo.

–Oh –dije. Las luces pasaron por encima de un badén y desaparecieron por la calle principal, con el intermitente ya puesto. En un par de minutos, estarían en la autopista–. Lo siento.

–No lo sientas. Simplemente lo he notado. ¿Estás bien?

Llevaba varias horas pensando en cada cosa que decía y formulando mis respuestas cuidadosamente. No me quedaban fuerzas para seguir así. En lugar de responder, me senté allí mismo, en el bordillo entre dos casas, y me abracé las rodillas. Dave se dejó caer a mi lado y nos quedamos un minuto callados, escuchando la música que resonaba bajo la puerta cerrada de mis vecinos.

—No me llevo bien con mi madre —le dije al cabo de un rato—. Nada bien. Creo..., creo que a veces incluso la odio.

Pensó un momento en mis palabras y luego dijo:

—Bueno, eso explica la tensión.

—¿Te has dado cuenta?

—Difícil no hacerlo —replicó. Se pellizcó un momento el zapato y luego me miró—. No sé de qué se trata, pero se está esforzando mucho. Muchísimo.

—Demasiado.

—Puede ser.

—Demasiado —repetí, y esta vez no me contestó. Respiré hondo el aire frío, y continué—: Engañó a mi padre. Con Peter. Lo abandonó, se quedó embarazada y se casó de nuevo. Fue horrible.

—Qué duro —dijo Dave.

—Sí. —Apreté las rodillas con más fuerza contra mi pecho—. Pero, mira, ahí está el problema. Tú lo has visto enseguida, no es difícil. Pero ella, no. Nunca lo ha reconocido.

—Me sorprende —dijo—. Es evidente.

—¿Verdad? —Me volví a mirarlo—. Si tú eres capaz de entender que lo que hizo estuvo mal, ¿por qué es ella incapaz?

—Pero —replicó— es que no es lo mismo.

Me lo quedé mirando mientras pasaba un coche.

—¿Qué?

—Primero has dicho que ella no quería reconocer lo que había hecho —replicó—, ¿no? Pero luego has preguntado que por qué no lo entendía. Son dos cosas completamente distintas.

—¿Te parece?

–Sí. Reconocer algo es fácil: pasó algo o no pasó. Pero entenderlo..., ahí es cuando la cosa se pone complicada.

–Justo –dije–. Complicadísima. Desde hace años.

–Me puedo poner en tu lugar –dijo.

Permanecimos un rato en silencio. Él arrancaba la hierba, y las hojas rechinaban entre sus dedos, mientras que yo miraba al frente. Por fin, dije:

–Así que tus padres se pusieron histéricos cuando te arrestaron, ¿no?

–Histéricos no, lo siguiente. Fue como una emergencia nuclear. Desastre total.

–Parece un poco exagerado.

–Creyeron que estaba fuera de control –explicó Dave.

–¿Pero no fue solo una cerveza en una fiesta?

–Sí –respondió–. Pero nunca había hecho nada igual. Ni de lejos. Ni siquiera había ido a una fiesta de instituto hasta unas semanas antes de eso.

–Muchos cambios –dije.

–Exacto. –Se echó hacia atrás, apoyando la cabeza en las manos–. Ellos le echan la culpa de todo a la pastelería Frazier. Cuando empecé a trabajar allí comenzó mi descenso a los infiernos.

Me lo quedé mirando un rato.

–No es que seas precisamente un delincuente.

–Puede que no. Pero tienes que entender a mis padres. Para ellos, un trabajo temporal solo tiene sentido si va a mejorar tu educación futura. No se pierde el tiempo haciendo batidos cerebro congelado, de plátano y arándanos, a cambio del salario mínimo cuando podrías estar estudiando física aplicada. No tiene sentido.

–¿Cerebro congelado?

–Es un batido de desayuno –explicó–. Deberías probarlo, está buenísimo. Pero hay que beberlo despacio. Por algo le han puesto ese nombre.

Sonreí.

–¿Y por qué buscaste el trabajo?

–Parecía divertido –respondió–. Llevaba ayudando a mi madre en el laboratorio desde los diez años, con la investigación, documentación de los experimentos y esas cosas. Era interesante, pero no es que tuviera mucho en común con los investigadores de allí. Un día estaba en la pastelería, tomándome lo de siempre, cuando vi un anuncio donde decía que buscaban camarero. Solicité el puesto y me contrataron. Así de fácil.

–Y que le den al laboratorio.

–Pues sí. Ya hay bastantes niños prodigio en ese edificio. Aparte de mi madre, no creo que nadie me echara mucho de menos–. Arrancó un poco más de hierba–. El caso es que hice amigos de mi edad y en los fines de semana me dediqué a otras cosas que no fueran leer y estudiar. Eso ya les puso bastante nerviosos. Pero encima, ese verano, les anuncié que quería cambiarme al instituto Jackson. Me dijeron que no, y me vinieron con estadísticas sobre los resultados de los exámenes y el número de alumnos por clase...

–¿Argumentaron con estadísticas?

–Bueno, son científicos –respondió, como si eso lo explicara todo–. Al final conseguí que accedieran, pero solo durante un semestre y solo porque ya tenía los créditos suficientes para graduarme.

–¿Eso fue el año pasado?

Asintió.

–¿Podrías haber terminado el instituto dos años antes?

–De hecho –respondió con una tosecita–, tres.

–La leche –dije–. ¿Cómo de inteligente eres?

–¿Quieres oír el resto de la historia o no?

Me mordí el labio.

–Perdona.

Me lanzó una mirada fingiendo estar enfadado, lo que me hizo reír, y continuó:

–Así que me cambié. Y empecé a salir más con Riley y Heather, y fui a unas cuantas fiestas, y me perdí la preparación para las Olimpiadas de Física.

–Parece bastante normal –dije–, menos la cosa esa de física.

–Normal para mucha gente, pero no para mí. –Carraspeó–. Mira, no es que me sienta orgulloso de ello; pero tenía casi dieciocho años y nunca había hecho nada, digamos, normal. Y de repente estaba en este instituto enorme, donde nadie me conocía. Podía decidir quién quería ser. Y no quería seguir siendo el chico listo y formalito.

Me vinieron a la mente todos los colegios a los que había ido, como en un torbellino de pasillos y puertas cerradas.

–Lo entiendo –le dije.

–¿Sí?

Asentí.

–La cuestión es que ya estaban descontentos conmigo. Y luego empecé a planear un viaje para después de la graduación, en lugar de ir al Campamento para Altas Capacidades. Y eso no mejoró la situación.

–¿Altas Capacidades?

–Es una cosa de mates que vengo haciendo todos los veranos desde quinto –me explicó–. Se suponía que este año iba a ir otra vez de monitor. Pero Ellis, Riley, Heather y yo queríamos hacer un viaje en coche hasta Texas. Lo cual es algo, digamos, menos académico.

Sonreí.

–Los viajes tienen gran valor educativo.

–Eso mismo les dije yo. Pero no se lo tragaron. –Volvió a mirarse las manos–. El caso es que tuve la mala suerte de que en medio de todo esto fui a una fiesta y me pillaron. Con lo cual, lo del viaje pasó a la historia.

La puerta de la casa vecina se abrió de golpe y alguien salió y se metió en uno de los coches aparcados en el jardín delantero. Encendieron el motor, pisaron el acelerador un par de veces y el ruido llenó toda la calle. Cuando se marcharon, la tranquilidad fue aun mayor que antes.

–Entonces, ¿no vas a ir?

–Tengo mucho que demostrar –dijo, en tono formal y severo, imitando a alguien–. Recuperar la confianza. Si creen que he progresado en estas cosas, podrían reconsiderarlo.

–Podrían.

–Podrían –repitió, sonriendo–. Un montón de cosas dependen de ese «podrían», tal vez demasiadas.

–Riley dice que se asustaron –dije al fin–, que pensaron que te estaban perdiendo.

–Eso lo entiendo –dijo–. Pero para ellos parece que solo hay dos opciones: o ser un delincuente de camino a la perdición, o ser físico en un par de años. ¿Cómo es posible?

–Necesitas una tercera opción –dije.

–O al menos la oportunidad de buscarla –replicó–. Y supongo que eso es justamente lo que estoy esperando. Obedeciendo, cumpliendo mi condena, siguiendo las reglas, mientras intento decidir cuál será el siguiente paso.

–Vaya –dije–. Eres decepcionante, de verdad.

–Sí –afirmó, con cara de póquer–. Aunque viniendo de una hija terrible que trata a su madre con crueldad, lo tomaré como un cumplido.

Sonreí, y metí las manos hasta el fondo de los bolsillos. Estaba empezando a quedarme helada y me pregunté qué hora sería.

–Ahora en serio –dijo Dave al cabo de un momento–, por si sirve de algo, te diré que, al menos desde fuera, parece que tu madre lo intenta de verdad. Y a veces eso es lo único que se puede hacer.

–Así que te pones de su lado –dije.

–No creo en los bandos –afirmó, plantando las manos en la franja de hierba que había detrás de los dos–. La gente hace cosas horribles por todo tipo de razones. Uno no puede entenderlo.

–No tengo por qué entenderlo –repliqué, en un tono más cortante de lo que quería–. Yo no hice nada. Fui solo una espectadora inocente.

Dave no dijo nada, siguió mirando al cielo.

–Yo no hice nada –repetí, sorprendida al sentir un nudo en la garganta–. No me lo merecía.

–No –dijo él–. No te lo merecías.

–No tengo que entenderlo.

–De acuerdo.

Tragué saliva y parpadeé deprisa. Había sido un día muy largo y estaba muy cansada. Deseé poder marcharme, desaparecer. Pero siempre había que hacer un esfuerzo más, había que recorrer el camino de un punto a otro.

Al pensar en eso, levanté la vista al cielo frío y claro, y respiré hondo. Una, pensé al encontrar la Osa Mayor, sintiendo las lágrimas en los ojos. Dos, y volví a tragar intentando calmarme al localizar a Casiopea. Estaba buscando una tercera constelación cuando no pude evitar empezar a temblar, luchando desesperadamente por encontrar algo conocido ahí arriba, en algún lugar. Hacía muchísimo frío y las lágrimas me nublaban la vista. Entonces Dave me pasó el brazo por encima del hombro. Sentí su cercanía y su calor y, en ese mismo momento, hallé la silueta de Orión. Tres, pensé, y apoyé mi cabeza contra la suya, con los ojos cerrados.

8

Cuando llegué al instituto el lunes por la mañana, a la primera persona que vi fue a Riley. En realidad fue la única, porque llegaba tardísimo. Por la noche se nos había estropeado la calefacción, y había tenido que llamar a la agencia inmobiliaria para que vinieran a arreglarla, con lo que había perdido el autobús. Luego tuve que esperar a que mi padre terminara de hablar por teléfono con Risitas, que había llamado desde Londres, para que me llevara en coche. Cuando por fin llegué, habían pasado quince minutos de la segunda hora, tenía el pelo mojado y no sentía los dedos, entumecidos por el frío. Además, estaba muerta de hambre. Solo había comido medio plátano en el coche con mi padre, mientras él aceleraba para pasar los semáforos en ámbar, pues ahora él también llegaba tarde.

Estaba a mitad de las escaleras, de camino a la taquilla, cuando vi a Riley sentada sobre un radiador ante la puerta del consejero, con la mochila a los pies, hablando por teléfono en voz baja con la cabeza gacha. Pasé por delante y luego doblé la esquina. Me acordé del mensaje que le había mando a Dave –«Eres un conquistador»– y, aunque no había ocurrido nada entre nosotros, me sentí extraña. Había dicho la verdad sobre Dave: era un chico majo pero yo no tenía tiempo para ningún chico, ni majo ni de ningún otro tipo. Como no tenía ganas de volver a explicarme, me alejé de ella.

Metí varios libros en la taquilla y cuando el estómago me empezó a rugir, me puse a buscar una barrita energética que estaba segura de haber guardado allí la semana anterior. Cuando por fin la encontré, la abrí allí mismo y di un mordisco. Mientras masticaba, me fijé en mi imagen reflejada en aquel espejo horrible, con las plumas y el rótulo de SEXXY, y decidí que ya era hora de hacerlo desaparecer. Pero al intentar despegarlo me di cuenta de que no era tan fácil. Le di otro mordisco a la barrita y metí los dedos por detrás del espejo, pero solo conseguí despegarlo un poco.

Maldita sea, pensé, dándole otro tirón. Nada. Me metí en la boca el resto de la barrita y tiré con las dos manos, por debajo del reborde de plumas. Imposible. Estaba a punto de rendirme, cuando el espejo se soltó de repente. Y lo que ocurrió a continuación fue todo rapidísimo: me atraganté con la barrita, el espejo se cayó al suelo, y la puerta de la taquilla se cerró de un portazo y me dio un golpe en la nariz.

Retrocedí un paso, atragantándome y viendo las estrellas a la vez, y me choqué con la fuente que estaba detrás de mí. Eso la activó, e hizo salir un chorro de agua por encima de mi codo.

–¡Dios mío! –exclamó alguien. Oí pasos y percibí movimientos borrosos delante de mí, con los ojos entrecerrados por el dolor–. ¿Te encuentras bien?

Tosí, aliviada de poder respirar, tragué y me alejé de la fuente, lo que interrumpió el espectáculo acuático. Eso dejaba solo la nariz, que me dolía tanto como si me hubieran dado un puñetazo.

—Creo que sí —dije.

—Menudo numerito.

Abrí los ojos despacio y me encontré a Riley, con cara de preocupación. Parpadeé y la vi con mayor claridad.

—Será mejor que te sientes —me dijo, agarrándome del codo. Doblé las rodillas y me deslicé por la pared hasta el suelo—. Te has dado un buen golpe. Lo oí desde la otra punta del pasillo.

—No sé qué ha pasado —dije.

Ella se dio la vuelta y recogió el espejo «sexxy» del suelo.

—Creo que esto tiene la culpa. Una vez que se pegan, no hay manera de quitarlos.

—A buenas horas me lo dices —repliqué. Me llevé la mano a la nariz, pero incluso el simple roce hizo que me doliera toda la cara.

—A ver, déjame ver. —Se agachó delante de mí y me examinó de cerca—. Tía, menuda marca tienes ahí. Mira.

Me puso el espejo delante. Tenía un chichón enrojecido en medio de la nariz, que parecía ir creciendo por momentos. No sé si me había roto la nariz, pero era de todo menos «sexxy».

—Genial —dije—. Justo lo que me hacía falta hoy.

—Claro. —Sonrió y se agachó para agarrar mi mochila—. Venga, vamos a la enfermería a que te pongan hielo.

Me levanté y noté que ella me observaba. Me sentía mareada, como cuando pierdes el equilibrio. Riley me agarró del brazo, como si se hubiera dado cuenta, y me condujo por el pasillo principal.

En la enfermería nos colocaron detrás de un chico que estaba vomitando –puaj– y una chica alta con fiebre y la cara colorada. Me dieron un paquete de guisantes congelados y me dijeron que esperara. Me senté tan lejos como pude de los otros dos pacientes y presioné el paquete contra la nariz. Ahhhh.

Riley se sentó a mi lado.

–¿Te ayuda?

–Un montón –le dije. Hablando de medio lado desde detrás del paquete, añadí–: No hace falta que te quedes. Seguro que tienes mejores cosas que hacer.

–Pues no.

Cuando la miré con incredulidad, añadió:

–Tengo hora de estudio. Se supone que debo ir al laboratorio de mates o a la biblioteca, pero nadie lo comprueba.

–Qué suerte –dije–. ¿Cómo lo consigues?

Ella se encogió de hombros y cruzó las piernas.

–Supongo que tengo cara de buena.

Volví a tocarme la nariz. Ahora estaba entumecida, pero el chichón era más grande. Genial. Al otro lado de la sala, el del vómito se había puesto de color verde. Volví a aplicar el paquete de guisantes.

–Bueno –dijo Riley, mientras la enfermera se llevaba a la chica con fiebre a otra sala–, así que tú y Dave, ¿no?

Tragué saliva. Su pregunta tampoco era una sorpresa.

–No fue nada, en serio. Solo fuimos al partido.

–Ya lo vi. –Le lancé una mirada de incredulidad–. A mi padre le encanta el baloncesto. En mi casa es casi obligatorio ver los partidos del equipo universitario.

206

–Mi padre era igual, pero con los partidos de Defriese.

–Ahora seguro que no, me imagino.

Me quité el paquete de la cara. Su expresión era compasiva, no me estaba chinchando.

–No –respondí–, ahora ya no.

Nos quedamos un momento en silencio. Luego ella dijo:

–Perdona si el otro día te hice sentir incómoda. Cuando estuvimos hablando delante de tu casa.

–No me sentí incómoda –le dije.

–Es que... –Bajó la vista hacia sus manos y las extendió sobre las rodillas– Dave despierta mi instinto protector. No quiero que sufra, ¿entiendes?

–Me dijo que tú eras su única amiga cuando se cambió de instituto.

–Pues sí. El primer día conoció a Ellis, pero eso era todo. Además, venía de Kiffney-Brown, que es como otro planeta. Imagínate, su mejor amigo allí tenía trece años.

–¿Te refieres a Gervi el Pervi?

–Te ha hablado de él, ¿no? Ese chico era terrible. Bueno, es superinteligente y eso, pero hay un límite al número de chistes sobre mocos que uno puede aguantar. –Hizo una mueca–. La verdad es que seguramente tampoco yo fuera la mejor opción para él. Por mi culpa empezó a ir a fiestas y a hacer las cosas que le causaron problemas con sus padres. Le habría ido mejor solo con Ellis.

–¿Ellis y tú no sois amigos?

–Ahora sí –respondió–. Pero sobre todo porque tenemos a Dave en común. Ellis es un buen chico. Juega al fútbol, participa en un montón de actividades. Hasta hace esos anuncios del canal del insti. Claramente, una opción mucho mejor para Dave que salir conmigo.

–No sé –dije yo–, a mí me parece que eres una buena amiga.

–¿Sí?

Asentí, y ella sonrió.

–Lo intento. Pero, la verdad, también es algo egoísta. Tengo la manía de querer cuidar de todo el mundo, no solo de Dave. Eso siempre me complica.

–Lo fácil también tiene su parte negativa –dije, a la vez que movía los guisantes.

–¿Por ejemplo?

–No sé –respondí–. Yo cambio mucho de ciudad, así que no llego a conocer bien a la gente. Puede que sea más fácil, pero también más solitario.

No sé por qué fui tan sincera. Tal vez fuera el golpe en la cabeza. Riley se volvió y me miró.

–¿Y crees que vas a quedarte mucho tiempo aquí?

–Ni idea.

–Uf. Vaya.

Volvió de nuevo la vista al frente.

–¿Qué? –pregunté.

–Es que aquí no has mantenido tu costumbre. Lo de no hacer amigos.

–¿Ah, no?

–Mclean –dijo, mirando al chico con la cara verdosa–. Estoy aquí sentada contigo en la enfermería durante mi hora libre. Eso quiere decir que somos amigas.

–Solo estás siendo amable –dije.

–Igual que tú lo fuiste conmigo el otro día, en mi coche –me recordó–. Además, llevaste a Dave al partido. Invitaste a Deb a sentarse con nosotros y, que yo sepa, eso no lo había hecho nadie en este instituto, créeme.

Y todavía no le has dado una torta a Heather, lo cual es un récord.

–Eso no es tan difícil –le dije.

–Sí que lo es. Es mi mejor amiga y la quiero mucho, pero puede ser insoportable. –Se recostó en la silla y volvió a cruzar las piernas–. Admítelo, Mclean. Tal vez pienses que no quieres hacer amigos, pero tus acciones demuestran lo contrario.

–¿Mclean Sweet? –preguntó la enfermera, con una carpeta en la mano, desde la puerta de la consulta–. Pasa por aquí. Vamos a ver ese chichón.

Me levanté y agarré la bolsa.

–Gracias por venir conmigo –le dije a Riley–. Te lo agradezco.

–Esperaré hasta que termines –dijo.

–No hace falta.

Se volvió a sentar y sacó el móvil del bolsillo.

–Ya lo sé.

Seguí a la enfermera y me senté sobre la camilla mientras ella cerraba la puerta. Qué día más extraño, pensé mientras se acercaba y me indicaba que me quitara los guisantes de la cara. Cuando se inclinó sobre mí para examinarme, miré a través de la puerta de cristal hacia la sala de espera. Era un cristal grueso y traslúcido para proteger la intimidad de los pacientes, por lo que no se distinguían los detalles. Incluso así, distinguí la forma de una figura sentada, una presencia cercana, esperando. Esperándome a mí.

A la hora de la comida salí al patio con mi burrito y una botella de agua, y tuve la sensación de que la gente se me quedaba mirando fijamente. Sabía que tenía la nariz hinchada, pero la atención que estaba recibiendo desde mi choque con la taquilla me parecía excesiva. Aunque, por otra parte, tal vez fuera una gran noticia para un lunes: una chica con aspecto de haberse peleado en un bar.

No vi a Riley ni a Heather por ninguna parte, así que me acerqué hasta Deb, que estaba sentada sola debajo de su árbol. Tenía un iPod y escuchaba la música con los ojos cerrados.

–Hola –la saludé. Como no abría los ojos le toqué el pie, y ella se sobresaltó y abrió los ojos.

–¡Oh, Mclean! –dijo quitándose los auriculares inmediatamente–. ¡Es cierto! Pensé que era solo un rumor malintencionado.

–¿Qué?

–Riley y tú –dijo. Como me la quedé mirando sin comprender, añadió–: Vuestra pelea. He oído que te ha dado un puñetazo, pero no quería creerlo...

–Riley no me ha dado ningún puñetazo. –Volví a mirar a mi alrededor. La gente me observaba, y no se molestaba en apartar la mirada–. ¿Quién ha dicho eso?

–Lo he oído en los aseos –susurró–. Todo el mundo está hablando de ello.

–Por favor –dije, mientras me sentaba. Dejé el burrito a mi lado–. ¿Y por qué me iba a pegar?

Deb tomó su cola *light* y bebió con la pajita.

–Un ataque de celos –explicó–. Os vio a Dave y a ti en el partido y se le fue la olla.

–Dave y ella no están saliendo –le dije, mientras desenvolvía el burrito. La verdad es que había perdido el apetito.

–Eso ya lo sé, y tú también lo sabes. Pero parece ser que el resto del colegio no. –Se retiró un mechón de pelo detrás de la oreja–. Ya sabes cómo es la gente, creen que una chica y un chico no pueden ser solo amigos, que tiene que haber algo más. Típico.

–Ya –respondí.

–Bueno... –me dijo, observando mi nariz–. ¿Entonces qué ha pasado?

–Me he dado un golpe con la puerta de la taquilla.

–Ay.

–Y que lo digas.

–Pero tampoco tiene tan mala pinta –me dijo–. Si no fuera por el rumor de la pelea, la gente no se daría ni cuenta.

Había llegado el momento de cambiar de tema. Señalé el iPod con la cabeza.

–¿Qué estás escuchando?

–Es una mezcla que he hecho. La música me tranquiliza, ¿sabes? Me ayuda a relajarme cuando tengo un día duro.

–Lo entiendo –le dije–. No me vendría mal tranquilizarme un poco a mí también. ¿Me dejas?

–Claro, pero...

Antes de que terminara de hablar eché mano de los auriculares y me los coloqué en el interior de las orejas, esperando oír los acordes tranquilos de música anticuada. O tal vez algo de pop ligerito. En vez de eso, me llegó un ruido atronador, seguido de un redoble de batería.

Di un respingo y me saqué uno de los auriculares. El otro se quedó dentro y me llenó la cabeza de gritos incoherentes que sonaban sobre lo que parecía una motosierra.

–Deb –balbuceé, dándole la vuelta al iPod para ver la pantalla–. ¿Qué demonios es esto?

–Es un grupo en el que tocaba en mi antiguo instituto –me informó–. Se llaman Naugahyde.

Me la quedé mirando atontada.

–¿Tocabas en un grupo?

–Durante un tiempo –asintió.

En mi oreja, la voz seguía cantando a grito pelado.

–¿Tú estabas en este grupo? –pregunté despacio.

–Sí. Bueno, era un instituto pequeño, no había mucho donde elegir. –Se ajustó la banda del pelo–. Hace siglos que doy clases de batería, pero quería algo de experiencia en un grupo. Así que cuando vi el anuncio de que buscaban un batería, me presenté y participé en unas cuantas sesiones de grabación.

–Deb –le dije, levantando la mano–, ¿me estás tomando el pelo?

–¿Qué?

–Es que... no tienes precisamente la pinta de ser batería de un grupo de rock duro.

–Porque no lo soy –respondió.

–Ya.

–Quiero decir, que no me defino de esa forma. Toco todo tipo de géneros. –Metió la mano en el bolso y me ofreció un chicle. Cuando decliné, volvió a guardar el paquete–. Aunque me gusta la música rápida, porque es más divertida de tocar.

Me quedé con la boca abierta, conmocionada, pero no me salió nada. Antes de que fuera capaz de hablar, Dave se dejó caer a mi lado salido de la nada.

–Hola –dijo, quitándose la mochila–, ¿qué hacéis?

Me volví hacia él.

–Deb toca la batería –le dije.

–¡Madre mía! –exclamó.

–¡Ya te digo! –reaccioné–. ¿No es alucinante? Le estaba...

–¿Qué te ha pasado en la cara? –me preguntó.

Y eso que casi no se notaba.

–Riley me ha pegado un puñetazo –le conté.

–¿Cómo?

–Es lo que dicen los rumores –dije, agarrando la botella de agua–. Al menos, según Deb.

–Lo he oído en los baños –explicó Deb.

Dave se la quedó mirando, y luego volvió su mirada hacia mí.

–¡Vaya! –dijo, acercándose más–. Te ha acertado de lleno.

–¿De verdad crees que Riley haría una cosa así?

–¿A ti? Pues no. Pero tiene un buen brazo, eso lo sé por experiencia. ¿Y por qué se supone que os habéis peleado?

Miré a Deb, que se puso a disimular buscando algo en el bolso. Por fin, le dije:

–Al parecer, le dio un ataque de celos al vernos juntos en el partido.

–Ah –dijo él, asintiendo–. Ya, el ataque de celos. –Levantó una mano y me rozó cuidadosamente la mejilla.

Por el rabillo del ojo vi a Deb poner cara de sorpresa–. ¿Y qué ha pasado de verdad?

–La puerta de mi taquilla me ha atacado.

–Sí, a veces les da por ahí –dijo, y sonrió bajando la mano–. ¿Te traigo hielo o algo?

–Ya me lo han puesto en la enfermería –le dije–, pero gracias.

–Es lo menos que puedo hacer, ya que ha sido por culpa mía y eso –me dijo. Sonreí.

–Tú ríete, pero es lo que cree todo el instituto. Mira alrededor.

Dave se dio la vuelta para comprobarlo. Desde que se había sentado con nosotras, el público había aumentado.

–Vaya –me dijo, mirándome–, pues no era broma.

–A la gente le encanta los triángulos amorosos –dijo Deb.

–¿Eso es lo que es? –preguntó Dave. Le había preguntado a ella, pero me miraba a mí. Me puse colorada.

–No.

Se encogió de hombros.

–Qué pena. Siempre he querido participar en uno.

–Uy, no es buena idea –le dijo Deb meneando la cabeza–. No es divertido, créeme.

Solté un bufido, lo que hizo reír a Dave. Ella nos miró sin verle la gracia.

–Deb, ¿es que hay algo en lo que no tengas experiencia? –le pregunté.

–¿Qué quieres decir? –preguntó.

–Bueno... –Miré a Dave en busca de ayuda, pero por supuesto no me ayudó–. Eres experta en tatuajes, batería, y ahora resulta que has estado metida en un triángulo amoroso.

–Solo una vez –respondió con un suspiro–. Pero fue más que suficiente.

Dave se echó a reír y me miró. Sentí un ligero temblor, agitándose como una llama al viento. No, pensé rápidamente. No voy a quedarme mucho tiempo. No es mi tipo.

–Oye, Deb –dijo Dave–. ¿Te vienes esta tarde al Luna Blu a trabajar en nuestro proyecto de la maqueta?

–De nuestro no tiene nada –repliqué–. Yo solo estuve allí el otro día para ayudar a Opal. Es solo para delincuentes.

–No es cierto –me corrigió–. Es un proyecto para todos los que quieran servir a la comunidad.

–¿«Servir»? –me burlé.

–¡A mí me encanta el voluntariado! –exclamó Deb–. ¿De verdad puede participar todo el mundo?

–Sí –le dijo Dave–, no hagas caso a Mclean. Prácticamente ha sido ella la que lo ha puesto en marcha.

–¡Suena genial! Me encantan los proyectos de grupo –dijo Deb.

–Entonces pásate cualquier tarde. Trabajamos de cuatro a seis –dijo Dave.

–¿Estás hablando de mí? –le pregunté–. Porque yo no pienso aparecer.

–¿No? –preguntó. Nos miramos un momento–. Ya veremos.

Deb nos miraba a uno y a otro con una interrogación en la cara. Pero antes de que pudiera decir nada sonó el timbre, rebotando por todo el patio y en mis oídos. Se levantó de un salto y agarró el bolso con la vista fija en Dave, intrigada, mientras él se levantaba tranquilamente. Luego se volvió y me miró.

–No hacía falta que te dieran un puñetazo por mí, ¿sabes? Soy un amante, no un guerrero.

–Lo que eres es un friki –le dije.

Me ofreció la mano.

–Venga, boxeadora. Acompáñame. Lo estás deseando.

Y el caso es que, a pesar de todo –que era un error, que era distinto a los demás– era cierto. Lo que no sé es cómo lo sabía él. Pero me levanté y lo acompañé de todas formas.

Aquella tarde, al llegar a casa, me encontré las llaves de mi padre puestas por fuera. Cuando las saqué y abrí, oí voces.

–Vale ya, de verdad. No tiene gracia.

–Tienes razón. –Una pausa–. Es patético.

Unas risitas.

–Si clasificamos a todos con el sistema de puntos e incorporamos las evaluaciones como dijimos antes, y luego partimos de ahí, entonces...

–... tendremos la confirmación numérica de que, de hecho, tenemos el peor personal de toda la ciudad.

Oí una carcajada. Cuando llegué a la puerta de la cocina me encontré a mi padre y a Opal sentados a la mesa con un montón de papeles entre los dos, riéndose sin parar.

–¿Qué estáis haciendo? –pregunté.

Opal se limpió las lágrimas con una servilleta y abrió la boca para contestarme. Pero volvió a darle un ataque de risa y se limitó a agitar la mano delante de la cara. Mi padre tampoco podía controlarse.

—El jefe —dijo Opal por fin, a duras penas— quiere que decidamos qué empleados constituyen nuestros puntos débiles.

—Y la respuesta es... —añadió mi padre, resoplando—: todos.

Los dos rompieron a reír de nuevo, como si fuera lo más gracioso del mundo. Opal se tapó la cara con las manos; le temblaban los hombros de la risa. Mi padre se echó hacia atrás, intentando calmarse.

—No me entero —dije.

—Eso es porque no llevas cuatro horas seguidas con ello —dijo mi padre, entre risas.

—¡Cuatro horas! —exclamó Opal, dando un manotazo sobre la mesa—. Y no tenemos nada. Cero patatero.

Mi padre soltó una risita tan tonta que parecía una niña pequeña.

—¿Y por qué lo estáis haciendo aquí?

—No podemos hacerlo en el restaurante —dijo Opal, y respiró hondo—. Es un asunto muy serio.

Mi padre se desternillaba, y eso hizo que ella volviera a empezar de nuevo con las carcajadas. Me dirigí a la nevera en busca de algo para beber, pensando que igual teníamos una fuga de gas o algo.

—Venga, vamos —dijo Opal—. Esto es ridículo, de verdad. Con tantas risas soy incapaz de pensar. Tenemos que terminar de una vez... ¡Dios mío, Mclean! ¿Qué te ha pasado en la nariz?

Cerré la nevera y vi que me estaban mirando los dos. Supongo que de perfil se me notaba más.

–Un choque con mi taquilla. Estoy bien.

–¿De verdad? –me preguntó mi padre cuando me acerqué y me senté a su lado. Me tocó el chichón y di un respingo–. Tiene mala pinta.

–Antes estaba mucho peor –le dije–. Se me ha bajado mucho la hinchazón.

–Parece como si te hubieran dado un puñetazo –dijo mi padre.

–No. Fueron varias torpezas en cadena. –Di un sorbo del vaso. Mi padre seguía observándome–. Papá, estoy bien.

Al otro lado de la mesa, Opal sonrió.

–Es una chica dura, Gus. Deja de preocuparte.

Mi padre hizo una mueca y luego bajó la vista a un montón de papeles que tenía delante y se pasó la mano por la cara.

–Mira, esta es la cuestión. Conozco a Risitas bastante bien. Le gustan mucho las fórmulas y los números, todo bien presentado en una hoja de cálculo. Por eso usa este sistema de evaluación. Está todo clarísimo.

–Puede ser, pero no deja espacio para el factor humano –dijo Opal–. Yo soy la primera en admitir que no tenemos el personal más capaz del mundo...

Eché un vistazo al bloc de notas que tenía junto al codo: había una lista de nombres y cada uno tenía un número al lado. Los márgenes estaban llenos de notas y dibujitos, con tachones y borrones.

–Pero... –añadió rápidamente–, pero creo que nuestra gente aporta un color y una personalidad al Luna Blu que no se pueden cuantificar en un trozo de papel.

218

Mi padre se la quedó mirando.

–Hoy, en el almuerzo –dijo tranquilamente– Leo preparó un sándwich de pollo con yogur en lugar de crema agria.

Opal se mordió el labio.

–Bueno –añadió–, en Oriente Medio es muy habitual condimentar los bocadillos con yogur.

–Pero no estamos en Oriente Medio.

–¡Fue un error! –se disculpó ella, levantando las manos–. La gente comete errores. Nadie es perfecto.

–Es una buena filosofía para una guardería –respondió mi padre–. Pero en un restaurante, para que funcione y dé beneficios, debemos aspirar a más.

Ella bajó la vista.

–Me estás diciendo que despidamos a Leo.

Mi padre acercó el bloc y lo miró entrecerrando los ojos.

–Si seguimos la fórmula de Risitas, sí. Según los números, Leo y todos los que están aquí en las primeras posiciones tendrían que marcharse.

Opal gimió y se echó hacia atrás.

–Pero no son números, son gente. Buena gente.

–Que no sabe distinguir entre el yogur y la crema agria. –Ella hizo una mueca y él añadió–: Opal, es mi trabajo. Si algo, o alguien, no funciona, hay que cambiarlo.

–Como los panecillos.

Mi padre suspiró.

–No eran rentables. Necesitaban mucho tiempo de preparación y no nos aportaban beneficios. Incluso podríamos afirmar que perdíamos dinero con ellos.

–Pero a mí me gustaban –comentó ella en voz baja.

–A mí también.

Opal lo miró sorprendida.

–¿Te gustaban?

–Sí.

–¡Yo creía que te encantaban los pepinillos!

Mi padre meneó la cabeza.

–Odia los pepinillos. De todas las clases –intervine yo.

–Especialmente fritos –añadió. Opal se lo quedó mirando con la boca abierta–: Pero no se trata de mis preferencias personales, sino de lo que es mejor para el restaurante. Tienes que dejar las emociones a un lado.

Ella se quedó pensando en eso mientras yo me levantaba y dejaba el vaso vacío en el fregadero.

–Bueno, una cosa está clara: yo nunca sería capaz de hacer tu trabajo.

–¿Qué, exactamente? –preguntó mi padre.

–Esto –respondió, señalando el bloc de notas entre los dos–. Llegar a un sitio, hacer un montón de cambios que cabrean a la gente, despedir empleados. Por no hablar de dedicarle tanto tiempo y energías a algo, para luego irte a otro lugar cuando has terminado.

–Es un trabajo –señaló él.

–Eso lo entiendo –replicó ella. Arrancó el borde a una servilleta–. Pero ¿cómo evitas implicarte con el restaurante y con su gente?

Cerré el grifo. Yo también quería oír la respuesta.

–La verdad, no siempre resulta fácil –dijo después de un silencio–, pero he tenido un restaurante propio durante muchos años. Y ahí sí que me implique al máximo. Y eso sí que fue difícil. Más difícil, la verdad.

–Dímelo a mí –dio Opal–. Me encanta el Luna Blu desde que era adolescente. Me ha robado el corazón.

–Y precisamente por eso quieres que sea lo mejor posible. Aunque eso signifique tomar un par de decisiones difíciles –respondió mi padre.

Nos quedamos un momento callados. Luego Opal dobló su servilleta y la colocó con esmero frente a ella.

–Odio cuando tienes razón.

–Ya lo sé –respondió mi padre–. Me pasa a menudo.

Opal suspiró, echó la silla hacia atrás y se levantó.

–Entonces, mañana en la reunión les daremos estos números...

–... y vemos a partir de ahí –añadió mi padre.

Opal alcanzó el bolso y las llaves.

–Me siento como si estuviera en el corredor de la muerte –dijo, enrollándose una bufanda al cuello–. ¿Cómo voy a mirarlos a la cara, sabiendo que seguramente la semana que viene los despediremos?

–No es fácil ser la jefa –dijo mi padre.

–Y que lo digas –asintió ella–. Ojalá tuviera unos cuantos panecillos para ahogar las penas. Los carbohidratos vienen muy bien para el sentimiento de culpa.

–De verdad –dijo mi padre–, ¿vas a dejar alguna vez de mencionar los panecillos?

Ella sonrió y se ajustó el bolso en el hombro.

–No –respondió–. Adiós, Mclean. Que te mejores.

–Gracias –contesté. La miramos mientras atravesaba el salón hacia la puerta principal y la abría. Se detuvo y se ajustó la bufanda. Levantó la vista un momento hacia el cielo gris, se puso bien derecha y siguió caminando. Entonces miré a mi padre, que dijo:

–Esta chica tiene un punto especial.

–Todos tenemos un punto especial. –Limpié la encimera y me volví hacia él. Seguía mirando a Opal cruzar la calle hacia el callejón–. ¿Qué crees? ¿De verdad los van a despedir a todos?

–No lo sé –dijo mi padre, que se puso a recoger los papeles de la mesa–. Depende de un montón de cosas, desde la cartera de acciones de Risitas a lo benevolente que se sienta ese día. Pero Opal no se da cuenta de que lo peor que puede pasar no es que los despidan a todos.

–¿No?

Sacudió la cabeza.

–Ahora mismo el edificio vale mucho más que el restaurante. Risitas podría decidir venderlo, lavarse las manos de todo el asunto y a otra cosa.

Volví la vista hacia Opal, apenas visible a lo lejos.

–¿Crees que lo hará?

–Puede ser. Mañana lo averiguaremos, supongo.

Me volví hacia el fregadero, tiré del rollo de cocina y me sequé las manos. Mi padre se acercó y me dio un beso en la coronilla mientras sacaba su teléfono. Luego echó a andar hacia el pasillo.

Cuando cerró la puerta de su dormitorio, me acerqué a la mesa y miré la libreta con los nombres y los números. Tracey era un cuatro; Leo, un tres; Jason, un nueve. ¿Qué significaría eso? Ojalá hubiera un sistema infalible para saber a quién merecía la pena conservar y a quién no. Sería mucho más fácil moverse por el mundo decidiendo qué conexiones había que hacer, si es que había que hacer alguna.

Aquella noche, más tarde, estaba en mi cuarto intentando hacer los deberes de historia cuando oí un golpe en la puerta de la cocina. Atravesé el pasillo a oscuras y vi a Dave bajo la luz del porche. Vestía vaqueros y una camisa de cuadros de manga larga, y llevaba una gran cacerola humeante en las manos.

—Sopa de pollo —anunció, cuando abrí la puerta—. Es genial para aliviar las lesiones provocadas en peleas de bar. ¿Tienes un cuenco?

Di un paso atrás y él entró directo hacia la cocina, donde dejó la cacerola.

—¿Tú cocinas? —le pregunté.

—Antes solía hacerlo —respondió—. Para no tener que aguantar el menú de mi madre, cuando me apetecía carne y productos lácteos, ¿sabes? Pero llevaba una temporada sin cocinar. Espero que el resultado no nos mate.

Saqué dos cuencos y dos cucharas.

—No parece una recomendación muy positiva.

—Tal vez, pero míralo así: hoy ya te han dado un puñetazo en la cara. ¿Qué tienes que perder?

—Sabes que no me han dado un puñetazo de verdad, ¿no? —dije mientras me sentaba a la mesa.

—Sí, ya lo sé —respondió. Empezó a servir la sopa—. Pero tengo que admitir que me sentí halagado de que todo el colegio creyera que te habían pegado por mi causa.

—Vaya, me alegro de poder ayudarte con tu autoestima.

Metió una cuchara en el cuenco y me lo pasó.

–Supongo que será humillante para ti. Me imaginé que lo menos que podía hacer era prepararte una sopa. Además, siento lo de antes. –Alcancé la sopa y lo miré.

–¿El qué?

Se encogió de hombros.

–Lo de que ibas a venir a ayudar con la maqueta. Al no verte aparecer, me he dado cuenta de que había quedado como un imbécil.

–¿Por qué? –le dije.

–He dicho que era un amante y no un luchador. –Suspiró, y se sentó frente a mí–. No se puede ser más idiota.

–Claro que se puede, no lo dudes.

Sonrió.

–No, en serio. Con eso de saltarme cursos y codearme con niños prodigio..., no soy precisamente un experto en la vida social. De vez en cuando digo estupideces.

–Para eso no hace falta saltarse cursos –le dije–. Yo tengo una media de notable y suelto tonterías todo el rato.

–¿Notable? –Puso cara de horror–. ¿De verdad?

Hice una mueca y me incliné sobre el cuenco humeante. Lo último que había comido había sido la mitad de aquel burrito pastoso, hacía horas, y me di cuenta de que estaba muerta de hambre. Tomé una cucharada. La sopa era consistente, con fideos, pollo y zanahorias. Justo lo que necesitaba.

–Oye –dije, mientras él se sentaba frente a mí con su cuenco–. Está buenísima.

Tomó una cucharada y se quedó pensando un momento.

–No está mal. Pero le falta tomillo. ¿Dónde tienes las especias?

Antes de que contestara, ya se había levantado en dirección a los armarios.

–Pues... –dije.

–¿Aquí? –preguntó, con la mano en el armario más cercano a la cocina.

–... es que no...

Antes de que me diera tiempo a terminar, ya había ocurrido: había abierto la puerta, dejando a la vista el espacio vacío que había detrás. Hizo una pausa y abrió el siguiente. También vacío. Igual que el de más allá. Por fin descubrió el que contenía diversos utensilios de cocina, que yo organizaba siempre igual cada vez que nos mudábamos de casa. Unas pocas especias –sal, pimienta, guindilla molida, sal de ajo– en la estantería inferior, con los cubiertos en un recipiente de plástico a su lado. En la balda del medio había cuatro platos, cuatro cuencos, tres tazas de café y seis vasos. Y por fin, en la superior, una sartén, dos cazos y un bol.

–Un momento –dijo, mientras abría el siguiente armario, que también estaba vacío–. Esto... ¿qué es? ¿Estáis esperando a que llegue el fin del mundo o algo así?

–No –respondí avergonzada, aunque no sabía por qué. Siempre me había enorgullecido de tener pocas cosas: hacía las mudanzas mucho más fáciles–. No nos gusta acumular.

Abrió otro armario y volvió a encontrarse con la pared desnuda.

–Mclean –dijo–, tienes la cocina prácticamente vacía.

–Tenemos todo lo que necesitamos –repliqué. Se me quedó mirando–, menos tomillo. Mira, mi padre trabaja en restaurantes. No cocinamos mucho.

—Ni siquiera tienes fuentes de horno —dijo, sin dejar de abrir puertas que daban a espacios vacíos—. ¿Y si necesitas asar algo?

—Pues compro una de usar y tirar, de aluminio —le dije—. ¿Qué pasa? ¿Sabes lo peñazo que es embalar las fuentes de horno de cristal? Siempre salta una esquirla, si es que no se rompen enteras.

Volvió a la mesa y se sentó. Había dejado algunos armarios con las puertas abiertas, como grandes bocas asombradas.

—No te ofendas —me dijo—, pero es tristísimo.

—¿Por qué? —pregunté—. Estamos bien organizados.

—Es penoso —replicó—. Y totalmente provisional. Como si fueras a pasar aquí solo una semana o algo así.

Tomé otra cucharada de sopa.

—Venga ya.

—De verdad —dijo. Volvió a mirar los armarios—. ¿Es así en toda la casa? Por ejemplo, si miro en los cajones de tu cuarto, ¿encontraré solo dos pares de pantalones?

—No vas a abrir mis cajones. Y no. Pero si quieres saberlo, te diré que solíamos tener más cosas. Pero cada vez que nos trasladábamos me daba cuenta de que en realidad usábamos muy poco de todo. Así que decidí reducir nuestras posesiones. Cada vez un poco más.

Se me quedó mirando mientras yo removía la cuchara en mi cuenco.

—¿Cuántas veces te has mudado de ciudad?

—No tantas —respondí. No pareció convencido, así que añadí—: Llevo casi dos años viviendo con mi padre... y creo que este es el cuarto lugar. O por ahí.

—¿Cuatro ciudades en dos años? —preguntó.

–Vale, dicho así suena bastante mal –protesté.

Por un momento ninguno de los dos habló, solo se oía el tintineo de las cucharas. Me dieron muchísimas ganas de levantarme y cerrar los armarios, pero sentí que sería como admitir algo. Me quedé donde estaba.

–Lo que quiero decir es que debe de ser difícil –dijo por fin, mirándome– ser siempre la nueva del colegio.

–No necesariamente. –Me senté sobre mi pierna–. Hay algo liberador en eso, la verdad.

–¿Sí?

–Claro –dije–. Cuando cambias mucho de sitio no tienes muchos líos. En realidad no hay tiempo para involucrarse en nada. Es más fácil.

Se quedó un momento pensando.

–Es cierto. Pero si no haces amigos de verdad, tampoco tendrás a nadie que sea tu «dos de la mañana». Y eso es un rollo.

Me lo quedé mirando mientras él movía la sopa.

–¿Tu qué?

–«Dos de la mañana». –Tragó y luego dijo–: Ya sabes, esa persona a la que puedes llamar a las dos de la mañana y, pase lo que pase, puedes contar con ella. Incluso si está dormido o hace frío o necesitas que te saquen de la cárcel..., vendrá. Es como el nivel más alto de la amistad.

–Ah. Vale. –Bajé la vista a la mesa–. Bueno, puedo imaginarme el valor de una amistad así.

Nos quedamos callados un momento hasta que Dave dijo:

–Pero a la vez también entiendo las ventajas de empezar de cero. No tienes que estar explicándote constantemente.

–Justo. Nadie sabe que fuiste amigo de Gervi el Pervi. Ni que formaste parte de un pérfido triángulo amoroso, causante de peleas entre chicas –dije.

–Ni que tus padres tuvieron un divorcio horrible. –Lo miré fijamente–. Lo siento, pero a eso te referías, ¿no?

No me refería a eso. Al menos, no conscientemente.

–Lo que quiero decir es que trasladarnos tanto ha sido justo lo que mi padre y yo necesitábamos. Nos ha venido muy bien a los dos.

–Todo provisional.

–Un nuevo comienzo –repliqué–. O cuatro.

Otro silencio. Oí el zumbido de la nevera. Es extraño cómo hay cosas que nunca notas hasta que no queda nada más que notar.

–Entonces, ¿crees que te irás pronto de aquí? –preguntó por fin–. ¿Cuando se cumplan seis meses?

–No lo sé –respondí–. A veces nos quedamos más tiempo, o menos. Depende de la compañía para la que trabaja mi padre. Y el año que viene...

Me interrumpí, pues me di cuenta una vez empezada la frase de que realmente no quería hablar de eso. Pero sentí que Dave me observaba, esperando.

–Está la universidad y eso –terminé–. Así que ahí sí que hay una fecha fija, pase lo que pase. Al menos para mí.

Nos quedamos mirándonos un momento. Era un chico listo, probablemente el más listo que había conocido. Así que no tardó mucho, menos de un segundo, en captar lo que quería decirle.

–Ah. –Dejó la cuchara en el cuenco vacío–. Bueno, al menos estarás lista para la vida en la residencia universitaria.

Lo de apañarte con pocas cosas lo controlas a la perfección.

Sonreí mirando los armarios.

–Sí, ¿verdad?

–Sí. Tal vez debería aprender de ti. Podría serme útil para cuando haga la maleta para el viaje de este verano.

–¿El viaje? –pregunté–. ¿Quieres decir que sigues con la idea? ¿Tus padres te han dado permiso?

–Todavía no. Pero poco a poco se van haciendo a la idea. –Apartó el cuenco hacia un lado–. Sobre todo porque les dije que pasaría la segunda mitad del verano en el Campamento para Altas Capacidades, que es lo que quieren que haga. Se trata de llegar a un acuerdo. Pero si así me dejan ir a Texas con Ellis y Riley, no me importa.

–¿Heather no está invitada?

Sonrió.

–Buena suposición. En realidad iba a venir, hasta hace poco. Al parecer, bueno, se cargó el coche y le quitaron los puntos del carné. Su padre la obliga a pagar el arreglo y el seguro del coche antes de dejarla conducir de nuevo, así que se ha quedado sin blanca.

–¿Fue el incidente de la casa del guarda?

–Exacto. –Suspiró–. Te juro que es la peor conductora que conozco. Se cambia de carril sin mirar.

–Eso he oído. –Miré al cuenco, y empujé una zanahoria solitaria con la cuchara–. ¿Y qué hay en Texas?

–Pues, principalmente, Austin. El hermano de Ellis vive allí y se pasa el día hablando de la buena música y todas las cosas guays que se pueden hacer allí. Además, está lo bastante lejos como para tener que parar en varios sitios por el camino.

–Estás emocionado –dije.

–Bueno, a diferencia de otras, no he viajado mucho. Y los viajes por carretera le gustan a todo el mundo, ¿no?

Asentí al recordar los viajes con mi madre a North Reddemane y al Poseidón. Sabía que mi vida le parecía peculiar y la verdad es que no esperaba que me comprendiera. ¿Cómo iba a hacerlo, si había estado viviendo toda su vida en el mismo sitio, con la misma gente a su alrededor, con su historia y su pasado siempre ineludibles, inevitables? Yo no defendía que mi modo de vida fuera necesariamente mejor. Pero tampoco lo era no cambiar nunca. Y, si tuviera que elegir entre esas dos opciones, sabía que la vida que llevaba era mejor para mí. Puede que no tuviera especias, pero tampoco arrastraba inútiles bandejas de horno conmigo. Por decirlo así.

–¿David? ¿Hola?

Me volví y vi a la señora Dobson-Wade, en su porche lateral, con la puerta abierta a su espalda. Estiraba el cuello para examinar el jardín con cara de preocupación. Dave se levantó, se dirigió a nuestra puerta y sacó la cabeza.

–Hola –dijo. Ella se sobresaltó y dio un respingo–. Estoy aquí.

–Oh –dijo ella. Cuando me vio, me saludó con la mano y yo le devolví el saludo–. Siento interrumpiros. Pero va a empezar ese documental que tu padre ha mencionado, y sé que no te quieres perder el principio.

–Claro –dijo Dave, mirándome–. El documental.

–Es sobre la vida de las células –me explicó la señora Wade–. Una visión profunda, fascinante. Tiene mucha fama.

Asentí sin saber qué decir.

—Ahora mismo voy —dijo Dave.

—De acuerdo —respondió ella. Sonrió, cerró la puerta y Dave regresó a la mesa.

—Así que células, ¿eh?

—Sí. —Suspiró, mientras metía un cuenco dentro de otro y las dos cucharas en el de arriba—. Es de lo que todos estamos hechos, Mclean.

—Ya lo sé —dije—. Seguro que es fascinante.

—¿Quieres verlo con nosotros? —Me mordí el labio, intentando no sonreír mientras él se levantaba—. Ya, bueno, tampoco es mi tema favorito. Pero si quiero ir a Austin tengo que pasar por el aro, ser un buen hijo y todo eso.

Se acercó hasta la cocina, recogió el cazo y cerró con cuidado todos los armarios mientras yo lo miraba. Y mi cocina regresó a la normalidad. Al menos, en apariencia. Se dirigió hacia la puerta con el cazo en la mano, y yo me levanté de la silla.

—¿Sabes? —le dije—. Hoy no he aparecido para hacer la maqueta..., pero no ha sido por nada de lo que has dicho. Es que no...

—Te gustan los líos —dijo, terminando la frase por mí—. Lo entiendo. Está clarísimo.

Nos quedamos un momento mirándonos en silencio. Si tuviera más tiempo, pensé. Pero en realidad no era esa la razón. No estaba segura de que las relaciones pudieran funcionar. Si la historia de amor perfecta terminó en nada, ¿qué nos esperaba a los demás?

Dave volvió a mirar hacia su casa.

—Será mejor que me vaya. Las células y su fascinante vida me están esperando.

–Gracias por la sopa.

–De nada. Gracias por la compañía.

Abrí la puerta y él salió. Miró hacia atrás una vez mientras bajaba las escaleras. Lo vi entrar en la cocina y dejar el cazo en el fregadero. Luego echó a andar por el pasillo, desde donde llegaba el resplandor de un televisor.

Casi había vuelto a mi cuarto, y a los deberes, cuando sonó el teléfono. Me dio un susto, la verdad, porque casi se me había olvidado que existía. Mi padre y yo no solíamos usar los fijos, solo los móviles, pues era más fácil que tener que aprender siempre un número nuevo. Pero aquí, por alguna razón, EAT INC. había contratado una línea fija. Las pocas veces que había sonado era alguien que se había equivocado de número o algún vendedor. Si no fuera porque estaba buscando alguna razón para no hacer los deberes, seguramente no le habría hecho caso.

–¿Sí? –respondí con severidad, preparada para decir que no.

–¿Es Mclean?

No reconocí la voz, por eso me pareció todavía más raro que la persona que llamaba supiera quién era yo.

–Sí. ¿Quién llama?

–Lindsay Baker. Del ayuntamiento, nos conocimos el otro día en el restaurante.

La vi inmediatamente en mi cabeza: el pelo rubio, los ojos brillantes, los dientes aún más brillantes. Incluso al teléfono su confianza en sí misma era palpable.

–Ah, sí. Hola.

–Llamaba porque he estado intentando localizar a tu padre desde hace unos cuantos días en su móvil y en el

Luna Blu, y esperaba encontrarlo en este número. ¿Está por ahí?

—No —respondí—, está en el restaurante.

—Oh. —Una pausa—. Qué raro. Acabo de llamar allí y me han dicho que estaba en casa.

—¿En serio? —Miré el reloj. Eran las siete y media, hora punta de la cena—. Pues entonces no sé dónde estará.

—Bueno, no importa. Lo seguiré intentando, pero ¿podrías darle mi número y un mensaje?

—Claro. —Alcancé un bolígrafo y le quité el capuchón.

—Solo dile que me gustaría mucho quedar con él para comer y hablar de lo del otro día. Invito yo, cuando a él le venga bien. Mi teléfono es 919-555-7744. Es mi móvil, y siempre lo llevo encima.

«Lindsay Baker», escribí, con el número debajo. «Quiere verte y comer».

—Se lo diré —le dije.

—Perfecto. Gracias, Mclean.

Colgamos y bajé la vista al papel. Me di cuenta de que parecía un mensaje del lobo feroz. Bueno, pensé pegándolo en la mesa de la cocina, lo entenderá.

Regresé a mi cuarto e intenté concentrarme en la Revolución industrial. Al cabo de media hora oí un suave golpe en la puerta trasera, tan suave que pensé que me lo había imaginado. Cuando salí, no vi a nadie. Pero en la barandilla del porche había una cajita negra, con una nota pegada a ella.

La sostuve. Era un envase de plástico con tomillo. Ya estaba abierto, pero contenía más de la mitad. «Por si acaso decides quedarte un tiempo», decía la nota, con una letra inclinada y embarullada, y después: «Teníamos tres».

Miré durante un momento hacia la cocina oscura de los Wade, luego di media vuelta y entré. Metí el tomillo en el armario, junto a la sal, la pimienta y los cubiertos. La nota me la llevé a mi cuarto y la pegué al despertador, en el medio de la esfera, para que fuera lo primero que viera por la mañana.

9

Cuando me desperté al día siguiente, un resplandor blanquecino entraba por la ventana. Aparté la cortina, miré hacia fuera y vi que había nevado por la noche. Unos diez centímetros de nieve lo cubrían todo, y aún seguía cayendo.

—Nieve —me informó mi padre cuando entré en la cocina. Estaba de pie junto a la ventana con una taza de café en la mano—. Hacía tiempo que no la veíamos.

—Desde Montford Falls —respondí.

—Con un poco de suerte, el vuelo de Risitas vendrá con retraso. Así ganaremos tiempo.

—¿Para qué?

Suspiró y dejó la taza sobre la encimera.

—Para usar una varita mágica. Robarles los cocineros a los mejores restaurantes de la ciudad. Buscar otra profesión. Ese tipo de cosas.

Abrí la puerta de la despensa y saqué los cereales.

—Bueno, al menos estás con espíritu positivo.

—Yo, siempre.

Estaba sacando la leche cuando recordé la llamada de la noche anterior.

—Oye, ¿te marchaste del restaurante ayer por la noche?

–No, estuve allí hasta la una, que me vine para casa –respondió–. ¿Por qué?

–Llamó Lindsay Baker, la del ayuntamiento. Y dijo que le habían dicho que habías salido.

Suspiró y se pasó la mano por la cara.

–Bueno, si te digo la verdad, tal vez indiqué que le dijeran que no estaba.

–¿En serio? –Hizo una mueca–. ¿Por qué?

–Porque no deja de llamar para hablar de lo de la maqueta, y ahora mismo no tengo ni tiempo ni ganas.

–Dice que ha intentado localizarte varias veces.

Lanzó un gruñido, bebió el último trago del café y lo dejó en el fregadero.

–¿A quién se le ocurre llamar a un restaurante en la hora punta para concertar una cita para comer? Es ridículo.

–¿Quiere una cita contigo?

–No sé lo que quiere. Solo sé que no tengo tiempo, sea lo que sea. –Sacó el móvil y miró la pantalla antes de cerrarlo y guardárselo en el bolsillo–. Tengo que ir para allá a hacer unas cosas antes de que se presente Risitas. ¿Llegarás bien o crees que cancelarán las clases por la nieve?

–Lo dudo –respondí–. No estamos en Georgia o Florida. Pero ya te contaré.

–Vale. –Me dio un apretón en el hombro mientras yo abría la nevera para sacar la leche–. Que tengas un buen día.

–Tú también. Buena suerte.

Asintió y se dirigió a la puerta principal. Antes de salir al porche se puso la chaqueta, que no abrigaba mucho ni era impermeable. Pensé de nuevo en el año que viene, cuando mi padre viviera en otra casa alquilada, en otra ciudad, sin mí. ¿Quién le organizaría los detalles de su vida para que él pudiera dedicarse a organizar otro restaurante? Sabía que no era responsabilidad mía cuidar de mi padre, que él ni lo esperaba ni lo pedía. Pero ya lo habían abandonado una vez. Y yo odiaba ser la segunda persona en abandonarlo.

Justo entonces sonó el teléfono. Hablando del rey de Roma, pensé, cuando apareció en la pantalla «Hamilton, Peter». Ya iba a apretar el botón de «Silenciar» cuando miré el reloj. Tenía quince minutos antes de salir al autobús. Si liquidaba esto ahora, tal vez lograría tener un día entero en paz, o al menos unas horas. Acepté la llamada.

–¡Hola, cielo! –me saludó mi madre–. ¡Buenos días! ¿Ha nevado por ahí?

–Un poco –respondí, mirando caer los copos–. ¿Y por allí?

–Sí, ya llevamos siete centímetros y sigue nevando mucho. He salido con los niños un rato. ¡Están tan guapos con los monos de nieve! Te he mandado unas fotos por correo.

–Genial –dije. Van treinta segundos, me quedan... unos doscientos setenta antes de poder colgar sin parecer maleducada.

–Solo quería decirte otra vez lo que disfruté contigo el fin de semana pasado. –Carraspeó–. Me encantó verte. Pero, al mismo tiempo, me hizo darme cuenta de todo lo que me he perdido de tu vida en los últimos dos años. Tus amigos, tus actividades...

Cerré los ojos.

–Tampoco te has perdido tanto.

–Yo creo que sí. Bueno, he estado pensando que me encantaría volver a visitarte pronto. Está bastante cerca, y no veo por qué no podemos vernos más a menudo. O podrías venir tú. Por ejemplo, este fin de semana damos una fiesta en casa para el equipo y las animadoras. Sé que a Peter le gustaría mucho que estuvieras aquí.

Mierda, pensé. Por esto precisamente temía ir al partido. Le das un dedo y te agarra la mano, y luego hasta el codo. Si me descuidaba, terminaría de nuevo en el despacho del abogado.

–Ahora mismo estoy muy liada con las clases –le dije.

–Bueno, sería el fin de semana –insistió–. Podrías traer tus libros y hacer los deberes aquí.

–No es tan fácil. Para ciertas cosas necesito estar aquí.

–Vale, de acuerdo. ¿Y el fin de semana siguiente? Vamos a ir a la casa de la playa por primera vez. Podríamos recogerte por el camino y...

–El fin de semana siguiente tampoco puedo –dije–. No me quiero mover de aquí durante una temporada.

Silencio. Afuera seguía cayendo la nieve, tan limpia y blanca, cubriéndolo todo.

–Muy bien –respondió. Pero estaba claro que no estaba nada bien–. Si no quieres verme, no quieres verme. No puedo hacer nada al respecto, ¿no?

No, pensé, no puedes. La vida sería mucho más fácil si pudiera decírselo así, sencillamente, dejarlo claro de una vez por todas, y listo. Pero nunca era tan sencillo. En vez de eso, había que dar rodeos, fintar, correr, hacer todo tipo de jugadas para mantener la pelota en juego.

–Mamá –dije–, es que…

–Que te deje en paz –terminó la frase por mí con voz tensa–. Que no llame, que no escriba, que no intente estar en contacto con mi hija mayor. ¿Es eso lo que quieres, Mclean?

–Lo que quiero –dije con calma, intentando no alterarme– es la oportunidad de vivir mi propia vida.

–¿Y no te parece que ya la estás viviendo? No me cuentas ni el más pequeño detalle si no es bajo tortura. –Había empezado a llorar–. Lo único que quiero es que tengamos una buena relación, como antes. Antes de que tu padre te llevara lejos, antes de que cambiaras.

–Él no me ha llevado a ningún sitio –la corregí, levantando la voz. Ella había estado pinchándome, presionándome, y por fin había encontrado el botón que apretar. ¿Que yo había cambiado? Por favor–. Fue elección mía. Tú también elegiste, ¿ya no te acuerdas?

Las palabras se me escaparon sin querer, y sentí su peso dos veces: cuando salieron de mi boca y cuando llegaron a sus oídos. Hacía muchísimo tiempo desde que habíamos hablado de su relación con Peter y el divorcio. Entonces ella siempre recurría a la frase de «lo que ocurre en un matrimonio se queda en el matrimonio», como un muro para cortar cualquier discusión. Pero ahora le había lanzado una granada por encima y lo único que podía hacer era prepararme para la explosión.

Ella guardó silencio un buen rato, o al menos eso me pareció. Y después:

–Antes o después, Mclean, tendrás que dejar de echarme a mí la culpa de todo.

Ese era el momento: retirada y disculpa o avance hasta llegar a un punto sin retorno. Estaba cansada y no tenía otro nombre ni otra personalidad detrás de la que esconderme. Y precisamente por eso fue la voz de Mclean la que dijo:

–Tienes razón. Pero te puedo culpar por el divorcio y por nuestra mala relación. Eso sí es culpa tuya. Lo menos que puedes hacer es admitirlo.

La oí quedarse sin aliento, como si le hubiera dado un puñetazo. En cierto modo, se lo había dado. Siempre con la amabilidad forzada, evitando decir la verdad: acababa de romper las normas, el muro de contención, y por aquella brecha se escapaba toda la suciedad acumulada detrás. Llevaba tres años pensando en este momento, pero ahora que había llegado solo me sentí muy triste. Incluso antes de oír el clic del teléfono cuando colgó.

Apagué el móvil, me lo metí en el bolsillo y agarré la mochila. A cuatro horas de distancia, mi madre estaba destrozada, y era culpa mía. Al menos podía haberme alegrado. Pero según bajaba las escaleras, abrochándome bien el abrigo, me invadió una oleada de temor.

El aire era frío y seco, la nieve caía con fuerza. Tomé la dirección contraria a la parada del autobús y me dirigí al centro de la ciudad. Todo estaba silencioso y amortiguado por la nieve. Caminé sin parar y cuando me quise dar cuenta de dónde estaba apenas se veían tiendas, me encontraba en un barrio residencial al otro lado de la ciudad. Debía dar media vuelta, encontrar una parada de autobús e ir al colegio. Pero primero necesitaba entrar en calor. Así que me acerqué al primer sitio que vi con un cartel de abierto: una pastelería con el dibujo de un *muffin* en el escaparate. Y entré.

–¡Bienvenida a la pastelería Frazier! –exclamó una voz cantarina en cuanto puse los pies en el interior.

Detrás de la barra había dos personas muy atareadas, mientras varios clientes esperaban en la cola. Se notaba que era una de esas cadenas de establecimientos que querían reproducir el ambiente de la tienda de la abuelita: decoración acogedora y sencilla, saludo obligatorio al entrar, una falsa chimenea chisporroteando en el rincón. Me puse a la cola y me limpié la nariz con un par de servilletas.

Estaba tan cansada por el paseo, y tan afectada por la conversación con mi madre, que me quedé en la cola, avanzando lentamente hasta llegar cara a cara con una guapa pelirroja que llevaba un delantal a rayas y un alegre gorrito de papel.

–¡Bienvenida a la pastelería Frazier! –me saludó–. ¿Qué podemos hacer para que te sientas como en casa?

Jo, cómo odiaba esas frasecitas comerciales, incluso antes de haber oído a mi padre criticarlas sin cesar. Levanté la vista al tablón con la carta. Café, *muffins,* bocadillos de desayuno, y de repente recordé algo.

–Batido de plátano y arándanos cerebro congelado –le dije.

–¡Enseguida!

Dio media vuelta y se dirigió a una hilera de batidoras. Entonces contemplé de nuevo aquel local, el lugar donde Dave se inició en la mala vida. No se me ocurría un lugar menos apropiado para corromper a alguien. ¡En las paredes colgaban cuadros con frases bordadas en punto de cruz! «Los batidos calentitos ayudan a endulzar los problemas de la vida», decía uno de ellos. En otro, junto a los cubos de reciclaje, se leía: «Quien no desperdicia no pasa hambre». Me pregunté dónde los habrían comprado, y si sería posible encargar cualquier frase bordada. La mía diría: «Déjame en paz», y la colgaría en la puerta de mi cuarto como advertencia, expresada con gran cursilería.

Con el batido en la mano me senté en un sillón de cuero de imitación, frente al fuego de la chimenea de mentira. Dave tenía razón: después de beber dos tragos por la pajita, me entró un dolor de cabeza tan terrible que no podía ni abrir los ojos. Me llevé la mano a la frente, como si eso me fuera a ayudar a calentarme, y cerré los ojos justo cuando sonaba la campanilla sobre la puerta de entrada.

–¡Bienvenido a la pastelería Frazier! –exclamó una de las personas en la barra.

–¡Gracias! –respondió una voz, y alguien rio. Todavía seguía frotándome la frente cuando oí pasos y luego–: ¿Mclean?

Abrí los ojos y allí estaba Dave. Claro, ¿quién si no?

–Hola –dije.

Me miró con más atención.

–¿Te pasa algo? ¿Parece como si hubieras estado...?

–Solo tengo el cerebro congelado –dije, y levanté el vaso como prueba–. Estoy bien.

Me di cuenta de que no estaba convencido del todo, pero afortunadamente no siguió preguntando.

–¿Qué haces aquí? No sabía que eras una «frazie».

–¿Cómo?

–Así llamamos a los clientes habituales, amigo de Frazier. –Saludó a la pelirroja, que le devolvió el saludo–. Espera un momento, voy a pedir un Todo Junto y un Especial para Vagos. Ahora mismo vengo.

Di otro sorbito mientras él se dirigía a la barra y se colaba por debajo. Le dijo algo a la pelirroja, que se rio, y alcanzó un *muffin* de la barra antes de servirse una gran taza de café. Luego presionó unos cuantos botones en la caja registradora, metió un billete de cinco, sacó un dólar y varias monedas y los dejó en el bote de las propinas.

–¡Gracias! –cantaron al unísono la pelirroja y el otro chico.

–¡De nada! –respondió Dave. Y se dirigió hacia mí.

¡Oh, Dios!, pensé mientras se acercaba. Hoy no tengo fuerzas para esto, por favor. Pero no podía evitarlo. Estaba en un sitio público, que además él conocía bien. Y era casi gracioso que hubiera terminado aquí. Casi.

–Así que estás haciendo pellas, ¿no? –me preguntó de pie a mi lado, con el *muffin* en la mano.

–No –respondí–. Es que... tenía que desayunar algo. Ahora iba a pillar el autobús.

–¿El autobús? –Puso cara de ofendido–. ¿Y por qué quieres ir en transporte público cuando yo estoy aquí con mi coche?

–Oh, tranquilo, yo... No hace falta.

–Y además llegas tarde –replicó, señalando el reloj que colgaba detrás de mí–. Con el autobús llegarás más tarde aún. Ser puntual es fenomenal, Mclean.

–Esa frasecita debería estar colgada por aquí, en punto de cruz.

–¡Tienes razón! –Sonrió–. Se lo voy a sugerir al encargado. Venga, ven, he aparcado detrás.

Lo seguí por el pasillo, pasando por delante de los aseos, hasta la entrada trasera. Mientras caminaba iba comiéndose el bollo, dejando un rastro de migas como en el cuento. Entonces le dije:

–¿Cómo se llamaba eso?

–¿El qué?

–Tu desayuno.

–Ah. El Todo Junto y el Especial para Vagos.

–No me suena haberlos visto en la carta.

–Porque no lo están –replicó, mientras cruzábamos el aparcamiento–. Me inventé mis propios nombres cuando trabajaba aquí. La traducción es: un *muffin* con todos los ingredientes imaginables y un café que te garantiza tener que ir varias veces al baño en las próximas horas, por si no tienes ganas de sentarte en clase. Ahora todos los camareros los llaman así. –Hizo sonar las llaves–. Aquí estamos.

Le observé rodear un Volvo lleno de abolladuras. El asiento del pasajero estaba cubierto por una de esos protectores de cuentas de madera, típico de abuelas o de taxistas.

–¿Este es tu coche?

–Sí –proclamó con orgullo mientras nos sentábamos–. Estaba confiscado, pero anoche por fin conseguí su libertad.

–Anda, ¿y cómo lo conseguiste?

–Creo que fue el documental sobre las células. –Giró la llave en el contacto y el motor arrancó–. Ah, y también accedí a trabajar en el laboratorio de mi madre después del viaje a Austin, antes de ir al Campamento para Altas Capacidades. Pero por los seres queridos se hace lo que haga falta. Y a este coche lo quiero muchísimo.

El Volvo, como para ponerlo a prueba, se caló. Dave miró el panel de control y volvió a girar la llave. Nada. Volvió a intentarlo y el coche lanzó una especie de suspiro, como si estuviera cansado.

—No pasa nada —dijo Dave, mientras el motor emitía un sonido parecido al de una bomba de relojería—. A veces necesita un poco de cariño, eso es todo.

—Te entiendo —respondí—. Lo mismo le pasaba a Superchurro.

Se me escapó sin darme cuenta. Pero cuando Dave me miró con cara de asombro, me di cuenta de lo que había hecho.

—¿Superchurro?

—Mi coche —expliqué—. Más bien debería decir mi antiguo coche. Ahora no sé dónde está.

—¿Tú también te chocaste contra una caseta?

—No, pero me fui de la ciudad y no lo necesitaba. —Recordé mi Toyota Camry, con sus alternadores siempre averiados, el radiador que silbaba, el cuentakilómetros parado en los trescientos mil kilómetros incluso antes de que me perteneciera. La última vez que lo vi, estaba aparcado en el enorme garaje de Peter, entre su Lexus y su furgoneta, tan fuera de lugar como yo misma—. Era un buen coche. Solo un poco...

—¿Churro?

Asentí mientras él pisaba el acelerador y luego el freno. Detrás de nosotros, un coche esperaba para aparcar en nuestro sitio. El conductor parecía estar lanzando improperios cuando el Volvo de repente volvió a la vida y una nube de humo salió del tubo de escape.

—Me encanta conducir con nieve —dijo Dave, sin inmutarse, mientras salíamos del aparcamiento y bajábamos la colina hacia una señal de *stop*. Los frenos del Volvo protestaron cuando redujo la velocidad. Me miró, y añadió—: Ponte el cinturón, por favor. La seguridad es lo primero.

Me lo puse, agradecida de que me lo hubiera recordado. Mi puerta no cerraba bien, y esperaba que el cinturón de seguridad me sujetara si se abría al aumentar la velocidad.

—Oye —le dije por el camino—, gracias por el tomillo.

—De nada. Espero que no te sintieras ofendida —me dijo.

—¿Y por qué me iba a ofender?

—Bueno, no te gustan los trastos.

—Es solo un frasquito —señalé.

—Sí, pero todo es empezar. Primero el tomillo, luego vienen el romero, la salvia y la albahaca, y antes de que te des cuenta, tienes un problema.

—Tendré cuidado. —Parecía que el coche se iba a parar de nuevo y Dave pisó el acelerador. El motor rugió, y la conductora del coche de al lado nos miró con cara de susto.

—¿Cuánto hace que tienes este trasto?

—Algo más de un año —dijo—. Me lo compré con mi dinero: saqué todos mis ahorros, el dinero del bar Mitzvá, y lo que había ganado en la pastelería.

Los frenos volvieron a chirriar.

—Tanto, ¿eh?

–¿Qué? Oye, este coche es genial. Sólido, fiable. Tiene carácter. Puede que tenga algún defectillo, pero lo quiero de todas formas.

–Con verrugas y todo.

Me miró sorprendido.

–¿Qué has dicho?

–¿Cómo?

–Has dicho «con verrugas y todo», ¿no?

–Pues... sí. Es una expresión, ¿no la conocías?

–Claro –respondió, mientras tomábamos la bocacalle del instituto. Luego levantó la mano izquierda del volante y la giró para dejar a la vista el tatuaje del círculo negro–. De ahí viene esto, fíjate.

–¿Se supone que es una verruga? –pregunté.

–Más o menos. Cuando era pequeño, mi madre y mi padre trabajaban los dos dando clase, y durante la semana me quedaba con una señora que cuidaba niños en su casa. Se llamaba Eva.

La nieve caía con fuerza, y los limpiaparabrisas casi no daban abasto. Detrás del cristal, todo se veía borroso.

–Su nieta tenía más o menos mi edad y también se quedaba con ella. Solíamos dormir juntos la siesta, comernos el pegamento, esas cosas. Se llamaba Riley.

–¿De verdad?

–Sí. Ya te dije que nos conocíamos desde hacía siglos. Bueno, pues Eva era genial, totalmente genial. Era alta y corpulenta, y tenía una risa contagiosa. Olía a tortitas. Y tenía una verruga, pero gigantesca, como las de las brujas. Justo aquí. –Se puso el dedo índice en el centro del círculo–. Nos fascinaba y nos daba muchísimo asco a la vez. Y ella siempre nos dejaba mirarla. No le daba vergüenza ni nada. Nos decía que, si la queríamos a ella, queríamos también a su verruga. Era parte de ella.

Pensé en la muñeca de Riley, con el mismo círculo. Y la expresión de tristeza cuando Deb se lo señaló.

–El año pasado le diagnosticaron cáncer de páncreas. Murió dos meses después.

–Lo siento mucho.

–Sí, fue horrible. –Entramos en el aparcamiento del instituto y pasamos delante de la caseta del guarda–. El día después de su funeral, Riley y yo fuimos y nos hicimos los tatuajes.

–Es un homenaje muy especial –le dije.

–Eva era una persona muy especial.

Lo miré mientras avanzábamos entre los coches; un grupo de chicas con pantalones de deporte y cazadoras pasó por delante.

–Me gusta la idea, pero es más fácil decirlo que hacerlo, ¿sabes?

–¿El qué?

Me encogí de hombros.

–Aceptar las cosas buenas y las malas de alguien. Proponérselo es estupendo. Lo difícil es conseguirlo.

Encontró un sitio, aparcó y apagó el motor, que, agradecido, quedó en silencio. Nunca había visto un coche tan agotado. Luego me miró.

–¿Tú crees?

Me acordé en ese momento de la voz temblorosa de mi madre aquella mañana, y de mis palabras. Tragué saliva.

–Creo que por eso me gusta tanto mudarme constantemente. Nadie llega a conocerme lo suficiente para ver mis partes malas.

Se quedó un rato en silencio. Nos quedamos allí sentados, viendo cómo la gente pasaba a nuestro lado. El suelo estaba resbaladizo y todos andaban con mucho cuidado. Aun así, de vez en cuando se caían.

–Eso te parece a ti –dijo Dave al fin–, pero no creo que sea cierto. Solo te conozco desde hace un mes y ya he visto unas cuantas partes malas de ti.

–Ah, ¿sí? –pregunté–. ¿Como qué?

–Bueno, no tienes especias ni condimentos, para empezar. Eso ya es rarísimo. Y eres despiadada con un balón de baloncesto en las manos.

–No estamos hablando precisamente de verrugas.

–Puede que no –sonrió–. Pero, ahora en serio, todo es relativo, ¿no?

Justo entonces sonó el timbre, un sonido familiar amortiguado por la nieve del techo y las ventanillas. Salimos del coche y mi puerta crujió al abrirse. El suelo estaba helado y me resbalé inmediatamente; tuve que agarrarme al Volvo para no caerme.

–¡Hala! –exclamé.

–Sí –dijo Dave, deslizándose a mi lado y a punto de resbalarse también–. Ten cuidado.

Comencé a andar tambaleándome y él avanzó a mi lado, colocándose la mochila sobre el hombro. Tenía la cabeza agachada y el pelo le caía sobre la frente y, al mirarlo, pensé en los chicos con los que había salido en los últimos dos años. Ninguno de ellos se parecía en nada a Dave. Porque yo tampoco era así. Era Beth o Eliza o Lizbet, un espejismo; como una pieza del decorado que parecía real al mirarla de frente, pero no tenía nada por la parte de atrás. Sin embargo, aquí, sin quererlo, había terminado siendo otra vez yo: Mclean Sweet, la de los padres divorciados y las extrañas conexiones con el baloncesto, Superchurro y un remolque lleno de equipaje. Y todas esas veces que había comenzado de cero me habían hecho olvidar lo que era ser sincera, caótica y descontrolada. Ser real.

Casi habíamos llegado al bordillo cuando Dave volvió a resbalarse. Empezó a manotear a mi lado, inclinándose hacia delante y hacia atrás, mientras yo intentaba mantenerme erguida, a duras penas.

–¡Uuuy! –exclamó–. ¡Me caigo!

–Agárrate –le dije, estirando el brazo para agarrarlo. Pero en lugar de estabilizarlo, mi gesto tuvo el efecto contrario, de forma que los dos empezamos a patinar sobre el hielo: el doble de peso, el doble de daño si nos caíamos.

Fue algo extrañísimo. Mientras los pies se deslizaban, el corazón acelerado me dio un vuelco, con esa sensación aterradora de no tocar tierra, de no tener control. Pero entonces miré a Dave. Se estaba riendo, con la cara colorada, mientras se tambaleaba de un lado y a otro, arrastrándome con él, igual de torpes los dos. La misma situación, dos reacciones totalmente distintas.

Aquella mañana habían pasado tantas cosas. Pero esa imagen, ese momento, sería el que recordaría horas más tarde, después de haber llegado a salvo a la acera y habernos separado, cada uno en dirección a sus clases: la sensación de que el mundo se movía bajo mis pies, con una mano aferrada a la mía, sabiendo que, si me caía, al menos no caería sola.

Siguió nevando y la capa de nieve crecía por momentos, por lo que terminaron cancelando las clases un poco antes de comer. Cuando salí por la puerta principal, con todos los demás alumnos, iba pensando que tenía toda la tarde libre, un montón de ropa que lavar y un trabajo para el día siguiente. Pero en lugar de ir en el autobús directa a casa, me bajé dos paradas antes, justo enfrente del Luna Blu.

Con la nieve la gente no había salido a comer, así que el restaurante estaba medio vacío. Así oí mejor a mi padre, a Risitas y a Opal, que estaban en el reservado, al otro lado de la barra. Los vi sentados a la mesa, con tazas de café y papeles desperdigados a su alrededor. Mi padre parecía cansado; Opal, tensa. Era obvio que la varita mágica no se había materializado.

Atravesé el comedor hacia la puerta que conducía a las escaleras. En cuanto la abrí, oí voces.

—... claro que se puede —decía Dave. Deb, todavía con el abrigo, la bufanda y las manoplas, contemplaba las cajas a su lado—. Complicado, sí. Pero se puede hacer.

—Eso es lo único que cuenta —dijo ella, mirando a su alrededor. Cuando me vio, se le iluminó la cara—. ¡Hola! ¡No sabía que ibas a venir!

Yo tampoco, pensé.

—He tenido la inclinación de servir a mi comunidad —le dije, justo cuando Dave se giraba para mirarme—. ¿Qué hacemos?

—Planes —respondió Deb, a la vez que se quitaba las manoplas—. ¿Tienes alguna idea sobre la mejor manera de proceder?

Me acerqué a ella, sintiendo que Dave me miraba. Volví a pensar en esa mañana, en el círculo de su muñeca, a la que me había aferrado muerta de miedo mientras resbalábamos sobre el hielo. No es mi tipo, dijo una voz en mi cabeza, pero hacía tanto tiempo que ya ni sabía qué significaba eso. Ni si a esta chica, que ahora era yo, le gustaba algún tipo de chico concreto.

–No –respondí, mirándolo a él–. Vamos a empezar y veremos qué pasa.

Quince minutos más tarde se convocó una reunión.

–A ver –dijo Deb con expresión muy seria–. Ya sé que me acabo de incorporar a este proyecto y no quiero ofender a nadie. Pero voy a ser sincera: creo que lo habéis enfocado mal.

–Me siento ofendido –le dijo Dave tajante.

Ella puso cara de susto.

–Oh, no. ¿De verdad? Lo siento...

–También estoy de coña –dijo él.

–¡Uf, menos mal! –Sonrió y se puso colorada–. Déjame empezar diciendo que estoy encantada de que me hayas invitado a venir. Me chifla este tipo de cosas. Cuando era pequeña, adoraba las miniaturas.

–¿Miniaturas? –pregunté.

–Sí, las casas de muñecas y esas cosas. Sobre todo las históricas: casitas de la época de la Guerra de Independencia, orfanatos victorianos, ese tipo de miniaturas.

–¿Orfanatos? –preguntó Dave.

–Claro. –Deb parpadeó–. ¿Qué pasa? Las casas de muñecas las tiene todo el mundo. Yo era más creativa jugando.

–Dave también –le dije–. Le molaban las maquetas de trenes.

–No eran trenes –replicó Dave, molesto–, sino recreaciones de batallas, y muy serias.

–Oh, ¡me encantaba recrear batallas! –exclamó Deb–. Por eso terminé con tantos huérfanos.

Me los quedé mirando.

–¿Pero qué tipo de infancia habéis tenido vosotros?

–Mala –respondió Deb, tranquilamente. Se quitó la chaqueta, la dobló con esmero y dejó el bolso sobre una mesita–. Nunca teníamos dinero, mis padres no se llevaban bien. Mi mundo era un desastre. Así que me gustaba inventarme otros.

Me la quedé mirando, y me di cuenta de que nunca me había contado tanto sobre su vida privada.

–Vaya –le dije. Dave se encogió de hombros.

–A mí simplemente me gustaban las batallas.

–¿A quién no? –respondió Deb, que ya estaba cambiando de tema–. Bueno, pues, basándome en mi experiencia con maquetas grandes y miniaturas, creo que la mejor estrategia de construcción es el método de la ruleta. Y lo que estáis haciendo aquí es el típico tablero de ajedrez.

Nos la quedamos mirando.

–Ya –dijo Dave al fin–. Bueno, claro.

–Así que –continuó Deb mientras yo lanzaba una mirada a Dave intentando no reírme–. Creo que necesitamos revaluar el proyecto completo. ¿Eso es el manual de instrucciones?

–Sí –le dije, mientras recogía el grueso folleto que tenía a los pies.

–Genial. ¿Me lo dejas?

Se lo pasé e inmediatamente se lo llevó a la mesa y lo abrió. Se inclinó sobre las páginas, concentrada, tamborileando sobre el labio con los dedos.

–¿Quieres que te cuente una cosa? –me susurró Dave–. Me encanta Deb. Es una friki total. Y lo digo en el buen sentido.

–Ya lo sé. Cada día me alucina con algo nuevo.

Y era verdad. Deb podía ser una friki, batería de rock duro, experta en tatuajes y constructora de orfanatos. Pero no era nada tímida. Cuando se hacía cargo de algo, era con todas las consecuencias.

–Piensa en una ruleta –me repetía mientras yo me inclinaba sobre la maqueta con una casa en la mano–. Empezamos en el centro y avanzamos girando hacia el exterior.

–Antes íbamos colocando las casas según las sacábamos de las cajas –le dije.

–Ya lo sé. Me he dado cuenta nada más verla. –Me lanzó una mirada comprensiva–. Pero no te sientas mal, ¿vale? Es el típico error de principiantes. Si hubierais seguido así, habríais tenido que pasar por encima para colocar las últimas casas, clavándoos los tejados en las rodillas y tirando las bocas de incendios. Habría sido un desastre, créeme.

Y la creía, así que seguí sus instrucciones. Se acabó lo de tomar una pieza al tuntún, montarla y buscar su sitio. Deb ya había desarrollado un sistema y sacó un rotulador rojo de su bolso para adaptar las instrucciones en consecuencia. Al cabo de una hora, nos tenía trabajando como máquinas. Ella reunía las piezas de cada zona de la ruleta

–las llamaba «sectores»–, Dave las ensamblaba y yo las colocaba en su lugar. Crear, ensamblar, colocar. O, como Deb lo llamaba, CEC. Seguramente, la próxima vez que nos encontráramos aparecería con camisetas y gorras con esas siglas estampadas.

–Tienes que admitir que es muy buena –le dije a Dave cuando ella se alejó con su móvil para llamar al número gratuito de Maquetas Urbanas por segunda vez para aclarar ciertas instrucciones.

–¿Buena? –replicó, mientras encajaba el tejado de una casa–. Es una profesional. A su lado, parecemos unos torpes idiotas.

–Eh, habla por ti –dije–. A mí me ha dicho que, para una principiante, no lo hago mal.

–Bah, no te lo creas. Te lo ha dicho para ser amable. –Recogió otra pieza de plástico–. Cuando fuiste al baño me confesó que tus sectores no dan la talla.

–¡No es cierto! Mis sectores son perfectos.

–¿A eso lo llamas perfecto? Venga ya, si es un tablero de ajedrez total.

Hice una mueca, le di un empujoncito y él me lo devolvió. Se rio de mí cuando me acerqué a la maqueta para inspeccionar mi sector, que a mí me parecía estupendo.

–¡... claro! No, gracias. Estoy segura de que volveremos a hablar en otro momento. ¡Muy bien! ¡Adiós! –Deb dejó su teléfono y suspiró–. Te lo juro, Marion es un encanto.

–¿Marion?

–La chica que atiende el teléfono de Maquetas Urbanas –dijo–. Ha sido genial.

–¿Te has hecho amiga de la telefonista? –le pregunté.

–Hombre, yo no diría que somos amigas –replicó–. Pero se ha portado muy bien. Normalmente ponen esos números en los folletos de instrucciones, pero no responde nadie. Ni te cuento las horas que me he pasado con la llamada en espera para que alguien me explicara cómo se pega un alero del tejado.

Me la quedé mirando incrédula. Al otro lado de la sala, Dave se rio.

–Eh, ¿está Gus por ahí arriba? –preguntó alguien desde abajo.

Me acerqué y vi que era Tracey.

–No. Está en una reunión con Opal, en el reservado.

–¿Todavía? Joder, ¿qué están haciendo ahí dentro?

Recordé la libreta con los números, y su nombre en una posición muy alta.

–No lo sé –respondí.

–Bueno, pues cuando salga –dijo, sacándose un bolígrafo del pelo y volviéndolo a clavar con la mano libre–, dile que le ha llamado esa concejala otra vez. No sé si voy a poder seguir dándole largas. Es evidente que está muy motivada y necesita acción.

–¿Qué?

–Que anda detrás de tu padre –dijo, hablando despacio para que la entendiera–. Y él parece que no se entera. Así que díselo tú, ¿vale?

Asentí y ella se dio media vuelta y regresó al comedor dando un portazo. No es que me sorprendiera, siempre ocurría lo mismo. Aterrizábamos en algún lugar, nos instalábamos, y al cabo de una temporada mi padre empezaba a salir con alguien. Pero, normalmente, solo se lanzaba cuando la siguiente mudanza ya tenía puesta una fecha. Como cierta persona que yo conocía.

–Mclean –me llamó Deb–, ¿puedo hablar contigo un momento sobre tu estrategia en esta zona junto al planetario?

Di media vuelta. Dave, que llevaba una estructura en la mano, dijo alegremente:

–Y tú que decías que tus sectores estaban perfectos.

Le sonreí, pero cuando me acerqué a escuchar las críticas de Deb, estaba pensando en otra cosa. No sabía por qué. Solo era una llamada, algunos mensajes. Nada que no hubiera ocurrido antes. Y él no le había devuelto la llamada. Todavía.

A las cinco en punto, con tres sectores terminados y tras pasar la rigurosa inspección de Deb, decidimos dejarlo. Cuando bajamos, el restaurante acababa de abrir. Estaba iluminado y parecía acogedor y Opal y mi padre estaban sentados en la barra, con una botella de vino tinto entre los dos. Opal tenía las mejillas sonrojadas, sonreía, se la veía feliz.

–¡Mclean! –exclamó al verme–. No sabía que estuvieras aquí.

–Estábamos trabajando en la maqueta –le expliqué.

–¿De verdad? –Sacudió la cabeza–. Y encima, en tu tarde libre. Menuda dedicación.

–Hemos terminado tres sectores –anunció Dave.

Parecía desconcertada.

–¿Tres qué?

–Sectores. –Nada, no se enteraba. No sabía cómo explicárselo, así que solo añadí–: Va muy bien. Estamos progresando.

–Genial –volvió a sonreír–. Sois los mejores.

–Es todo gracias a Deb –dije. A mi lado, Deb se puso colorada; estaba encantada–. Resulta que tiene mucha experiencia con las maquetas.

–Menos mal que alguien se entera –respondió Opal–. Tal vez así Lindsay se relaje con esta historia. ¿Sabes que no deja de llamar? Es como si de repente se hubiera obsesionado con el proyecto.

Lancé una mirada a mi padre, que tomó su copa de vino y dio un sorbo mientras miraba por la ventana.

–Bueno –dije–, pues la próxima vez que venga estará contenta.

–Eso es justo lo que quería oír –dijo Opal, señalándome con el dedo–. Si ella está contenta, yo también. ¡Todos contentos!

–Ay, madre mía –exclamó Deb, con ojos como platos al ver venir a Tracey con un plato rebosante de pepinillos fritos que dejó frente a Opal–. ¿Son...?

–Pepinillos fritos –le dijo Opal–. Los mejores de la ciudad. Prueba uno.

–¿De verdad?

–¡Claro! Tú también, Dave. Es lo menos que podemos hacer para recompensaros por vuestro trabajo.

Deslizó el plato sobre la barra y los dos se acercaron para probarlos.

–¡Vaya! –exclamó Dave–. Están increíbles.

–¿A que sí? –replicó Opal–. Los servimos de aperitivo.

Y tanto que ¡vaya!, pensé yo observándolo mientras escogía un pepinillo y se lo metía en la boca. Mi padre seguía mirando por la ventana.

–¿Entonces la reunión ha ido bien? –pregunté.

–Mejor que bien –respondió Opal. Se inclinó hacia adelante y bajó la voz–. No van a despedir a nadie. Le presentamos nuestros argumentos y él... lo entendió. Fue increíble.

–Me alegro.

–¡Qué alivio! –Suspiró, moviendo la cabeza–. Es lo mejor que podía pasar. Esta noche creo que lograré dormir. Y todo gracias a tu padre.

Se volvió hacia él y le dio un apretón en el brazo; mi padre por fin nos prestó atención.

–Yo no he hecho nada.

–Solo se está haciendo el modesto –me dijo Opal–. Se dejó la piel por nosotros. Si no lo conociera mejor, diría que él tampoco quería despedir a nadie.

Miré a mi padre. Esta vez se encogió de hombros.

–Ya se ha acabado –dijo–. Y eso es lo único que importa.

–¿Es esa Mclean? –retumbó una voz desde el fondo del restaurante. Me volví y allí estaba Risitas, alto y fuerte, avanzando hacia nosotros con grandes zancadas. Como siempre, vestía un traje caro, zapatos relucientes y sus dos anillos de la NBA, uno en cada mano. Risitas no era partidario de la ropa informal.

–Hola, Charles –lo saludé, mientras me envolvía en un gran abrazo de oso. Era mucho más alto que yo: le llegaba a los abdominales–. ¿Cómo estás?

–Estaré mucho mejor cuando nos lancemos sobre ese búfalo –respondió. Dave y Deb, junto a la barra, lo miraban con la boca abierta mientras él alargaba su impresionante brazo para pescar un pepinillo del plato que ellos tenían delante.

–Risitas acaba de invertir en un rancho de bisontes –me explicó mi padre–. Y ha traído cinco kilos de chuletones.

–Que tu padre va a preparar como solo él sabe hacerlo –dijo Risitas, haciéndole un gesto a Tracey, que estaba detrás de la barra, para que le pasara una copa de vino–. Cenarás con nosotros, ¿no?

–Claro –respondí–. Pero primero tengo que ir a casa a cambiarme. Tengo polvo de la maqueta por todas partes.

–Muy bien –dijo Risitas, mientras sentaba su enorme envergadura en un taburete junto a Opal. Tracey le llenó la copa de vino–. Yo me quedo aquí con estas mujeres tan guapísimas hasta que esté lista la comida.

Mi padre hizo una mueca justo cuando Jason asomaba la cabeza por la puerta de la cocina.

–Gus –llamó–, teléfono.

–¿Nos vemos dentro de una media hora? –me preguntó mientras se levantaba. Asentí y él se dirigió hacia Jason y agarró el auricular. Le oí decir hola y hacer una mueca. Luego dio media vuelta, hacia su oficina, y la puerta se cerró a su espalda.

–Yo también tengo que irme –dijo Deb, abrochándose la chaqueta–. Quiero llegar a casa para pizarrear las ideas para la maqueta, antes de que se me olviden.

–¿Pizarrear? –preguntó Opal.

–Sí, tengo una pizarra en mi cuarto –explicó–. Me gusta estar lista cuando llega la inspiración–. Opal me miró y yo me encogí de hombros. Conociendo a Deb, tenía sentido. Se puso las orejeras y se colgó el bolso–. Nos vemos.

–Conduce con cuidado –le dije, y ella asintió. Al salir a la nieve, agachó la cabeza y se alejó. Incluso sus huellas eran claras y limpias.

–Los pepinillos están muy buenos –le dijo Risitas a Opal mientras yo recogía mis cosas de la barra–. Pero, ¿qué les pasó a los panecillos que poníais antes?

–¿Los panecillos?

Asintió.

–Bueno, pues... decidimos eliminarlos.

–Vaya –dijo Risitas–. Qué pena. Si no recuerdo mal, estaban deliciosos.

–Prueba otro pepinillo –le dijo Opal, acercándole el plato–. No tardarás en olvidar los panecillos.

Volví a mirarla mientras ella se llevaba la copa de vino a los labios y me sonreía. Mi padre tenía razón cuando dijo que en unos treinta días, más o menos, ella entraría en razón.

Dave y yo nos despedimos y avanzamos por el pasillo hacia la entrada trasera. Cuando pasamos por delante de la cocina, vimos a Jason rebuscando en una estantería llena de sartenes.

–Tened cuidado –dijo–. Sigue nevando mucho.

–Tranquilo –le respondí.

–Oye –le dijo Dave mientras Jason se levantaba con la sartén en la mano–. ¿Es posible que el otro día viera tu nombre en la lista del Campamento para Altas Capacidades?

–No lo sé –respondió Jason–. Si estaba, no lo puse yo. Llevo años sin saber nada de esa gente.

–¿Tú también fuiste a ese campamento? –pregunté.

–No es que asistiera, es que era toda una leyenda. Prácticamente se arrodillan ante sus resultados del test de inteligencia–dijo Dave.

–No es cierto –replicó Jason.

–¡Comanda! –dijo Tracey–. Una ensalada para el gran jefe. ¡Ya la puedes hacer bien!

–El deber me llama –dijo Jason, y luego sonrió mientras se dirigía a la mesa. Dave lo observó mientras yo abría la puerta trasera. Un poco de nieve se coló dentro.

–Así que Jason era un tío grande entre los cerebritos, ¿eh? –le pregunté mientras me ponía los guantes.

–Más bien como una estrella de rock –respondió–. También fue a Kiffney-Brown y daba clases de nivel universitario, igual que Gervais y yo, pero él era un par de años mayor. Se marchó a la Universidad de Harvard hace dos años.

–¿Harvard? –Le lancé una mirada a Jason, que estaba sacando una bandeja de la nevera–. Hay un camino muy largo desde allí hasta esta cocina. ¿Qué pasó?

Se encogió de hombros, salió por la puerta y se puso la capucha.

–No lo sé. Yo creía que seguía allí, hasta que lo vi ahí arriba el otro día.

Qué raro, pensé, mientras pasábamos por delante de la puerta entreabierta del despacho de mi padre.

–... he estado muy ocupado, con la nueva carta y reuniones corporativas –estaba diciendo. Oí crujir su silla–. No, no. De verdad que no, Lindsay. Te lo prometo. Y para comer... estaría bien. De acuerdo.

Miré la nieve, mientras Dave inclinaba la cabeza hacia atrás. La lámpara exterior iluminaba los copos que iban cayendo sobre él.

–En tu despacho, en el ayuntamiento, a las once y media –continuó mi padre–. No, elige tú. Estoy seguro de que conoces algún sitio... Sí. De acuerdo. Hasta entonces.

Se abrió la puerta al otro lado del pasillo, hacia el restaurante, y apareció Opal con la copa de vino en la mano.

–Oye, ¿tu padre sigue hablando por teléfono? –preguntó.

–Creo que sí –respondí.

–Bueno, pues cuando termine dile que lo estamos esperando. Dile que Risitas insiste en que venga. –Sonrió–. Y yo también.

–Vale.

–¡Gracias!

Levantó la copa hacia mí y luego desapareció por donde había venido. La puerta se cerró detrás de ella.

Me quedé un momento quieta en medio del pasillo, sola. En la cocina se oía una música de baile y ruidos de utensilios, el rechinar de zapatos sobre el suelo húmedo, y el chisporroteo de la plancha: la banda sonora de la hora punta. La conocía bien. Casi tan bien como el tono de voz de mi padre aceptando la oferta de la concejala. Era tan familiar como el ángulo de su mandíbula de un momento antes, cuando estaba sentado junto a Opal, que celebraba alegremente sin darse cuenta. Algo había cambiado. O, mejor dicho, no había cambiado ni lo más mínimo.

–Oye, Mclean –me llamó Dave desde el otro lado de la mosquitera. Estaba rodeado de blanco: en el suelo, a sus pies, en la pared detrás de él, y en los copos que seguían cayendo–. ¿Lista para irnos?

Miré hacia la puerta de mi padre; ahora no se oía nada. No, pensé. No estoy lista.

10

–¿**O**yes eso?

Levanté la vista de la estación de bomberos que estaba intentando encajar en la base de la maqueta.

–¿El qué?

Dave, que estaba al otro lado del cuarto, ladeó la cabeza.

–Eso –repitió, con el dedo levantado, mientras del restaurante llegaba el ruido de voces bastante altas–. Llevan así un rato.

–Seguramente se están preparando para abrir –dije, y recoloqué el edificio. Era un cuadrado pequeño que debía encajar perfectamente en el interior de otro cuadrado pequeño, pero por algún motivo no quería cooperar–. ¿No son casi las cinco?

–Las cuatro cuarenta y seis –respondió–. Pero no es eso: alguien está dando gritos.

Dejé el edificio en el suelo y me acerqué a él, que estaba mirando por el hueco de las escaleras. No se veía nada más que un lateral del comedor vacío, pero ahora oí las voces claramente.

–Ah –dije–, es mi padre.

Dave arqueó las cejas.

–¿Tu padre?

Asentí, escuchando. Esta vez me pareció distinguir un «idioteces» y la palabra «inepto», la mención de una porra y la sugerencia de que el interlocutor debería irse en esa dirección.

–Parece que está despidiendo a alguien.

–¿Sí? –preguntó Dave, entrecerrando los ojos, como si eso fuera a ayudarle a oír mejor–. ¿Cómo lo sabes?

–Por el volumen –respondí–. No suele gritar tanto, salvo que sepa que la otra persona no va a durar mucho.

Justo entonces, en el mismo volumen, se oyó una sarta de insultos. Dave puso cara de asombro.

–Esa es la otra persona, al que han echado.

–Y eso lo sabes porque...

–Mi padre no usa esas palabrotas. Ni siquiera para despedir a alguien. –Se oyó un golpe–. Te apuesto a que quienquiera que sea ha tirado algo. Parece un barreño. –Otro golpe–. Y esa es la puerta trasera. Seguramente fue uno de los friegaplatos.

–¿Por qué?

–Las chicas no suelen tirar cosas ni dar portazos. Y los de la cocina gritan más.

Dave me miraba como si estuviera loca.

–¿De qué vas? ¿O es que eres intérprete de ruidos en los restaurantes?

Negué con la cabeza. Abajo no se oía nada: ese silencio pesado que se siente cuando han despedido a alguien y todos van con cuidado, alejándose del jefe por si acaso fuera contagioso lo de los despidos.

–Me crie en un sitio como este. Al cabo de un tiempo se aprende a identificar las señales.

Regresé a mi sector, agarré la estación de bomberos y volví a arrodillarme para colocarla.

–Seguro que molaba que tus padres tuvieran su propio restaurante. ¿Te gustaba ser como la jefa?

–Más o menos. –La pieza volvió a quedar torcida. Jo–. O me pasaba el día allí, o no los veía. Al menos a mi padre.

–Es un trabajo muy esclavo, ¿no?

–Mucho más que un trabajo a tiempo completo. Al menos por las noches mi madre estaba en casa, y siempre le daba la lata a mi padre para que viniera a cenar o se tomara un fin de semana libre y lo pasara con nosotras. «Para eso pagamos al encargado», le decía. Pero mi padre replicaba que incluso el empleado mejor pagado no es más que un empleado. No estaban tan dispuestos a limpiar la entrada con lejía, ni a fregar los aseos, ni a cambiar el aceite de la freidora.

Dave no dijo nada. Cuando levanté la vista, seguía observándome como si le estuviera hablando en otro idioma.

–No tienen la misma dedicación que cuando el restaurante es tuyo –expliqué–. Si eres el dueño, cada puesto, desde el cocinero al camarero, es tu trabajo. Por eso es tan difícil.

–Y fue duro para ti –me dijo.

–Bueno, no conocía otra cosa. Creo que a mi madre a veces le resultaba difícil. Por una parte le encantaba nuestro negocio. Pero decía que se había quedado viuda por culpa del restaurante.

–¿Y crees que por eso se lió con Peter?

Parpadeé. Seguía mirando la estación de bomberos, pero de repente todo me pareció torcido.

–Pues...

–Perdona –dijo Dave rápidamente. Tragué saliva–. Yo... He dicho una tontería. No sé de lo que hablo. Ha sido hablar por hablar.

Asentí.

–Ya lo sé.

Nos quedamos un rato callados, solo se oían abajo las voces de los camareros. En las últimas semanas trabajando en la maqueta había aprendido que el ritmo era distinto según quién estuviera conmigo. Cuando era Deb, o Deb y Dave juntos, charlábamos todo el rato, sobre música, las clases y todo lo demás. Pero cuando estábamos Dave y yo solos, había una dinámica distinta: un poco de conversación, silencios, siempre cosas en las que pensar. Era como si estuviera aprendiendo otro idioma, a estar con alguien y permanecer a su lado, incluso cuando la conversación se volvía incómoda.

Desde el restaurante se oían los últimos movimientos antes de abrir y empezó a sonar la música. Como regla general, mi padre insistía en que la música tenía que ser similar a la comida: buena y sencilla. También la quería baja de volumen –para no asustar a los clientes tempraneros–, instrumental –para que las palabras no compitieran con la conversación– y animada –para que los camareros no se movieran despacio–. «Si el ritmo es rápido, el servicio también», solía repetir; era algo que había aprendido cuando era estudiante, mientras trabajaba en un restaurante desastroso de comida *hippy* y orgánica.

En un buen restaurante uno no se da cuenta de estas cosas, que es exactamente como debe ser. Cuando se sale a comer fuera se trata precisamente de eso: comer. La comida es lo que importa. Los clientes no deberían tener que pensar en detalles de ese tipo. Y si alguien como mi padre está haciendo bien su trabajo, no se piensa en ello.

Dave y yo llevábamos un buen rato trabajando en silencio cuando por fin dijo:

–¿Qué música es esa?

–Jazz cubano. Mi padre asegura que, si suena esa música de fondo, a la gente le gusta más la comida.

–Qué raro. A mí no me gusta nada el jazz, pero de repente me ha entrado un hambre mortal.

Sonreí y ajusté una vez más la estación de bomberos. Luego presioné fuerte y oí cómo hacía clic al encajar en su lugar. Listo.

–¿Quieres comer algo? –le pregunté mientras él limpiaba el polvo de la calle principal con el faldón de la camisa.

–Solo si me dices qué es lo que hay que pedir justo después de abrir –replicó. Luego me miró–. Porque sé que lo sabes.

Sonreí.

–Tal vez.

–Genial. Vamos. –Se levantó y se dirigió hacia las escaleras. Lo seguí–. Creo que será pescado.

–No.

–¿Ravioli?

–Caliente.

Me miró riéndose, mientras yo apagaba las luces. Desde lejos, en la penumbra, la maqueta parecía irreal, con unas partes llenas de edificios y otras zonas de espacios vacíos. Me recordó a las vistas desde un avión por la noche. No se ve mucho, pero los lugares en los que la gente se ha juntado, en los que se ha quedado, son grupitos de luces minúsculas, punteando la oscuridad.

Al día siguiente mi padre estaba en casa cuando volví del instituto. Era bastante raro: una hora antes de abrir solía estar en la cocina supervisando los preparativos. Pero luego me di cuenta de que no solo estaba en casa, sino que estaba sentado a la mesa de la cocina –sin el teléfono, sin movimientos constantes, ni a punto de salir– esperándome.

–Hola –me dijo en cuanto entré, la puerta se cerró a mi espalda–. ¿Tienes un momento?

Solo pensé en una cosa: CTYA. O me había metido en un buen lío o se había muerto alguien. O las dos cosas.

–Claro –dije, con la boca seca mientras me sentaba frente a él–. ¿Qué pasa?

Carraspeó y pasó la palma de una mano por la mesa, como si buscara migajas. Por fin, después de lo que me pareció un tiempo larguísimo, me dijo:

–A ver..., necesito que me cuentes cómo están las cosas entre tu madre y tú.

Al oír esto sentí dos cosas a la vez: alivio de que todo el mundo estuviera vivo, y una rabia tan conocida que ya parecía formar parte de la familia.

–¿Por qué? ¿Qué ha pasado?

–¿Habéis discutido recientemente? –preguntó–. ¿Algún incidente?

–Siempre tenemos discusiones e incidentes. Eso no es nada nuevo.

–Creí que habías quedado con ella el fin de semana pasado.

–Y quedé. –Levanté la voz temblorosa–. ¿Qué pasa? ¿Te ha llamado o algo?

–No. –Otro carraspeo–. Pero su abogado se ha puesto hoy en contacto conmigo.

Oh, no, pensé.

–¿Su abogado? –repetí, aunque ya sabía de qué se trataba–. ¿Por qué?

–Bueno, al parecer a tu madre le gustaría revisar el acuerdo de custodia.

–Otra vez –dije yo. Él no dijo nada–. ¿Por qué? ¿Porque al fin le he dicho la verdad?

–Ah. –Se echó hacia atrás y me miró a los ojos–. Así que hubo un incidente.

–Le dije que el divorcio había sido culpa suya y, por lo tanto, también el hecho de que estuviera enfadada con ella por eso. No se trata precisamente de una noticia bomba.

Mi padre se me quedó mirando.

–Tu madre tiene intención de decirle al juez que no respetamos nuestra parte del acuerdo de custodia.

–¿Y eso qué quiere decir?

–Pues que solo la has visto dos veces en los últimos seis meses. Y el verano pasado no la visitaste durante el tiempo estipulado.

–Pasé tres semanas con ella. ¡Y la acabo de ver! –Meneé la cabeza, mirando por la ventana–. Esto es una locura. Solo porque no quiero ir a verla este fin de semana ni ir a su estúpida casa de la playa, ¿está dispuesta a ir otra vez a juicio?

–Mclean.

–¿Acaso yo no tengo nada que decir? No me puede obligar a verla contra mi voluntad. ¿O sí?

Se pasó la mano por la cara.

–No creo que quiera obligarte a hacer nada. En un mundo perfecto, serías tú la que tendrías ganas de verla.

–Pero el mundo no es perfecto.

–Sí, lo sé. –Suspiró–. Mira, Mclean, dentro de ocho meses cumples dieciocho años. Incluso antes de eso empezarás la universidad. Tal vez merezca la pena pasar con ella unos...

–No –negué tajantemente. Arqueó las cejas, sorprendido por mi tono y me controlé rápidamente–. Lo siento. Mira, acabamos de instalarnos aquí. Estoy en el instituto, tengo amigos. No quiero tener que marcharme todos los fines de semana.

–Eso lo entiendo. –Respiró hondo y exhaló–. Pero tampoco creo que quieras pasarte los últimos meses del instituto metida en una batalla judicial.

–¿Por qué no me deja en paz? –Empezó a fallarme la voz; las lágrimas se oían, aunque todavía no se veían–. Joder. ¿Es que no tiene suficiente?

–Es tu madre –me dijo–. Te quiere mucho.

–Si me quisiera, me dejaría quedarme aquí y vivir mi vida. –Empujé la silla hacia atrás; las patas arañaron el linóleo–. ¿Por qué no puedo decidir yo lo que necesito? ¿Por qué depende de mamá? ¿O de ti? ¿O del maldito juez?

–Oye, Mclean. –Se quedó callado, mirándome. Mi padre no era de estallidos emocionales, y no solíamos tener este tipo de conversaciones–. No tienes que tomar la decisión ahora mismo. Lo único que te pido es que te lo pienses, ¿de acuerdo?

Yo sabía que lo que me pedía era razonable. Me obligué a asentir.

–Vale –fue todo lo que pude decir.

Entonces se levantó, vino hacia mí y me abrazó. Yo también lo abracé, mirando por encima de su hombro al césped al otro lado de la ventana. Cuando me soltó y se marchó a su cuarto, salí. Quería romper algo, o gritar, pero en un barrio como este a las cuatro de la tarde sería mejor no hacer ninguna de las dos cosas. Entonces vi la casa vacía detrás de mi casa.

Atravesé el césped, salté por encima del murete de ladrillos y llegué frente a las puertas que conducían al refugio. Estaban cerradas, pero no había cerrojo. Me incliné, agarré los dos tiradores y abrí la puerta, que crujió y reveló un tramo de escalones estrechos. En el escalón de arriba había una linterna.

Era una tarde cualquiera. El tráfico iba aumentando a medida que se acercaba la hora punta. En las cercanías se oía ladrar a un perro. Mis vecinos juerguistas tenían la tele demasiado alta. Y en algún momento, a cuatro horas de distancia hacia el norte, mi madre extendía su mano hacia mí, cada vez más cerca, para intentar llevarme con ella. Yo había corrido, fintado, driblado, pero sin resultado. Aunque sabía que esto tampoco era una solución real. Pero por el momento lo único que pude hacer fue alcanzar esa linterna y encenderla. Luego apunté el haz de luz hacia las escaleras y me adentré en la oscuridad.

Seguramente debería haber tenido miedo, sentada en un sótano de una casa abandonada. Pero al cabo de un momento, cuando se me acomodaron la vista y los nervios, me di cuenta de que Dave había tenido una buena idea. Sentada en el último escalón, con la linterna sobre las piernas, tuve la misma sensación que aquella primera anoche, cuando me había arrastrado allí abajo con él. Como si literalmente me hubiera escondido debajo del mundo, fuera de peligro, al menos durante un rato.

Qué horror, pensé, mirando al cielo, que poco a poco se iba oscureciendo. Y todo por haber hecho la única cosa a la que no me había atrevido hasta ahora: decir la verdad. Si mi madre me quería lo suficiente como para luchar por mí, incluso contra mi voluntad, ¿por qué era incapaz de aceptar que estaba enfadada con ella?

Oí un ruido en la superficie, seguido de un motor que se ponía en marcha y se calaba. Me puse de pie y subí las escaleras para ver qué ocurría. Estaba a punto de sacar la cabeza cuando Dave metió la suya.

—¡Jolines! —exclamó sobresaltado, con una mano en el pecho—. Me has dado un susto de muerte.

Yo me había llevado un susto igual de grande y por un momento nos quedamos los dos parados, recuperando el aliento.

—¿«Jolines»? —me burlé.

Me miró severamente.

—Me has dado un buen susto.

—Lo siento, no era mi intención. Necesitaba escaparme un rato. —Salí del refugio y señalé los escalones con la mano—. Es todo tuyo.

Él señaló la linterna que yo todavía llevaba en la mano con un gesto de la cabeza.

–En realidad había venido buscando eso. Estábamos a punto de confraternizar, y me hacía falta algo de luz.

–¿Qué?

Antes de que pudiera contestar, oí un ruido en el garaje, a su espalda. El Volvo estaba aparcado fuera y en el interior vi al señor Wade moviendo varias estanterías que había delante de una pared.

–Limpieza de garaje –me explicó mientras su padre levantaba una caja de cartón–. Es una tarea doméstica y una actividad padre-hijo, todo en uno.

–Parece divertido.

–Uy, sí. No te imaginas.

–¿Dave? –llamó el señor Wade–. ¿Qué pasa con esa linterna?

–Ya la tengo. Ahora mismo voy –respondió Dave. Su padre asintió y me saludó con la mano. Le devolví el saludo y vi cómo sacaba la caja del garaje, la colocaba bajo la canasta y regresaba–. Para mi padre, el cielo debe de ser un lugar caótico con millones de cajas que ordenar.

Sonreí y miré la casa.

–Oye, ¿has entrado ahí alguna vez? Me refiero al edificio, no al sótano.

–Un par de veces, de pequeño –respondió–. Antes de que tapiaran las ventanas.

–¿Era una vivienda?

–En ese caso sería una muy grande. Dentro es enorme. ¿Por qué?

Me encogí de hombros.

–Me lo estaba preguntando. Me parecía fuera de lugar, como si el resto de las casas hubieran crecido a su alrededor.

–¿Sí? Bueno, nunca lo había visto así –dijo–. Lleva ahí desde siempre. Creo que ya estoy acostumbrado.

Echamos a andar por el jardín, hacia la entrada de nuestras casas. El señor Wade había apilado unas cuantas cajas más bajo la canasta.

–¿Ves? –dijo Dave–. Bienvenida al paraíso.

Algunas de las cajas estaban abiertas, otras cerradas con cinta adhesiva, y casi ninguna tenía carteles que indicaran su contenido.

–¿Y qué hay ahí dentro?

–De todo. –Encendió la linterna y las iluminó–. Piezas de juegos de química, jaulas de ratas...

–¿Jaulas de ratas?

–Mi madre es alérgica a la pelusa de todos los animales –me explicó–. Excepto a la de las ratas.

–Ah.

–Y, por supuestísimo, mis maquetas de trenes.

Se inclinó y levantó las solapas de una caja para sacar algo. Cuando lo alzó, vi que era un soldadito de plástico, de color verde, con un arma en la mano. Bang.

–Vaya –exclamé–. ¿Cuántos tienes?

–No lo creerías. Si tu padre y tú sois minimalistas, entonces nosotros somos... maximalistas, o algo así. No tiramos las cosas. Nunca se sabe cuándo las puedes volver a necesitar.

–Para eso están las tiendas.

–Dice la chica sin tomillo –añadió. Se oyó un ruido metálico en el garaje y nos volvimos: allí estaba su padre,

276

colorado, intentando apartar con sus brazos delgaduchos las estanterías de la pared–. Creo que me necesita.

–Sí. Que lo pases bien.

–Claro –dijo, y se acercó al garaje metiéndose la linterna en el bolsillo trasero.

Dave agarró la estantería por el otro lado. Mientras ellos la movían, me acerqué a las cajas y miré dentro de la que Dave había sacado el soldado. Estaba llena de figuras, además de caballos y carretas. En la caja de al lado, idéntica en tamaño y forma, había una colección de armas: cañones, rifles, mosquetes, y otras más modernas –revólveres, ametralladoras– que pertenecían a otros soldados distintos. Dejé mi soldadito dentro, y volví a mirar a Dave y a su padre. Pensé en todas esas batallas que habría creado, con todos los detalles perfectos y exactos. Un tipo de conflicto más controlado, todo a mano, el resultado y sus consecuencias manipulados cuidadosamente. Tal vez era una tontería, incluso me daba algo de vergüenza admitirlo, pero ahora entendía el atractivo de esa afición.

A la mañana siguiente me levanté temprano y salí por la puerta delantera incluso antes de que fuera totalmente de día. Mi padre había llegado a casa más tarde de lo habitual la noche anterior. Lo sabía porque estaba despierta. Estuve un rato escuchando sus típicos ruidos nocturnos: la radio a volumen bajo mientras se tomaba una cerveza en la cocina, su ducha rutinaria después del trabajo y por fin sus ronquidos dos segundos después de apagar la luz.

Toda la tarde había estado evitando pensar en mi madre mientras me hacía la cena, miraba el correo, doblaba la ropa limpia y ponía el lavavajillas. Me concentré en las cosas normales, en la rutina, como si así pudiera alejar de mí la situación de extrañeza por el asunto de la custodia. Pero una vez en la cama, no pude pensar en otra cosa.

Ahora, en la penumbra, con la chaqueta bien abrochada, empecé a caminar hacia el centro. Mi aliento salía en forma de nubecitas por mi boca. No había nadie por la calle, excepto un par de corredores y algún coche de policía que circulaba lentamente, con la calle solo para él. Caminé sin parar hasta llegar de nuevo a aquel reluciente cartel de neón: «Abierto».

–¡Bienvenida a la pastelería Frazier!

Asentí y me acerqué al mostrador. Detrás de la caja había un chico mayor, con gafas y el pelo rizado.

–Hola –dijo. Parecía aún medio dormido–. ¿Qué te pongo para que te sientas como en casa?

–El Especial para Vagos –dije.

Ni siquiera parpadeó.

–Ahora mismo –respondió.

Cinco minutos más tarde, estaba sentada de nuevo en el mismo sillón de imitación de cuero frente a la misma chimenea falsa. Las únicas personas eran un grupo de ancianos que discutían sobre política en una mesa junto a la puerta. Pensé en mi padre, dormido en casa, sin saber dónde estaba ni qué estaba a punto de hacer.

La noche anterior, cuando conseguí calmarme –y tardé bastante tiempo– comprendí por qué había dicho aquello de ceder a las exigencias de mi madre. Llevábamos tanto tiempo peleándonos y, ahora que solo quedaba medio año, no estaba segura de ser la responsable de hacernos pasar otra vez por lo mismo. Al fin y al cabo, ¿qué importaban seis meses, si sabía que al final del verano me marcharía de aquí de todas formas?

Pero la verdad es que no se trataba de los seis meses ni del verano. Tampoco era sobre el divorcio, ni las mudanzas, ni las distintas chicas que había elegido ser. Esta vez, más que nunca, se trataba de mí. De la vida que me había montado en poco más de un mes, en una ciudad donde por fin me sentía un poco como en casa, de los amigos que había hecho aquí. Por pura mala suerte, en el preciso momento en que necesitaba con más urgencia dejarlo todo y echar a correr, había encontrado un lugar –y tal vez algunas personas– por las que merecía la pena quedarse.

–¡Bienvenida a la pastelería Frazier! –exclamó el camarero. Parecía más despierto. Pensé que igual se había tomado un par de cafés.

–¡Buenos días! –exclamó una voz de mujer, alegre. Me volví hacia ella y allí estaba Lindsay Baker, con sus pantalones de yoga y un forro polar, el pelo recogido en una coleta.

–¡Mclean! ¡Hola! ¡No sabía que te gustara este sitio!

–Y no me gusta –dije. Pareció decepcionada, así que añadí–. Lo que quiero decir es que he estado aquí solo un par de veces. Lo descubrí el otro día.

–Oh, a mí me encanta –dijo, dejándose caer en la silla junto a la mía. Se cruzó de piernas–. Vengo todas las mañanas. No podría aguantar la clase de las siete y media de *spinning* extremo sin mi café desnatado con caramelo.

–Ah –dije–, claro.

–Es imposible que a alguien no le guste este sitio –dijo, recostándose en el asiento–. Es tan acogedor, hace que te sientas bien nada más entrar, con la chimenea y esas frases en la pared. Y lo mejor de todo es que cuando estoy de viaje siempre encuentro uno. Es como llevarte un poquito del hogar contigo.

Miré de nuevo alrededor, pensando en mi padre. La cosa que más odiaba en un restaurante era que no fuese auténtico. Siempre decía que la experiencia de comer debía ser real, única e imperfecta, y que quien no lo admitiera se estaba engañando a sí mismo.

–Bueno –dije–, resulta muy conveniente, sí.

–Y además la comida es muy buena –dijo, quitándose los guantes–. La verdad es que como casi siempre aquí. Me queda a medio camino entre casa y el trabajo. ¿Ves lo que te digo? ¡Perfecto!

Asentí.

–Tengo que probar ese café con caramelo.

–Hazlo, no te arrepentirás. –Consultó el reloj–. Uy, me tengo que ir. Si llego tarde me quedo sin bici, y eso no me gusta nada. ¡Me alegro de verte! Tu padre dice que te gusta mucho la ciudad.

–Ah, ¿sí?

–Sí. Creo que a él también le gusta, sobre todo últimamente. Es solo un presentimiento. –Sonrió mostrando esos dientes tan blancos. Arqueé las cejas sorprendida, pero ella ya estaba dando media vuelta, saludándome por encima del hombro–. ¡Hasta pronto, Mclean!

¡Oh, no!, pensé al verla dirigirse al mostrador. Aunque también tengo que admitir que me sentí aliviada: mi padre nunca podría estar con una mujer a quien le gustara ese sitio; ni siquiera para una relación pasajera. Puede que los nómadas fuéramos un poco raritos, pero teníamos nuestros principios.

Esperé a que se marchara con su café, la campanilla resonando alegremente a su espalda, antes de sacar el teléfono y mirar la pantalla. Eran las siete en punto de la mañana cuando marqué. Escuché el tono una, dos y tres veces. Por fin, lo descolgó.

–¿Mamá?

–¿Mclean? ¿Eres tú?

Carraspeé y miré la chimenea. Los troncos eran perfectos, las llamas falsas temblaban. Bonito sí era, pero no desprendía ningún calor. Era solo una ilusión, pero uno no se daba cuenta hasta que no se acercaba y notaba el frío.

–Sí, soy yo –dije–. Tenemos que hablar.

–¡Eh! ¡Piensa rápido!

Miré a Dave justo cuando me lanzaba la pelota con el peor pase alto que había visto en mi vida. Aterrizó lejos de mí, a la derecha, y terminó rebotando contra el coche de mi padre.

–¿Tienes problemas de vista? –le pregunté.

–Para que no te apalanques –respondió alegremente, mientras corría a por la pelota y la recogía. La hizo botar en el suelo–. ¿Jugamos un partidillo?

Meneé la cabeza.

–Es demasiado temprano para mí.

–Son las ocho y media, Mclean. Hay que ponerse en marcha.

–Llevo levantada desde las cinco.

–¿En serio? –preguntó–. ¿Y qué has estado haciendo?

–Concesiones. –Bostecé, y me dirigí a casa–. Luego te cuento.

Empecé a subir los escalones, buscando las llaves en los bolsillos. Todas las luces estaban apagadas, seguramente mi padre se había quedado dormido, para variar.

–¿Quieres saber lo que creo? –me preguntó Dave desde atrás.

–No.

–Creo –continuó, ignorando mi respuesta– que tienes miedo.

Me lo quedé mirando.

–¿Miedo?

–De mi juego –explicó–. De mi técnica. De mi...

Me acerqué a él, estiré la mano y le quité la pelota de un manotazo. Rebotó contra el suelo y salió rodando hacia el jardín.

–Hombre, ahora mismo no estaba defendiendo. –Me rodeó, agarró la pelota y la hizo botar con fuerza–. Pero ahora sí. Venga, atrévete.

–Ya te he dicho que no me interesa –afirmé, cruzándome de brazos.

Suspiró.

–Mclean, tía, venga. Vives en una ciudad loca por el baloncesto, tu padre jugó en el DB, tu madre está casada con el entrenador actual del DB y resulta que conozco, por experiencia propia, la potencia de tu tiro.

–Sí, pero ahora mismo el baloncesto no me da buen rollo.

–No puedes echarle la culpa de nada al deporte –dijo, volviendo a botar la pelota–. El baloncesto es bueno. El baloncesto solo quiere que seas feliz.

Me lo quedé mirando mientras me rodeaba botando torpemente y se dirigía hacia la canasta.

–Hablas como un colgado.

–¡Piensa rápido! –exclamó, girando rápidamente y lanzándome la pelota. La alcancé sin problemas y pareció sorprendido–. Vale, muy bien. Ahora, lanza.

–Dave.

–Mclean, hazme el favor. Solo un tiro.

–Ya me has visto lanzar –dije.

–Sí, pero la fuerza bruta de ese lanzamiento me dejó sin memoria. Necesito una repetición.

Suspiré, boté la pelota una vez y alineé los hombros. Excepto para lanzar el búmeran de hacía unas semanas, no había tocado un balón de baloncesto desde hacía años. Pero el lema de aquella mañana parecía ser «hacer cosas que no pensaba volver a repetir», así que no tenía que haberme extrañado.

Al principio, en el teléfono, mi madre se mostró cautelosa. Sabía que me había enterado de la llamada de su abogado, y pensaba que estaba llamándola para decirle exactamente lo que pensaba de su última maniobra. Y me dieron ganas. Pero en vez de eso, respiré hondo e hice lo que tenía que hacer.

–¿Sigues con la idea de que iréis mucho a la playa esta primavera? –le pregunté.

–¿La playa?

–Sí. –Volví a mirar la chimenea–. Dijiste una vez que cuando la casa estuviera lista y se terminara la temporada iríais a menudo.

–Sí, lo dije. ¿Por qué? –preguntó pronunciando las palabras con mucha calma.

–Podría ir en mis vacaciones de Semana Santa, el mes que viene –respondí–, si tú cancelas lo del abogado. Iré toda esa semana y cuatro fines de semana más.

–No era mi intención llegar ante el juez, pero... –dijo ella rápidamente.

–Y yo no quiero pasarme lo que me queda de instituto preocupándome por las fechas del juicio –respondí y ella se calló inmediatamente–. Esta es mi oferta: la Semana Santa más cuatro fines de semana antes de la graduación, pero los elijo yo. ¿Trato hecho?

Silencio. Sabía que no era así como le habría gustado. Peor para ella. Podía tener mi compañía y mi tiempo, los fines de semana correspondientes y mis últimas vacaciones del instituto. Pero no tendría mi corazón.

–Llamaré a Jeffrey y le diré que hemos llegado a un acuerdo –dijo–. Mándame por favor las fechas que te vengan bien.

–Hoy mismo. Y ya iremos hablando cuando llegue el momento. ¿Vale?

Una pausa. Era como un trato comercial, frío y metódico. Tan distinto de aquellos viajes espontáneos al Poseidón, hace años. Pero, al parecer, a North Reddemane ya no iba nadie.

–De acuerdo –dijo por fin–. Y gracias.

Y ahora estaba allí con Dave, con la pelota en la mano. Sonreía, en posición defensiva –o lo que él entendía como tal– un poco inclinado hacia delante, dando saltitos laterales y moviendo las manos delante de mi cara.

–Intenta superarme –me dijo, con un movimiento extraño–. A que no te atreves.

Hice una mueca, boté la pelota una vez a la izquierda y lo dejé atrás. Intentó alcanzarme, haciéndome falta varias veces, mientras yo me dirigía a la canasta.

–En los últimos cinco segundos has cometido cinco personales –le dije, mientras él manoteaba hacia la pelota, hacia mí y en el aire alrededor–. Te das cuenta, ¿no?

–¡Estamos jugando una pachanga! –exclamó–. ¡Las faltas no cuentan!

–Ah, vale. En ese caso... –Le di un codazo en el estómago que lo dejó sin aliento y me acerqué a canasta. En esos segundos, con la red sobre mi cabeza, recordé todo lo que mi padre me había enseñado como si me lo hubiera grabado a fuego: mira al aro, codos pegados al cuerpo y el toque ligerísimo. Lancé y el balón trazó una curva perfecta.

–¡No entró! –dijo Dave, mientras saltaba y tocaba el balón por encima del aro.

–Eh, eso ha sido interferencia –grité, tomando de nuevo la pelota.

–¡Es una pachanga! –replicó. Y luego, como para demostrármelo, me arrolló y caímos los dos sobre la hierba mientras la pelota se me escapaba de las manos y se metía rodando por debajo del porche.

Por un momento nos quedamos allí quietos. Sus brazos me rodeaban y los dos respirábamos agitados. Por fin, dije:

–Muy bien, y con esta jugada acabas de cambiar de deporte.

–Vale todo –dijo, con la voz amortiguada por mi pelo–. Sin lucha, no hay gloria.

–Yo no llamaría «gloria» a esto.

–El tiro no entró, ¿no?

Me giré y quedé tendida sobre la espalda; él jadeaba a mi lado.

–Eres el jugador de baloncesto más raro que he visto en mi vida.

–Gracias –me dijo.

Solté una carcajada.

–¿Qué pasa? ¿Acaso me lo has dicho como insulto?

–¿Qué otra cosa iba a ser?

Se encogió de hombros y se apartó el pelo de la cara.

–No sé. A mí me parece que mi juego es único, si eso es a lo que te refieres.

–Es una manera de decirlo.

Nos quedamos un momento más en el suelo. Su brazo seguía junto al mío, nuestros codos se rozaban, los dedos también. Al cabo de un momento se dio la vuelta. Yo hice lo mismo, de forma que quedamos cara a cara.

–¿Quieres jugar al mejor de dos? –preguntó.

–Pero si no has encestado ni una –le recordé.

–Detalles –dijo. Su boca estaba a unos centímetros de la mía–. Los grandes pensadores preferimos no darles importancia.

De repente, estuve segura de que iba a besarme. Estaba a punto, sentí su respiración, el suelo debajo de los dos. Pero entonces algo se le pasó por la cabeza, un pensamiento, una duda, y se movió un poco. Ahora no. Todavía no. Era algo que yo había hecho tantas veces –sopesar qué podía arriesgar en ese momento– que lo reconocí al instante. Era como mirarme en un espejo.

–Creo que tenemos que jugar la revancha –dijo al cabo de un momento.

–La pelota se ha colado debajo del porche.

–Ahora la saco. No es la primera vez.

–¿No?

Se sentó e ignoró mi pregunta.

–¿Sabes? Te haces la dura y todo eso. Pero yo sé la verdad.

–¿Y cuál es, si se puede saber? –pregunté mientras me ponía en pie.

–En el fondo –dijo–, quieres jugar conmigo. Es más, necesitas jugar conmigo. Porque te gusta el baloncesto tanto como a mí.

–Me gustaba. En el pasado.

–No es verdad –declaró mientras se dirigía a mi porche, alcanzaba una escoba e intentaba sacar la pelota con ella–. He visto cómo te preparabas el tiro. Ahí había amor.

–¿Has visto amor en mi lanzamiento? –le pregunté, incrédula.

–Sí. –Dio otro golpe con la escoba y la pelota salió rodando lentamente hacia mí–. Bueno, tampoco es tan raro. Una vez que amas algo, lo seguirás queriendo siempre de alguna manera. Es... Pasa a formar parte de ti.

Me pregunté qué quería decir con eso y, al segundo siguiente, me sorprendió una imagen que se me vino a la cabeza: mi madre y yo, en una playa ventosa en invierno, buscando conchas mientras las olas restallaban junto a nosotras. Recogí la pelota y se la lancé.

–¿Quieres jugar? –me preguntó Dave, botando la pelota.

–No sé –respondí–. ¿Vas a hacer trampa otra vez?

–¡Es una pachanga! –me dijo, pasándomela–. Muéstrame ese amor.

Qué cursi, pensé. Pero al sentir la pelota en las manos, sentí algo de verdad. No sé si sería amor. Tal vez lo que quedaba de él, fuera lo que fuese.

–Vale –dije–. Juguemos.

11

–Hola –me saludó la bibliotecaria, sonriente. Era joven, con el pelo rubio y liso, vestía un jersey de cuello vuelto fucsia, falda negra y gafas modernas de montura roja–. ¿Puedo ayudarte en algo?

–Eso espero –respondí–. Estoy interesada en la historia de la ciudad. Pero no sé por dónde empezar.

–Pues has venido al lugar adecuado. –Empujó hacia atrás su silla giratoria, se levantó y rodeó la mesa–. Tenemos la mayor colección de periódicos y documentos de toda la ciudad. Pero no se lo cuentes a la Sociedad Histórica, que son la competencia.

–Ah –dije–, vale.

–¿Estás buscando algo en particular? –me preguntó, haciéndome un gesto para que la siguiera a través de la sala de lectura principal. Estaba llena de sofás y sillas, casi todas ocupadas por personas concentradas en sus libros, portátiles o revistas.

–Pues me gustaría consultar algún mapa detallado del centro, de hace unos veinte años –dije.

–Seguro que lo tenemos –respondió. Me condujo a una sala más pequeña con las paredes cubiertas de estanterías y una fila de mesas en el medio. Estaba casi vacía, solo había alguien sentado de cara a la pared con un abrigo y la capucha puesta–. Esto es del septuagésimo quinto aniversario de la fundación de la ciudad –dijo, sacando un libro muy grande de una estantería–, incluye mapas y toda la historia. Otra opción sería consultar los registros fiscales y de la propiedad de hace diez años. Normalmente se puede buscar por la dirección postal.

Contemplé el montón de libros que puso sobre la mesa a mi lado.

–Parece un buen principio –dije.

–Estupendo –respondió–. Buena suerte. Ah, te aconsejo que no te quites el abrigo. En esta sala la calefacción apenas funciona. Es como una nevera.

–Gracias –respondí.

Se marchó y me quedé un momento sentada mirándola. Atravesó la sala de lectura, recogiendo libros abandonados sobre las mesas. En la otra sala había una chimenea crepitante, y al verla me di cuenta del frío que hacía. Me subí la cremallera del abrigo y me incliné sobre el libro de historia de la ciudad.

Desde que Deb había empezado a trabajar en la maqueta, hacía dos semanas, parecía que realmente íbamos a poder terminarla a tiempo. Y eso que Opal, aunque había hecho varias llamadas, no había podido lograr que nos ayudara ningún delincuente más. Menos mal que Deb tenía un plan. O varios.

Primero, había incorporado varios sistemas para incrementar nuestra eficacia general. Además del CEC, estaba el TOS –Tiempo Obligatorio Semanal, un horario que garantizaba que al menos uno de nosotros trabajaba en la maqueta cada tarde–, la RR –Reunión de Recapitulación, que teníamos cada viernes– y mi favorito, el CATYP –Cronograma Actual de Tiempos y Previsiones–. Este último era una enorme cartulina que detallaba todo el trabajo que nos quedaba por hacer repartido entre los días que faltaban para el 1 de mayo, la fecha límite impuesta por la concejala.

Deb también había creado una lista de distribución para el proyecto, así como un blog que documentaba nuestros avances. Sus mensajes de correo eran totalmente de su estilo: alegres, directos y, en cierto modo, implacables. Llegaban a mi bandeja de entrada casi a diario. Pero había una parte de la maqueta de la que quería encargarme yo sola.

–¿Mclean?

Levanté la vista hacia la mesa de al lado. Allí estaba Jason, el pinche del Luna Blu, sentado con su parka puesta y un libro en las manos.

–Hola –saludé sorprendida–. ¿Cuándo has entrado?

–Ya estaba aquí –respondió con una sonrisa–, pero en plan antisocial. No me he dado cuenta de que eras tú la que hablaba con Lauren hasta que me he dado la vuelta hace un momento.

–¿Lauren?

Señaló con la cabeza a la mesa de información, donde la bibliotecaria que me había ayudado estaba tecleando en el ordenador, con los ojos fijos en la pantalla.

–Es la mejor para rastrear cualquier cosa. Si ella no consigue ayudarte con lo que estás buscando, es que es imposible.

Pensé en esto mientras él recogía su libro –una desgastada edición de bolsillo de algo titulado *Oración por Owen*– y volvía a abrirlo.

–¿Vienes mucho por aquí? –le pregunté.

–Pues sí –respondió–. Trabajé aquí una temporada cuando estaba en el instituto, en los veranos y por las tardes.

–Anda –dije–, pues seguro que era muy distinto al Luna Blu.

–No hay nada comparable al Luna Blu –dijo–. Es como un caos controlado. Tal vez por eso me gusta tanto.

–Dave dice que estudiaste en Harvard.

–Sí. –Tosió–. Pero no salió bien, así que regresé y me puse a cocinar para ganarme la vida. Es una progresión profesional muy lógica, evidentemente.

–Parece que era mucha presión –dije. Él arqueó las cejas, sin entender a qué me refería–. El colegio donde estudiasteis Dave y tú, y los cursos universitarios, toda esa ambición académica.

–Tampoco era tan malo –respondió–, pero al final resultó que no era lo que yo quería.

Asentí. Luego volvió a su libro y yo me concentré en el que tenía delante. Después de mirar algunos documentos con letra minúscula y unos pocos bocetos, volví una página y allí estaba: un mapa de hacía veinte años de la zona del centro que incluía el Luna Blu. Me incliné para examinar las páginas hasta encontrar mi calle y mi propia casa, identificada únicamente con un número de parcela y el rótulo DOM 1P: domicilio de una planta. Pasé el dedo por encima de ella, y luego por la de Dave, antes de volver sobre la página al edificio cuadrado. Ahí estaba su forma familiar, también con un número de parcela y un rótulo: HOTEL.

Qué raro. Imaginaba que no sería una vivienda, pero por algún motivo me sorprendió. Saqué un bolígrafo y un recibo viejo del bolso y escribí el número de parcela del hotel, así como la dirección oficial, lo doblé y me lo metí en el bolsillo. Estaba ordenando los libros en un montón cuando sonó mi móvil. Era un mensaje de Deb: «Recordatorio TOS: ¡Te toca hoy de 4 a 6! ☺».

Miré el reloj. Eran las cuatro menos diez. Justo a tiempo. Agarré el bolso, metí el móvil dentro y me levanté. Jason se dio la vuelta de nuevo.

–¿Vas al restaurante? ¿Te importa si te acompaño?

–Claro que no.

Salimos atravesando la sala de lectura, por delante de Lauren, que estaba ayudando a una señora mayor con una gorra de béisbol sentada frente al ordenador.

–Gracias por ayudarme con el sistema de catalogación –dijo–. ¡Eres un genio!

Jason meneó la cabeza, se notaba que estaba cortado, y lo seguí por la puerta principal hasta la calle. Fuimos un rato andando en silencio y luego dije:

–Así que Tracey y Dave no son los únicos que lo piensan. Eres un genio.

–Tres personas no forman consenso –dijo calándose el gorro por encima de las orejas–. ¿Y? ¿Has encontrado lo que buscabas?

–Más o menos –respondí. Seguimos caminando. A lo lejos se veía el Luna Blu, con su característica marquesina de color azul–. Por lo menos estoy más cerca que antes.

Caminamos otro poco. En el suelo todavía quedaba nieve, pero ya estaba sucia y gris, se había endurecido y resbalaba.

–Oye, es un comienzo –dijo–. Y eso es bueno, ¿no?

Asentí. Tenía razón. Pero comenzar es fácil: era la parte que contenía la promesa, el potencial, cosas que me gustaban. Pero me di cuenta de que, cada vez más, tenía ganas de averiguar qué pasaba al final.

–¡Ya estás aquí! –exclamó Deb cuando aparecí por las escaleras–. ¡Nos empezábamos a preocupar! Creía que venías a las cuatro.

–Son solo las cuatro y cinco –señalé.

–Sí, pero, Mclean –añadió Dave, que estaba sentado en el suelo–, ya sabes que el TOS no espera a nadie.

–Lo siento –dije, y le guiñé un ojo al pasar–. Tenía cosas que hacer. Recuperaré el tiempo, lo prometo.

–No lo dudes –dijo él.

Deb, junto a la mesa, empezó a rebuscar entre las piezas, tarareando, mientras yo me inclinaba sobre mi sector. Trabajamos en silencio durante un rato; solo se oían las voces lejanas que provenían de la cocina. Me recordaron a Jason, lo que me había contado sobre Harvard y las decisiones que había debido tomar. Es increíble cómo, aunque termines haciendo algo completamente distinto a lo que habías planeado, descubres que es exactamente lo que necesitabas.

Al cabo de una media hora se oyeron varios golpes al pie de las escaleras y Deb y yo nos sobresaltamos. Pero Dave permaneció impasible mientras decía por encima del hombro:

–Hey. Estamos aquí arriba.

Poco después se abría la puerta de abajo con un chirrido, seguido de una oleada de voces y pasos. Entonces apareció Ellis, seguido de Riley y Heather.

–Madre mía –exclamó Heather, vestida con una chaqueta roja y una minifalda con medias gruesas–, ¿qué es este sitio?

–Se llama ático –respondió Ellis–, y es el piso más alto de los edificios.

–Cállate –replicó ella, que le dio una colleja.

–Ya está bien –dijo Riley con voz cansada. Luego miró a Dave–. Ya sé que nos hemos adelantado, pero estaba volviéndome loca atrapada en el coche con estos dos.

–Lo entiendo –respondió Dave–. Enseguida termino.

–Así que es aquí donde te metes todo el rato –dijo Ellis con las manos en los bolsillos mientras recorría un lateral de la maqueta–. Me recuerda a esas figuritas con las que jugabas.

–Eran recreaciones de batallas –replicó Dave molesto–, y muy serias.

–Claro que sí.

Dave hizo una mueca y ajustó la última casa de su sector. Se levantó, se limpió las manos en los vaqueros.

–Bueno, este ya está. Empezaré con el siguiente cuando venga el sábado.

Deb lo miró y examinó lo que había hecho.

–Muy bien.

–¿Te vas? –pregunté.

–Tenía un compromiso anterior –replicó, mientras Heather y Ellis iban a mirar por los ventanales. Riley seguía contemplando la maqueta–. Hemos quedado para cenar, lo hacemos una vez al mes. Es prácticamente obligatorio.

—Lo que quiere decir –intervino Ellis– es que la comida está tan rica que no te lo perderías por nada del mundo. Ni, mmm, por nadie.

Heather soltó una risita, mirándome. Riley dijo:

—Vámonos ya, ¿vale? Ya sabes cómo se pone si llegamos tarde.

Ellis y Heather se dirigieron a la puerta, y Dave los siguió. Riley lanzó una última mirada a la maqueta, y dijo:

—Vosotras también estáis invitadas. Bueno, si queréis.

—¿Adónde vais? –pregunté.

—A mi casa –respondió–. Y Ellis tiene razón. La comida es espectacular.

—No sé –dije–. Me apetece mucho, pero tenemos un cronograma que hay que cumplir...

—... podemos reajustarlo –terminó Deb por mí. La miré–. O sea, podemos recuperar el tiempo. No hay problema.

—Ah –dije, sorprendida de que estuviera de acuerdo sin discutir–. Pues entonces, sí, claro. Nos encantaría ir.

Riley asintió y se dio media vuelta para seguir a Dave y Heather, que estaban esperando en las escaleras. Por encima del hombro, dijo:

—Pero os advierto que mi familia está un poco... loca.

—Como todas –repliqué.

—Sí, supongo que sí –dijo ella, encogiéndose de hombros–. Venga, podéis venir en nuestro coche.

—Sé lo que estáis pensando –dijo Ellis, apretando el botón de la llave que tenía en la mano–. Es el ejemplo más espectacular de perfección automovilística que habéis visto en vuestra vida.

Nos quedamos mirando cómo la puerta de la furgoneta azul oscuro se abría sola y revelaba dos hileras de asientos. La segunda estaba ocupada por balones de fútbol y varios pares de zapatillas de tacos.

—No intentes explicarle de que es solo un monovolumen —dijo Heather, que se subió al asiento trasero y echó un balón al suelo—. Ya lo hemos intentado.

—Es la máquina del amor del hombre moderno —replicó Ellis, que rodeó el coche para subirse al asiento del conductor, mientras Riley se sentaba junto a Heather y Dave en la otra fila. Miré a Deb, que estaba esperando con el bolso en la mano, y me senté junto a Dave, dejándola a ella delante.

—¿Cuántos vehículos conoces con un adaptador para el móvil, un metro de espacio de carga y asientos plegables completamente reclinables?

—Sigue siendo un monovolumen —dijo Heather—, y antes de que tontearas con él por ahí, se distinguía por las sillitas de niño y las migas de galletas.

—Pero ahora soy yo quien va tonteando en él —replicó Ellis, pisando el acelerador mientras Deb cerraba la puerta—. Y en él vamos a tontear todos juntos de camino a Austin. Y eso es lo único que importa.

Salimos del aparcamiento. Me giré para quedar de cara a Riley, que estaba mirando por la ventana mientras Heather comprobaba su teléfono.

—¿Estás segura de que no es un problema invitar a dos personas más en el último minuto?

–Claro que no –dijo–. Mi madre siempre cocina de más.

–Nunca se puede hacer demasiado pollo frito –le dijo Dave.

–La última vez hizo pollo frito –dijo Heather, todavía mirando la pantalla–. Lo recuerdo, porque Dave se comió dos pechugas, dos muslos y dos alas. O sea...

–... un pollo entero –terminó Dave por ella, suspirando–. Mi récord personal.

–Es alucinante toda esa glotonería –me dijo Riley–. Casi me da vergüenza.

–Casi –intervino Ellis. Le sonrió en el retrovisor y ella le devolvió la sonrisa, antes de volver a mirar por la ventana.

Atravesamos la ciudad hasta que la calle se convirtió en una carretera de dos carriles. El paisaje empezó a cambiar: colinas ondulantes a cada lado, granjas aisladas y pastos verdes punteados de vacas. De repente me di cuenta de que Deb no había dicho ni una palabra, así que me incliné hacia delante, al lado del reposacabezas.

–¿Estás bien? –le pregunté en voz baja.

–Sí. –Miraba hacia el frente, observándolo todo–. Es que... nunca había hecho esto antes.

–¿No habías salido de la ciudad?

Meneó la cabeza. A su lado, Ellis toqueteaba la radio y de vez en cuando llegaban fragmentos de música y voz.

–Nunca me habían invitado a cenar así.

–¿Qué quieres decir con «así»?

–Pues, con gente del instituto. Como amigos. –Agarró el bolso más fuerte–. Me gusta mucho.

Si todavía estamos en el coche, quise decir, pero no lo hice. De nuevo, me di cuenta de que aunque me había contado cosas de su pasado, había mucho más que no conocía.

–¿Todo bien? –me preguntó Dave cuando volví a apoyarme en el respaldo del asiento.

Asentí con la cabeza, mirando a Deb. Estaba muy quieta, como si en cualquier momento alguien se fuera a dar cuenta de su error y a pedirle que se marchara. Me sentí triste, no por ese momento, sino por lo que habría vivido antes, que hacía que este momento fuera tan nuevo.

–Sí, todo bien.

Después de conducir un buen rato, Ellis redujo la velocidad y tomó un camino de grava. ¡PROHIBIDO EL PASO! indicaba un cartel, tras pasar una hilera de buzones. Íbamos dando tumbos y la rodilla de Dave se chocaba con la mía de vez en cuando. Pero no la moví del sitio; y él, tampoco. Tras pasar una pequeña colina, vimos a una mujer que se dirigía a nosotros. Vestía pantalón de chándal, una chaqueta larga y zapatillas de deporte, y llevaba dos perros grandes atados con correas. En una mano llevaba una cerveza y un cigarrillo en la otra. Y aún así logró saludarnos con la mano al pasar.

–Es Glenda –explicó Dave–, dando su paseíto de la tarde.

–Una cerveza a la ida, otra a la vuelta, y tantos cigarrillos como haga falta –añadió Riley, y a mí me dijo–: Mi vecina.

–Ah –respondí.

–Y ahí vivo yo –dijo Heather cuando pasamos la entrada de un camino, al final del cual se encontraba una casita blanca–. Intenta no quedar deslumbrada por el tamaño y la majestuosidad.

–A mí me encanta tu casa –dijo Ellis. Y por encima del hombro añadió–: Su padre compra galletas de chocolate por kilos. Tiene un tarro de cristal lleno encima de la nevera. Es genial.

A Heather pareció gustarle el comentario y me di cuenta de que apenas la había visto sonreír hasta ahora.

–Es un goloso tremendo. Yo intento que coma cosas saludables, pero es una tarea muy poco agradecida.

–Déjale que se coma sus galletas –dijo Dave–. ¿Acaso eres la policía gastronómica?

–¡Tiene que vigilar su peso! –replicó Heather–. En nuestra familia hay mucha diabetes. Y además, ninguna mujer lo aguanta lo suficiente como para cuidar de él a largo plazo.

Me volví ligeramente cuando pasamos por delante de la casa.

–¿Vives sola con tu padre? –Ella asintió–. Yo también.

–Mi padre es un desastre –me dijo cariñosamente–, pero es mi desastre.

Ellis tomó el último camino antes de que terminara la carretera, y paró delante de una casa grande de color marrón, delante de la cual había varios coches aparcados. Tenía un tejado metálico, un gran porche delantero y lo que parecía un granero justo detrás. De una ancha chimenea salían nubes de humo que se elevaban hacia el cielo.

–Ya hemos llegado –dijo Dave, mientras Ellis apagaba el motor–. Espero que tengáis hambre.

La puerta se abrió y salimos Dave y yo, y después Heather y Riley. En la casa había varias luces encendidas que proyectaban una luz amarilla sobre los escalones. Me volví para ver cómo iba Deb, que cerraba la retaguardia con Ellis.

–Algo huele fenomenal –dijo en voz baja, mientras Riley se adelantaba a abrir la puerta.

Tenía razón. Yo había crecido en restaurantes y había comido platos deliciosos. Pero en esta casa reinaba un aroma totalmente único: a fritos, queso, calidez y azúcar, el bocado más delicioso que hayas comido en toda tu vida.

–Llegáis tarde –entonó una voz de mujer en cuanto atravesamos la puerta. Siguió el sonido de la puerta del horno cerrándose de golpe.

–Ha sido culpa de Dave –replicó Riley, mientras dejaba la mochila junto a un tramo de escaleras.

–Estaba trabajando de voluntario para la comunidad –informó Dave–, para que lo sepas.

–Ah, vale. Eres un buen chico. –Riley se apartó y vi que la voz pertenecía a una pelirroja bajita que se encontraba junto al fregadero, limpiándose las manos en un trapo de cocina. Llevaba vaqueros, zapatillas de deporte y una sudadera del equipo de baloncesto de la universidad local y sonreía.

–Eh, y yo ¿qué? –protestó Ellis.

–Todavía está por ver –dijo ella, ofreciéndole la mejilla. Él le dio un beso y entró en el comedor que se veía al otro lado–. Heather, cielo, ha llamado tu padre. Dice que va a llegar tarde.

–¿Y por qué no me llama al móvil? –preguntó Heather, sacándolo del bolsillo–. He intentado explicarle que no hace falta tener móvil para poder llamar a uno. Pero no se entera. Es un troglodita.

—No te metas con Jonah —dijo una voz desde el comedor. Al mirar hacia allí, vi a Ellis sentado frente a un hombre barbudo, también con la sudadera del equipo y una gorra a juego. Tenía una cerveza en la mesa y la rodeaba relajadamente con una mano—. No todo el mundo está siempre pendiente de chismes tecnológicos, como vosotros.

—No es tecnología —dijo Heather, dejándose caer en una silla frente a él—. Son teclas.

—Sé buena —le dijo, y ella le sacó la lengua. El hombre se rio, agarró la lata y le dio un sorbo.

—Mamá, estas son Mclean y Deb —dijo Riley—. Tenían hambre.

—En realidad no —dijo Deb rápidamente—. No queríamos abusar de su amabilidad...

—No estáis abusando de nada —dijo la madre de Riley—. Venga, sentaos. Vamos con retraso y ya sabes cómo se pone tu padre si cree que se va a perder el salto inicial.

Miré hacia Riley, que se estaba poniendo un delantal a cuadros rojos.

—No saben nada —me aseguró—. Te lo prometo.

—¿Salto inicial? —preguntó Deb.

—El equipo de la uni juega contra el Loeb a las siete en punto —dijo el padre de Riley, haciéndonos señas para que entráramos al comedor. Cuando nos acercamos, nos ofreció la mano—. Soy Jack Benson. ¿Sabes que tienes el mismo nombre que uno de los mejores entrenadores de baloncesto universitario de todos los tiempos?

—Pues... sí —dije estrechándole la mano. Detrás de mí, Riley y su madre estaban muy ocupadas colocando sobre la mesa fuentes y cacerolas—. Ya me lo habían dicho.

–¿Puedo echar una mano? –preguntó Deb, mientras Riley dejaba sobre un salvamanteles la fuente de macarrones con queso con mejor pinta que había visto en siglos.

–¿Os habéis fijado? –preguntó la madre de Riley señalando a Dave y a Ellis–. Eso se llama buenos modales. Deberíais aprender todos. O, por lo menos, fijaros.

–Dejamos de preguntar porque nunca nos dejabas ayudar –respondió Ellis. Y a mí me dijo–: No deja a nadie meter mano en la cocina, le gusta controlarlo todo. Parece ser que nuestra forma de emplatar no estaba a la altura.

–Cállate –dijo la madre de Riley, dándole un azote con un montón de servilletas. A Deb y a mí nos dijo–: Vosotras dos sois las invitadas. Sentaos. Riley, sirve las bebidas, por favor. Ya casi estamos listos.

–¿Sabes? –dijo el señor Benson cuando me senté junto a Dave–, tu cara me suena. ¿Te conozco de algo?

–No –dijo Riley, mientras ponía hielo en una jarra.

–Yo creo que sí. –Me observó de cerca–. ¡Tú eres la que estaba el otro día en el partido con Dave! Menudos sitios teníais. Debes de ser una persona muy especial. No he logrado que Dave me cuente cómo consiguió esas entradas.

–Porque no es asunto tuyo –dijo la señora Benson. El olor a fritura, que hacía la boca agua, me llegó cuando pasó detrás de mí con una enorme bandeja de pollo que colocó en la mesa delante de su marido–. Y ahora vamos a dejar de hablar de baloncesto durante diez minutos y a bendecir la mesa. ¿Algún voluntario?

Miré a Deb, con algo de pánico. Y entonces Dave dijo:

–No os preocupéis, es una pregunta retórica. Nunca podríais hacerlo tan bien como ella.

–Dave Wade –le reprendió la señora Benson, sacando una silla para sentarse–. Eso no es verdad.

Todos se rieron, pero ella movió la cabeza y no les hizo caso. Luego extendió las dos manos, una hacia Ellis, a su izquierda, y otra hacia mí, a su derecha. Y justo cuando sus dedos se cerraban sobre los míos, sentí que Dave me agarraba la otra mano.

–Gracias, Señor, por estos alimentos –dijo la señora Benson; miré alrededor de la mesa y vi que Riley y Deb tenían los ojos cerrados. Me pareció que el señor Benson estaba mirando el pollo–. Y por la oportunidad de compartirlos con nuestra familia y amigos, viejos y nuevos. Nos sentimos bendecidos. Amén.

–Amén –dijo el señor Benson, que ya estaba alcanzando un cucharón para servir–. Y ahora, a comer.

Había aprendido de mi padre que las opiniones sobre la comida siempre son subjetivas y había que ser escéptico incluso ante las críticas más positivas. Pero en este caso no habían exagerado. Tras varios bocados me quedó claro que se trataba de auténtica comida sureña: pollo crujiente, cremosos macarrones con queso, judías verdes con manteca de cerdo y panecillos recién horneados que se deshacían en la boca. El té helado estaba frío y dulce, las porciones eran enormes y deseé que no terminara nunca.

Estaba tan concentrada en la comida que hasta que no fui a servirme otra pieza de pollo –de camino a batir el récord de Dave– no me di cuenta de cuánto tiempo hacía que no me sentaba así alrededor de una mesa: como una familia. Había pasado los últimos dos años comiendo en el sofá de casa, en la barra de un restaurante u otro, o en la cocina con mi padre, picando del mismo plato mientras él cocinaba la cena para otras personas. Y aquí, en casa de Riley, todo era distinto. Se hablaba en voz alta, de un tema y de otro, mientras se pasaban los platos y se llenaban los vasos. Dave y yo no dejábamos de darnos codazos mientras que la madre de Riley me hacía preguntas sobre si me gustaba Jackson y en qué se diferenciaba de mis otros colegios. Mientras tanto, Ellis y Heather charlaban sobre baloncesto con el padre de Riley y, al otro lado, Deb le hablaba a Riley de la maqueta y de los planes que tenía al respecto. Hacía calor, se hablaba alto, me sentía a gusto. De repente volví a entender el atractivo de la comida, que iba más allá de preparar algo y servírselo a un cliente. Se trataba de la familia, el hogar, y el lugar donde se encontraba tu corazón, como había dicho Opal sobre el Luna Blu recientemente.

–Mclean, sírvete más judías verdes –dijo la señora Benson, haciéndole un gesto a Ellis para que me las alcanzara–. Y parece que también te hace falta un panecillo. ¿Dónde está la mantequilla?

–Aquí –respondió Heather, que la agarró y se la pasó al señor Benson, quien a su vez se la alcanzó a Dave.

Cuando la conversación volvió a subir de volumen, vi cómo ambas cosas avanzaban hacia mí pasando de una mano a otra, de una persona a otra, como eslabones de una cadena.

Después de cenar la madre de Riley nos puso a todos a lavar los platos, mientras el señor Benson se excusó y se marchó al salón, donde se sentó en un gran sillón de cuero con una cerveza fría. Un momento después oí la voz del presentador y miré a la pantalla: dos hombres trajeados se daban la mano, con un árbitro entre ambos.

—Mirad eso —dijo el señor Benson por encima del hombro—. El Caraperro solo se ha puesto dos de sus anillos de campeonato.

—Mi padre odia al equipo del Loeb, especialmente al entrenador —dijo Riley, mientras echaba jabón al agua que corría en el fregadero. Se notaba que tenían una rutina: ella tenía la esponja, Ellis, a su lado, aclaraba, Deb y yo esperábamos armadas con los trapos de cocina para secar. Dave y Heather, con los armarios ya abiertos, se encargarían de colocar los platos en su sitio.

—Pues como todo el mundo —dijo Ellis.

—De eso nada —protestó Heather—. Ya sabes que mi padre es fan del Loeb. Así que deja de insultar.

—Jonah solo va con el Loeb para llevar la contraria —dijo el señor Benson—. Es como ir con Darth Vader. No se hace y punto.

Riley hizo una mueca y enjabonó un plato mientras la señora Benson metía en la nevera un plato cubierto con film transparente.

—Mamá, siéntate ya. Nosotros nos encargamos.

—Casi he terminado —respondió su madre.

—No termina nunca —me dijo Ellis.

Se oyeron vítores procedentes de la pantalla y el señor Benson empezó a aplaudir.

—¡Así se hace, joder! ¡Así se empieza un partido!

—Jack —dijo la madre de Riley—, sin palabrotas.

—Perdón —replicó, como un acto reflejo.

Ellis me pasó una bandeja, la sequé y se la pasé a Deb.

—¿Sabes? —me dijo—. Yo no entiendo nada de baloncesto.

—Se pilla fácil, si lo ves —le dijo Heather.

—Ah. Es que nunca he visto un partido.

Se hizo el silencio. Incluso el televisor se quedó mudo.

—¿Nunca? —preguntó Riley. Deb negó con la cabeza.

—Mi madre y yo no somos muy aficionadas al deporte.

—El baloncesto —proclamó Dave— no es un simple deporte. Es una religión.

—Cuidadito —le advirtió la señora Benson desde la despensa, donde estaba organizando las latas.

—¡Deja hablar al chico! —exclamó su marido. Se giró en el sillón, levantó un dedo y señaló a Deb—. Ven aquí, guapa. Te voy a dar una clase.

—Oh, no —gimió Riley—. Papá, por favor. No.

—¡Me encantaría! —exclamó Deb. Luego miró su trapo de cocina—. Un momento que termine...

—Tranquila —dijo Heather, con el trapo ya en la mano—. Ve para allá. Será mejor que empieces ya con la lección. Quién sabe cuánto va a durar.

—¿Estás segura? —le preguntó a Riley mientras asentía—. Vale. ¡Gracias!

Seguimos lavando y secando en silencio mientras ella se sentaba en el extremo del sofá más cercano al sillón. El volumen de la tele volvió a subir, pero de todas formas oímos al señor Benson comenzar su charla.

—Veamos —dijo—. En el año 1891 el doctor James Naismith inventó...

—Dios mío —suspiró Riley—. Empieza con Naismith. Qué ganas tengo de marcharme de una vez a la universidad.

A mi lado, Dave se echó a reír. Heather dijo:

–No digas eso. El año que viene estaremos comiendo en la cafetería y deseando estar aquí.

–Pero antes de eso –intervino Ellis–, iremos comiendo todo el camino hasta Texas. Oye, hablando de eso, nuestro fondo para el viaje acaba de llegar a los mil pavos, gracias a la paga extra de Dave de la pastelería.

–¿Te han dado una paga extra? –le preguntó Riley.

–Empleado del mes durante tres meses seguidos –respondió orgulloso–. Cien dólares extra para ti y para mí.

–¿Tenéis un fondo común? –pregunté.

–Llevamos ahorrando desde el verano pasado –explicó Riley. Metemos lo que podemos, del trabajo, cumpleaños, Navidades y eso, para la gasolina, hoteles y...

–Comida –añadió Ellis–. Estoy elaborando un mapa con los restaurantes desde aquí a Austin. Quiero probar los huevos benedict en todos los estados.

–El plan mola –le dije.

–Dejad de hablar del viaje, por favor –pidió Heather mientras colocaba varios vasos en una estantería–, por lo menos mientras esté yo delante.

–Tal vez al final sí puedas venir –le dijo Riley.

–No creo. A menos que me nombren empleada del mes durante los siguientes doce meses, más o menos.

–Primero tendrás que buscarte un trabajo –apuntó Ellis.

Heather se lo quedó mirando.

–He echado mi currículum en varios sitios, ya te contaré.

–En la pastelería Frasier siempre buscan gente –le dijo Dave animado.

–Ese sitio me pone nerviosa –dijo Heather–, es la cosa menos auténtica que existe.

–Pero el dinero que pagan es de verdad.

Heather suspiró y cerró el armario.

–Le devolveré el dinero a mi padre. Pero no creo que me dé tiempo antes del viaje.

–No te preocupes –la consoló Riley, que le dio un apretón en el hombro cuando pasó a su lado–. Haremos otros viajes este verano, a la playa y eso.

–Sí, ya lo sé.

–¡Sí, señor! ¡Menuda bandeja se ha marcado! –gritó el señor Benson. Deb aplaudió con educación, mirando la pantalla, mientras la madre de Riley, que se había sentado en una mecedora junto a la chimenea, movía la cabeza.

–Date prisa y seca eso de una vez –le dijo Dave a Ellis, señalando con la cabeza la jarra que tenía en la mano–. Nos estamos perdiendo todo.

–No valéis para nada. Fuera de aquí –les dijo Riley. Salieron a toda prisa sin protestar. Ella suspiró–. De verdad, son como niños.

–¡Toma ya! –gritó el señor Benson, como para confirmarlo–. ¡Chúpate esa, Loeb!

–¡Bien! –añadió Deb, aplaudiendo débilmente, mientras Dave y Ellis se dejaban caer en el sofá junto a ella.

–Papá –protestó Riley, tapándose los ojos con una mano. Luego me dijo–: Bueno, no te quejes, te advertí de que esta casa era una locura.

–No están locos –le dije. Ella se quitó la mano de la cara–. Son geniales. De verdad. Tienes mucha suerte.

–¿Sí? –sonrió y volvió a mirar hacia su padre, que levantaba el puño en ese momento.

–Sí. Gracias por la invitación.

–De nada. Gracias por ayudar.

Metió la mano en el agua y sacó un cuenco húmedo, que me pasó para que lo secara. Mientras lo hacía, miré hacia la ventana que tenía enfrente, donde se veía reflejada la televisión, luz y movimiento, el partido en juego con el locutor comentando cada incidencia. Me acordé de mi madre y deseé que pudiera verme aquí, en un hogar de verdad, con una familia, justo como ella quería. Tal vez no fuera la nuestra. Pero de todas formas era algo bueno.

12

–A ver –dijo Opal–, sed totalmente sinceros. ¿Azul bebé o cerúleo?

–¿Y por qué no solamente azul? –preguntó Jason.

Ella bajó la vista a las muestras de color que tenía en la mano.

–No lo sé. Demasiado aburrido, me parece a mí. Y los dos son azules.

–A mí me gusta este –dijo Tracey, señalando el más oscuro–. Tiene el color del mar.

–Y el otro también –señaló Jason–. De verdad que no los diferencio.

–El otro tiene tonos más ligeros, y tiene más blanco. Pero este –dijo Tracey, que agarró el cartón de la derecha y le dio la vuelta–, el cerúleo tiene matices más oscuros que se van aclarando, es más bien una mezcla.

Opal y Jason se la quedaron mirando mientras colocaba la muestra en su sitio.

–¿Qué pasa? Me gusta el arte, ¿vale?

–Ya se nota –dijo Jason–. Impresionante.

–Bueno, pues tenemos un voto para el azul cerúleo y una abstención. Tal vez debería volver a los amarillos. –Opal suspiró, alcanzó un montón de cartones de colores y los fue pasando. Entonces levantó la vista y me vio–. ¡Hola, Mclean! Ven a darme tu opinión.

Me acerqué a la barra y dejé la mochila sobre un taburete.

–¿Sobre qué?

–Colores para la nueva zona del comedor del piso de arriba –respondió.

–¿Vas a abrirlo otra vez? –pregunté.

–Bueno, todavía no. Tenemos la maqueta, y hay que poner el restaurante en orden. –Desplegó las dos muestras–. Pero ahora que Risitas no nos ha echado, puede que se muestre receptivo a nuevas ideas de mejora y expansión. Creo que va a venir esta noche, está de paso en la ciudad, así que he pensado que le dejaría caer mis ideas.

–No tengo ganas de subir y bajar las escaleras –dijo Tracey.

–Y además hay que mantener los platos calientes con tanto sube y baja –añadió Jason.

–¿Dónde está vuestro espíritu aventurero? ¿O de cambio? Esto podría ser buenísimo para el restaurante. ¡Una vuelta a los días de gloria! –exclamó Opal. Se la quedaron mirando en silencio y ella suspiró y volvió su atención hacia mí–. Venga, Mclean. Elige uno.

Contemplé los dos colores. Dos azules distintos, pero muy similares. Yo no veía los tonos de blanco ni nada de eso, ni tenía el vocabulario de Tracey para describir los ligeros matices de cada uno. Pero de una cosa sí estaba segura últimamente: sabía lo que me gustaba.

–Este –dije, poniendo el dedo en el de la derecha–. Es perfecto.

Ahora estábamos en marzo y mi padre y yo llevábamos en Lakeview casi dos meses. En cualquier otro sitio, aquellas ocho semanas habrían seguido un patrón similar: mudanza, instalarnos, escoger un nombre y una personalidad. Desembalar nuestras pocas pertenencias, colocarlas igual que en la casa anterior y en la siguiente. Empezar las clases mientras mi padre descubría si su restaurante tenía lechuga mustia o un buen guacamole y planificar mis movimientos, a qué grupos me apuntaría en el colegio, con sus amigos correspondientes. Después de eso, lo único que había que hacer era estar atenta a las señales para saber cuándo retirarme, cortar por lo sano y prepararme para echar a correr.

Pero aquí todo era distinto. Habíamos llegado como siempre, pero a partir de ahí la rutina había cambiado, empezando por que estaba usando mi nombre verdadero y siguiendo con que mi padre había empezado a salir con alguien aunque todavía no teníamos fecha de mudanza. Si añadimos el hecho de que me llevaba más o menos bien con mi madre, tenemos que este partido se estaba jugando de una manera totalmente nueva.

Desde que accedí a pasar las vacaciones de Semana Santa en Colby con ella, además de otros cuatro fines de semana entre abril y junio, mi madre yo habíamos firmado una paz relativa. Ella había llamado a su abogado y había retirado la petición de revisión de la custodia, y yo le había explicado el plan a mi padre, que se sintió más que aliviado. Ahora tenía la tercera semana de marzo marcada en mi calendario con color azul bebé o cerúleo o simplemente azul, y teníamos un tema neutral de conversación. Y era agradable, la verdad.

–Claro que el agua va a estar helada –me había dicho la noche anterior, cuando me llamó después de la cena–. Pero espero que funcione el *jacuzzi* y que el climatizador de agua de la piscina también, aunque no estoy segura. Ya te contaré.

–¿La casa tiene un *jacuzzi* y una piscina climatizada? –le pregunté.

–Pues... sí –dijo un poco avergonzada–. Ya sabes cómo es Peter, no hace las cosas a medias. Pero al parecer la casa fue un buen negocio, una ejecución hipotecaria o algo así. Estoy deseando que la veas. Pasé horas y horas decidiéndome con las reformas. Elegir los colores fue una pesadilla.

–Ya me imagino –dije–, tengo una amiga que está pasando por eso. Quería que la ayudara, pero yo veo todos los azules iguales.

–¡Es que son iguales! –exclamó–. Pero al mismo tiempo, distintos. Tienes que verlos con la luz del día, de la tarde y con luz artificial... Ay, es una locura. Pero estoy muy contenta con los resultados. Creo.

Tenía que admitir que era raro tener una conversación tan, no sé, agradable con mi madre. Como si, una vez más, la playa se hubiera convertido en un lugar seguro para las dos, alejado de los conflictos de su casa y de la mía. Así continuamos, hablando o escribiéndonos sobre planes por si llovía, qué quería para desayunar, si quería una habitación con vistas al mar o al estrecho. Era fácil, mucho más fácil que antes. Incluso puede que me gustara.

Entretanto, mientras yo me reconciliaba con mi madre, mi padre se distraía con Lindsay Baker. Por lo que yo sabía, habían quedado varias veces para comer; parecía que ella le estaba enseñando los demás restaurantes de la ciudad. Y algunas veces habían quedado para cenar, las escasas veces que mi padre podía escaparse del Luna Blu. Normalmente yo sabía lo cerca que estábamos de nuestra próxima huida por el nivel de compromiso de mi padre, por mucho que parezca un contrasentido. Llamadas telefónicas y quedar para comer quería decir que podía seguir como hasta ahora, que no había novedades. Pero cuando empezaba a encontrar en el cuarto de baño horquillas que no eran mías, o yogures o una coca-cola *light* en la nevera, había llegado el momento de dejar de comprar azúcar y mantequilla y terminar lo que quedara en la despensa. Hasta ahora, no habían aparecido ninguno de estos objetos, o yo no los había visto. Yo también estaba bastante distraída, la verdad.

Había ocurrido la noche que fuimos a casa de Riley, después del partido, cuando Ellis nos llevaba de vuelta a casa. Deb se había sentado en el asiento delantero, armada con un plato de sobras que le había preparado la señora Benson para su madre, quien trabajaba hasta tarde para hacer horas extras. Eso nos dejó a Dave y a mí solos en el asiento trasero. Cuando Ellis salió del camino de tierra íbamos todos en silencio, agotados por la comida y la charla, por no hablar del gran partido que habíamos ganado con un tiro en suspensión en los últimos segundos. Cuando salimos a la carretera, solo se oía el tic-toc del intermitente.

Hay algo agradable en conducir en silencio por la noche, de vuelta a casa. Me recordó a aquellos viajes de vuelta desde North Reddemane con mi madre: quemada por el sol, con arena en los zapatos, la ropa mojada que me había puesto encima del bañador, porque quería nadar hasta el último momento. Cuando nos cansábamos de la radio y la conversación, nos concentrábamos en nuestros pensamientos y en la carretera. Si te sientes tan a gusto con alguien, no hace falta hablar.

De camino a la ciudad, me recosté en el respaldo y recogí una pierna en el asiento. A mi lado, Dave miraba por la ventana. Por un momento, contemplé su cara, que se iluminaba de vez en cuando con los faros de los coches. Pensé en todas las veces que habíamos estado juntos, cómo me acercaba a él y volvía a retroceder, mientras él siempre se quedaba en el mismo sitio. Una constante en un mundo donde había pocas, si es que había alguna. Y ahora que estaba ahí sentado, a mi lado, me acerqué más a él y apoyé la cabeza sobre su hombro. Él siguió mirando por la ventana. Pero levantó la mano, me acarició el pelo y la dejó allí.

Fue un momento minúsculo. No hubo beso, ni siquiera un contacto real. Pero a pesar de todo, significó muchísimo para mí. Llevaba años huyendo a la carrera: nada me asustaba más que quedarme quieta junto a alguien. Pero allí, en la oscuridad de la carretera, de camino a casa, lo hice.

Después de dejar a Deb en su coche, Ellis se detuvo delante del buzón de mi casa.

–Última parada –dijo, mientras yo bostezaba y Dave se frotaba los ojos–. Siento interrumpir este momento.

Me puse colorada y bajé del coche. Dave me siguió.

–Gracias por traernos. La próxima vez me toca a mí –dijo.

–Tu coche es un riesgo para la seguridad –respondió Ellis–. Estaremos mejor en la Furgoneta del Amor.

–Sí, pero tiene que aguantar para el viaje –replicó Dave–. Tienes que cuidarla bien.

Ellis me miró, luego asintió y apretó un botón. La puerta trasera se cerró, como el telón al final de la función.

–Tienes razón. ¡Hasta luego!

Dave y yo nos despedimos con la mano y Ellis se marchó, saltando sobre los badenes de la calle. Cuando echamos a andar, Dave bajó la mano y deslizó sus dedos sobre los míos. En ese momento recordé la noche del refugio, cuando me había dado la mano para volver a salir al mundo. Entonces también había sido un gesto totalmente natural.

Íbamos en silencio. Se oían los sonidos habituales del barrio a nuestro alrededor: el resonar del bajo, pitidos de coches, alguna televisión. En la casa de los universitarios también habían visto el partido, se notaba. Había gente charlando en el interior y el cubo de basura del porche estaba lleno de latas de cerveza aplastadas. Luego estaba mi casa a oscuras, y la de Dave, iluminada. Se veía a su madre en la mesa de la cocina, leyendo algo, con un lápiz en la mano.

–¿Nos vemos mañana? –me preguntó Dave cuando llegamos a la altura de nuestras dos puertas traseras, una frente a otra.

–Nos vemos mañana –respondí. Luego le apreté la mano.

Lo primero que hice al entrar fue encender la luz de la cocina. Luego me dirigí a la mesa y coloqué el iPod de mi padre en la base. Empezó a sonar una canción de Bob Dylan que me resultó familiar. Fui al salón y apreté el interruptor de la luz. Lo mismo hice en mi cuarto. Era increíble, con un poco de luz y sonido, cómo se transformaba una casa y una vida. Un poquito de cada una de estas cosas puede cambiar tantísimo. Después de estos años viviendo de forma pasajera, estaba empezando a sentirme en casa.

Dejé a Opal eligiendo sus amarillos y me dirigí al ático, donde encontré a Deb y a Dave inmersos en la tarea. Pero esta vez no estaban solos. Al otro lado de la sala, sentados en una hilera de sillas junto a las cajas con las piezas, estaban Ellis, Riley y Heather, cada uno de ellos leyendo un taco de folios grapados.

–¿Qué pasa aquí? –le pregunté a Dave mientras Deb pasaba a su lado con una carpeta en la mano.

–Deb los ha dejado mudos del susto –me dijo–. Y eso no es nada fácil de conseguir, créeme.

–¿Cómo lo ha hecho?

–Con su paquete BYPP.

Esperé un momento. Para entonces habíamos quedado en que si usábamos uno de los acrónimos de Deb teníamos que explicarlo.

–Bienvenida y panorámica del proyecto –dijo Dave, colocando el tejado de una casa–. Lectura obligatoria antes de que se te permita pensar en dedicarte a un sector.

–¡No es tan estricto! –protestó Deb. Puse cara de incredulidad–. Pues no. Lo que pasa es que... no se puede uno incorporar a un sistema de trabajo que ya está en marcha sin aprender primero los procesos. Eso sería una tontería.

–Pues claro –dijo Dave–. Mclean, que no te enteras.

Le pinché con el dedo, pero él me agarró el dedo y lo sujetó un segundo. Yo sonreí y luego le dije:

–Bueno, Deb. ¿Cómo has conseguido duplicar nuestro personal? Anoche no te oí venderles la moto.

–No he tenido que venderles nada –replicó, haciendo una marca en la primera hoja de su portapapeles–. La maqueta fue suficiente. En cuanto la vieron, quisieron participar.

–¡Impresionante! –exclamé.

Ella se marchó haciendo clic en su bolígrafo. A mi lado, muy bajito, Dave susurró:

–También es posible que yo les dijera que cuanto antes terminemos con esto, antes podré incrementar mis horas en la pastelería para financiar el viaje. Nos ayudarán la semana que viene durante las vacaciones de Semana Santa. Avanzaremos un montón.

–¿No vais a ninguna parte en las vacaciones?

Movió la cabeza.

–No. Lo pensamos, pero luego decidimos ahorrar para el viaje de verdad, en verano. ¿Por qué? ¿Tú te vas a algún sitio?

–Con mi madre –dije–. A la playa.

–Qué suerte.

–Pues no, la verdad –repliqué, dirigiéndome hacia mi sector–. Preferiría quedarme aquí.

–Oye –dijo Heather desde lejos–, cuando me convenciste para venir no mencionaste que era como el colegio.

–¡No es como el colegio! –protestó Deb desde el otro extremo de la maqueta, donde estaba comprobando algo en otra de sus listas–. ¿Por qué dices eso?

–Porque nos estás obligando a estudiar –respondió Ellis.

–Si empezarais sin saber nada, nos destrozaríais el CATYP –le dijo Deb–. ¡Ya me toca rehacer el TOS, de todas maneras!

–¿Qué? –preguntó Heather–. ¿Se puede saber en qué idioma estás hablando?

–Está hablando el *débico* –dije yo–. En seguida lo aprenderás, no te preocupes.

–Terminado –dijo Riley, que se levantó con el paquete en la mano–. He leído los catorce puntos y la lista de acrónimos.

–Muy bien –dijo Heather, que también se levantó–. Pues ahora me los explicas.

–¡Es igual que en el colegio! –exclamó Ellis, y Heather le dio un codazo–. Oye, no te enfades conmigo. Tú eres la que no ha sido capaz de leerte ni siquiera el paquete BYPP.

–Te lo puedes llevar a casa y lo repasas esta noche –le dijo Deb para tranquilizarla.

–Ah, vale –replicó Heahter–. Porque no es para nada como en el cole, claro.

–¡Fenomenal! –exclamó Deb, que dio una palmada y recogió su portapapeles–. Si me acompañáis un momento a nuestro primer sector, os haré una visita guiada.

Ellis se levantó y siguió a Riley y a Heather, que iba arrastrando los pies detrás de Deb.

–¿Hay algo para picar? Trabajo mucho mejor comiendo algo –preguntó Ellis.

Dave soltó un bufido, pero Deb no le contestó, o no lo
oyó.

–Bueno, una vez que dominéis bien el sistema, se os
asignará un sector. Hasta entonces, compartiréis este de
aquí. Es relativamente fácil, ideal para principiantes...

Mientras ella seguía hablando, levanté la vista hacia
Dave, que trabajaba frente a mí. El pelo le caía sobre los
ojos mientras colocaba el tejado a otro edificio.

–Eh –lo llamé, y él levantó la vista–. ¿Sabes, el edificio
detrás de nuestras casas? ¿El abandonado?

–Sí. ¿Qué pasa con él?

–Está aquí, pero no está identificado. Me di cuenta el
otro día. –Lo saqué de su lugar y se lo mostré–. Así que
fui a la biblioteca, a ver si podía averiguar qué era.

–¿Y lo averiguaste?

Asentí, y en ese momento me di cuenta de las ganas
que tenía de contárselo. No sé por qué eso era tan importante para mí, pero me parecía cosa del destino, del algún
modo, que justo cuando las cosas parecían empezar a ser
reales y duraderas en mi vida me había tocado la parte del
mapa que representaba mi propio barrio. Estaban mi
casa y la de Dave. La casa de las fiestas y el Luna Blu, y
la calle donde estaba la parada del autobús. Y en el medio,
ese edificio vacío, cuyo anonimato estaba rodeado por
objetos claros y reconocibles. Quería ponerle cara, darle
un nombre. Algo más que un par de letras desgastadas en
el tejado y un millón de conjeturas sobre qué podría ser.

Dejé el edificio de nuevo en su sitio. Se oyó un clic, la
señal de que se quedaría allí sin moverse.

–Sí –le dije. Era un...

–¡Oh, Dios mío! ¡Mira esto! –Volví la cabeza justo a tiempo de ver a Lindsay Baker, con pantalones negros y un jersey rojo ajustado, aparecer con una gran sonrisa en la puerta. Mi padre, mostrando mucho menos entusiasmo, venía justo detrás–. Imaginaba que habríais progresado mucho, pero ¡esto es impresionante!

Deb sonrió al otro lado de la maqueta. Y yo dije:

–Ahora tenemos una buena directora. Y eso marca la diferencia.

–Se nota –dijo ella, mientras rodeaba la maqueta emitiendo sonidos de aprobación. Después de unos pasos, estiró la mano para tomar la de mi padre–. Gus, ¿has visto esto? ¡No tenía ni idea de que era tan detallado!

–Ha sido elaborada con las últimas fotografías realizas por satélite –recitó Deb–. La compañía Maquetas Urbanas se enorgullece de su exactitud. Y nosotros, obviamente, hemos intentado seguir en esa línea.

La concejala asintió.

–Ya se ve.

Deb enrojeció, muy contenta, y yo sabía que aquel era su momento, y debía alegrarme por ella. Pero estaba demasiado distraída observando a mi padre, a quien Lindsay conducía hasta la otra punta de la maqueta sin mirar a nadie a los ojos. Caminar de la mano, como cualquier signo de afecto en público, era una gran señal de alarma.

–Vaya –dijo Dave en voz baja–. Tu padre y Lindsay Baker, ¿eh? Ella es una «frazie» total. Se bebe los cafés como si fueran zumo.

Meneé la cabeza, aunque no estaba en posición de confirmar o negar nada.

–No creo que sea nada serio.

–¿Gus? –gritó Opal desde abajo–. ¿Estás ahí arriba?

–Sí –respondió él–. Ahora mismo...

Pero no fue lo bastante rápido. Antes de que pudiera desenganchar su mano –algo me decía que una vez que Lindsay hacía presa, no había manera de que soltara– Opal había llegado a la puerta.

–El carnicero al teléfono –dijo, jadeando ligeramente por haber subido las escaleras corriendo–. Dice que has cambiado el pedido, que ahora será semanal en lugar de mensual. Le he dicho que debe haber algún error, pero...

Se interrumpió de golpe y yo seguí su mirada hacia la mano de mi padre, todavía entrelazada con la de la concejala.

–Hablaré con él –dijo mi padre, que se soltó y se dirigió a las escaleras. Opal se quedó allí con la vista al frente mientras él pasaba junto a ella.

–¡Opal, estoy impresionada con esto! –exclamó Lindsay–. Deberías estar orgullosa del progreso que han hecho los chicos.

Opal parpadeó y luego miró la maqueta y a nosotros.

–Oh, lo estoy –dijo–. Es genial.

–Tengo que admitir que después de mi última visita estaba bastante nerviosa –dijo Lindsay, mirando de nuevo la maqueta–. No es que no tenga confianza en ti, pero aquel día me pareciste un poco desorganizada. Pero Mclean dice que tienen una nueva jefa de proyecto...

–Deb –La señalé con la cabeza y ella volvió a sonreír–. Es todo obra de Deb.

Vi que Opal me taladraba con la mirada y me di cuenta demasiado tarde de que era el peor momento para llamar la atención sobre mí misma.

–Bueno, Deb –dijo Lindsay, dirigiendo su brillante sonrisa en su dirección–, si eso es cierto, estaremos encantados de elogiarte como se merece en la ceremonia de inauguración.

–¡Oh, sería maravilloso! –exclamó Deb. Se quedó un momento pensando, y añadió–. De hecho, tengo unas cuantas ideas sobre cuál sería la mejor manera de exhibir la maqueta, para que quede realzada en todo su esplendor. Si quiere oírlas.

–Por supuesto. –Lindsay lanzó una mirada al reloj–. Uy, tengo que volver al despacho. ¿Por qué no me acompañas mientras voy a buscar a Gus?

La cara de Deb se iluminó, agarró su portapapeles y se dirigió hacia la concejala, que ya enfilaba las escaleras. Las miramos marcharse sin hablar. Cuando la puerta de abajo se cerró, Opal se volvió hacia mí.

–¿Mclean? –preguntó–. ¿Qué...? ¿Qué pasa?

Moví la cabeza.

–No lo sé.

Opal tragó saliva y miró alrededor, como si acabara de darse cuenta de que teníamos público. Desvió su atención a la maqueta, mirándola por todas partes.

–No tenía ni idea de que habíais avanzado tanto –dijo–. Me parece que debería prestar más atención, en todos los sentidos.

–Opal –dije–. No...

–Tengo que ir a abrir –dijo sin expresión–. Chicos, seguid así. Está genial.

Se dio la vuelta y desapareció escaleras abajo. De repente, la sala pareció quedarse vacía.

–¿Soy yo –dijo Heather rompiendo el silencio–, o esto ha sido muy raro?

–No eres tú –respondió Dave.

Riley, desde el otro lado de la sala, dijo:

–¿Estás bien, Mclean?

No lo sabía. Lo único claro era que todo, incluida yo, parecía de repente totalmente transitorio. Volví a mirar a la maqueta. Todo era sencillo, en miniatura, limpio y ordenado, aunque solo fuera porque no estábamos nosotros, no había gente para complicar las cosas.

Aquella tarde, como la mayoría, habíamos trabajado en la maqueta hasta las seis. Era la regla de Opal, aunque me pareció notar la mano de mi padre detrás de aquella idea. Tenía sentido: una cosa era tener a gente moviéndose arriba o entrando y saliendo durante la primera hora de servicio, y otra muy distinta durante la hora punta.

Dave y yo regresamos juntos caminando. Su casa estaba iluminada, como siempre, y vi a sus padres moviéndose por la cocina. La mía estaba a oscuras, excepto la luz exterior del porche que siempre se me olvidaba apagar. Sabía que no era muy ecológico, y tenía que pegar un post-it o algo en la puerta para recordármelo. Pero en momentos como este, me alegraba del despiste.

–Oye, ¿tienes grandes planes para la cena? –me preguntó Dave mientras subíamos por el camino.

–Pues no. ¿Y tú?

–Tofu asado. –Hice una mueca antes de que le diera tiempo a terminar–. Es mejor de lo que suena. Pero de todas forma... no está tan rico. ¿Cuál es tu menú?

Pensé en nuestra nevera. Hacía un par de días que no había tenido tiempo de ir a la compra. Huevos, algo de pan, tal vez fiambre.

–Desayuno para la cena, probablemente.

–Ay, ¿en serio? –Suspiró–. Suena genial.

–Deberías decírselo a tu madre.

Meneó la cabeza.

–No le van los huevos.

–¿Cómo?

–La versión corta es que no los come –explicó–. La larga incluye ciertas intolerancias alimenticias combinadas con problemas éticos.

–Vaya.

–Sí.

Habíamos llegado a la canasta. Miré por encima de su hombro hacia la cocina, donde la señora Dobson-Wade removía algo en un *wok* mientras el padre de Dave servía una copa de vino.

–Pero está bien que comáis en familia. Aunque estén prohibidos los huevos.

–Sí, supongo. Aunque la mayoría de las veces estamos todos leyendo.

–¿Cómo?

–Leyendo –repitió–. Es algo que se suele hacer con los libros.

–¿Os sentáis todos a la mesa y no habláis?

–Sí. Bueno, hablamos algo. Pero si todos estamos metidos en nuestras cosas... –Se interrumpió, avergonzado–.

Ya te dije que soy raro. Y mi familia también. Aunque, la verdad, ya deberías haberlo descubierto tú solita.

–Raros –dije–, pero unidos. Esto también cuenta.

Él miró hacia mi casa, la única luz del porche con la cocina detrás, a oscuras.

–Supongo que sí.

Yo estaba lista para entrar.

–Que disfrutes de tu tofu –le dije.

–Tómate un huevo por mí –respondió.

Abrí la puerta y encendí inmediatamente la luz de la cocina, seguida por la del salón. Luego coloqué el iPod de mi padre en la base –al parecer aquella mañana había estado de humor para Led Zeppelin–, rompí un par de huevos en un cuenco y añadí un poco de leche. El pan en la nevera estaba un poco seco, pero no tenía moho: perfecto para tostadas. Cinco minutos más tarde, la cena estaba lista.

Normalmente comía en el sofá, delante de la tele o de mi portátil. Pero esta noche decidí ponerme formal, doblé una servilleta debajo del tenedor y me senté a la mesa de la cocina. Acababa de darle un bocado al sándwich cuando oí un golpe en la puerta. Al darme la vuelta descubrí a Dave, y a su padre.

–Necesitamos tu tele –me explicó Dave cuando abrí la puerta. Allí estaban los dos con los platos en la mano. Detrás, vi que la señora Dobson-Wade estaba sentada sola a la mesa del comedor. Leyendo.

–¿Mi tele?

–El partido de vuelta contra Defriese acaba de empezar –dijo el señor Wade–. Y nuestro televisor se niega de repente a cambiar de canal.

—Probablemente porque tiene unos veinte años —añadió Dave.

—El televisor está perfectamente bien —dijo su padre ajustándose las gafas con la mano libre—. Además, casi nunca lo vemos.

—Excepto esta noche. —Dave me miró—. Sé que es mucho pedir, pero...

Di un paso atrás, y les hice un gesto con la mano.

—Adelante.

Entraron, con los cubiertos tintineando en el plato, y se dirigieron directamente al salón. Se sentaron en el sofá, yo encendí la tele y pasé los canales hasta que me topé con la cara de mi padrastro. Llevaban unos diez minutos de partido y Defriese ganaba de nueve.

—¿Cómo es posible? —exclamó el señor Wade, meneando la cabeza, mientras yo iba a buscar mi plato y me sentaba en el sillón de cuero junto a ellos.

—Nuestra defensa es una patata —replicó Dave. Luego olisqueó y me miró—. Madre mía, qué bien huele.

—Son solo huevos revueltos, nada del otro mundo. —Ahora el señor Wade estaba mirando también mi plato—. Bueno..., os puedo hacer un poco. Si queréis.

—Oh, no, no —respondió el padre de Dave, señalando a su plato, con un gran cuadrado de color beige rodeado de brécol y lo que parecía arroz integral—. Ya tenemos una buena cena. Tu generosidad con la televisión es suficiente.

—Sí —dijo Dave, mientras en la pantalla se oía un silbato. El señor Wade hizo una mueca—. No hace falta.

Volví mi atención de nuevo a la pantalla. Al cabo de unos minutos de jugadas a la carrera, le hicieron una falta a uno de los jugadores de los Águilas y se paró el tiempo.

Vinieron un par de anuncios de cerveza y un teletipo, y regresó el partido. Mostraron cómo Peter le decía algo a uno del cinco inicial. Le dio una palmadita en la espalda y el jugador regresó a la pista. Cuando Peter se sentó, vi a mi madre detrás de él, esta vez sin los mellizos: estaba sola, contemplando el partido con expresión seria.

—No me cuesta ningún trabajo preparar los huevos —dije, levantándome—. Yo ya he terminado y solo tardo un minuto.

—Oye, Mclean, de verdad, no hace...—empezó a decir Dave. Lo miré a él, luego a la pantalla, donde todavía podía verse a mi madre—. Ah, vale. Estaría genial, gracias.

Era más fácil escuchar el partido que verlo, así que batí los huevos despacio, añadí la leche y calenté la sartén. No sabía si querrían tostadas. ¿Problemas de gluten? ¿Habría algún asunto ético con el trigo? Metí unas cuantas rebanadas en el tostador de todas formas. Mientras yo cocinaba, el equipo de la ciudad se recuperó y empató el partido, aunque les costó unas cuentas faltas. Entre las reacciones de Dave y su padre —gruñidos, protestas, palmadas y algún grito— y el aroma de los huevos en la sartén, era casi como si estuviera de nuevo en Tyler, en nuestra antigua casa, viviendo mi antigua vida. Me lo tomé con calma.

Quedaban unos cinco minutos de la primera parte cuando regresé con los dos platos y un rollo de papel de cocina y los dejé en la mesa delante de Dave y su padre. Eran solo huevos con tostadas, pero, por su reacción, cualquiera habría dicho que se trataba de un festín.

—Qué delicia —susurró el señor Wade, mientras empujaba a un lado el resto del tofu—. ¿Tienen... mantequilla?

–Yo creo que sí –dijo Dave–. ¡Mira qué esponjoso y amarillo!

–No es como los *Neggs** –añadió su padre.

–¿Neggs? –pregunté.

–No *eggs* –explicó Dave–. Sustituto de huevo. Es lo que usamos en casa.

–¿Y qué tiene? –pregunté mientras el padre de Dave daba un bocado. Cerró los ojos y masticó despacio. Su reacción era tan placentera que tuve que apartar la vista.

–Nada de huevo –replicó Dave. Suspiró–. Están deliciosos, Mclean. Muchísimas gracias.

–Gracias –repitió su padre, llenando de nuevo el tenedor.

Sonreí justo cuando el partido regresaba a la pantalla. Los jugadores se pusieron inmediatamente en movimiento. Los Águilas tenían el balón y avanzaban hacia la zona. Cuando pasaban junto al banquillo volví a ver a Peter, y a mi madre detrás. Mientras el equipo organizaba el ataque, vi que ella sacaba el teléfono, lo abría, presionaba unos cuantos botones y se lo llevaba a la oreja.

Me volví, buscando mi bolso, que estaba en el suelo junto al sofá. Y efectivamente, vi una lucecita roja que se encendía en el interior. Lo saqué.

–¿Sí?

–Hola, cielo –me dijo sobre el estruendo de la pista–. Se me acaba de ocurrir una cosa sobre nuestro viaje. ¿Tienes un momento?

---

* Se refiere a una marca de huevos ecológicos que se comercializa en Estados Unidos. (*N. de la T.*)

330

Dave y su padre soltaron gritos de alegría, sus platos saltaron sobre sus piernas cuando su equipo robó el balón e inició el contraataque. Donde se encontraba mi madre, la reacción no fue tan entusiasta.

–Es que –dije–... han venido unos amigos a cenar.

–¿Ah, sí? –Pareció sorprendida–. Ah, bueno. Te llamo más tarde entonces, ¿de acuerdo?

–Genial. Hasta luego. –le dije, observando cómo Dave daba otro mordisco a la tostada y me sonreía. Pan de verdad, mantequilla de verdad. Todo de verdad.

13

Aquella noche intenté esperar a mi padre despierta para poder preguntarle qué pasaba con la concejala, por lo que había visto esa tarde en la maqueta; aunque no estaba segura de querer saberlo. Aun así, me entretuve haciendo y deshaciendo la maleta para la playa, intentando no pensar en las otras veces que había doblado la ropa de esa misma manera, en esa misma maleta. Cuando terminé, preparé la cafetera y me senté en el sofá a estudiar para el último examen antes de las vacaciones, convencida de que la tarea y la cafeína me mantendrían despierta hasta que él volviera. En cambio, me desperté a las seis de la mañana siguiente, en el salón helado, arropada con la colcha de mi madre.

Me senté, frotándome los ojos. Las llaves de mi padre estaban en el plato junto a la puerta y su chaqueta sobre el desgastado sillón de cuero. A lo lejos, en el pasillo, oí el agua correr en su cuarto de baño. Otra mañana normal y corriente. O eso esperaba yo.

Me duché y me vestí antes de prepararme un tazón de cereales y otra cafetera. Estaba sirviéndome la segunda taza de café cuando oí un golpe en la puerta principal. Al mirar por la ventana vi una limusina frente a la puerta, lo que solo podía significar una cosa. Y efectivamente, al abrir me encontré frente a una montaña de cachemira gris. Era Risitas. Opal había mencionado que estaba en la ciudad, pero que viniera a vernos a casa era toda una sorpresa.

–Mclean –dijo, sonriéndome–, buenos días. ¿Está tu padre?

–Está en la ducha –respondí, apartándome para que pudiera entrar. Tuvo que agacharse para pasar por la puerta, pero lo hizo con tanta facilidad que se notaba que estaba acostumbrado–. Debe de estar al salir. ¿Quieres un café?

–No gracias, ya voy servido –dijo mostrándome un termo de café en su manaza–. Me he malacostumbrado, ahora lo llevo a todas partes cuando viajo. Es incomparable.

–¿Ah, sí? ¿Qué es?

–Una mezcla especial, cultivado y tostado en Kona, Hawái. Últimamente he estado haciendo negocios por allí, así lo descubrí. –Quitó la tapa y me lo acercó–. Huélelo.

Aunque me parecía un poco raro, lo olfateé. Olía fenomenal.

–¡Vaya! –dije–. Así que Hawái, ¿eh?

–¿Has estado alguna vez?

–No, pero me gustaría.

–¿En serio? –me preguntó mientras me observaba doblar la colcha y la dejaba sobre el brazo del sofá–. Está bien saberlo.

Levanté la vista intrigada por sus palabras, pero en ese momento apareció mi padre con el pelo mojado poniéndose un jersey.

–¿No es un poco temprano para ir vendiendo puerta a puerta? –le preguntó.

–Confía en mí: te interesa lo que vengo a ofrecerte –le dijo Risitas, tapando el termo del café antes de dar un sorbo.

–Siempre dices lo mismo. –Mi padre se guardó las llaves y el teléfono–. ¿Te vas de la ciudad?

–Sí. Solo quería pasarme para darte la lata otra vez. –Me sonrió–. Justo le estaba contando a tu hija lo rico que sabe el café de Kona.

–Mejor hablamos fuera –dijo mi padre, poniéndose la chaqueta–. Ahora mismo vuelvo, Mclean.

–Me alegro de verte –dijo Risitas mientras salía agachándose por la puerta–. Y *aloha*. Significa «hola» y también «adiós» en hawaiano. Que no se te olvide, ¿vale? Es una información útil.

–Vale –respondí un tanto insegura–. *Aloha*.

Mi padre le lanzó una mirada y cerró la puerta al salir. Los vi caminar por el sendero hacia el coche que estaba aparcado junto al bordillo. Hacían una extraña pareja, con tanta diferencia de altura. Entonces sonó mi teléfono. Lo saqué y lo abrí, todavía mirándolos.

–Buenos días, mamá –la saludé.

–¡Buenos días! –exclamó–. ¿Tienes prisa, o puedes hablar un momentito?

–Puedo hablar.

–¡Genial! Hoy va a ser una locura, con las maletas y el viaje, así que quería confirmar la hora y todo eso antes de que empiece el caos. –Se rio–. ¿Sigue en pie lo de las cuatro?

–Sí, creo que no habrá problema –le dije–. Llegaré a casa a las cuatro menos cuarto como muy tarde, y ya tengo la maleta hecha.

–No te olvides del bañador –me dijo–. El responsable de mantenimiento llamó ayer y es oficial: la piscina y el *jacuzzi* funcionan.

–Ay, no –exclamé mirando a mi maleta, junto a la cama–. Se me ha olvidado por completo. Ni siquiera sé si tengo bañador.

–Podemos comprar uno allí –respondió–. De hecho, mi amiga Heidi tiene una *boutique* monísima en el paseo marítimo de Colby. Si llegamos antes de que cierren, podemos hacer una parada de camino a casa. –Se oyó un llanto de fondo–. Ay, madre. Connor le acaba de tirar por encima a Madison un cuenco de cereales. Será mejor que vaya. ¿Nos vemos a las cuatro?

–Sí –dije–. Hasta entonces.

Su teléfono se apagó como si se le hubiera caído –me daba la impresión de que siempre tenía que terminar con prisas– y yo colgué y me lo metí de nuevo en el bolsillo. Me volví a tiempo de ver a mi padre entrando en casa, y el coche de Risitas alejándose por la ventana detrás de él.

–Bueno –le dije, mientras la puerta se cerraba–, espero que este sea un buen momento para anunciarte que necesito un bañador nuevo.

Se quedó clavado en el sitio, con expresión tensa.

–Oh, por el amor de Dios. ¿Te lo ha contado? Le pedí específicamente que no te dijera nada. El tío es incapaz de mantener su bocaza cerrada.

Me lo quedé mirando, confundida.

–¿De qué estás hablando?

–De Risitas –respondió, molesto. Luego me miró–. El trabajo de Hawái. Te lo ha contado, ¿no?

Negué despacio con la cabeza.

–Yo me refería al viaje de hoy. Mamá tiene piscina.

Él suspiró y luego se pasó la mano por la cara.

–Ah... –dijo en voz baja.

Nos quedamos en silencio un momento. Café, Kona, *aloha*, por no hablar de que el Luna Blu parecía que se había salvado y la historia de la concejala: de repente todo encajaba.

–¿Nos vamos a Hawái? –le pregunté por fin–. ¿Cuándo?

–Todavía no hay nada oficial –respondió, dirigiéndose al sofá y se sentó–. De todas formas, la oferta es una locura. Es un restaurante que todavía no ha abierto pero ya es un desastre total... Estaría loco si la aceptara.

–¿Cuándo? –repetí.

Él tragó saliva, echó la cabeza hacia atrás y se quedó mirando al techo.

–Dentro de cinco semanas, día arriba o abajo.

Inmediatamente pensé en mi madre, en cómo habíamos evitado una batalla por la custodia con la promesa del viaje y los fines de semana, por no mencionar cómo habían mejorado las cosas entre las dos desde entonces. Irme a Hawái sería prácticamente como irme a otro mundo.

–No tendrías que venir –continuó mi padre, mirándome.

–¿Me quedaría aquí?

Frunció el ceño.

–Bueno..., no. Estaba pensando que podrías volver a casa con tu madre. Terminar el año y graduarte allí, con tus amigos.

Casa. Cuando pronunció esta palabra, no me vino nada a la mente. Ninguna imagen, ningún lugar.

336

—¿Así que esas son las opciones? —pregunté—. ¿O con mamá o a Hawái?

—Mclean. —Se aclaró la garganta—. Ya te he dicho que no hay nada decidido.

Fue muy raro: justo entonces, de repente y de forma totalmente inesperada, estuve segura de que me iba a poner a llorar. Y no solo a llorar, sino a llorar esas lágrimas de rabia que te queman la garganta y los ojos, como solo se llora en privado cuando sabes que nadie te ve ni te oye, ni siquiera la persona que ha causado tu llanto. Especialmente esa persona.

—Así que por eso has estado saliendo con esa concejala —dije despacio.

—Solo hemos quedado un par de veces. Eso es todo.

—¿Sabe ella lo de Hawái?

Parpadeó y me miró fijamente.

—No hay nada que saber. Ya te he dicho que no hay planes todavía.

—Excepto que el pedido de carne ha pasado a ser semanal, en lugar de mensual —dije. Él puso cara de asombro—. No tiene buena pinta para el restaurante. Quiere decir que se les está acabando el tiempo o el dinero. O las dos cosas. —Sacudió la cabeza, y se echó hacia atrás en el sofá.

—No se te escapa una, ¿no?

—Solo estoy repitiendo lo que tú me dijiste en Petree —repliqué—. O en Montford Falls.

—Petree —respondió—. En Montford tenían tiempo y dinero. Por eso salieron adelante.

—Y el Luna Blu no saldrá —dije despacio.

—Probablemente no. —Se pasó una mano por la cara y luego la dejó caer. Me miró—. Pero lo de antes lo he dicho en serio. No puedes trasladarte a la otra punta del planeta cuando estás a punto de terminar el curso. Tu madre no lo permitiría.

–Pero no le corresponde a ella elegir.

–¿Por qué no quieres volver a casa? –me preguntó.

–Porque ya no es mi casa –dije–. Desde hace tres años. Y sí, mamá y yo nos llevamos mejor, pero eso no significa que quiera vivir con ella.

Mi padre volvió a frotarse la cara, el signo evidente de que estaba cansado y frustrado.

–Tengo que ir al restaurante –me dijo–. Solo considéralo, ¿de acuerdo? Podemos seguir hablando esta noche.

–Mamá me recoge a las cuatro para irme a la playa –respondí.

–Pues cuando vuelvas. No hace falta decidir nada ahora.

Se levantó y dio media vuelta para marcharse por el pasillo.

–No puedo volver allí. No lo entiendes. Ya no...

Se detuvo y se volvió a mirarme, esperando que terminara la frase, pero fui incapaz de hacerlo. Mis pensamientos iban en varias direcciones –ya no soy la misma de antes: ya no sé quién soy– y cada una de ellas conducía a más complicaciones y explicaciones.

El teléfono de mi padre, sobre la mesa, empezó a sonar. Pero no lo contestó, sino que siguió mirándome.

–Ya no ¿qué? –preguntó.

–Nada –dije, haciendo una seña hacia el teléfono–. Da igual.

–Quédate ahí un momento. Quiero seguir hablando de esto –dijo, mientras alcanzaba el teléfono–. Gus Sweet. Sí, hola. No, ya iba para allá...

Lo vi darse la vuelta sin dejar de hablar, mientras se dirigía por el pasillo hacia su cuarto. En cuanto desapareció de mi vista, agarré mi mochila y salí corriendo.

El aire era fresco y limpio y sentí que llenaba mis pulmones como si fuera agua al rodear la casa para tomar el atajo hacia la parada del autobús. La hierba estaba mojada y las mejillas me ardían mientras atravesaba nuestro jardín y el del edificio contiguo. Cubierto de escarcha, parecía aún más abandonado que de costumbre y cuando llegué al lateral, con la parada del autobús a la vista, me detuve y me doblé hacia delante, con las manos en las rodillas, para recuperar el aliento y controlar las lágrimas. Sentía el frío a mi alrededor: me llegaba a través de los zapatos, por el aire, moviéndose a través de este lugar vacío y abandonado junto al que me encontraba. Me di la vuelta, respiré hondo, y vi mi reflejo en una de las pocas ventanas intactas que quedaban. Mi cara tenía una expresión salvaje, perdida, y por un momento no me reconocí. Como si la casa me estuviese mirando y yo fuera una extraña. Sin hogar, sin control y sin saber dónde estaba, solo adónde podría dirigirme.

–¡Mclean, espérame!

Me mordí el labio al oír la voz de Dave llamándome desde atrás. Entre estudiar y terminar un trabajo extra que tenía que hacer antes de las vacaciones, había logrado evitar prácticamente a todo el mundo las últimas veinticuatro horas. Hasta ahora.

–Hola –le dije, mientras llegaba corriendo a mi lado.

–¿Dónde te has metido durante todo el día? –me preguntó–. Ya pensaba que habías hecho pellas o algo.

–Tenía exámenes –le dije mientras avanzábamos con el resto de la gente hacia la entrada principal–. Y otras cosas que hacer.

–Ah, claro. Porque te vas.

–¿Qué?

–A la playa. Hoy. Con tu madre –dijo muy despacio y me miró con desconfianza–. ¿No?

–Ah, sí –dije, moviendo la cabeza–. Perdona, es que estoy... algo distraída. Con el viaje, y todo lo demás.

–Ya –me dijo, pero siguió observándome, aunque yo mantenía la vista al frente–. Entonces..., ¿te vas ahora mismo o te pasas primero por el restaurante?

–Pues... –respondí, cuando mi teléfono zumbó en el bolsillo. Lo saqué y miré la pantalla. Era un mensaje de mi padre. VEN AQUÍ ANTES DE IRTE, decía. Una petición, o más bien una orden–, sí, justo iba para allá.

–Genial, te llevo.

Estar a solas con él en ese momento era precisamente lo último que quería. Pero no se me ocurrió cómo evitarlo y lo seguí al aparcamiento. Me senté en su Volvo y, al cabo de tres intentos fallidos, consiguió ponerlo en marcha y dirigirse hacia la salida.

–Oye –me dijo, cuando tomamos la carretera principal, traqueteando–, he estado pensando.

–¿Sí?

–Que tienes que salir conmigo.

Parpadeé.

–¿Cómo?

–Ya sabes: tú, yo, un restaurante o una película, los dos juntos. –Me lanzó una mirada mientras cambiaba de marcha–. ¿Es un concepto nuevo para ti? Si es así, estaré encantado de demostrártelo paso a paso.

–¿Quieres llevarme a ver una peli? –pregunté.

–Bueno, no –dijo–. Lo que quiero es que seas mi novia. Pero pensé que te asustaría si te lo pedía así.

El corazón me dio un vuelco.

–¿Siempre eres tan directo con estas cosas?

–No –respondió. Giró a la izquierda y empezamos a subir por la colina que llevaba al centro. Se veían los edificios altos del hospital y el campanario del campus universitario en la cima–. Pero me da la sensación de que tienes prisa, con tu marcha y eso, así que pensé que sería mejor ir al grano.

–Solo voy a estar fuera una semana –le dije en voz baja.

–Ya –dijo él, mientras el motor se esforzaba por seguir subiendo–. Pero llevo un tiempo queriendo pedírtelo y no podía esperar más.

–¿De verdad? –pregunté. Él asintió–. ¿Desde cuándo?

Se quedó un momento pensando.

–Desde el día que me atacaste con el balón.

–¿Te pareció atractivo?

–No exactamente –respondió–. Más bien vergonzoso y humillante. Pero fue un momento especial..., como una página en blanco. Sin poses ni fingimientos. Fue auténtico.

Estábamos llegando al centro, pasando por delante de la pastelería Frazier, con el Luna Blu a unas manzanas de distancia.

—Auténtico —repetí.

—Sí. Lo que quiero decir es que es imposible fingir nada si ya has visto a la otra persona de una forma que ella nunca habría querido que la vieras. Ya no hay marcha atrás.

—No, supongo que no —respondí.

Entramos en el aparcamiento del Luna Blu, aparcamos junto a un Volkswagen, salimos y nos dirigimos hacia la puerta de la cocina.

—Bueno, no quiero presionarte ni parecer desesperado, pero no me has contestado...

—¡Eh! ¡Esperadme! —Nos llamó alguien por detrás. Me volví justo a tiempo de ver a Ellis, que estaba aparcando la furgoneta al otro lado del Volvo. Enseguida llegó corriendo con las llaves tintineando en una mano—. Me alegro de veros. Pensé que llegaba tarde.

Dave miró el reloj.

—Todos llegamos tarde.

—Solo dos minutos —le dije—. No creo que nos vaya a dar latigazos por eso.

—No estés tan segura. —Abrió la puerta y Ellis y yo pasamos primero—. Estamos hablando de Deb.

—Oye —dije, parándome un momento frente a la puerta cerrada de la oficina de mi padre—, tengo que entrar un momento. Luego os veo.

—Oh, no —dijo Ellis—. Eras nuestra tabla de salvación.

—Pero ahora podemos decir que fue culpa suya —dijo Dave. Y añadió mirándome—: ¡No tengas prisa!

Hice una mueca y se marcharon. La puerta que conducía al restaurante se cerró tras ellos con un portazo.

Me incliné un poco más hacia la puerta de mi padre: lo oí hablando dentro, en voz baja.

–Yo no llamaría ahora. Tu padre ha dicho que no se lo interrumpa hasta nueva orden –dijo alguien. Al volverme vi a Jason en el pasillo, a la entrada de la despensa donde guardaban las latas y productos envasados. En la mano llevaba un portapapeles.

–Ah, ¿sí? –pregunté, volví a mirar la puerta–. ¿Te ha dicho qué pasa?

–No le pregunté –contestó mientras comprobaba algo en su lista–. Pero llevan ahí un buen rato.

Estaba a punto de preguntarle quién estaba con mi padre, cuando decidí no hacerlo. En lugar de eso, le di las gracias y me dirigí al ático.

El restaurante estaba vacío y tranquilo. Los únicos sonidos eran el zumbido de la nevera de la cerveza y el ventilador sobre el mostrador de las camareras, que estaba puesto al máximo. Me detuve en el extremo de la barra y miré la fila de mesas, todas bien dispuestas para la hora de apertura. Como una hoja en blanco, pensé recordando la frase de Dave. Aunque cada turno empezaba de la misma forma, cada día podía ocurrir cualquier cosa.

Subí las escaleras y me sorprendió el silencio. Creí que se habían marchado todos. Cuando llegué a la puerta los vi reunidos alrededor de Deb, que estaba sentada de espaldas a mí, con su portátil abierto sobre las rodillas. No vi lo que había en la pantalla, pero todos lo miraban atentamente.

–... tiene que ser algún tipo de broma –estaba diciendo ella–. O si no, una coincidencia.

–Lo siento mucho, pero no es que sean solo parecidas. Mira esa y esta otra –dijo Heather, señalando la pantalla–. Es la misma chica.

–Pero con nombres distintos –murmuró Riley.

–Diferentes nombres de pila, mismo apellido –recalcó Heather–. Lo que yo digo: la misma chica.

–¿Qué pasa? –pregunté.

Deb dio un respingo y ocultó el portátil mientras se daba la vuelta.

–Nada. Estaba solo...

–Actualizando la cuenta de tuiyo.com para la maqueta, y enlazando nuestras cuentas –terminó Heather por ella–. Imagínate nuestra sorpresa cuando introdujimos tu cuenta de correo y aparecieron cinco perfiles.

–Heather –dijo Riley en voz baja.

–¿Qué? Hace diez minutos estábamos todos de acuerdo en que es una cosa rara –dijo mirándome, mientras Dave y Ellis volvían a mirar hacia la pantalla–. ¿Qué pasa? ¿Tienes personalidad múltiple o algo?

Se me quedó la boca seca cuando el impacto de lo que acababan de descubrir me alcanzó. Di un paso al frente y miré la pantalla, y la lista de nombres que aparecían en ella. Cinco chicas, cinco perfiles, cuatro fotos. MCLEAN SWEET, ELIZA SWEET, LIZBET SWEET, BETH SWEET. Y al final, solo un nombre, nada más, para LIZ SWEET. No había hecho nada más con ella.

–Mclean –me dijo Deb en voz baja. La miré, sin dejar de notar que Dave seguía estudiando la pantalla a un par de metros de mí–. ¿De qué va esto?

Tragué saliva. Todos habían sido tan sinceros conmigo, se habían abierto tanto. Dave y sus momentos vergonzosos,

Riley y sus chicos cabrones, Ellis y la Furgoneta del Amor, Deb y, en fin, todo. Incluso Heather había señalado a su casa y había hablado de su padre, el tecnófobo fan del Loeb. Ahora tenían una buena razón para dudar de todo lo que yo les había contado. Incluso, pensé mirando a Dave, aunque fuera la verdad.

–Yo...

Pero no me salieron las palabras. Nada. Solo pude tomar aire y dar media vuelta en dirección a las escaleras. Avancé cada vez a mayor velocidad, atravesé el restaurante y pasé al lado de Tracey, que estaba colocando las cartas en la barra.

–¡Oye! –me dijo, como un borrón en mi campo de visión lateral–. ¿Hay un incendio o qué?

La ignoré y atravesé la puerta hacia el pasillo que llevaba a la salida trasera. Justo cuando empujaba la puerta oí a Opal salir del despacho de mi padre, detrás de mí.

–Debías habérmelo dicho –exclamó por encima del hombro. Estaba colorada, enfadada–. Dejaste que siguiera a lo mío como una idiota, pensando que las cosas iban bien.

–No lo sabía seguro –dijo mi padre.

–¡Pero sabías algo! –Se paró en seco y dio media vuelta para mirarlo a la cara–. Sabías lo mucho que me importaba este sitio, y esta gente. Lo sabías y no dijiste nada.

–Opal –la llamó mi padre, pero ella se dio la vuelta y se marchó hacia el comedor dando un portazo. Mi padre se la quedó mirando con un suspiro y bajó los hombros. Entonces me vio–. Mclean, hola. Cuándo...

–Así que ya es oficial –le interrumpí–. ¿Nos marchamos?

–Tenemos que hablar –replicó, acercándose–. Hay muchas cosas en qué pensar.

–Yo quiero marcharme –dije–. Me da igual cuándo. Ahora mismo.

–¿Ahora? –Me miró preocupado–. ¿De qué estás hablando? ¿Qué ha pasado?

Meneé la cabeza y pisé la rampa que daba a la puerta.

–Tengo que volver a casa. Mamá... me estará esperando.

–Oye, espera un momento –me dijo–. Dime qué te pasa.

Era lo que todo el mundo quería, que hablara. Mi madre, mi padre, mis amigos, por no hablar de todas las personas en las ciudades en las que habíamos estado antes. Pero hablar era inútil. Lo que importaba eran las acciones. Y yo estaba en movimiento. Ahora, de nuevo, siempre.

14

–¿Seguro que estás bien? –me preguntó mi madre volviendo la cabeza hacia mí–. ¿No tienes calor? ¿Ni frío?

En un panel frente a mí había botones para la calefacción de mi asiento, el ventilador, el control de la humedad. El monovolumen de Peter, uno de los más grandes que había visto, no era un coche, era una casa con ruedas.

–Estoy bien.

–Vale –respondió–. Pero si quieres cambiar algo, hazlo.

Llevábamos algo menos de una hora de viaje y la conversación se había centrado en ese tema, el tiempo y la playa. Mi madre había puesto el control de velocidad en el coche y yo me sentía... como si fuera un robot, realizando los movimientos sin pensar mientras el caos de la tarde iba quedando atrás, kilómetro a kilómetro.

Había acertado: cuando volví a casa, mi madre estaba esperando, dándoles zumo a los niños en el enorme asiento trasero, sentados cada uno en sus sillitas con el cinturón puesto.

–¡Hola! –me saludó, agitando en la mano una pajita–. ¿Lista para el viaje?

–Sí –contesté–. Voy a recoger el equipaje, un momento.

Dentro de la casa, me lavé la cara con agua fría e intenté calmarme. No me quitaba de la cabeza la imagen de todos alrededor del ordenador, delante de todas aquellas versiones mías. Sentía una vergüenza parecida a la fiebre, ardiente, fría y pegajosa, todo a la vez, y por mucho que ajustara el aire acondicionado del coche no iba a servir absolutamente para nada.

–Estaba pensando –dijo ahora mi madre, lanzando una mirada rápida por el retrovisor a los mellizos, que se habían dormido– que podíamos pasar por casa a descargar y luego darnos una vuelta por el paseo marítimo. Hay un restaurante muy bueno, podríamos cenar y luego ir a comprarte un bañador. ¿Qué te parece?

–Bien.

Sonrió y me dio un apretón en la rodilla.

–Estoy tan contenta de que estés aquí, Mclean. Muchas gracias por venir.

Asentí en silencio y sentí que mi teléfono zumbaba en el bolsillo. Había quitado el sonido después de las llamadas de mi padre, Riley y Deb en los primeros veinte minutos de viaje. Era irónico, gracioso o las dos cosas a la vez, que estuviera evitando las llamadas de otros para hablar con mi madre. Pero ya nada tenía sentido.

Al cabo de un rato salimos de la autopista y tomamos una carretera de dos carriles. Los grandes robles dieron paso a los pinos costeros, más pequeños. Me acordaba de los viajes que habíamos hecho juntas, en Superchurro, cuando estaba más nuevo y era de mi madre. Ella conducía y yo me encargaba de la radio y de las bebidas, para que no nos faltara el café o la cola *light*. A veces, nos sentíamos generosas y comprábamos revistas, que yo leía en voz alta para informarnos sobre maquillaje o dietas cuando las emisoras de radio empezaban a escasear. Ahora, en el enorme coche-camión-estación espacial de Peter, teníamos una nevera incorporada llena de bebidas, y radio por satélite con más de trescientas emisoras donde elegir. Por no hablar de la compañía de dos niños pequeños. El paisaje era lo único que no había cambiado.

Había estado temiendo el viaje por varias razones, pero especialmente por estar atrapada con mi madre durante las cuatro horas de trayecto sin poder escapar de su charla. Pero ella me sorprendió al mostrarse tan a gusto como yo con los largos períodos de silencio. Aun así, al cabo de un rato me sentí un poco incómoda.

–Perdona que no hable mucho –le dije, cuando nos quedaba como una hora y media–. Estoy muy cansada.

–No pasa nada –me dijo–. La verdad es que yo también estoy agotada. Y con estos dos, no suelo tener muchos momentos de silencio. Es... Es agradable –dijo lanzándome una mirada.

–Sí –respondí mientras mi teléfono volvía a zumbar. Lo saqué, ignoré la pantalla y lo apagué del todo antes de volvérmelo a meter en el bolsillo–. Es verdad.

Estaba oscureciendo cuando atravesamos el puente hacia Colby. El estrecho se extendía ancho y oscuro por debajo. Los mellizos ya se habían despertado y empezaban a protestar, y tuvimos que ponerles a Elmo cantando versiones de los Beatles –una tortura nueva para mí– y así evitar que se amotinaran.

–Mclean –dijo mi madre, que echó el brazo hacia atrás para recoger una enorme bolsa rebosante de pañales, toallitas y varias cosas más–, mira a ver si encuentras ahí algo para darles de comer. Todavía nos faltan unos diez minutos, pero tal vez con la comida evitemos una explosión nuclear.

–Claro –dije y me puse a rebuscar hasta que encontré un paquete de galletitas saladas con forma de pez. Lo abrí y me volví hacia ellos–. ¿Tenéis hambre?

–¡Pez! –gritó Connor, señalando la bolsa con el dedo.

–Sí, la cena de los campeones –dije yo. Saqué un puñado y se lo di. Madison, que estaba bebiendo de su biberón, también extendió la mano y le di un puñado igual.

Mi madre puso el intermitente y giró a la derecha hacia la carretera que llevaba al centro de la ciudad. No me acordaba bien de Colby, solo que la última vez que había estado allí me había parecido más nuevo que North Reddemane, con muchos edificios a medio construir y obras por todas partes. Ahora, dos años después, la etapa de obras parecía haber terminado y era una ciudad playera normal, con tiendas de surf, de ropa, hoteles y locales de alquiler de bicicletas. Pasamos junto al paseo marítimo y las casas se volvieron cada vez más grandes. Pasaban de ser apartamentos y adosados pequeños de fin de semana a enormes edificios pintados de colores llamativos, con piscinas en el jardín. Los mellizos lloriqueaban al unísono, mientras Elmo cantaba *Baby, you can drive my car* con voz de pito. Mi madre por fin enfiló el camino de entrada hacia una casa de color verde y aparcó.

–¡Ya hemos llegado! –exclamó, mirando hacia los mellizos–. ¿Lo veis? ¡Es la casa de la playa!

La vi. Y estoy segura de que me quedé con la boca abierta.

–Mamá –dije mientras ella sacaba las llaves y abría la puerta–. ¡Menuda casa!

–No es tan grande como parece, te lo prometo –me dijo, mientras bajaba del coche. Detrás de mí, Madison soltó un grito casi tan agudo como los de Elmo.

Me quedé un momento sentada mirando la enorme mansión que se erigía delante de mí. Tenía columnas, tres pisos, un garaje y, desde los ventanales de la fachada principal, vistas al mar.

–Mamá, tengo hambre –protestó Connor, mientras mi madre le desabrochaba el cinturón–. ¡Quiero macarrones con queso!

–¡Macarrones con queso! –se sumó Madison, con el biberón en la mano.

–Vale, vale –les dijo mi madre–. Vamos dentro.

Cargó a Connor en la cadera, rodeó el coche, y sacó a Maddie, que se colocó al otro lado. Después de colgarse la bolsa de los pañales y su bolso, empezó a subir las escaleras con el aspecto de una *sherpa* escalando el Everest.

–Mamá –dije, mientras bajaba del coche y corría tras ella–. Por favor, déjame que lleve algo.

–Ay, sí, muchas gracias.

Me incliné para alcanzar la bolsa, cuando me encontré con Maddie, que me echó los brazos al cuello y apretó sus piernecitas regordetas alrededor de mi cintura. Olía a toallitas húmedas y sudor infantil, e inmediatamente dejó caer una galletita de pez chupeteada dentro de mi camisa.

–A ver..., ¿dónde he puesto las llaves? Aquí están. ¡Muy bien! Ya estamos.

Abrió la puerta con la cadera, entró y encendió la luz. La entrada se iluminó inmediatamente, mostrando las paredes de color amarillo intenso con cuadros de temas playeros.

–Aquí están la cocina y el salón –iba diciendo mi madre cuando nos dirigíamos a las escaleras. Llevaba a Connor a la cadera, y Maddie me agarraba con una mano, mientras se metía la otra en la boca–. Por allí está la *suite* principal, y el resto de los dormitorios se encuentran en el segundo y tercer piso.

–¿Tiene cuatro plantas?

–Bueno... –dijo mi madre, mirándome mientras tocaba otro interruptor y se iluminaba una gran cocina, con una nevera de acero inoxidable más grande y nueva que la del Luna Blu–. En realidad hay cinco. Si cuentas la planta de la sala de juegos. Pero eso era en realidad el espacio del ático.

Se oyó una musiquita tintineante, una melodía que reconocí, pero no pude identificar. Mi madre, con Connor todavía en brazos, metió la mano en el bolso y sacó el teléfono. Le pregunté:

–¿No es...?

–La canción del equipo de Defriese –terminó por mí–. Peter me la grabó en el teléfono. Antes tenía a ABBA, pero me insistió tanto...

No dije nada, me quedé mirando al mar por los enormes ventanales. Mi madre se llevó el teléfono a la oreja y dejó en el suelo a Connor, quien inmediatamente corrió hacia la nevera y empezó a darle golpes con las manos. Intenté soltar a Maddie, pero ella se agarró todavía más fuerte.

–¿Diga? Hola, cariño. Sí, acabamos de llegar. Todo bien. –Mi madre miró hacia Connor, como si estuviera decidiendo si debía atraparlo. Al cabo de un momento ya no fue posible, porque salió disparado hacia el otro extremo de la cocina–. Queríamos deshacer un poco el equipaje y salir al Última Oportunidad. ¿Has cenado? Bien.

Me dirigí a la ventana más cercana y miré a la terraza. Maddie estaba enrollando un mechón de mi pelo. Abajo se veía la piscina, con la cubierta abierta por un lado.

–Te llamaré en cuanto volvamos –continuó mi madre, mientras buscaba en el bolso–. Ya lo sé, yo también. No es lo mismo sin ti. Vale, te quiero. Adiós.

Connor pasó corriendo a mi lado, y se chocó contra mi cadera.

–¡A playa! –gritó, y su aguda vocecita rebotó por la sala.

–Saludos de Peter –me dijo mi madre, mientras dejaba caer el teléfono en el bolso–. Casi nunca pasamos noches separados, si podemos evitarlo. Yo le digo que la mayoría de las parejas viajan cada uno por su lado sin problema, pero él se preocupa de todas formas.

–¿Se preocupa? ¿Por qué?

–Oh, por cualquier cosa –dijo–. Prefiere que estemos todos juntos. Voy por unas cuantas cosas al coche y luego nos vamos. ¿Te importaría vigilar a los mellizos un momento? Es más fácil si voy sola.

–Claro –dije, mientras Connor corría para el otro lado, dejando las huellas de sus palmas en una hilera de puertas de cristal que daban al exterior.

Me sonrió agradecida y se fue hacia el coche. Un momento después, oí la puerta del garaje abrirse y el enorme vehículo desapareció en su interior. Eso me dejaba en un salón enormemente grande con mis hermanastros, uno de los cuales, como una oleada de destrucción unipersonal, ya había dejado manchurrones en todas las superficies de cristal a la vista.

—Connor —le dije, al ver que pegaba puñetazos contra una ventana—. ¡Oye!

Se dio la vuelta, me miró, y me di cuenta de que no tenía ni idea de qué debía decirle. O hacer con él. Abajo, en alguna parte, oí cerrarse una puerta.

—Vamos a ver el agua —le dije, intentando de nuevo dejar a Maddie en el suelo. Imposible. Con ella apoyada en mi cadera, atravesé la sala, abrí la puerta trasera y le ofrecí la mano a Connor. Él me la dio, se agarró fuerte y salimos.

Estaba oscuro y el viento era frío, pero aun así la playa estaba preciosa. La teníamos solo para nosotros, excepto por un par de camionetas aparcadas en el otro extremo, con los faros puestos y cañas clavadas en la arena delante. En cuanto llegamos a la arena, Connor se soltó y echó a correr hacia un charco unos metros más allá. Yo salí detrás de él. Se inclinó sobre el agua para tocarla con una mano.

—Fría —me dijo.

—Ya me imagino —respondí.

Levanté la vista y vi pasar a mi madre frente a los ventanales, con varias bolsas del supermercado, todas las luces de la casa estaban encendidas. Las casas a ambos lados de la nuestra estaban a oscuras, claramente vacías.

—Frío —repitió Maddie, acurrucándose contra mi hombro—. Dentro.

—Ahora mismo —respondí, dándome la vuelta para mirar de nuevo hacia el mar. Incluso por la noche, se veía la espuma de las olas al romper, avanzando hacia delante y retirándose de nuevo. Me quedé quieta junto a Connor, que seguía metiendo la mano en el charco, con el viento alborotando su pelo de niño. Levanté la vista al cielo. Aquí mi madre no necesitaría telescopio, las estrellas parecían estar al alcance de la mano. Y tampoco hacía falta buscar mucho para encontrarlas. A mi madre no le faltaría de nada. Y aunque sabía que para ella, y para Connor y Maddie, eso era algo bueno, me hizo sentir una tristeza que ni siquiera yo entendía.

–¿Mclean? –me llamó mi madre. La vi en el hueco de la puerta abierta, con una mano en la cadera–. ¿Estáis ahí?

Fue muy raro pero, por un momento, una parte de mí quería que me quedara callada para que tuviera que salir a buscarme. Ese pensamiento pasó inmediatamente, hice bocina con una mano para que me oyera sobre el ruido de las olas, y grité:

–Sí, ahora mismo vamos.

Después de una rapidísima cena en el restaurante local –los mellizos estaban hartos de estar amarrados y aguantaron como diez segundos en las tronas–, fuimos, con el frío que hacía, por el paseo marítimo hasta la tienda que mi madre había mencionado antes. Estaba cerrada.

–Horario de invierno –dijo mi madre, comprobando el cartel–. Han cerrado a las cinco.

–No pasa nada –le dije–. Tampoco creo que vaya a nadar.

–Mañana a primera hora te conseguiremos el bañador –me dijo–. Prometido.

De nuevo en casa descargamos el resto del equipaje y lo subimos en ascensor –¡ascensor!– al tercer piso. Mi habitación tenía una colcha de color coral, muebles de mimbre y un cartel que decía PLAYA en letras grandes colgado sobre el espejo. Olía a pintura fresca y ofrecía una vista espectacular.

–¿Estás segura? –le pregunté a mi madre cuando entramos; los mellizos se encaramaron a la cama–. No necesito una cama tan grande.

–Son todas del mismo tamaño –me explicó, un poco avergonzada–. Bueno, menos las de los mellizos. Los he puesto al otro extremo de la casa, para que no te despierten a primera hora.

–Me suelo levantar pronto –le dije.

–¿A las cinco de la mañana?

–¿Qué? –Me la quedé mirando mientras ella asentía–. Vaya, no me extraña que estés cansada.

–Es agotador –me dijo, y los saltos en la cama de Maddie y Connor resaltaron esa idea–. Pero la niñez solo se vive una vez, y pasa tan deprisa. Hace nada tú eras como ellos ahora. Aunque, cuando tú eras pequeña, yo estaba tan preocupada por el trabajo, el restaurante..., que siento que me perdí muchas cosas.

–Siempre estabas conmigo –le dije. Ella me miró, sorprendida–. Era papá el que faltaba, siempre estaba en el Mariposa.

–Ya. De todas formas, si pudiera, haría las cosas de otra manera. –Dio una palmada–. ¡Venga, Maddie y Connor! ¡Al baño! ¡Vámonos!

Se acercó a la cama y agarró a los mellizos a pesar de sus protestas. Los fue empujando hacia la puerta. Estaban en el pasillo cuando Maddie me miró y dijo:

–¿Clane *vene*?

Miré a mi madre.

–¿Qué ha dicho?

–Mclean viene –tradujo, acariciando el pelo de Maddie mientras Connor salía corriendo en dirección contraria–. Vamos a dejar a Mclean instalarse, ¿de acuerdo? Ya la verás luego, antes de irnos a la cama.

Maddie me miró.

–¿No necesitas ayuda? –le pregunté.

–No, gracias.

Sonrió y se marcharon. Sus pisadas sobre la moqueta fueron sonando cada vez más ligeras. ¿Cómo de largo era ese pasillo? Increíble.

Después de disfrutar de la vista unos minutos, regresé al piso de abajo. Ahora tenía la planta principal para mí sola. Me acerqué al sofá rojo, me dejé caer en él y, después de unos minutos de sentirme como una tonta, conseguí encender la enorme pantalla plana que colgaba encima de la chimenea. Hice *zapping* unos minutos y volví a apagarla. Me quedé un rato sentada escuchando el mar.

Al cabo de un momento saqué el teléfono y lo encendí. Había tres mensajes.

–Mclean, soy tu padre. Tenemos que hablar. Llámame, llevaré el teléfono encima toda la noche mientras trabajo en la cocina.

Esta vez no era una pregunta. Era una orden.

–¿Mclean? Soy Deb. Mira, siento muchísimo lo de tuiyo.com. No era mi intención..., no lo sabía, de verdad. Si quieres hablar esta noche, aquí estoy. Vale. Adiós.

Tragué saliva y apreté el botón de «Guardar». Un pitido, y la voz de Riley.

–Hola, Mclean. Soy Riley. Solo quería saber cómo estabas... Lo de antes fue bastante intenso, ¿eh? Deb está hecha polvo. Cree que estás enfadada con ella. Así que, no sé, llámala si puedes, ¿vale? Espero que estés bien.

Bastante intenso, pensé, mientras dejaba el teléfono a mi lado. Era una manera de decirlo. No tenía ni idea de cuánto tiempo llevaban mirando esa página, si realmente habían leído mis otros perfiles o solo habían visto las fotos. Casi no recordaba lo que había escrito en ellos, ahora que lo pensaba. Por eso me levanté y fui hacia el garaje, para recoger mi ordenador y averiguarlo.

Encendí la luz, me acerqué al coche y alcancé mi mochila del asiento delantero. Estaba cerrando la puerta cuando miré al otro lado. Había otro vehículo aparcado junto a una estantería llena de sillas de playa y juguetes para la piscina. Estaba tapado con una lona, pero algo me resultó lo bastante familiar y eso me hizo acercarme y levantar un extremo. Y ahí estaba: Superchurro.

Dios mío, pensé. Aparté la cubierta y el capó rojo abollado, el parabrisas polvoriento y el volante desgastado quedaron a la vista. Estaba segura de que mi madre lo habría vendido o llevado al desguace. Pero ahí estaba, increíblemente, más o menos igual a como yo lo había dejado. Probé la manija de la puerta del conductor, y se abrió chirriando. Me senté tras el volante, el asiento dejó escapar un poco de aire y levanté la vista al retrovisor, de donde colgaba una gert, una de las pulseras de cuerda y cuentas de colores que comprábamos siempre en la tienda de North Reddemane.

Levanté la mano y toqué las cuentas rojas y las conchas. No recordaba mi último viaje, ni tampoco cuándo había tenido lugar exactamente. Estaba intentando calcularlo, cuando vi reflejada en el retrovisor la estantería de la otra pared. En ella se alineaban cajas de plástico y, desde donde me encontraba, vi que al menos tres de ellas tenían un cartel donde ponía MCLEAN.

Me di la vuelta. Mi madre había mencionado que guardaban aquí bastantes cosas, porque tenían mucho sitio, pero no sabía que se refería a cosas mías. Iba a salir del coche cuando volví a ver la pulsera. La agarré y me la llevé.

Por su aspecto, parecía como si el padre de Dave hubiera estado ordenando la estantería: caja tras caja, todas claramente rotuladas. Me agaché y levanté la primera donde decía MCLEAN. Abrí la tapa y vi que estaba llena de ropa: vaqueros viejos, camisetas, un par de abrigos. Mientras miraba en su interior, me di cuenta de que era una mezcla de todo lo que había ido dejando en casa de mi madre cuando la visitaba en vacaciones o los fines de semana, prendas que había ido descartando en nuestras sucesivas mudanzas. Zapatillas de animadora llenas de arañazos que pertenecían a Eliza Sweet, los polos de color rosa que le gustaban a Beth Sweet. Cuanto más abajo buscaba, más vieja era la ropa, hasta que llegué a la de Mclean, como si hubiera excavado varias capas de tierra.

La segunda caja pesaba más y cuando la abrí descubrí por qué: estaba llena de libros. Novelas, cuadernos con mis dibujos y firmas, álbumes de fotos y un par de anuarios escolares. Sostuve el primero, en el que ponía en la portada INSTITUTO WESTCOTT. No lo abrí. No abrí ninguno de ellos. Volví a dejarlo en la caja y la cerré.

La última caja era tan ligera que pensé que estaba vacía. Pero dentro encontré una colcha de *patchwork*, y reconocí que era la que mi madre me había dado el día en que mi padre y yo salimos para Montford Falls. Todavía parecía nueva, un poco rígida, sin usar, no como la de nuestro sofá. Los retales estaban cosidos pulcramente, no había ningún hilo suelto. La coloqué de nuevo en su sitio y guardé la caja con el resto.

Resultaba extraño encontrar allí parte de mi pasado, en este lugar que no era en absoluto parte de mí. Escondido en el piso de abajo, bajo tierra, como el refugio de Dave. Me levanté, me metí la gert en el bolsillo, y volví a cubrir a Superchurro antes de recoger mi maleta y dirigirme de vuelta a las escaleras.

Mi madre seguía ocupada con los mellizos; me senté en la enorme isla de la cocina, en uno de los diez taburetes tapizados de cuero, y encendí mi portátil. Mientras susurraba abriendo los programas de inicio me permití, por primera vez en las últimas horas, pensar en Dave. Había sido demasiado duro, completamente vergonzoso pensar en su expresión –una mezcla de sorpresa, interés y decepción– mientras miraba los perfiles con los demás. Una página en blanco, así había calificado al momento en que lo derribé al suelo. Auténtico. Ahora sabía que se había equivocado.

Abrí el navegador y me dirigí a tuiyo.com. Introduje la dirección de correo y apreté el botón de búsqueda. A los diez segundos apareció la misma lista que ellos habían visto: desde Liz Sweet, la más nueva y con menos información, hasta Mclean, la chica que fui en Tyler hacía tantos años. Estaba haciendo clic en ella cuando sonó el timbre de la puerta.

Me levanté y me acerqué a las escaleras.

–¿Mamá? –la llamé, pero no me respondió. En una casa tan grande, tampoco era de extrañar.

El timbre volvió a sonar, así que bajé y miré por la ventana. Había una mujer alta, guapa y rubia con vaqueros y un jersey de lana a ochos, con una bolsa en la mano. Llevaba en brazos una niña pequeña de la edad de Maddie y Connor, con el pelo castaño rizado. Cuando abrí la puerta, me sonrió.

–Debes de ser Mclean. Soy Heidi –me dijo, y me ofreció la mano libre. Después de saludarnos, me entregó la bolsa–. Esto es para ti.

Alcé las cejas y la abrí.

–Son bañadores –me explicó. Vi un poco de negro y rosa–. No sabía qué te gustaría, así que he metido un par. Si no te gusta ninguno, tengo muchos más en la tienda.

–¿En la tienda?

–Clementine's –me dijo, mientras la niña me observaba con la cabeza apoyada en su hombro–. Es mi *boutique,* en el paseo marítimo.

–Ah –respondí–. Nos hemos pasado por allí.

–Eso he oído. –Sonrió y bajó la vista a la niña–. Ni Thisbe, aquí presente, ni yo soportamos la idea de que alguien esté cerca de una piscina climatizada y un *jacuzzi* y no tenga un bañador. Eso va en contra de todas nuestras creencias.

–Ah. Bueno... gracias –dije.

–De nada. –Se inclinó un poco hacia la derecha, mirando detrás de mí–. Y además... era una excusa para venir a ver a Katherine sin tener que esperar a la fiesta de mañana. ¡Hace siglos que no nos vemos! ¿Está por ahí?

¿Fiesta?, pensé. Pero en voz alta dije:

—Está arriba, bañando a los mellizos.

—Genial. Voy a subir un momentito a saludarla, ¿de acuerdo?

La dejé pasar y ella entró, haciendo saltar y reír a la niña mientras subía las escaleras. La oí subir el siguiente tramo de escaleras, y después gritos y risas cuando se reunió con mi madre.

Volví al ordenador y me deslicé en el taburete. Arriba se oía la charla de mi madre y Heidi, sus voces rápidas y ligeras, y mientras miraba mis alter egos me di cuenta de que mi madre también tenía uno nuevo. Katie Sweet había desaparecido, pero Katherine Hamilton era la reina de un palacio junto al mar, con nuevas amigas y paredes recién pintadas con otros colores, una nueva vida. Las únicas cosas fuera de lugar eran el coche, escondido bajo una lona, y yo.

Sonó mi teléfono, bajé la vista y vi que era mi padre. En cuanto descolgué empezó a hablar.

—A mí no me dejas plantado de esa forma —empezó, sin saludo ni nada—. Y contestas el teléfono cuando te llamo. ¿Sabes lo preocupado que estaba?

—Estoy bien —dije, sorprendida por la llamita de irritación, tan nueva, que sentí al oír su voz—. Ya sabes que estoy con mamá.

—Lo que sé es que tú y yo tenemos cosas de qué hablar, y quería hacerlo antes de que te fueras —replicó.

—¿Y qué hay que hablar? —le pregunté—. Al parecer, nos vamos a Hawái.

—Puede que yo tenga una oferta de trabajo en Hawái —me corrigió—. Nadie ha dicho que tú tuvieras que venir también.

–¿Y cuál es la alternativa? ¿Volver a Tyler? Sabes que no puedo hacer eso.

Se quedó un momento callado. De fondo se oían voces, seguramente Leo y Jason, gritándose pedidos el uno al otro.

–Solo quiero que lo hablemos. Sin discutir. Cuando no esté metido hasta el cuello en la hora punta de la cena.

–Me has llamado tú –señalé.

–Cuidado con ese tono –me advirtió.

Me callé inmediatamente.

–Te llamo mañana por la mañana, así tendremos los dos tiempo de aclararnos un poco. Nada de decisiones hasta entonces, ¿de acuerdo?

–De acuerdo –dije, mirando al mar–. Nada de decisiones.

Colgamos y cerré el navegador, haciendo desaparecer de nuevo a todas aquellas chicas Sweet. Luego subí las escaleras hacia las voces de mi madre y de Heidi. Pasé por delante de varios dormitorios, caminando sobre la mullida moqueta, hasta llegar hasta ellas, detrás de una puerta entreabierta.

–... la verdad, no lo pensé a fondo –estaba diciendo mi madre–. Y ahora, sin Peter aquí, es mucho más complicado. Creo que es una carga demasiado grande, aunque en su momento me pareció que era lo que quería.

–Todo irá bien –le dijo Heidi a mi madre–. La casa está terminada, has sobrevivido al viaje. Ahora lo único que tienes que hacer es intentar relajarte.

–Se dice fácil –dijo mi madre. Se quedó un momento callada, solo se oía a los niños salpicando y parloteando. Luego añadió–: Antes solía ser muy divertido. Pero solo llevo aquí un par de horas y ya estoy..., no sé. No me siento bien con todo esto.

–Mañana verás las cosas de otra manera, tras una buena noche de descanso –la tranquilizó Heidi.

–Probablemente –dijo mi madre, aunque no sonaba muy convencida–. Espero que no haya sido un error.

–¿Y por qué iba a ser un error?

–Porque no me di cuenta de que... –se interrumpió–. Ahora todo es diferente. No pensé que sería así, pero así es.

Di un paso atrás, sorprendida ante la puñalada de dolor que sentí en el pecho, e hizo que me ardiera la cara. Dios mío, pensé. A través de todas las mudanzas, y todas las distancias, siempre había habido una constante: mi madre quería que estuviera con ella. En lo bueno y en lo malo –normalmente en lo malo– nunca lo dudé ni un segundo. Pero, ¿y si me había equivocado? ¿Y si esta nueva vida era justamente eso, nueva, como esta casa impresionante, y ella quería mantenerla así, sin cargas adicionales? Katie Sweet tenía que lidiar con su hija mayor, distante y difícil. Pero Katherine Hamilton no.

Di media vuelta y recorrí el ancho pasillo hacia una escalera desconocida en una casa ajena. Me sentí asustada de repente, como si ya nada me resultara familiar, ni siquiera yo misma. Metí mi ordenador en la mochila y bajé las escaleras de dos en dos hacia el garaje. Tenía un nudo en la garganta cuando abrí la puerta de un empujón, pasé por detrás del enorme coche de Peter hasta llegar a Superchurro. Le quité la lona y arrojé la mochila en el asiento del copiloto, cuando caí en la cuenta de que ya no tenía la llave. Me quedé un segundo allí sentada y luego tuve una idea, me agaché y busqué debajo de la alfombrilla. Un momento después sentí el contorno en los dedos y saqué mi llave de repuesto. Había estado esperándome todo aquel tiempo.

El motor se puso en marcha y mientras se calentaba abrí el maletero y salí. No fue fácil meter las tres cajas en el pequeño espacio de carga, pero lo conseguí. Luego encontré el botón para abrir la puerta del garaje, lo pulsé, y me metí de nuevo en el coche.

La calle estaba a oscuras, no había ningún coche a la vista cuando salí a la carretera. No tenía ni idea de dónde estaba, pero sabía cómo llegar a donde quería ir. Puse el intermitente y giré a la derecha, hacia North Reddemane.

15

Veinticinco minutos más tarde me encontraba abriendo la puerta de la habitación 811 del Poseidón y palpando la pared en busca del interruptor de la luz. El cuarto se iluminó y me topé con la decoración, dolorosamente familiar. La colcha descolorida, la pintura descascarillada sobre el cabecero de la cama, un ligero aroma a moho en el ambiente.

Había conducido todo el camino inclinada sobre el volante, escudriñando la carretera, temiendo que de alguna manera todo lo que recordaba hubiera desaparecido y se hubiera borrado del mapa. Me di un susto cuando vi que el restaurante Shrimpboats había cerrado, pero luego, en la siguiente colina, vi la tienda Gert's, con su cartel de ABIERTO 24 HORAS. El Poseidón, tal como lo recordaba, estaba justo detrás.

Pensé que la encargada podía hacerme alguna pregunta, teniendo en cuenta mi edad y la hora de la noche, pero apenas me miró cuando aceptó el dinero y me deslizó sobre el mostrador la llave de la habitación.

–La máquina de hielo está el otro lado del edificio –me informó antes de regresar a su libro de crucigramas–. La máquina de bebidas solo acepta billetes, no monedas.

Le di las gracias y aparqué el coche delante de mi habitación. Solo tardé un par de minutos en sacar las cajas y llevarlas hasta la puerta, y un minuto más en entrar. Ya estaba allí. Me senté un rato en la cama, mirando a mi alrededor, oyendo el ruido de las olas romper con fuerza al otro lado de la puerta. Entonces me puse a llorar.

Había sido todo un desastre. Los traslados, las huidas, los cambios: ya no podía llevar la cuenta de todo, y tampoco quería. Estaba cansadísima, como para meterme bajo aquella colcha vieja y dormir durante días. Nadie sabía dónde estaba, ni un alma, y aunque pensé que eso era lo que quería, me di cuenta, en el silencio de la habitación, de que aquello era lo más aterrador de todo.

Me sequé los ojos y respiré hondo. Sabía que tenía que volver a casa de mi madre, que estaría preocupada. Sabía que mañana lo vería todo de otra manera. Pero aquel no era mi hogar, ni tampoco Tyler ni Petree ni Westcott ni Montford Falls, ni siquiera Lakeview. No tenía nada, ni a nadie. Agarré mi teléfono, temblando, y miré la pantalla iluminada bajo mis dedos. Un montón de caras borrosas pasaron por mi cabeza: mis amigos en Tyler, las chicas del equipo de animadoras en Montford Falls, los chicos de iluminación y sonido con los que había charlado detrás del escenario en Petree. Y luego Michael, mi surfista, y así hasta Riley y Deb. Había conocido a suficientes personas como para llenar cada minuto del día, pero no tenía a nadie que fuera mi «dos de la mañana». Solo había una persona que podía haberlo sido, pero ni siquiera estaba segura de que quisiera volver a hablarme.

¿Y qué hay de aquello de con verrugas y todo?, pensé, al recordar el círculo negro en la muñeca de Dave. Miré mi propia muñeca, donde me había atado la vieja gert cuando salí de casa de mi madre. Los dos llevábamos círculos en las muñecas, totalmente distintos pero igual de importantes. Yo sabía que tenía muchos defectos, e incluso más secretos. Pero no quería estar sola. Ni a las dos de la mañana ni ahora.

Marqué el número despacio, por temor a equivocarme. Dos tonos, y contestó.

–Sí –dije yo, después de su «¿diga?».

–¿Mclean? –preguntó–. ¿Eres tú?

–Sí –repetí, tragando y mirando a través de la puerta abierta, hacia el mar–. La respuesta es sí.

–La respuesta... –repitió despacio.

–Me preguntaste si quería salir contigo. Sé que probablemente habrás cambiado de opinión. Pero quiero que sepas que la respuesta era «sí». En lo que a ti respecta, siempre ha sido que sí.

Se quedó un momento callado.

–¿Dónde estás?

Empecé a llorar de nuevo, con la voz ronca. Me dijo que me calmara. Que todo se iba a arreglar. Y luego me dijo que vendría enseguida.

Después de colgar, fui al cuarto de baño y me lavé la cara, con una toalla áspera. Estaba cansadísima, pero sabía que tenía que permanecer despierta para poder explicárselo todo cuando llegara, a la hora que fuese. Me senté en la cama, me quité los zapatos y alargué la mano hacia el mando del televisor, pero luego vi mis cajas y lo dejé donde estaba. Alcé la más pesada, le quité la tapa y me puse a amontonar las cosas a mi alrededor sobre la cama. Los libros, las fotos enmarcadas y los álbumes, los anuarios escolares, mis cuadernos y diarios, todos en círculo, como números en un reloj, conmigo en el centro. Sostuve una fotografía suelta de mi madre conmigo cuando estaba en primaria, posando en una feria de verano. Junto a ella había otra enmarcada, de la boda de mi madre con Peter, ella de blanco y él con un chaqué oscuro, conmigo delante, como dama de honor. Una tercera: los mellizos de bebés, dormidos en una sesión de fotos profesional, con sus deditos entrelazados. Fotos con marcos de madera y de metal, decorados con conchas o con imanes en la parte trasera. Hasta ahora no sabía que tuviera tantos, y cuando los extendí sobre la cama, junto a la colcha de *patchwork,* fui buscando mi cara en cada uno, reconociendo mis diferentes encarnaciones.

En la feria era yo cuando todo iba bien: mis padres seguían juntos, mi vida intacta. En la boda parecía una sonámbula, con la sonrisa fingida y los ojos cansados. En las primeras con los mellizos, sacadas en las vacaciones después de la mudanza, solo el color del pelo, el maquillaje y la ropa me permitían saber quién era cuando la cámara disparó. Reconocí la coleta de Eliza y la camiseta con la mascota del colegio; los ojos pintados y el jersey de cuello vuelto negro de Lizbet, la falda escocesa y la camisa bien planchada de Beth. Me miré en el espejo al otro lado de la habitación, rodeada de todas aquellas cosas. Tenía el pelo más largo que de costumbre, vaqueros, una camiseta blanca y un jersey negro encima. Llevaba pendientes de oro con forma de aro y aquella gert en la muñeca. Sin maquillaje, sin máscara, sin disfraz. Solo yo, al menos por ahora.

Miré la pila de cuadernos, con las pastas decoradas con mi letra redonda, firmas tontas, dibujos que había garabateado durante clases aburridas. Saqué uno y lo abrí en una hoja en blanco; volví a contemplar el círculo de fotografías e historias a mi alrededor. Luego agarré el bolígrafo del hotel de la mesilla de noche y empecé a escribir.

«En Montford Falls, el primer lugar al que me trasladé, me puse de nombre Eliza. El barrio en el que vivíamos estaba lleno de familias felices, como salidas de un programa antiguo de televisión.»

Me detuve, leí lo que había escrito, y miré fuera. Un coche pasó despacio, sus faros iluminaron la carretera vacía. Volví la página.

«En la siguiente ciudad, Petree, todos eran ricos. Allí fui Lizbet, y vivíamos en un edificio de apartamentos altísimo, decorado con maderas oscuras y electrodomésticos metálicos. Era como salido de una revista: incluso el ascensor era silencioso.»

Bostecé y estiré los dedos. Era la una y media.

«Cuando nos mudamos a Westcott vivíamos en una casa a pie de playa. El tiempo era tan soleado y cálido que podía ir todo el año con chanclas. El primer día me presenté como Beth.»

Sentí el cansancio, la pesadez de aquel día tan largo, cayendo sobre mí. No te duermas, pensé. No te vayas.

«En Lakeview la casa tenía una canasta de baloncesto. Y yo iba a ser Liz Sweet.»

La última vez que recuerdo haber mirado el reloj eran las dos y cuarto. Lo siguiente que recuerdo es despertarme, con la habitación en penumbra. Aparté las fotos, me deslicé fuera de la cama y fui a abrir la puerta esperando ver la cara de Dave.

Pero no era él. Era mi madre, con mi padre al lado. Me miraron a mí, después a la habitación, tan cansados como yo misma.

–Oh, Mclean –dijo mi madre, llevándose una mano a la boca–. Gracias a Dios. Aquí estás.

Aquí estás. Como si hubiera estado perdida y ahora me hubieran encontrado. Abrió la boca para decir algo más, y mi padre también empezó a hablar, pero para mí era todo demasiado en ese momento, y no pude asimilarlo. Di un paso adelante y ellos me abrazaron.

Me puse a llorar en los brazos de mi madre y mi padre nos condujo dentro y cerró la puerta. Mi madre apartó las fotos, mi padre los cuadernos, y yo me tumbé, acurrucada, con la cabeza en el regazo de mi madre y los ojos cerrados. Me sentía tan cansada. Mientras ella me acariciaba el pelo los oí hablar en voz baja. Un momento después oí algo más, un sonido distante pero tan reconocible como las olas de la playa. Las hojas que pasaban, una detrás de otra: páginas de una historia que por fin se contaba.

16

–Oye, no era broma –dije–. No me necesitabais.

Deb se dio la vuelta. Su rostro se iluminó al verme.

–¡Mclean! ¡Hola! ¡Has vuelto!

Asentí y me aguanté una carcajada al verla venir hacia mí, sin zapatos, andando como un pato con calcetines. En parte me hizo gracia su reacción tan escandalosa, pero también las palabras que adornaban la pared en un cartel donde se leía: «¡ZAPATOS FUERA! ¡NADA DE PA-LABROTAS! ¡EN SERIO!».

–Me gusta tu cartel –le dije, mientras me abrazaba.

–La verdad, no me quedó más remedio que ponerlo –dijo, mirándolo–. ¡Había marcas de zapatos en todas las calles! Y a medida que se acerca la fecha final, más nervioso está todo el mundo. A ver, esta es una actividad cívica. Hay que mantener cierta limpieza, tanto en sentido figurado como en el literal.

–Está quedando genial. –Era cierto. Había algunos espacios vacíos en los bordes de la maqueta, y faltaban los detalles y los árboles, pero por primera vez parecía completa, los edificios se extendían por toda la superficie y no quedaban huecos entre medias–. Habréis tenido que trabajar todos los días a tiempo completo.

–Más o menos. –Contempló su obra con los brazos en jarras–. No había más remedio, con la nueva fecha y todo eso.

–¿Nueva fecha? –pregunté.

–Bueno, por el cierre del restaurante –respondió, mientras se agachaba a retirar una mota de polvo del techo de un edificio. Un segundo después, me miró–. Ay, madre. Lo del restaurante lo sabías, ¿no? Claro, pensé que, por tu padre...

–Lo sabía –respondí–. No te apures.

Soltó un suspiro de alivio y se inclinó de nuevo para ajustar otra pieza.

–El 1 de mayo ya era una fecha ambiciosa, si te digo la verdad. Intenté aparentar optimismo, pero en el fondo tenía mis dudas. Y luego va Opal el fin de semana pasado y nos dice que tenemos que tenerlo terminado para desalojar la sala en la segunda semana de abril, porque han vendido el edificio. Casi me desmayo del susto. Tuve que ir a contar.

Me pareció no haberla oído bien. Ella movió un poco la maqueta y limpió una junta con el dedo.

–¿Contar?

–Hasta diez –me explicó–. Es lo que hago para que no me dé un ataque de pánico. A veces tengo que llegar a veinte e incluso a cincuenta para tranquilizarme.

–Ah, vale.

–Y luego –añadió, dando otro paso para ajustar el campanario de una iglesia– nos quedamos sin Dave, lo que fue una gran pérdida, especialmente porque tú tampoco estabas. Ahí tuve que contar y respirar.

–¿Qué? –pregunté.

–Respirar –me explicó–. Ya sabes, inspirar hondo, expirar hondo, visualizar que el estrés desaparece...

–No –la interrumpí–. Dave. ¿Qué quieres decir con que os quedasteis sin él?

–Porque está castigado sin salir –me dijo. Cuando vio que no comprendía, me miró–. Lo de sus padres. ¿No lo sabías?

Negué con la cabeza. La cuestión era que me daba tanta vergüenza haberlo llamado, especialmente porque no apareció, que ni siquiera había intentando ponerme en contacto con él, aunque sabía que debía hacerlo.

–¿Qué..., qué ha pasado?

–Bueno, los detalles no los conozco –respondió, mientras estiraba la espalda–. Lo único que sé es que la semana pasada lo pillaron escapándose por la noche con el coche, hubo una bronca monumental y básicamente está encerrado sin salir de casa indefinidamente.

–No me digas.

–Ah, y el viaje a Austin se acabó. Al menos para él.

Tuve que procesar esta información.

–Oh, Dios mío. Es horrible.

Ella asintió tristemente.

–Sí. Como te digo, esto ha sido un drama continuo. Solo espero que podamos terminar sin más desastres.

Dio un paso atrás y me apoyé contra una mesa mientras ella rodeaba la maqueta. Así que eso era lo que le había pasado a Dave. Y yo que había creído que había cambiado de idea y por eso no había venido, cuando resulta que, al final, ni siquiera había podido.

–Entonces... ¿no ha estado aquí en ningún momento?

Deb me miró por encima del hombro.

–Sí, ha venido. Pero solo en el último par de días, una hora aquí y allá. Creo que lo tienen bastante vigilado.

Pobre Dave. Después de tanto tiempo portándose bien, cumpliendo las condiciones. Y ahora, por mi culpa, tenía que volver a empezar desde el principio.

–No es posible que sus padres lo dejen sin viaje –dije al cabo de un momento–. A lo mejor se lo piensan, o...

–Eso mismo dije yo. Pero, según Riley, es poco probable. –Se agachó y se sentó sobre los talones para colocar una casa que estaba suelta en su lugar–. Ya han decidido usar parte del fondo para pagar la deuda de Heather, y que pueda ir ella. Tuvieron una reunión sobre eso.

–Una reunión –repetí.

–Aquí, mientras trabajaban. Tuvieron que hacer las dos cosas a la vez –dijo sonriente–. Fue para mí un gran honor poder estar presente.

Mientras ella volvía a inclinarse sobre la maqueta, observando de cerca una hilera de adosados, yo me sentí paralizada. Me parecía increíble que la semana que yo había pasado en Colby, intentando decidir sobre mi futuro, todos los planes que Dave siempre había tenido claros estuvieran viniéndose abajo. Yo creía que me había fallado. Pero, obviamente, había sido al revés.

Cuando desperté en el Poseidón a la mañana siguiente, me encontré sola. Me senté en la cama y miré a mi alrededor: el cuaderno en el que había escrito estaba cerrado sobre una mesilla, y todas las fotos y anuarios ordenados en un montón sobre una de las sillas. La puerta estaba ligeramente abierta, el viento soplaba a través de la mosquitera. Me puse de pie frotándome los ojos y me dirigí hacia ella. Fuera, en los escalones, estaban sentados mis padres.

–Me siento como la peor madre del mundo. Todo esto, las distintas identidades... No tenía ni idea.

–Al menos tú puedes decir que estabas lejos. Pero yo estaba allí mismo –replicó mi padre.

Mi madre se quedó un momento callada.

–Lo hiciste lo mejor que supiste. Es lo único que se puede hacer, en realidad. ¿No te parece?

Mi padre asintió y miró hacia la carretera. Hacía tanto tiempo que no los veía así a los dos, que por un momento me quedé contemplándolos. Él se frotaba la cara y ella sostenía una taza de café con las dos manos, con la cabeza inclinada hacia un lado. Desde lejos, era imposible adivinar toda su historia, con todos sus altibajos. Podría pensarse que eran amigos.

Mi madre se giró entonces y me vio.

–Cielo, ya estás despierta.

–¿Qué estáis haciendo aquí? –pregunté.

Mi padre se levantó.

–Te marchaste de la casa de tu madre en mitad de la noche, Mclean. ¿De verdad creías que no íbamos a preocuparnos?

–Solo necesitaba un poco de tiempo –dije en voz baja, mientras él se acercaba y abría la puerta. Una vez dentro, me abrazó muy fuerte y me dio un beso en la coronilla.

–No se te ocurra volver a darme un susto semejante –me dijo, y se apartó para que mi madre pudiera pasar–. Lo digo en serio.

Asentí en silencio mientras la puerta se cerraba detrás de ella. Y entonces nos quedamos los tres en la habitación. Me senté en la cama. Mi madre, tomando otro sorbo de café, se sentó en la silla junto al aparato de aire acondicionado. Mi padre, junto a la ventana, se quedó donde estaba.

–Bueno –concluyó él al cabo de un momento– creo que tenemos que hablar.

–Habéis leído el cuaderno –les dije.

–Sí –suspiró mi madre, y se apartó el pelo de la cara–. Ya sé que probablemente era privado..., pero teníamos muchas preguntas. Y tú no estabas en condiciones de responderlas.

Me miré las manos y entrelacé los dedos.

–Yo no me di cuenta... –empezó mi padre, pero se interrumpió. Luego miró a mi madre antes de seguir–. Los nombres distintos. Pensé que eran solo eso..., nombres.

Qué difícil era aquello. Tragué saliva.

–Así fue como empezó –expliqué–, pero después pasó a ser algo más.

–Es imposible que fueras feliz si tenías la necesidad de hacer eso –dijo mi padre.

–No se trataba de ser feliz o infeliz. Es que no quería seguir siendo yo.

Se intercambiaron una mirada. Mi madre dijo muy despacio:

–Creo que ninguno de los dos nos dimos cuenta de lo difícil que fue el divorcio para ti. Lo...

Miró a mi padre.

–Lo sentimos mucho –terminó él por ella.

El silencio era tan profundo que era capaz de oír mi respiración. Fuera, las olas golpeaban la arena y se retiraban de nuevo hacia el mar. Pensé que al final todo se lava y se va, una y otra vez. Creamos tantos desastres en la vida, por accidente o a propósito. Pero limpiar la superficie no arregla las cosas. Simplemente oculta lo que se halla por debajo. Solo cuando se cava hondo, bajo tierra, descubre uno quién es de verdad. Pensando en esto, miré a mi madre.

–¿Cómo supiste que estaba aquí?

–Tu amigo nos lo dijo –dijo mi padre.

–¿Mi amigo?

–El chico... –Miró a mi madre.

–Dave –dijo ella.

–¿Dave?

Ella dejó el café en el suelo, junto a los pies.

–Cuando me di cuenta de que te habías ido y te habías llevado el coche... Me entró el pánico. Llamé a tu padre y él salió del restaurante de camino hacia aquí para ayudarme a buscarte.

–Pasé un momento por casa a recoger un par de cosas y justo cuando iba a ponerme en camino apareció Dave. Me dijo dónde podía encontrarte.

–Él también estaba preocupado por ti. –Mi madre me pasó una mano por el hombro–. Dice que estabas triste cuando te marchaste, y que lo llamaste llorando...

Se interrumpió y carraspeó.

–Me gustaría que sintieras que puedes hablar con uno de nosotros. Fuera lo que fuera, sabes que te queremos, Mclean. Pase lo que pase.

Con verrugas y todo, pensé mientras miraba el cuaderno, las fotos y los anuarios escolares.

–Primero me enteré de lo de Hawái –dije–, y luego llegué aquí y todo era tan distinto, la casa... –Mi madre se estremeció y se miró las manos–. Te oí hablar con Heidi, diciendo que tenerme contigo no era como esperabas.

–¿Qué?

–Dijiste que pensabas que quería que viniera, pero luego...

Ella me miró totalmente confundida. Entonces exhaló y se llevó la mano al pecho.

–¡Ay, cielo! Cariño, no me refería a ti. Estaba hablando de la fiesta.

–¿Qué fiesta?

–Para ver el torneo de la CUE –me dijo. Conocía bien esas siglas, era la Conferencia Universitaria del Este, a la que pertenecían tanto Defriese como la universidad de Lakeview–. Los últimos años lo veíamos aquí, si yo no acompañaba a Peter. Lo habíamos planeado para esta semana desde hacía mucho, pero una vez aquí me di cuenta de que coincidiría con tu visita y ya no me apetecía. Quería estar... solo nosotras. Eso es lo que quise decir.

–Yo pensé... –me interrumpí–. De repente me sentí perdida. Y este era el único sitio familiar para mí.

–¿Este hotel? –preguntó mi padre, mirando alrededor.

–Lo pasábamos muy bien aquí –le contó mi madre–. Siempre nos alojábamos en este hotel cuando veníamos a la playa.

–¿Te acuerdas? –le pregunté.

–Claro, ¿cómo se me iba a olvidar? –Movió la cabeza–. Colby me encanta, claro. Y Peter tiene razón, aquí ya no queda nada. Pero sigo viniendo de vez en cuando. Me encanta la vista.

–A mí también –dije, mirándola.

–Aunque la verdad es que no recordaba este olor a humedad –precisó.

–Yo sí –le dije, y ella sonrió, dándome un apretón en el hombro.

Por un momento nos quedamos en silencio. Luego mi padre miró a mi madre antes de decidir.

–Tu madre y yo creemos que debemos sentarnos a hablar los tres juntos. Del futuro.

–Ya lo sé –dije.

–Pero –continuó– tal vez podamos hablar mientras comemos. No sé vosotras, pero yo me muero de hambre.

–De acuerdo –respondió mi madre. Levantó la muñeca y consultó el reloj–. El Última Oportunidad abre a las siete de la mañana. Solo faltan diez minutos.

–¿Última Oportunidad?

–El mejor restaurante de la playa –le explicó mi madre poniéndose de pie–. Vas a alucinar con el beicon.

–Convencido –dijo mi padre–. Vamos.

Antes de salir me ayudaron a recoger. Parecía un ritual, algo sagrado, volver a guardar todas aquellas cosas en las cajas. Y cuando coloqué las tapas y apreté para cerrarlas, el sonido no era tan distinto del de las casitas de la maqueta al encajar en su lugar. Clic.

Cuando salimos al aparcamiento soplaba un viento frío y cortante, el cielo era una tabla gris y el sol apenas se veía. Mientras mi madre sacaba las llaves, le pregunté:

–¿Y los mellizos? ¿No tienes que volver con ellos?

–Tranquila –dijo–. Heidi llamó a dos de sus canguros, Amanda y Erika. Tenemos todo el tiempo del mundo.

Todo el tiempo del mundo, pensé mientras salíamos a la carretera. Mi padre nos seguía con su coche. ¡Si fuera verdad! En realidad, había trabajos y plazos, comienzos y finales de los cursos en el colegio, el tiempo se escapaba constantemente. Al pasar por delante de Gert's, que seguía con el letrero de ABIERTO 24 HORAS iluminado, me miré la pulsera y la retorcí. Tal vez no hiciera falta todo ese tiempo, al fin y al cabo. Solo un par de horas, un buen desayuno y una oportunidad de hablar con las dos personas que mejor me conocían, fuera yo la que fuese.

Fuimos los primeros en el local, donde una chica rubia con delantal y aspecto de dormida nos abrió la puerta.

–Hoy has madrugado –le dijo a mi madre–. ¿Han dado los niños una mala noche?

Mi madre asintió y sentí que me miraba.

–Sí. Algo así.

Recogimos las cartas y pusimos boca arriba las tazas cuando la camarera se acercó con la cafetera. En la cocina, al otro lado de la ventanilla, se oía la plancha chisporroteando, una radio, y el tintineo de la caja que estaba abriendo otra camarera. Resultaba todo tan familiar, como si ya lo conociera bien, aunque la visita de la tarde anterior había sido cortísima. Miré a mis padres, mi madre a mi lado y mi padre enfrente, los dos consultando la carta, por una vez los dos solos conmigo. Yo creía que había perdido mi hogar. Pero allí, en ese mismo momento, me di cuenta de que estaba equivocada. El hogar no era una casa concreta, ni una ciudad en el mapa, sino el lugar donde están las personas a las que quieres, siempre que estáis juntos. No es un espacio, sino la suma de los momentos que se van construyendo, uno sobre otro, como ladrillos, un refugio sólido que llevas contigo toda tu vida, vayas donde vayas.

Aquella mañana hablamos mucho, durante un largo desayuno acompañado por muchas tazas de café. Y seguimos hablando cuando volvimos a la casa, donde mi padre dio conmigo un paseo por la playa mientras mi madre se quedaba con los mellizos. No tomamos grandes decisiones, aún no; solo que me quedaría toda la semana en Colby, como habíamos planeado, y que nos tomaríamos un tiempo para decidir qué hacer a continuación.

Después de varias conversaciones más, en persona con mi madre y al teléfono con mi padre, decidimos que Hawái no era una opción, al menos para mí: en eso estaban los dos de acuerdo. Y eso significaba que al final terminaría el instituto en el mismo lugar donde lo empecé: en Tyler. No era algo que me hiciera feliz, ni mucho menos, pero por fin comprendí que era mi única opción. Intenté aceptarlo como una forma de cerrar el círculo. Me había marchado de allí y, de alguna forma, me había fracturado. Al regresar, volvía a recomponerme y ser una persona completa de nuevo. Luego, en otoño, volvería a empezar de nuevo en algún otro lugar. Aunque esta vez sería una chica más en una clase entera de recién llegados.

Aquella semana en la playa dediqué mucho tiempo a pensar en los últimos dos años, a contemplar mis anuarios y mis fotos. También pasé mucho tiempo con mi madre y me di cuenta de que me había equivocado al pensar que ella también se había reinventado completamente cuando dejó de ser Katie Sweet para convertirse en Katherine Hamilton. Sí, tenía una familia nueva y nuevo aspecto, además de una enorme casa en la playa y el papel totalmente nuevo de ser la esposa de un entrenador. Pero aquí y allá seguía viendo destellos de la persona que yo conocía.

Sentía una gran familiaridad, un sentimiento extraño de *déjà vu* al verla con Connor y Madison sentada en el suelo haciendo construcciones, o leyendo *Buenas noches, Luna* con los dos sentados en su regazo. A veces, cuando encontraba su iPod, lo encendía y veía muchas canciones que estaban también en el de mi padre: Steve Earle y Led Zeppelin, mezclados con Elmo y nanas para bebés.

Además, todas las noches, en cuanto se dormían los mellizos, lo primero que hacía era salir a la terraza con una copa de vino y mirar las estrellas. Y a pesar de la cocina de último modelo diseñada para preparar comidas gourmet, me sorprendió y me gustó que siguiera cocinando como siempre: guisos y otros platos de pollo que comenzaban, siempre, con una lata de algún tipo de crema. Pero la mayor prueba de que seguía siendo mi madre era la colcha de *patchwork*.

La llevé a mi cuarto con el resto de las cosas de las cajas cuando regresamos del Poseidón. Unas cuantas noches después, cuando las temperaturas bajaron de repente, la saqué y me envolví en ella. A la mañana siguiente me estaba lavando los dientes cuando asomé la cabeza desde el cuarto de baño y vi a mi madre de pie junto a mi cama, donde había dejado la colcha doblada, con una esquina en la mano.

—Creí que estaba guardada abajo —dijo cuando me vio.

–Y lo estaba. Pero la encontré con las fotos y los anuarios.

–Ah. –Acarició uno de los cuadrados–. Bueno, me alegro de que la estés usando.

–Sí –respondí–. Anoche me vino fenomenal. Se ve que los mellizos tenían muchísima ropa calentita de bebés.

–¿Los mellizos? –preguntó, extrañada.

–Los retales son de su ropita, ¿no?

–No –respondió–. Creí..., creí que lo sabías. Son de tu ropa de cuando eras bebé.

–¿Mía?

Asintió, y levantó la esquina con el pulgar y el índice.

–Esta tela de algodón es de la manta con la que te llevamos a casa desde el hospital. Y este bordado, el rojo, es de tu primer vestido de Navidad.

Me acerqué para examinar la colcha con más atención.

–No tenía ni idea.

Levantó otro cuadrado de tela, acariciándolo.

–¡Me encanta este trocito! Era de un mono vaquero monísimo. Diste tus primeros pasos con él.

–Es increíble que hayas guardado la ropa tanto tiempo –dije.

–No podía separarme de todo esto. –Sonrió, suspirando–. Pero cuando decidiste marcharte, me pareció una forma de que te llevaras algo de mí contigo.

Pensé en ella cosiendo todos esos cuadrados, uniéndolos cuidadosamente hasta formar la colcha. Seguramente tardó muchísimo tiempo, especialmente con dos bebés.

–Perdóname, mamá –le dije.

Me miró sorprendida.

–¿Que te perdone? ¿Por qué?

–No sé –dije–. Pues... por no darte las gracias.

–Mclean, no seas boba –replicó, meneando la cabeza–. Seguro que me las diste. El día que te fuiste yo estaba hecha polvo. Casi no me acuerdo de nada, solo que te marchabas y yo no quería que te fueras.

–¿Me puedes contar de dónde son los demás? –pregunté, levantando la otra esquina, donde había un cuadrado de algodón rosa.

–¿Quieres? –me preguntó. Asentí con la cabeza–. A ver. Este es del *maillot* que te pusiste para tu primera actuación de danza. Creo que tenías cinco años. Llevabas unas alas de hada doradas, y...

Estuvimos allí muchísimo tiempo. Ella iba pasando de un retal a otro explicándome la importancia de cada uno. Todas aquellas piezas pertenecían a alguien que había sido yo en un pasado que ella recordaba por mí; ahora estaban cosidas juntas para formar algo real que podía sostener en las manos. Por esa razón lo había encontrado la noche que me escapé: me había estado esperando. Tu pasado siempre será tu pasado. Incluso si tú lo olvidas, él siempre te recuerda.

Ahora, en Lakeview, volví a mirar la maqueta, donde Deb ajustaba un par de edificios en una esquina, y me di cuenta de que, al igual que mi madre con la colcha, veía en ella una historia que a la mayoría se le pasaría por alto. Los sectores a la izquierda del centro, un poco chapuceros y desiguales, los habíamos empezado Jason, Tracey, Dave y yo el día en que llegó la concejala. Los barrios residenciales en los que había trabajado sin cesar, encajando una casita minúscula detrás de otra. El antiguo banco de Tracey, junto a la tienda de comestibles donde tenía prohibida la entrada, y ese edificio vacío, sin identificar y sin ninguna importancia para nadie más que para mí. Y luego, todo alrededor, el fin de la tierra conocida, *finis terrae*, las partes todavía por descubrir.

Si la colcha era mi pasado, esta maqueta era mi presente. Y al mirarla no solo me veía a mí misma en sus piezas, sino a todos y a todo lo que había llegado a conocer en los últimos meses. Pero, sobre todo, a Dave.

Dave estaba en las meticulosas hileras de casas, mucho más rectas que las mías. En los edificios del centro que conocía de memoria, e iba nombrando a medida que los encajaba sin tener que mirar el mapa siquiera. En todos los cruces complicados de los que se había encargado, señalando que únicamente él, como antiguo experto en maquetas, podía asumir una responsabilidad semejante. Estaba en cada pieza que habíamos montado en las largas tardes que pasamos allí, hablando y sin hablar, mientras ensamblábamos cuidadosamente el mundo a nuestro alrededor.

–Bueno –le dije a Deb, que se había sentado a la mesa, donde estaba organizando bolsas de material de decoración–, entonces la nueva fecha final es la segunda semana de abril. Eso es en, ¿qué? ¿Cuatro semanas o así?

–Veintiséis días –replicó–. Veinticinco y medio, para ser exactos.

–Pero mira todo lo que habéis hecho –le dije–. Está casi terminado.

–¡Ojalá! –suspiró–. Sí, claro, la mayoría de los edificios ya están listos, nos quedan solo un par de sectores por terminar. Pero luego están todos los detalles de la vegetación y los habitantes. Por no hablar de las reparaciones. Heather destruyó con la bota un edificio de apartamentos el otro día. Se lo cargó *así*. –Chasqueó los dedos.

–¿De verdad estuvo trabajando aquí durante las vacaciones? –pregunté.

–Hombre, trabajar es una exageración –replicó Deb. Pensó un momento y luego añadió–: No, lo retiro. Se le dan muy bien los detalles. Colocó un bosque entero allí, en la esquina superior derecha. Las cosas grandes son las que suele fastidiar. O destruir.

–Te entiendo –dije, más para mí misma que para ella. Pero vi que me miraba, y añadí–: Lo siento, ha sido una semana muy larga.

–Lo sé. –Alcanzó una bolsa de diminutas piezas de plástico y se acercó hacia mí–. Mira, Mclean, sobre lo de tuiyo.com...

–Olvídalo –le dije.

–No puedo –me dijo en voz baja–. Solo..., solo quiero que sepas que lo entiendo. Quiero decir que entiendo por qué lo hiciste. Todos esos traslados... Seguro que no fue fácil.

–Podía haber reaccionado de otra manera –respondí–. Ahora lo veo.

Ella asintió y abrió la bolsa. Al mirar más de cerca vi que estaba llena de diminutas figuritas humanas: caminando, de pie, corriendo, sentadas. Cientos y cientos de ellas, todas juntas.

–¿Y qué hacemos con estas? ¿Vamos a colocarlas donde caigan o hay algún método?

–La verdad es que lo hemos estado discutiendo –respondió haciéndose con un puñado.

–Ah, ¿sí?

–Sí. El manual no dice nada, supongo que es porque consideran que las personas son opcionales. Algunas ciudades prefieren no ponerlas y dejar solo los edificios. Menos lío.

Volví a mirar hacia la maqueta.

–Sí, tiene sentido. Pero quedaría como vacío, ¿no?

–Totalmente de acuerdo. Las ciudades necesitan población –dijo–. Por eso pensé que nos hacía falta un sistema por sectores, como el de los edificios, con cierto número de figuras por zona. Y debemos asegurarnos de que realizan diversas actividades, que no se repiten.

–¿Cómo que actividades?

–Pues no querrás poner a todos los ciclistas en un lado y los que pasean al perro en el otro –me explicó–. Eso estaría mal.

–Sí, claro.

–Sin embargo, otras personas piensan que si organizamos a la gente estamos eliminando la fuerza vital de todo el proyecto. Y creen que deberíamos colocar las figuras de forma más aleatoria, de forma que se refleje el mundo tal y como es, justo lo que se supone que es la maqueta.

Alcé las cejas.

–¿Eso dice Riley?

–¿Qué? Oh, no. Riley está de acuerdo con la organización por sectores. Es Dave. Es... inflexible.

–No me digas.

–Ay, sí –replicó–. La verdad es que se ha convertido en un conflicto entre los dos. Pero tengo que respetar su opinión, porque esto es un trabajo conjunto. Estamos intentando llegar a un acuerdo.

Me incliné sobre el modelo y me puse a examinar una calle cortada, hasta que ella se alejó un poco y centró su atención en otra cosa.

Un acuerdo, pensé, al recordar el que Dave había intentado alcanzar con sus padres, y el mío con mi madre. Él había hablado de ese tira y afloja, de las reglas que siempre estaban cambiando. Pero, ¿qué ocurría cuando seguías todas las normas y aun así no lograbas lo que querías? No parecía justo.

–Oye –dijo Deb, inclinada sobre la esquina izquierda de la maqueta–, y eso del cierre del restaurante. ¿Quiere decir que te vas a vivir a... Australia? Es el rumor que corre por ahí. Que a tu padre le ha salido un trabajo allí.

Típico cotilleo de restaurante, distorsionado como siempre.

–Es en Hawái –le dije–. Y no voy a irme con él.

–¿Te quedas aquí?

–No. No puedo –respondí.

Se giró y avanzó hacia el otro extremo, hacia la línea de árboles que había hecho Heather. Se mordió el labio mientras se agachaba para ajustar un par de troncos. Por fin, dijo:

–Pues, la verdad..., me parece una cochinada.

–Vaya –dije. Para Deb, eso era casi una palabrota–. Lo siento.

–¡Yo también! –Levantó la vista, sonrojada–. Ya es bastante malo que te fueras a marchar. ¡Pero ni siquiera nos dijiste la que se estaba preparando! ¿Ibas a desaparecer, sin más?

—No —respondí, aunque no estaba segura de si era cierto—. Solo que... no sabía adónde iba, ni cuándo. Y luego pasó lo de tuiyo.com...

—Sí, entiendo que eso fue muy fuerte. —Se acercó a mí—. Pero, en serio Mclean, tienes que prometerme que no te irás sin avisar. Yo no soy como tú, ¿vale? No tengo muchos amigos. Así que necesitas despedirte, decir adiós y seguir en contacto, vayas donde vayas. ¿De acuerdo?

Asentí. Deb estaba muy alterada, a punto de llorar. Justo eso es lo que había querido evitar con mis desapariciones, el lío de las despedidas y la carga que llevaban consigo. Pero ahora, al mirar a Deb, me di cuenta de que había renunciado también a algo: a saber con seguridad que alguien me iba a echar de menos. «¿Por qué te vas sin decir adiós», había escrito Michael en Westcott en mi página de tuiyo.com. Ahora estaba segura de saber la respuesta: el adiós estaba guardado en una caja, intentando que yo lo olvidara, hasta que llegara el momento en que lo necesitara de verdad. Hasta ahora.

—Vale —dijo Deb, tensa. Respiró hondo un par de veces y dejó caer las manos en los costados—. Y ahora, si no te importa, creo que tenemos que encargarnos de estos dos sectores antes de irnos.

—Claro que sí —respondí, aliviada de tener algo concreto que hacer. La seguí a la otra mesa, donde se alineaban los dos últimos grupos de casas y otros edificios, cada uno con su etiqueta y listos para que se colocaran en su sitio. Tomamos uno cada una y nos dirigimos a la esquina superior derecha, el último extremo de la ruleta. Cuando me incliné para colocar una gasolinera, añadí—: Me alegro de que aún quede algo por hacer. Tenía miedo de que a mi vuelta estuviera todo terminado.

–La verdad es que podría haberlo estado –me dijo, encajando una casa en su sector–. Pero los guardé para ti.

–¿En serio? –le pregunté, interrumpiendo mi labor.

–Sí. –Empujó una casa hasta que se oyó el clic–. Tú estuviste aquí al principio, cuando empezó todo, incluso antes que yo. Es justo que también formaras parte del final.

Volví a mirar mi sector.

–Gracias –le dije a Deb mientras colocaba un edificio pequeño. Me quedaban ya muy pocos.

–De nada –respondió. Y entonces, una al lado de la otra, y sin decir ni una palabra más, terminamos juntas el trabajo.

Cuando salí del restaurante habían abierto hacía media hora y mi padre todavía no había aparecido. Ni Opal tampoco.

–Esto es como un barco que se hunde: las ratas son las primeras en abandonar –me dijo Tracey, que estaba en la barra, cuando le pregunté si los había visto.

–Opal no es una rata –dije, dándome cuenta un segundo más tarde de que acababa de admitir que mi padre sí lo era–. Ella no sabía nada de todo esto.

–Pero tampoco luchó por nosotros –replicó, secando un vaso con un trapo–. Básicamente desertó en cuanto anunciaron el cierre del restaurante y la venta del edificio. Supongo que estará actualizando su currículum.

–¿Y eso qué significa?

–Bueno, no lo sé seguro, pero dicen por ahí que ha tenido bastantes conversaciones a puerta cerrada, en las que podrían haber sonado las palabras «mudanza» y «puesto de dirección».

–¿Tú crees que Opal se marcharía así por las buenas? Le encanta esta ciudad.

–El dinero es una tentación –respondió encogiéndose de hombros. Un par de clientes pasaron a mi lado, se sentaron en la barra y ella les entregó la carta–. Bienvenidos al Luna Blu. ¿Les gustaría saber cuáles son nuestros platos especiales «agonía final»?

Me despedí de ella con un gesto, estaba consternada, y me dirigí hacia la cocina camino de la puerta trasera. Al pasar junto al despacho miré en su interior: el escritorio estaba ordenado, la silla en su sitio, ni rastro del caos que mi padre solía crear a su alrededor. Por lo que parecía, ya se había marchado.

Salí y caminé por el callejón hasta llegar a mi calle. Al dejarme mi madre un rato antes, la casa estaba vacía, pero ahora que me acercaba vi que había luces y el coche de mi padre estaba en el sendero de entrada.

Estaba subiendo el bordillo cuando oí un golpe. Miré en esa dirección y allí estaba Dave, saliendo de su cocina con una caja de cartón debajo del brazo. Se puso un gorro de lana negro y empezó a bajar las escaleras sin verme. Mi primer impulso fue meterme en casa para evitarle a él y cualquier tipo de confrontación o conversación que pudiera surgir. Pero entonces miré al cielo y vi inmediatamente un brillante triángulo de estrellas. Pensé en mi madre, en la terraza de su enorme casa de la playa. Habían cambiado tantas cosas, pero ella seguía reconociendo las estrellas; llevaba consigo esa parte de su pasado, de nuestro pasado. Yo no podía seguir huyendo, había aprendido la lección. Así pues, aunque no fue fácil, me quedé donde estaba.

–Dave.

Se sobresaltó y vi su cara de asombro al girarse y ver que era yo.

–Hola –me saludó. No se acercó a mí, ni yo a él: había unos cinco o seis metros entre los dos–. No sabía que habías vuelto.

–He llegado hace un rato.

–Ah. –Se pasó la caja al otro brazo–. Justo ahora iba a..., a pasarme para trabajar en la maqueta.

Di un paso hacia él, indecisa.

–Así que te han dado permiso.

–Sí, algo así.

Bajé la vista hacia mis manos y respiré hondo.

–Mira, sobre la noche en que te llamé... No tenía ni idea de que te había causado problemas. Me siento fatal.

–No deberías –me dijo.

Me lo quedé mirando.

–Si no fuera por mí, no habrías intentado escaparte por la noche.

–Intentado... –dijo.

–Y no te habrían pillado –continué–, ni castigado, ni te habrían prohibido el viaje, ni te habrían arruinado la vida, básicamente.

Se quedó un momento en silencio.

–Tú no me has arruinado la vida. Lo único que hiciste fue llamar a un amigo.

–A lo mejor puedo hablar con tus padres. Explicarles lo que pasó y...

–Mclean –me interrumpió–, déjalo. No pasa nada. Lo he aceptado. Habrá otros viajes y otros veranos.

–Puede, pero no es justo.

Se encogió de hombros.

–La vida no es justa. Si lo fuera, no tendrías que volver a trasladarte.

–Te has enterado, ¿eh?

–He oído algo de Tasmania, pero tengo la sensación de que no es una información fiable.

Sonreí.

–Es Hawái. Pero yo no voy. Vuelvo con mi madre, para terminar allí el curso.

–Ah, claro. Supongo que tiene más sentido.

–Si es que algo de esto tiene sentido. –Otro silencio. Él no tenía mucho tiempo y sabía que tenía que dejar que se fuera. Pero en vez de eso, le dije–. La maqueta está genial. Habéis hecho un buen trabajo.

–Ha sido Deb –respondió–. Trabaja como una posesa. Yo solo intento apartarme de su camino.

Sonreí.

–Me ha contado vuestra discusión sobre las figuritas.

–Las figuritas. –Soltó un gemido–. Cree que no soy capaz de organizarme solo. Por eso voy para allá a escondidas con mi material cuando sé que no está. Si no, no me dejaría en paz, se pondría a mi lado a vigilarme histérica.

–¿Material? –pregunté.

Se acercó un poco más y abrió la caja para que pudiera mirar en su interior.

–Nada de pullas sobre maquetas de trenes –me dijo–. Esto es serio.

Miré dentro. La caja contenía botecitos de pintura de distintos colores y un montón de pinceles. También había bolitas de algodón, bastoncillos, aguarrás y varias herramientas pequeñas, incluyendo unas pinzas, tijeras y una lupa.

–Madre mía –dije–. ¿Qué vas a hacer?

–Solo voy a darle un poco de vida –contestó. Lo miré, mordiéndome el labio–. No te preocupes, ella ha dado su aprobación. Para casi todo.

Sonreí.

–No me puedo creer que la maqueta esté casi terminada. Parece que fue ayer cuando colocamos la primera casa.

–El tiempo vuela –dijo, mirándome–. ¿Y cuándo te vas?

–Empiezo a llevarme cosas la semana que viene.

–¿Tan pronto? Vaya, no pierdes el tiempo.

–Solo pensé que si tengo que cambiarme de instituto... –suspiré–, más me valía hacerlo ahora.

Asintió sin decir nada. Pasó otro coche.

–Pero tengo que decir –continué– que me parece un asco tener solo dos opciones. Avanzar hacia adelante, a Hawái, y empezar otra vez de cero; o hacia atrás, de vuelta a mi antigua vida, que en realidad ya no existe.

–Necesitas una tercera opción –dijo él.

–Sí, eso parece.

Asintió de nuevo.

–Bueno, por si te sirve de algo, te diré que las terceras opciones no suelen aparecer al principio. Tienes que mirar más detenidamente.

–¿Y cuándo aparecen?

Se encogió de hombros.

–Cuando estás lista para verlas, supongo.

Recordé las cajas de plástico en el garaje de mi madre en la casa de la playa, detrás de Superchurro.

–Eso que dices es muy vago, es frustrante.

–Gracias.

Le sonreí y él me devolvió la sonrisa.

–Más vale que te vayas –le dije–, antes de que Deb decida hacer una visita nocturna porque no puede dormir obsesionada con la maqueta.

–Tú ríete –me dijo–, pero podría ocurrir. Nos vemos, Mclean.

–Sí –respondí–. Nos vemos.

Se dio la vuelta hacia la calle de nuevo, pero justo en ese momento di un paso al frente, recorrí el espacio que nos separaba y le di un beso en la mejilla. Noté que se sorprendía, pero no se apartó. Cuando di un paso atrás, le dije:

–Gracias.

–¿Por qué?

–Por estar ahí.

Asintió y pasó a mi lado. Al pasar, me dio un apretón en el hombro con la mano libre. Me di la vuelta y lo vi cruzar la calle de camino al Luna Blu. Luego enfilé hacia mi casa, respiré hondo y llegué frente a la puerta.

Iba a girar el picaporte cuando quedaron claras dos cosas: mi padre estaba en casa y no estaba solo. Oí su voz, amortiguada, y luego una voz más aguda que respondía. Pero las luces estaban bajas de intensidad y me di cuenta de que la conversación empezaba a tener pausas, cada vez más largas, con tan solo unas palabras y risas entre ellas.

Oh, por favor, pensé, dejándome caer contra la puerta y quedándome sin energías al imaginármelo besando a Lindsay y sus enormes dientes blancos. Puaj.

Me puse firme, llamé a la puerta con determinación y entré. Me quedé paralizada ante lo que vi: mi padre y Opal en el sofá; él con el brazo sobre sus hombros, ella con las piernas sobre su regazo. Los dos se habían puesto colorados, y ella tenía abierto el primer botón de la camisa.

–¡Pero bueno! –exclamé, y mi voz sonó altísima en el pequeño salón.

Opal se levantó de un salto, e intentó abrocharse el botón mientras perdía el equilibrio y se chocaba contra la pared. En el sofá, mi padre carraspeó y colocó un cojín, como si la decoración fuera lo más importante en ese momento.

–Mclean –dijo–, ¿cuándo has vuelto?

–Pero... yo creía que estabas saliendo con la concejala. –Miré a Opal, que se apartaba un mechón de pelo de la cara totalmente cortada–. Y pensé que tú lo odiabas.

–Bueno... –dijo mi padre.

–Odiar es una palabra muy fuerte –replicó Opal.

Me los quedé mirando.

–No podéis liaros. Es una locura.

–Bueno –dijo Opal, carraspeando–. Esa es otra palabra muy fuerte.

–Opal, no te líes con él –insistí–. Se va a marchar. Eso lo sabes, ¿no? A Hawái.

–Mclean –dijo mi padre.

–No –lo interrumpí–. Lindsay, o Sherry en Petree, o Lisa en Montford Falls, o Emily en Westcott, vale. Eso era una cosa. –Opal arqueó las cejas y miró a mi padre, que volvió a mover el cojín–. Pero tú me caes bien, Opal. Te has portado bien conmigo. Y deberías saber lo que va a ocurrir. Va a desaparecer y tú te quedarás preguntándote qué pasó y por qué no te devuelve las llamadas y...

–Mclean –repitió mi padre–. Para ya.

–No –repliqué–, para tú. No hagas lo mismo de siempre.

–Esta vez no es lo mismo.

Me quedé callada, sin saber qué decir. Veía a Opal por el rabillo del ojo observándome con atención, pero mantuve la vista en mi padre. Al menos, por un momento. Luego desvié la mirada hacia la cocina detrás de él. Había bolsas de la compra sobre la encimera y en un par de armarios abiertos se veían latas y unas cuantas cajas. Junto a una tabla de cortar había pasta y un par de tomates, y en el escurreplatos asomaba una nueva fuente de cristal, lista para usar.

–¿Qué está pasando aquí? –le pregunté, girándome hacia él.

Mi padre sonrió, luego miró a Opal.

–Ven y siéntate –me dijo–. Ahora te lo contamos.

17

—Oh, no –exclamó Deb–. ¿Dónde está mi hoja con el CATYP? ¿La ha visto alguien?

—No –respondió Heather, que estaba colocando arbustos en el jardín botánico–. A lo mejor la has perdido.

—Heather, no chinches –le dijo Riley–. Deb, tiene que estar por aquí en algún sitio. ¿Dónde la viste por última vez?

—Si lo supiera, no estaría perdida –dijo Deb, que se acercó a la mesa y rebuscó entre los papeles–. ¡Qué horror! ¡No puedo terminar esto sin el CATYP!

—Uy, uy, uy –dijo Ellis, al otro lado de la maqueta–. Preparaos para un ADND.

Levanté la vista del lugar al que estaba añadiendo losetas a la acera.

—¿ADND? –pregunté.

—Ataque de Nervios Deboril –explicó Heather.

—¡Te he oído! –gritó Deb–. Para que lo sepas, ni siquiera es un buen acrónimo, no se puede pronunciar.

—¿Cómo que no? «Ade-en-dé» –dijo Ellis.

—¿Qué hora es? –preguntó Deb acelerada–. ¿Alguien tiene hora?

—Pero si llevas reloj –le dijo Heather.

–Son las nueve y treinta y dos –respondió Riley–. Lo que quiere decir que...

–¡Faltan veintiocho minutos! –gritó Deb–. Dentro de veintiocho minutos tenemos que salir de aquí. Órdenes de Opal.

–Yo creía que Opal ya no trabajaba en el Luna Blu –dijo Riley.

–Y no trabaja –aseguró Deb–. Pero es la dueña del edificio, así que ella pone las normas. –Alcancé otro arbusto y lo coloqué en su sitio con cuidado.

–Todavía no es la dueña –dije–, y además será solo un porcentaje. Los Melman y otros socios serán los dueños del resto.

–¿Los Melman? –preguntó Riley.

–Los antiguos propietarios –le informé–. Ellos fundaron el restaurante, hace mil años.

Miré alrededor y recordé cuando Opal me había contado la historia del restaurante, el primer día que estuve aquí. En las últimas dos semanas habían ocurrido muchas cosas. Primero, mi padre había sido reasignado oficialmente a su próximo proyecto, en Hawái, mientras Opal había presentado su dimisión, lo cual la dejaba libre para planear la compra del edificio una vez que Risitas lo puso a la venta. Había establecido un precio muy razonable a cambio de dos cosas: un buen porcentaje y el regreso de los panecillos al menú. Ese acuerdo se fraguó en el transcurso de una larga comida en nuestra casa, que incluyó ternera de Kobe procedente de Hawái y dos botellas de excelente vino tinto. En cuanto a los Melman, los antiguos jefes de Opal, llegaron poco después de que Opal los visitara en Florida con un plan de negocio y una

400

oferta que no pudieron rechazar. Resulta que la vida de jubilado les parecía demasiado sosa: echaban de menos la animación de participar en el negocio diario. Entre su dinero, un crédito a emprendedores del banco y el precio especial de Risitas, Opal iba a conseguir su propio restaurante. Pero antes de eso, el Luna Blu tenía que cerrar.

A nadie le hacía gracia. En la última semana, mientras ellos trabajaban arriba, el restaurante había estado llenísimo. La gente se había enterado de las novedades y querían comer allí por última vez. Yo pensaba que todo se vendría abajo sin mi padre y Opal, pero sorprendentemente había funcionado bastante bien bajo el mando conjunto de Jason y Tracey. Mi padre comentó varias veces que pensaba que Tracey sería de las primeras en abandonar el barco. Pero resulta que se había ganado el puesto de encargada en el nuevo restaurante de Opal, si así lo quería.

–¡Aquí está! –dijo Deb, recogiendo un papel del suelo, al lado de la escalera–. Menos mal. A ver qué más teníamos que hacer... Los detalles finales, estamos en ello; las señales de tráfico están... Oh, narices, ¿dónde están?

–Las estoy colocando yo –le dijo Ellis–. ¿Por qué no te relajas un poco?

–Entonces solo nos quedan los últimos detalles de los habitantes –dijo Deb, sin relajarse lo más mínimo. Miró alrededor–. Había una bolsa más que vi aquí ayer. ¿Dónde está?

–No puedo encargarme de estos árboles y tus preguntas a la vez –protestó Heather.

–Por favor, Heather –intervino Ellis–. A ver si aprendes a hacer dos cosas a la vez.

–¿Dónde están esas figuras? –preguntó Deb–. Os juro que estaban aquí...

–Seguramente las colocó Dave –le dijo Riley–. Estuvo aquí anoche.

Deb se volvió hacia ella.

–¿Estuvo aquí?

Riley asintió.

–Llegó cuando yo me iba, sobre las seis. Dijo que tenía que añadir algunos toques.

–Yo le mandé un mensaje a las siete y todavía estaba aquí –añadió Ellis.

Observé a Deb acercarse a la maqueta, examinándola despacio de lado a lado.

–Pues no veo grandes diferencias –dijo–. Por lo menos, nada que necesite un par de horas.

–A lo mejor es que es muy lento –dijo Heather.

–No, la lenta eres tú –replicó Ellis.

–¡Dieciocho minutos! –exclamó Deb, dando una palmada–. Chicos, esto es muy serio. Si no os da tiempo a terminar lo que estáis haciendo en dieciocho minutos, decídmelo ahora. Porque no disponemos ni de un minuto más. ¿Y? ¿Alguien está apurado?

Meneé la cabeza: solo me quedaban unos cuantos arbustos. Todos se callaron y trabajamos en silencio los últimos minutos. Abajo también llevaban su particular cuenta atrás: a las diez también habrían terminado. Tuve la sensación de que las últimas semanas no habían tratado de otra cosa: cambios y finales. Los comienzos aún no habían llegado.

Mi padre y yo habíamos tenido que volver a embalar todas nuestras cosas. Esta vez irían a un almacén, no al remolque. Para Hawái, a mi padre le bastaba con una maleta. El plan era que se pasara allí el verano para ayudar al restaurante de Risitas a abrir en condiciones, antes de volver a tiempo para ayudar a mi madre con mi traslado a la universidad a la que fuera a estudiar, todavía por decidir. Luego se trasladaría a Lakeview para ser el chef del nuevo restaurante de Opal, hasta que decidiera qué quería hacer a continuación. Su relación con Opal era muy reciente. Al parecer, la cosa empezó la noche en que le contó que el restaurante iba a cerrar; la había seguido hasta su casa para seguir hablando. Ya habían tenido que lidiar con las incomodidades de la ruptura de mi padre con Lindsay –Opal había dejado las clases de *spinning*– y estaban a punto de afrontar una separación. Ninguno de los dos era tan ingenuo como para estar completamente seguros de que la cosa fuera a funcionar. Pero, para mí, era un consuelo saber que mi padre tendría a alguien más cuando regresara. Yo les deseaba lo mejor.

En cuanto a mí, ya había embalado mis cosas y estaba lista para regresar a Tyler. No era fácil marcharse en ese momento, especialmente tan cerca del fin de curso. Todos hablaban de sus planes: terminar la maqueta, la graduación, el viaje a Austin, aunque Ellis, Riley y Heather no estaban tan entusiasmados, ya que Dave no podía acompañarlos. En cuanto a Dave, había aparecido poco, porque no le quedaba más remedio. Iba a trabajar, al instituto y a sus clases preuniversitarias y a casa. Su coche estaba confiscado, aparcado debajo de la canasta de baloncesto, así que el tiempo libre del que disponía lo pasaba trabajando en la maqueta. Sin embargo, por lo que fuera, prefería hacerlo solo. Venía a horas sueltas cuando los demás ya nos habíamos marchado.

Puede que no estuviera presente, pero su trabajo era evidente, pues en las últimas dos semanas había empezado a aparecer gente sobre la maqueta, aquí y allá. No los colocaba según el sistema de sectores, ni de la ruleta, ni ningún otro. Pero su número parecía aumentar día a día, como si estuvieran poblando la ciudad ellos solos. Cada figura –hombres, mujeres, niños, ciclistas, policías, personas paseando a sus perros– estaba colocada meticulosamente, con gran esmero. Más de una vez me había asomado a la ventana de mi casa a mirar las ventanas traseras del Luna Blu, preguntándome si estaría allí arriba, inclinado sobre el mundo en miniatura, añadiendo personas de una en una. A menudo pensé en acompañarlo, pero era como si lo que estuviera haciendo fuera algo sagrado y tuviera que hacerlo solo. Así que lo dejé.

–¡Cinco minutos! –anunció Deb, que pasó detrás de mí con su CATYP en la mano. Miré hacia Riley, que estaba ajustando un cruce con expresión concentrada, luego a Heather, sentada sobre los talones admirando sus árboles. Ellis, a mi izquierda, encajaba en su sitio una señal de tráfico.

–¡Un minuto! –oí decir a Deb, y me aparté un poco, respirando hondo, mientras contemplaba toda la maqueta y los rostros de mis amigos a su alrededor. Permanecimos quietos, en silencio, mientras pasaba el tiempo. Entonces oímos a los de abajo haciendo la cuenta atrás. Un coro de voces que marcaba el final de una cosa y el comienzo de otra.

–¡Cinco! –Contemplé el último arbusto que había colocado y lo toqué con el dedo.

–¡Cuatro! –Miré a Riley, que me sonrió.

–¡Tres! –Deb se acercó a mí, mordiéndose el labio.

–¡Dos! –Abajo, alguien había empezado ya a aplaudir.

Y en ese segundo, justo antes del final, volví a mirar la maqueta para comprobar una última cosa. Y cuando la vi, descubrí otra más. Pero para entonces ya estaban todos gritando de alegría, moviéndose.

Uno.

–¿Adónde vas? –me preguntó mi padre, cuando doblé la esquina–. Te vas a perder la fiesta.

–Ahora mismo vuelvo –respondí.

Asintió en silencio y se volvió hacia la barra, donde todos los empleados y algunos clientes habituales del Luna Blu, así como Deb, Riley, Heather y Ellis, se habían reunido y estaban terminando con todas las reservas de pepinillos fritos. Opal también estaba allí, y servía cervezas en la barra, feliz y satisfecha.

Subí de nuevo al ático. Los oí hablando y riéndose, sus voces se elevaban detrás de mí. Pero al llegar al rellano, todo quedó en un silencio casi pacífico; delante de mí estaba la maqueta. Con todo el entusiasmo anterior, no había tenido tiempo de mirar algo con detenimiento. Quería estar sola, como ahora, con todo el tiempo del mundo.

Me incliné sobre mi barrio. Al principio, los personajes no llamaban la atención: estaban distribuidos igual que en los demás sectores, en grupos o de uno en uno. Pero luego vi una figura solitaria en la parte trasera de mi casa, alejándose de ella. Y otra más, una chica, corriendo por el jardín cerca del seto, mientras otra, con una placa y una linterna, la seguía. Había tres personas debajo de la canasta de baloncesto, una de ellas tumbada boca arriba en el suelo.

Respiré hondo y me acerqué más. Había dos personas sentadas en el bordillo entre mi casa y la de Dave. Un poco más allá, otras dos caminaban por el callejón que conducía al Luna Blu. Otra pareja estaba en el sendero de entrada a mi casa, cara a cara. Y en ese edificio vacío, el viejo hotel, habían añadido unas minúsculas puertas hacia el sótano, abiertas, y una figura se encontraba de pie delante de ellas. No se sabía si subía o bajaba, el sótano no era más que un cuadrado oscuro. Pero yo sabía lo que había debajo.

Me había puesto por todas partes. En todos los lugares que había estado, con él o sola, desde la primera vez que nos vimos hasta nuestra última conversación. Todo estaba allí, cuidadosamente dispuesto, tan real como los edificios y las calles de la maqueta. Tragué saliva y me incliné sobre la chica que corría junto al seto. No era Liz Sweet. En ese momento todavía no era nadie. Pero iba camino a convertirse en alguien. En mí.

Me levanté y bajé las escaleras hacia la barra. Estaban todos hablando a la vez y el ruido era ensordecedor; en el aire flotaba el olor a pepinillos fritos cuando me dirigí hacia la puerta trasera. Oí que Riley me llamaba, pero no me di la vuelta. Fuera me envolví bien en el jersey y empecé a trotar por el callejón hacia mi calle.

En casa de Dave había luz, y su Volvo seguía aparcado en el mismo sitio donde había estado toda la semana, justo debajo de la canasta de baloncesto. Me quedé mirándolo un momento, y recordé el primer día, cuando mi padre y yo aparcamos en el sitio de al lado. Retiré la vista a la canasta, su sombra era un círculo alargado sobre el parabrisas y el asiento del conductor. Vi una taza vacía de la pastelería Frazier en el portavasos, un par de CD en el asiento de al lado. Y en el salpicadero había una gert.

¿Qué? Imposible, pensé. Me acerqué y miré por la ventana. El mismo trenzado imperfecto, las mismas conchas. Para asegurarme, abrí la puerta y miré en la parte de abajo: allí estaban las letras diminutas GS, con rotulador permanente.

–¡Quieta!

Se encendió una linterna y me iluminó el campo de visión. Levanté la mano deslumbrada, y oí pasos que se acercaban. Un momento después se apagó la luz y allí estaba Dave. Me miró a mí, y luego la pulsera.

–Oye, si estás buscando coches para robar, creo que podrías encontrar algo mejor.

–Viniste –dije en voz baja, sin dejar de mirar la pulsera. Me volví hacia él–. Estuviste allí, en el Poseidón, aquella noche. Todo este tiempo pensé...

Se metió la linterna en el bolsillo sin decir nada.

–¿Por qué no me lo dijiste? –le pregunté–. No lo entiendo.

Suspiró, miró hacia su casa y luego echó a andar hacia la calle. Lo acompañé, con la gert todavía en la mano.

–Al salir de casa me encontré con tu padre. Estaba histérico..., así que le dije lo que sabía. Luego volví a mi casa. Pero no podía dejar de pensar en tu llamada, que no era nada típica de ti, ni de los perfiles que había visto en tuiyo.com aquel día.

Hice una mueca de dolor en la oscuridad. Estábamos llegando al callejón.

–Así que decidí ir también para allá, y así asegurarme de que estabas bien. Llegué, encontré el hotel y aparqué. Pero cuando fui a llamar a la puerta, te vi por la ventana. Estabas tumbada en la cama, con tus padres y..., bueno, ya estabas con quien necesitabas estar. Tu familia.

Mi familia. Qué concepto.

–Y te fuiste.

–Solo después de comprar un recuerdo en el único lugar abierto –me dijo, señalando hacia mi mano con la cabeza–. No pude resistirme. No me puedo creer que la hayas reconocido.

Sonreí.

–Es una gert. Mi madre y yo solíamos comprarnos una en cada viaje.

–Una gert. Me gusta el nombre. –Doblamos la esquina hacia el Luna Blu–. Bueno, el caso es que me volví. Y mis padres me estaban esperando. El resto de la historia ya la conoces.

Tragué saliva y sentí un nudo en la garganta. A lo lejos se oía el ruido de risas y voces cada vez más fuerte. Cuando Dave abrió la puerta del restaurante sentimos la bocanada de aire caliente.

–¡Ahí está! –gritó Ellis–. ¿Cómo te han dejado salir?

–Buen comportamiento –le dijo Dave–. ¿Me he perdido algo?

–Solo el final de todo –respondió Tracey desde el otro lado de la barra. Me sorprendió verla, con lo cínica que era, secarse los ojos enrojecidos con un trapo, mientras Leo, como siempre, masticaba pepinillos fritos a su lado.

–No es solo un final –anunció Opal–. También es un comienzo.

–Odio los comienzos –replicó Tracey, sorbiendo–. Son demasiado nuevos.

Miré a Dave, sentado junto a Ellis en el extremo de la barra. Riley estaba a su lado, con Heather y Deb. Sus sillas formaban un triángulo y charlaban con las cabezas juntas, mientras Opal abrazaba a Tracey al otro lado de los grifos. Los miré a todos ellos y luego a mi padre, que estaba observando toda la escena. Sonrió al verme, y yo pensé en todos los lugares en los que habíamos estado, en los que él había sido mi única constante, mi estrella guía. No quería separarme de él, ni irme de aquí. Pero no tenía otra opción.

Me alejé de la barra y me dirigí rápidamente arriba, a la maqueta. Me acerqué y me quedé mirándola, intentando calmarme. Al cabo de un momento oí pasos a mi espalda e incluso antes de darme la vuelta sabía que era Dave. Estaba mirándome desde la puerta; desde abajo llegaba el ruido de la fiesta.

–Es increíble –le dije–. No me puedo creer lo que has hecho.

–Ha sido entre todos –replicó.

–No me refiero a la maqueta. –Tragué saliva–. Sino a la gente.

Sonrió.

–Bueno, con las maquetas de trenes se aprende mucho.

Meneé la cabeza.

–Sé que estás de broma…, pero esto es la cosa más bonita que nadie ha hecho nunca por mí. De verdad.

Dave se acercó con las manos en los bolsillos. Bajo la luz deslumbrante se le veía nítido, claro. Real.

–Tú viviste todas estas cosas. Lo único que he hecho yo ha sido documentarlas.

Sentí las lágrimas en los ojos al volver a mirar la maqueta, al chico y la chica sentados en el bordillo. Para siempre en aquel lugar, juntos.

–Deberías bajar –dijo–. Tu padre me ha mandado a buscarte. Creo que querían hacer un brindis o algo.

Asentí, y me volví para seguirle.

–Así que esto es a lo que te referías, ¿no?

–¿Con qué?

–Con lo de mirar más detenidamente –respondí mientras él empezaba a bajar las escaleras.

–Pues sí –respondió él–. Oye, apaga las luces al salir, ¿vale?

Me detuve para echarle una última mirada a la maqueta, ya completa, antes de apagar el interruptor. Al principio, en la oscuridad solo se veía algo de la luz de la farola en la última ventana, iluminando el suelo. Pero luego vi algo más. Algo pequeño que resplandecía en el lugar exacto que había estado examinando antes. Me acerqué. Mis ojos revisaron el Luna Blu, mi casa y la de Dave. Pero en el edificio detrás de ellas, el hotel vacío, se veía la más minúscula lucecita procedente de una palabra escrita con pintura fluorescente. Tal vez no fuera el rótulo original que existió en la vida real. Pero en esta la palabra estaba completa: «Quédate».

Me volví hacia las escaleras; abajo había luz. No sabía si Dave ya estaría en el restaurante con todo el mundo. Atravesé corriendo la habitación y me agarré al pasamanos para ir a buscarlo. Pero tras dar un paso nos encontramos cara a cara. Había estado allí todo el rato.

–¿De verdad es eso lo que decía en el tejado del edificio? –le pregunté.

Sentí su respiración, el calor de su piel. Tan cerca estábamos.

–Ni idea –respondió–. Pero todo es posible.

Sonreí. Abajo se oían risas, vítores, celebrando la última noche en este lugar sagrado. Pronto me uniría a ellos y lo cerraríamos juntos. Pero ahora me acerqué más a Dave y puse mis labios sobre los suyos. Él me abrazó y, cuando me besó, sentí que algo se abría dentro de mí, como el comienzo de una nueva vida. Todavía no sabía qué chica sería, ni adónde la llevaría esa vida. Pero mantendría los ojos bien abiertos y, llegado el momento, lo sabría.

18

–¡Ay! –exclamó Opal cuando se le cayeron unos cuantos platos vacíos–. ¡CTYA!

–¿Tan pronto? –pregunté–. Si hemos abierto hace solo quince minutos.

–Sí, pero únicamente tenemos una camarera, y es Tracey –dijo mientras dejaba dos comandas en la ventanilla–. Ya vamos fatal.

Se marchó mascullando mientras yo recogía las comandas y las leía.

–Dos comandas –le dije a Jason, que estaba sentado sobre una mesita leyendo el *Wall Street Journal*.

–Cántamelas –dijo, reincorporándose de un salto.

–¿Estás seguro? Ya vamos retrasados.

–Si vas a trabajar en este agujero, tienes que aprender a cantar las comandas –dijo, acercándose a la plancha–. Venga.

Miré la primera.

–Sándwich de pollo mediterráneo –dije–. Con patatas y ensalada.

–Bien –me dijo–. Ponte con la ensalada. Yo me encargo del pollo y las patatas.

Asentí y me volví hacia la mesa, con un plato pequeño que había atrapado de la estantería. A pesar de todo el tiempo que había pasado en restaurantes, trabajar en uno todavía era algo nuevo. Pero no lo cambiaría por nada del mundo.

En la graduación, hacía una semana, me había sentado con el resto de la clase, abanicándome con un programa húmedo mientras los presentadores soltaban sus rollos y los familiares y amigos se removían incómodos en sus asientos. Cuando nos pusimos todos en pie y lanzamos por los aires los birretes, se levantó una brisa que hizo volar todos aquellos cuadrados y borlas negras por los aires como pajarillos. Después me volví, en busca de los rostros de mis amigos. A la primera que vi fue a Heather, que sonrió.

Se suponía que debía regresar a Tyler, sí. Pero las cosas cambian. Y a veces las personas también, lo que no es necesariamente algo malo. Al menos eso era lo que yo esperaba el sábado siguiente al cierre del Luna Blu, cuando llegó mi madre a ayudarme a embalar mis cosas. Mi padre también estaba allí, y Opal. Entre todos íbamos llevando las cosas al enorme monovolumen de Peter, charlando entre viaje y viaje. Opal y mi madre se cayeron fenomenal, lo cual admito que me sorprendió. Pero en cuanto se enteró de que mi madre había llevado las finanzas del Mariposa, no dejó de hacerle preguntas sobre cómo organizar su nuevo restaurante. Al rato estaban las dos sentadas a la mesa de la cocina, con una libreta, mientras mi padre y yo terminábamos con las cajas.

—¿No te ponen nervioso estas dos? —le pregunté cuando pasamos a su lado con mi portátil y la almohada. Mi

413

madre estaba hablando de nóminas, mientras Opal tomaba notas, asintiendo.

—No —me dijo—. La verdad es que tu madre mantuvo el restaurante a flote los últimos dos años. Sin ella, habríamos cerrado mucho antes.

Lo miré por encima del capó.

—¿De verdad?

—Sí. Tu madre sabe lo que hace.

Estaba pensando sobre esto más tarde, cuando por fin habíamos terminado de cargar el coche y estábamos preparándonos para partir. Ya me había despedido de Deb, Riley, Ellis y Heather la noche anterior en la cena de despedida —pollo frito, claro— que había preparado la madre de Riley en su casa. Mi despedida de Dave había sido más privada, en la hora que lo dejaron salir cuando volví a casa. Sentados en las escaleras del refugio, con las manos entrelazadas, hicimos planes. Para el siguiente fin de semana, para un viaje a la playa, si alguna vez le levantaban el castigo, para todas la llamadas y mensajes que esperábamos que nos mantuvieran juntos. Igual que mi padre y Opal, no nos engañábamos: sabíamos lo difícil que era la distancia. Pero ahora había una parte de mí también aquí, y no solo en la maqueta. Y tenía intención de regresar.

Al cerrar la puerta del coche, con todo cargado, vi a la señora Dobson-Wade de pie en su cocina. Dave estaba trabajando, el otro coche tampoco estaba, y ella consultaba un libro de recetas. Al verla pensé en mi madre, y en todos los problemas que habíamos tenido en los últimos dos años. Confianza y engaños, distancia y control. Nos parecía algo solo nuestro, particular, pero en realidad no lo era. También sabía que aunque nosotras hubiéramos hecho las paces, eso no significaba que los demás también pudieran hacerlo. Pero Dave me había ayudado. Lo mínimo que podía hacer era devolverle el favor.

Cuando llamé a su puerta unos minutos más tarde, con mi madre y mi padre detrás de mí, pareció sorprendida. Y luego, cuando entramos todos y le expliqué a qué habíamos venido, se mostró un poco recelosa. Pero cuando nos sentamos a la mesa y le conté la historia de lo que había pasado aquella noche, cómo Dave había venido a por mí, y que le había dicho a mi padre dónde estaba, vi que su expresión se suavizaba un poco. No nos prometió nada, solo dijo que pensaría en lo que le habíamos contado. Después de eso ocurrió algo. Pero me ocurrió a mí.

Fue cuando nos metimos en el coche para irnos. Opal y mi padre esperaban en el sendero para despedirnos, la casa estaba casi vacía a su espalda. Era muy raro, justo al revés de cuando abandoné Tyler con él. Todas las veces que me marchaba de un lugar, nunca era él quien me veía marchar, y de repente no me sentí capaz de dejarlo.

–No es una despedida –me dijo cuando me abracé fuertemente a él, mientras Opal hacía pucheros a mi lado–. Te voy a ver muy, muy pronto.

–Ya lo sé –dije, tragando saliva. Di un paso atrás–. Es solo que... odio dejarte aquí.

–Estaré bien. –Me sonrió–. Vete, anda.

Conseguí controlarme hasta llegar al coche. Arrancamos y cuando la casa, con ellos al lado, fue haciéndose pequeña en el espejo retrovisor, me eché a llorar desconsoladamente.

–Ay, Dios –dijo mi madre, con manos temblorosas mientras ponía el intermitente–. No llores. Vas a conseguir que me ponga histérica.

–Lo siento –dije, limpiándome la nariz con el dorso de la mano–. Estoy bien, de verdad.

Ella asintió y tomó la calle principal. Pero al cabo de un minuto volvió a dar el intermitente y se metió en el aparcamiento de un banco. Luego apagó el motor y me miró.

–No puedo hacerte esto.

Me sequé los ojos.

–¿Qué?

–Sacarte de aquí, obligarte a dejarlo todo, ya sabes. –Suspiró, sorbiendo un poco, e hizo un gesto con la mano, mientras añadía–: Después de pasarme dos años quejándome precisamente de tus traslados. Es una hipocresía, no puedo hacerlo.

–Pero –dije, mientras ella buscaba pañuelos de papel en el enorme compartimento central de la guantera y se sonaba la nariz–, no tengo otra opción. A menos que quieras que me vaya a Hawái. ¿No?

–No estoy tan segura de eso –me dijo, poniendo en marcha el motor–. Vamos a ver.

Al final, encontramos un término medio. Mi madre me dejó quedarme, a cambio de que la visitara regularmente en Tyler o en Colby. En cuanto a mi padre, tuvimos que convencerlo de que no era abusar demasiado de Opal, que me había ofrecido un dormitorio en su casa a cambio de ayudarla con el restaurante nuevo. A mí me correspondía mantenerme en contacto con mis padres, devolver las llamadas y los correos, y contarles sinceramente cómo me iban las cosas aquí. Hasta ahora, me había resultado muy fácil mantener mi parte del trato.

Me encantó poder terminar el curso en Jackson. Por una vez, me sentí parte de una clase y pude participar en los rituales, como el día que reparten el anuario, o el que todos los mayores hacen pellas a la vez. Y terminé el instituto a la vez que los demás. Preparé los exámenes finales con Dave en el sofá de su salón: él estudiaba física avanzada mientras yo luchaba con la trigonometría. Y mientras él trabajaba, Heather, Riley, Ellis y yo estudiábamos en grupo en una mesa de la pastelería, animados por los especiales para vagos que nos preparaba personalmente. Un día se me cayó la servilleta y cuando me agaché a recogerla vi el pie de Riley enroscado en la pierna de Ellis. Lo llevaban en secreto, pero tal vez había dejado de preferir a los chicos malos.

Al llegar el otoño, cuando empezara la universidad, me mudaría de casa de Opal a una residencia, llevándome conmigo mi habilidad para vivir con pocas cosas. Aunque también me habían admitido en Defriese, no tuve ninguna duda de que lo mejor era seguir en esta ciudad, y decidí estudiar en la universidad de Lakeview. En cuanto a Dave, lo habían admitido en todas partes, obviamente, pero se decidió por el MIT. Yo intentaba no pensar mucho en la distancia, pero confiaba en que, pasara lo que pasara, al menos siempre seríamos capaces de encontrarnos el uno al otro. Me daba la sensación de que me iba a venir bien ser una experta haciendo maletas.

–¿Cómo va esa ensalada? –me preguntó Jason mientras yo echaba zanahoria troceada por encima.

–Está lista –dije, mientras me daba la vuelta y la dejaba en la ventana.

–Genial. Si preparas el panecillo y la salsa para el sándwich, estupendo.

Saqué un panecillo y lo dejé sobre la plancha para que se fuera tostando. En ese momento miré por la ventana y vi pasar a Deb atándose un delantal.

–Creía que hoy no venías –le dije.

–Me he pasado solo a recoger las propinas de anoche –me comentó, mientras llenaba dos vasos de agua con hielo–. Pero Opal se estaba viniendo abajo, así que aquí estoy.

Sonreí. Una vez terminada la maqueta, Deb se aburría muchísimo con tanto tiempo libre. Pero resulta que las mismas virtudes que la convertían en una excelente organizadora hacían de ella una excelente camarera. Acababa de empezar y ya había mejorado el sistema de Opal enormemente. Con acrónimos y todo.

–¿Dónde está ese sándwich? –preguntó Tracey, asomando la cabeza por la ventanilla–. ¿Eh, se me recibe?

–Ya va –le dijo Jason–. Relájate.

Ella hizo una mueca, alcanzó la ensalada, le añadió un cuenco con la salsa y la puso en una bandeja. Detrás de ella llegaba Deb con otra comanda.

–Comanda –anuncié.

–Cántala.

La leí.

–Pizza margarita, con salsa extra y ajo.

–Muy bien. Emplata esto y me pongo con ella.

Dejó el sándwich con la espátula y yo lo deslicé en la bandeja que había preparado. A mi espalda sonaba la radio y oía a los clientes hablando al otro lado y la charla de Opal. Pensé en mi padre, en algún lugar de Hawái, tal vez haciendo lo mismo, y lo eché mucho de menos, como siempre. Pero entonces hice lo que sabía que él querría que hiciera: volver al trabajo.

Fue un turno muy ajetreado durante una hora y media. Aunque desgracié una quesadilla al dejarla demasiado tiempo en el horno, y se me olvidó cantar una hamburguesa que luego tuvimos que darle gratis al cliente, todo salió más o menos bien. Por fin, sobre la una y media, Jason me dijo que hiciera una pausa. Alcancé el teléfono y un vaso de agua y salí a los escalones de la entrada trasera.

Era un día soleado y caluroso, típico de verano, y me puse a mirar los mensajes. Tenía un mensaje de voz de mi madre, preguntando si nos veíamos en Colby el fin de semana siguiente. Y un correo de la universidad sobre la semana de orientación. Y un mensaje de Dave.

No había palabras, solo una imagen. Hice clic y esperé a que se fuera llenando la pantalla. Era una foto de cuatro manos, dos con tatuajes circulares, todas llevaban gerts. Detrás, el cielo azul y un cartel: BIENVENIDOS A TEXAS.

–Eh, Mclean –me llamó Jason–. Nueva comanda.

Me metí el teléfono en el bolsillo y me bebí el agua. Cuando regresé a la cocina, por detrás de él, hice una bola con el vaso y me volví para apuntar al cubo de basura. El lanzamiento trazó un arco perfecto hacia el centro del cubo. Precioso. Entró limpio.

Agradecimientos

Quiero agradecerles de nuevo a mi agente, Leigh Feldman, y a mi editora, Regina Hayes, su apoyo, sabiduría y disposición a subir a bordo del alocado tren de mi proceso creativo. También estoy en deuda con mis lectores, cuyos mensajes de ánimo me impulsan a seguir escribiendo, incluso en los días malos, y a mis canguros –Krysta Lindley, Erika Alvarado y Amanda Weatherly–, que me dan el tiempo necesario para hacerlo.

Y por último, por siempre jamás, mi agradecimiento sin palabras a Jay y Sasha: sois mi mundo, llenáis esta vida de caos, humor y material sin fin. Gracias.

Biblioteca
Sarah Dessen

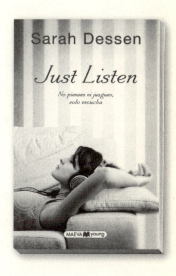

A continuación encontrarás el primer capítulo
de *Una canción para ti*

JUNIO

CAPÍTULO 1

La canción se llama *Canción de cuna*. La habré oído, no sé, más o menos un millón de veces. Más o menos.

Durante toda mi vida me han contado cómo la compuso mi padre el día en que nací. Estaba de gira en algún lugar de Texas, ya separado de mi madre. Según dicen, se enteró de mi nacimiento, se sentó con su guitarra y la escribió, allí mismo, en un motel barato. Una hora de su tiempo, unos cuantos acordes, dos estrofas y un estribillo. Llevaba toda la vida componiendo música, pero al final fue la única canción por la que sería famoso. Incluso ahora que estaba muerto, era un artista de un solo éxito. O dos, supongo, si me cuento a mí.

Ahora sonaba la canción mientras yo estaba sentada en una silla de plástico en el concesionario de coches, en la primera semana de junio. Hacía calor, por todas partes brotaban las flores y ya era prácticamente verano. Lo que quería decir, claro, que a mi madre le tocaba volver a casarse.

Era su cuarto matrimonio; quinto, si contamos a mi padre. Yo prefiero no hacerlo. Pero para ella estuvieron casados, si es que una unión en medio del desierto oficiada por alguien al que habían conocido en un área de descanso unos minutos antes cuenta como matrimonio. A mi madre le parece que sí. Pero claro, ella cambia de marido como otros cambian de color de pelo: por aburrimiento, apatía o por la sensación de que el próximo lo arreglará todo, de una vez para siempre. Cuando era más pequeña, si le preguntaba sobre mi padre y cómo se habían conocido, cuando todavía sentía curiosidad, ella suspiraba, hacía un gesto con la mano y decía: «Oh, Remy, eran los años setenta. Ya sabes».

Mi madre cree que lo sé todo. Pero se equivoca. De los setenta solo sabía lo que había aprendido en el colegio y en la tele, en el History Channel: Vietnam, el presidente Carter, la música disco. Y lo único que conocía de mi padre, en realidad, era *Canción de cuna*. Llevaba toda la vida oyéndola como música de fondo de anuncios y películas, en bodas, dedicada en los programas de radio. Puede que mi padre ya no esté, pero la canción –pastelera, estúpida e insípida– sigue viva. Al final me sobrevivirá incluso a mí.

Fue en mitad del segundo estribillo cuando Don Davis, de Automóviles Don Davis, asomó la cabeza por la puerta de la oficina y me vio.

–Remy, cariño, siento haberte hecho esperar. Pasa.

Me levanté y lo seguí. Dentro de ocho días Don pasaría a ser mi padrastro, entrando a formar parte de un grupo no muy selecto. Era el primer vendedor de coches, el segundo géminis y el único con dinero propio. Mi madre y él se conocieron aquí mismo, en su oficina, cuando vinimos a comprarle un Camry nuevo. Yo la había acompañado porque conozco a mi madre: pagaría el precio del cartel, pensando que era fijo, como si estuviera comprando

426

naranjas o papel higiénico en el supermercado, y por supuesto nadie se lo impediría, porque mi madre es bastante conocida y todos piensan que es rica.

Nuestro primer vendedor parecía recién salido de la
universidad y estuvo a punto de darle un ataque cuando
mi madre se acercó a un modelo nuevo con todos los extras y metió dentro la cabeza para aspirar una bocanada
de ese olor a coche nuevo. Aspiró hondo, sonrió y anunció: «¡Me lo llevo!», con su teatralidad característica.

–Mamá –dije, intentando no apretar los dientes. Pero
ella tenía que hacer las cosas a su manera. Había venido
aleccionándola todo el camino, con instrucciones espe-
cíficas sobre qué decir, cómo comportarse, todo lo que
debíamos hacer para lograr un buen precio. Ella decía
una y otra vez que me estaba escuchando, aunque no dejaba de enredar con las salidas del aire acondicionado y
de juguetear con las ventanillas automáticas de mi coche.
Juro que esa fue la verdadera razón de esa fiebre por un
coche nuevo: que yo acababa de comprarme uno.

Así que cuando metió la pata, me tocó a mí hacerme
cargo. Empecé a hacerle preguntas directas al vendedor,
que se puso nervioso. No dejaba de mirar por encima de
mí, hacia ella, como si yo fuera una especie de perro
de presa entrenado y ella pudiera lograr fácilmente que
me sentara. Ya estoy acostumbrada. Pero justo cuando ya
no sabía dónde meterse, nos interrumpió el propio Don
Davis, que se ocupó de llevarnos a su oficina y enamorarse
de mi madre en cuestión de quince minutos. Allí estaban
ellos lanzándose miraditas mientras yo le regateaba tres
mil dólares y conseguía que me regalara un seguro de
mantenimiento, una capa selladora y un cambiador para

el reproductor de CD. Seguramente fue la mayor ganga en la historia de Toyota, aunque nadie se diese cuenta. Simplemente se supone que yo me encargo de todo, sea lo que sea, porque soy la mánager de mi madre, su terapeuta, su manitas y, ahora, su organizadora de bodas. Menuda suerte que tengo.

–Bueno, Remy –dijo Don cuando nos sentamos, él en su gran trono de cuero tras el escritorio, yo en la silla justo lo bastante incómoda como para acelerar las ventas, enfrente. En el concesionario, cada detalle estaba pensado para lavarle el cerebro a los clientes. Como esos memorandos para los vendedores animándolos a hacer buenos descuentos que dejan «tirados» a la ligera, para que los leas, y la disposición de los despachos, para que puedas «oír casualmente» cómo el vendedor le ruega a su superior que le deje hacerte una buena oferta. Además, la ventana que estaba enfrente de mí se abría a la parte del aparcamiento donde la gente recogía sus coches nuevos. Cada pocos minutos, uno de los vendedores acompañaba a alguien al centro de la ventana, les entregaba las relucientes llaves nuevas y sonreía con benevolencia mientras los propietarios se alejaban hacia la puesta de sol, justo como en los anuncios. Qué montón de estupideces.

Don se removió en su asiento, ajustándose la corbata. Era un tipo corpulento, con un estómago voluminoso y una ligera calvicie: te hacía pensar en el término «blandengue». Pero adoraba a mi madre, el pobrecillo.

–¿Qué quieres de mí hoy?

–A ver –dije mientras sacaba del bolsillo trasero la lista que había traído–. Volví a llamar al sitio del esmoquin y te esperan esta semana para la prueba final. La lista para la cena de ensayo está más o menos decidida en setenta y cinco, y el del *catering* necesita un cheque por el resto del depósito para el lunes.

–De acuerdo. –Abrió un cajón, tomó el archivador de cuero donde guardaba su chequera y sacó una pluma del bolsillo de la chaqueta–. ¿Cuánto para el *catering*?

Bajé la vista al papel, tragué saliva y dije:

–Cinco mil.

Asintió y comenzó a escribir. Para Don, cinco mil dólares no era dinero, prácticamente. Esta boda iba a costarle veintipico mil, y tampoco parecía perturbarlo. Si sumamos las obras que habíamos hecho en casa para que pudiéramos vivir todos juntos como una familia feliz, más la deuda que le había perdonado a mi hermano por su camioneta, más el coste diario de vivir con mi madre, estaba haciendo una inversión considerable. Pero claro, era su primera boda, su primer matrimonio. Era un novato. Mi familia, en cambio, era profesional desde hacía mucho tiempo.

Arrancó el cheque, lo deslizó sobre el escritorio y sonrió.

–¿Qué más? –me preguntó.

Volví a consultar la lista.

–Bueno, solo el grupo de música, creo. Los del salón de bodas me han preguntado...

–Está controlado –dijo, con un gesto de la mano–. Estarán allí. Dile a tu madre que no se preocupe.

Sonreí al oír aquello porque era lo que él esperaba, pero los dos sabíamos que ella no se preocupaba en absoluto por la boda. Había elegido el vestido y las flores, y luego me había endilgado el resto a mí, alegando que necesitaba cada segundo libre para trabajar en su última novela. Pero la verdad era que mi madre odiaba los detalles. Le encantaba zambullirse en nuevos proyectos, se dedicaba a ellos durante unos diez minutos y luego perdía el interés. Por toda la casa había montoncitos de cosas que en algún momento le habían llamado la atención: kits de aromaterapia, programas de *software* para elaborar árboles genealógicos, pilas de libros de cocina japonesa, un acuario con cuatro paredes cubiertas de algas y un único superviviente, un pez blanco y gordo que se había comido a todos los demás.

La mayoría achacaba el comportamiento errático de mi madre al hecho de que era escritora, como si eso lo explicase todo. Para mí, no era más que una excusa. Vamos, que los neurocirujanos también pueden estar locos, pero eso a nadie le parece bien. Afortunadamente para mi madre, soy la única que tiene esta opinión.

–¡Es tan pronto! –exclamó Don, dando golpecitos con el dedo sobre el calendario–. ¿Te lo puedes creer?

–No –dije yo, preguntándome qué habría dicho en la primera parte de la frase. Añadí–: Es increíble.

Me sonrió y volvió a bajar la vista hacia el calendario, donde había marcado el día de la boda, el 10 de junio, trazando varios círculos a su alrededor con tinta de distintos colores. No se le podía reprochar que estuviera ilusionado. Don tenía esa edad en la que todos sus amigos habían perdido la esperanza de que se casara, hasta que conoció a mi madre. En los últimos quince años había vivido solo en un piso junto a la autopista y pasaba todas las horas del día vendiendo más toyotas que cualquier otra persona del estado. Y ahora, dentro de nueve días, iba a tener no solo a Barbara Starr, célebre autora de novela rosa, sino también, en el mismo lote, a mi hermano Chris y a mí. Y se alegraba de ello. Desde luego que era increíble.

Justo entonces sonó el interfono de su escritorio, muy fuerte, y se oyó la voz de una mujer.

–Don, Jason tiene a punto un ocho cincuenta y siete, necesita hablar contigo. ¿Te los mando?

Don me lanzó una mirada, y luego apretó el botón y dijo:

–Claro. Dame cinco segundos.

–¿Ocho cincuenta y siete? –pregunté.

–Es el código del concesionario –respondió con soltura, mientras se levantaba. Se alisó el cabello para tapar la pequeña calva, que yo solo le veía cuando estaba sentado. A su espalda, al otro lado de la ventana, un vendedor rubicundo le entregaba las llaves de su coche nuevo a una mujer con un niño pequeño. Ella las tomó mientras el niño le tironeaba de la falda, intentando llamar su atención. Su madre no pareció darse cuenta–. Odio tener que echarte, pero...

–Ya he terminado –le dije, metiéndome la lista de nuevo en el bolsillo.

–Te agradezco mucho todo lo que estás haciendo por nosotros, Remy –me dijo mientras rodeaba el escritorio. Me puso una mano en el hombro, estilo padre, e intenté no recordar a los padrastros anteriores que habían hecho lo mismo, con el mismo peso, y con el mismo significado. Los otros también creyeron que eran permanentes.

–No hay de qué –le dije mientras retiraba la mano y me abría la puerta. En el pasillo nos esperaba un vendedor, junto a lo que debía de ser ese ocho cincuenta y siete, el código para un cliente casi convencido, supongo: una mujer bajita aferrada a su bolso, que vestía una sudadera con un gatito bordado.

–Don –dijo el vendedor hábilmente–, te presento a Ruth. Estamos haciendo todo lo posible para ponerla al volante de un Corolla nuevo.

Ruth dirigió su mirada nerviosa de Don a mí, y de nuevo a Don.

–Yo solo... –balbució.

–Ruth, Ruth –intervino Don en tono tranquilizador–. Vamos a sentarnos todos un momento para ver qué podemos hacer por ti, ¿de acuerdo?

–Sí, eso –dijo el vendedor, dándole un ligero empujoncito hacia delante–. Solo vamos a hablar.

–De acuerdo –aceptó Ruth, algo insegura, y se dirigió a la oficina de Don. Al pasar a mi lado me lanzó una mirada, como si yo formara parte de aquello, y tuve que contenerme para no decirle que saliera corriendo, rápido, sin volver la vista atrás.

–Remy –añadió Don en voz baja, como si se hubiera dado cuenta–, luego te veo, ¿de acuerdo?

–Vale –les dije, y observé cómo entraba Ruth. El vendedor la condujo a la silla incómoda, de cara a la ventana. Ahora una pareja asiática se subía a su monovolumen nuevo. Los dos sonreían mientras se ajustaban los cinturones y admiraban el interior: la mujer bajó el retrovisor y comprobó su reflejo en el espejo. Los dos respiraron hondo, aspirando ese olor a coche nuevo, mientras el marido introducía la llave en el contacto. Y se pusieron en marcha, despidiéndose con la mano de su vendedor al alejarse. Plano largo del atardecer.

–A ver, Ruth –comenzó Don, acomodándose en su silla. La puerta se estaba cerrando y apenas le veía la cara–. ¿Cómo podría darte una alegría?

Estaba a medio camino de la sala de exposición cuando recordé que mi madre me había pedido que por favor, por favor, le recordara a Don el cóctel de esa noche. Su nueva editora estaba en la ciudad, al parecer de paso desde Atlanta, y quería hacer una parada para socializar. En realidad, el verdadero motivo era que mi madre le debía una novela a la editorial y todos estaban empezando a ponerse un poco nerviosos al respecto.

Di media vuelta y recorrí el pasillo de nuevo en dirección a la oficina de Don. La puerta seguía cerrada y oía voces que murmuraban al otro lado.

El reloj de la pared opuesta era como los del colegio, con números grandes y negros y un segundero tembloroso. Ya era la una y cuarto. Un día después de mi graduación en el instituto y ahí estaba, ni de camino a la playa ni durmiendo la mona como todos los demás. Estaba haciendo recados para la boda, como una empleada, mientras mi madre seguía en su cama tamaño gigante Sealy Posturepedic, con las persianas bajadas, para lograr las horas de sueño que decía que necesitaba para su proceso creativo.

Y con eso bastó para notarla: esa quemazón que me hervía a fuego lento en el estómago y que sentía siempre que me reconocía a mí misma cuánto se había inclinado la balanza a su favor. Sería resentimiento o lo que quedaba de mi úlcera, o tal vez las dos cosas. La música ambiental sonó más fuerte por encima de mi cabeza, como si alguien estuviera toqueteando el volumen, de forma que me estaban ametrallando con una versión de alguna canción de Barbra Streisand. Crucé una pierna sobre la otra y cerré los ojos, al tiempo que apretaba con los dedos los brazos de la silla. Unas semanas más de esto, me dije, y luego me largo.

Justo entonces alguien se desplomó en la silla de mi izquierda y me lanzó contra la pared de un empujón; fue muy brusco y me golpeé el codo con la moldura, justo en el hueso de la risa. El latigazo hizo que sintiera un cosquilleo hasta la punta de los dedos. Y de pronto, por las buenas, estaba cabreada. Muy cabreada. Es increíble cómo un solo empujón basta para ponerte furiosa.

–Qué demonios –dije, separándome de la pared de golpe, lista para arrancarle la cabeza al estúpido vendedor que había decidido pegarse a mí. El codo todavía me zumbaba y noté cómo la sangre me subía por el cuello: mala señal. Conocía mi mal genio.

Volví la cabeza y vi que no era un vendedor. Era un chico con el pelo negro y rizado, más o menos de mi edad, con una camiseta de color naranja chillón. Y por alguna razón estaba sonriendo.

–Hola –dijo alegremente–. ¿Cómo va eso?

–¿Cuál es tu problema? –salté, frotándome el codo.

–¿Problema?

–Me acabas de estampar contra el muro, gilipollas. Parpadeó.

–Dios mío –dijo al fin–. Menudo lenguaje.

Me lo quedé mirando. Mala suerte, chaval, pensé. Me has pillado en un mal día.

–La cuestión es –continuó, como si hubiéramos estado hablando del tiempo o de política internacional– que te he visto ahí en la sala. Yo estaba junto al expositor de neumáticos.

Estaba segura de estar taladrándolo con la mirada. Pero él seguía hablando.

–Y pensé, de repente, que teníamos algo en común. Una química natural, por así decirlo. Y noté que algo gordo iba a pasarnos. A los dos. Que tú y yo, de hecho, estábamos predestinados a estar juntos.

–Y todo esto –insistí, para aclarar las cosas–, ¿junto al expositor de neumáticos?

–¿Tú no lo notaste?

–No. Pero lo que sí he notado es que me has lanzado contra la pared –respondí tranquilamente.

–Eso –reconoció, bajando la voz y acercándose– ha sido un accidente. Un descuido. Simplemente un resultado desafortunado del entusiasmo que he sentido al saber que estaba a punto de hablar contigo.

Me lo quedé mirando. Sobre nuestras cabezas sonaba una versión animada del tema de Automóviles Don Davis, con muchos repiques y tintineos.

–Vete de aquí –le dije.

Volvió a sonreír, pasándose una mano por el pelo. Sobre nosotros la música de fondo iba ganando en intensidad y el altavoz chasqueaba como si estuviera a punto de producirse un cortocircuito. Los dos levantamos la vista, y luego nos miramos.

–¿Sabes una cosa? –soltó, señalando el altavoz, que volvió a emitir un chasquido, esta vez más fuerte, y siseó antes de seguir con la canción a todo volumen–. A partir de ahora, para siempre –volvió a señalar con el dedo, levantándolo–, esta será nuestra canción.

–Uf, por Dios –dije, y justo entonces me salvé, aleluya, porque se abrió la puerta del despacho de Don y salió Ruth, precedida de su vendedor. Portaba un fajo de papeles y en su rostro cansado se veía esa expresión aturdida de alguien a quien acaban de despojar de miles de dólares. Pero tenía el llavero chapado en oro falso, todo suyo.

Me levanté y el chico se puso en pie de un salto a mi lado.

–Espera, solo quería...

–¿Don? –llamé, ignorándolo.

–Solo llévate esto –insistió el chico, mientras me cogía la mano. Antes de que pudiera reaccionar le dio la vuelta para poner la palma hacia arriba, sacó un bolígrafo del bolsillo trasero y se puso a escribirme en ella, sin coña, un nombre y un número de teléfono entre el índice y el pulgar.

–Estás trastornado –le dije, apartando la mano de un tirón, lo que hizo que los últimos números se corrieran y el bolígrafo se le cayera de la mano. Rebotó por el suelo y se metió bajo una máquina de chicles.

–¡Eh, Romeo! –gritó alguien desde el salón de exposición y se oyeron carcajadas–. ¡Venga tío, vámonos!

Continúa en tu librería

JUST LISTEN

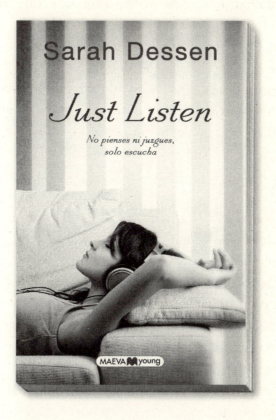

Annabel Green es la chica que lo tiene todo.
Al menos ese es el papel que interpretaba en el anuncio de
unos grandes almacenes. Sin embargo, cuando empieza
el curso, es la chica que no tiene nada.

ATRAPA LA LUNA

Mientras su madre, la reina del aeróbic Kiki Sparks,
pasa el verano de gira por Europa, a Colie, de quince años,
le toca quedarse con su tía Mira. Está convencida
de que va a ser el peor verano de su vida,
pero pronto se da cuenta de lo
equivocada que estaba.

Sarah Dessen

A menudo me enfadaba con mi madre porque por Navidad me regalaba libros, en lugar de las cosas que los padres de mis amigas les compraban, como jerseys y bisutería. Pero la verdad es que me encantaba leer. Cuando tenía ocho o nueve años, mis padres me regalaron una máquina de escribir y una mesita que pusieron en un rincón de la sala de estar, y yo me sentaba ahí a escribir mis historias. Era una de esas niñas de las que la gente dice, con un suspiro: «Qué imaginación tiene», lo que a menudo significaba: «Ojalá Sarah deje de confabular». Tengo tendencia a embellecer las cosas; creo que es una debilidad de los escritores. Una vez aprendes cómo mejorar una historia, cuesta no hacerlo todo el rato. Los libros que leí de adolescente, los buenos, en todo caso, siguen en mi memoria. Ahora, en cambio, no podría contar el argumento de una novela que leí hace seis meses. Y, sin embargo, me acuerdo hasta del detalle más insignificante de *Un verano para morir,* de Lois Lowry, o *¿Estás ahí, Dios? Soy yo, Margaret,* de Judy Blume. Creo que eso se debe a que, por aquel entonces, los libros aún me resultaban algo novedoso, y cuando descubría a un autor que hablaba justo de lo que yo sentía, me tocaba en lo más hondo. Espero que mis libros tengan un efecto parecido en mis lectores, creo que es lo mejor a lo que puede aspirar un escritor.